Éléonore Devillepoix

Livre 2 - La fille de la forêt

hachette
ROMANS

Illustration de couverture : © Guillaume Morellec
© Hachette Livre, 2020, pour la présente édition.
Hachette Livre, 58 rue Jean Bleuzen, 92170 Vanves.

« *Ta sœur a eu le droit à une citation et pas ta Maman chérie qui t'a élevée et qui a relu toutes les versions de ton livre ?* »
Patricia Devillepoix, 2020

Vous voici de retour dans *La Ville sans vent*.
Au cas où le livre 1 serait un souvenir trop lointain,
vous trouverez ci-dessous un rappel des protagonistes.
Un récapitulatif des autres personnages et un glossaire
vous attendent à la fin du roman.

Arka

Apprentie Amazone, devenue disciple à son arrivée à Hyperborée, elle a été condamnée à mort pour le meurtre du Basileus, le souverain de la cité. Ayant réchappé de peu à sa sentence, elle s'est enfuie de la ville pour revenir parmi les siennes, en Arcadie.

Lastyanax

Mentor d'Arka et ancien Ministre du Nivellement, le jeune mage a quitté la cité pour se lancer sur les traces de sa disciple.

Pétrocle

Le meilleur ami de Lastyanax fait partie des mages pris en otage dans la prison d'Hyperborée par un groupe d'Amazones inconnues.

Pyrrha

La jeune mage est restée à Hyperborée pour délivrer Pétrocle et les autres otages.

Alcandre

L'énigmatique maître des lémures est à l'origine de l'assassinat du Basileus et de la prise d'otage des mages.

Prologue

L'épisode de la rivière

Candrie venait d'avoir sept ans quand commença la journée qui devait changer sa vie.

Ce jour-là, elle se réveilla plus tôt qu'à son habitude. L'aube de la forêt bruissait, chantait, criait à travers le torchis de sa chambre – une pièce minuscule d'un pas sur deux, juste assez grande pour son hamac. Des claquements répétés dominaient ce vacarme ordinaire. Encore empêtrée dans le sommeil, il lui fallut plusieurs secondes pour comprendre que la jument de sa mère donnait de grands coups de sabot impatients dans les barrières de son enclos, au pied de l'arbre-cabane. Candrie avait oublié de la nourrir la veille.

Tout à fait réveillée à l'idée de la claque qu'elle risquait de se prendre si sa mère avait connaissance de ce manquement, elle roula aussitôt à l'extérieur de son hamac et souleva la tenture qui séparait sa chambre de la salle principale. Le jour attendait son heure dans cette pièce étroite et biscornue, coincée entre les branches maîtresses de l'arbre sur lequel était bâtie la cabane. Heureusement, ses pieds connaissaient le plancher mieux que ses yeux. Aucune latte ne grinça sur son passage tandis qu'elle traversait furtivement l'espace encombré par l'équipement guerrier de sa mère, une oreille tournée vers la chambre de celle-ci. Un duo de légers ronflements s'échappait de la tenture : ni sa mère ni Thémis ne s'étaient encore réveillées. Elle avait de la chance.

La salle principale céda sa place à la terrasse, meublée de gros rondins sur lesquels Thémis et sa mère fumaient leurs pipes aux heures creuses de la journée. La plateforme se situait à la limite de la canopée, sous les ramures clairsemées des immenses eucalyptus aux troncs clairs qui peuplaient la forêt des Amazones. Quand il lui arrivait de se lever tôt, Candrie aimait grimper au-dessus de la cabane pour assister à l'éclosion de l'aurore sur la mer de feuilles verte et moutonnante, qui ondulait avec le vent et semblait s'étendre à l'infini. Ce jour-là, toutefois, elle devait se dépêcher de rattraper son oubli de la veille.

Elle se coula dans le trou d'accès à l'échelle. Plantés à intervalles réguliers dans le bois, des pics de fer s'enroulaient comme une hélice autour du tronc. Le moindre geste maladroit promettait une chute vertigineuse de cinquante pas. Candrie effectua la descente avec toute l'inconsciente célérité de ses sept ans.

Arrivée à quelques pas du sol, elle décrocha le sac pendu à l'un des pics et jeta des poignées de grain dans la mangeoire de la jument, qui, en contrebas, renâclait avec réprobation. La dernière poignée se dispersa sur les crins noirs de la bête déjà penchée sur sa ration.

Candrie regarda avec envie son dos fauve, divisé par une raie de mulet. Sa mère ne l'avait encore jamais autorisée à la monter, sous prétexte qu'un cheval de guerre était trop dangereux pour une cavalière de son âge. Candrie appela doucement la jument, mais celle-ci l'ignora et continua à mastiquer son grain, cinglant par moments avec sa queue le nuage de mouches matinales venues lui piquer le ventre.

Déçue, Candrie remonta l'échelle avec lenteur. L'air humide et touffu de la forêt lui emplissait les narines. Des cacatoès agitaient les branches d'un eucalyptus voisin pour en faire tomber des coques. L'arbre-cabane se trouvait à l'aplomb d'une petite déclivité, à quelques empans d'une rivière si noire que les arbres tombés dans son lit semblaient coupés

par le fil de la surface. Au-dessus de l'onde parfaitement lisse moussait une brume vaporeuse, vouée à disparaître au premier rayon de soleil. Aux abords de la rivière, des fougères et des mousses d'un vert éclatant occupaient l'espace laissé par les troncs massifs.

Candrie avait remonté les deux tiers de l'échelle lorsqu'elle entendit des craquements au-dessus d'elle. Sur la terrasse, des pas obstruèrent les interstices lumineux du plancher. L'instant d'après, le frottement râpeux des rondins contre les madriers indiqua que Thémis et sa mère s'étaient installées à leur endroit préféré.

Elles étaient réveillées, elles aussi.

L'estomac de Candrie se noua. Elle avait bien conscience de la situation délicate dans laquelle elle s'était fourrée. Si elle remontait, sa mère lui demanderait à coup sûr ce qu'elle était partie faire, et si elle restait en bas, on finirait par s'inquiéter de ne pas la voir se lever. Il fallait impérativement qu'elle regagne sa chambre sans se faire repérer.

Elle escalada quelques pics supplémentaires pour arriver à la hauteur d'une branche étroite qui s'étirait jusqu'à la fenêtre de sa chambre. Une adulte n'aurait pas pu se lancer dans une telle acrobatie. Mais Candrie était légère comme un singe, et presque aussi agile. Elle s'avança donc sur la branche. L'odeur entêtante des herbes à fumer dont Thémis et sa mère avaient bourré leurs pipes parvenait jusqu'à ses narines.

Alors qu'elle progressait à quatre pattes sur la surface lisse et ronde du bois, qui ployait dangereusement sous son poids, la voix de Thémis s'éleva :

— Elle a sept ans, maintenant. Tu sais que ça ne va pas pouvoir continuer très longtemps.

Candrie s'arrêta pour écouter, déroutée. C'était la première fois qu'elle entendait parler d'elle sur un ton si grave. D'ordinaire, les adultes évoquaient son cas avec indifférence ou agacement, avant de changer rapidement de sujet – elle ne marquait pas beaucoup les esprits.

Sa mère resta silencieuse, comme elle le faisait quand Candrie lui demandait pour la énième fois si elle pouvait monter sa jument. La voix de Thémis insista à nouveau :

— À chaque jour qui passe, tu risques un peu plus d'être dénoncée. C'est déjà un miracle que le secret ait été gardé jusque-là. Si une éphore apprend ce qu'elle est, vous mourrez toutes les deux.

Candrie ne comprenait pas ce dont il était question. De quel secret Thémis parlait-elle ? Qu'est-ce que c'était, une « éphore » ? Elle resta immobile, à mi-chemin sur sa branche, les membres endoloris par l'effort qu'elle déployait pour garder l'équilibre, attendant la réponse de sa mère. Au bout d'un long moment, celle-ci parla enfin :

— Je sais que tu as raison, mais je n'arrive pas à m'y résoudre. On a tenu jusque-là, on peut bien continuer quelques mois, quelques années même. Laisse-moi profiter de ma fille encore un peu.

Un grésillement retentit, suivi du « peuf » caractéristique d'une bouffée de pipe relâchée dans l'air.

— Tu fais une erreur.

La voix de Thémis avait sonné comme un coup de cognée. Candrie acheva son périple de la branche jusqu'à la fenêtre de sa chambre sans même se préoccuper du précipice, tant elle était absorbée par l'étrange conversation qu'elle venait de surprendre.

Sauf quand elle essayait d'obtenir le droit de monter la jument, Candrie ne restait jamais très longtemps bloquée sur une idée : il arrivait toujours mille choses plus intéressantes pour la distraire. Preuve qu'il s'agissait d'un jour exceptionnel, elle pensait encore à l'échange entre sa mère et Thémis lorsqu'elle se rendit à l'entraînement des apprenties, une heure plus tard.

Le sentier qui reliait son arbre-cabane à la clairière d'exercice longeait la rivière, un affluent du Thermodon. Les sourcils froncés, Candrie

trottinait sur l'humus tassé par ses nombreux passages, baissant de temps à autre la tête par réflexe pour éviter les hampes des plantes grasses qui poussaient au bord du chemin. Son équipement d'apprentie – un arc court, un goryte rempli de flèches et une petite lance – bringuebalait au rythme de sa course. Le cahot de ses armes et sa distraction dérobèrent à ses oreilles un martèlement de sabots. Elle réalisa au dernier instant qu'un cheval arrivait derrière elle en galopant.

Candrie sauta hors du sentier pour éviter la monture, se prit les pieds dans une souche et s'étala de tout son long sur une touffe d'histamides. Elle se redressa en glapissant tandis que son stock de flèches se déversait au milieu des herbes urticantes.

— T'es en retard, Candrie !

Candrie releva la tête juste à temps pour voir la croupe d'un poney et une longue tresse noire disparaître derrière le tronc d'un eucalyptus. Antiope ne ratait jamais une occasion de la ridiculiser, mais les hostilités démarraient d'ordinaire à l'entraînement, lorsque les autres apprenties pouvaient apprécier ses sarcasmes. Candrie détestait d'autant plus la princesse qu'elle était bien obligée de reconnaître ses talents martiaux et équestres.

— Moi aussi j'serais une cavalière terrible si j'avais un poney à moi, marmonna-t-elle tandis qu'elle s'efforçait de récupérer ses flèches sans toucher les histamides.

Elle reprit son chemin en se grattant les cuisses, où des boursouflures rougeâtres enflaient déjà. La démangeaison ne fit qu'empirer au cours de l'entraînement, à tel point que Candrie eut beaucoup de mal à se concentrer lors de la séance de tir à l'arc. Barcida, sa seule amie parmi les apprenties, n'était pas là : elle s'était cassé le poignet au cours d'un exercice de lutte. Sans sa compagnie, Candrie trouva l'entraînement encore plus pénible. Elle perdit trois flèches dans les fourrés et récolta les remontrances de la maîtresse d'armes, qui l'envoya suivre le reste de la leçon depuis le bord de la clairière. Assise sur une souche, le menton enfoncé dans ses paumes, Candrie regarda avec mauvaise humeur ses camarades enchaîner les exercices. Comme d'habitude, Antiope s'entraînait avec Mélanippè, la seule apprentie capable de rivaliser avec elle dans les disciplines amazoniennes. Les deux filles s'entendaient comme des chiots et attiraient les regards admiratifs des autres.

Mélanippè, dont la mère venait d'un village hilote proche de la forêt, ressemblait à une Arcadienne typique, avec ses hautes pommettes, sa peau mate, ses fines tresses noires, sa silhouette râblée et ses paupières légèrement bridées, sous lesquelles brillait une lueur sournoise. Plus élancée, Antiope avait des yeux en amande qui s'arrondissaient autour d'iris noisette, donnant à son visage une allure féline. Il arrivait à Candrie de demander l'assistance de sa mère pour copier les coiffures élaborées de la princesse.

Lorsque l'entraînement toucha à sa fin, elle avait les cuisses en sang à force de se gratter et rêvait de pouvoir plonger ses jambes dans de l'eau fraîche pour calmer ses démangeaisons. Aussi regarda-t-elle avec encore plus d'envie que d'ordinaire les apprenties rassembler leurs affaires et cavaler en direction de la rivière pour y jouer.

Sa mère lui avait toujours strictement interdit de nager avec ses camarades.

D'habitude, quand les apprenties partaient à l'eau, Candrie restait en arrière avec Barcida, mais son amie était chez elle avec le poignet cassé.

Si Candrie n'avait pas oublié de nourrir la jument la veille, si elle n'avait pas surpris les propos de Thémis, si elle n'avait pas entendu le poney d'Antiope au dernier moment, si elle n'était pas tombée dans les histamides, si elle n'avait pas eu la peau aussi irritée, si elle avait eu Barcida pour lui tenir compagnie, peut-être n'aurait-elle pas bafoué l'interdiction et suivi les apprenties à la rivière. Mais tous ces événements s'enchaînèrent, et elle rejoignit ses camarades sur la berge.

Un énorme eucalyptus, tombé en travers du cours d'eau quelques mois plus tôt, servait de plongeoir au groupe de filles. Ses branches encore vertes s'étaient coincées dans celle des arbres de la rive opposée, si bien que le géant de bois se retrouvait à moitié avachi au-dessus des flots. Les apprenties les plus téméraires grimpaient jusqu'à la moitié du tronc, à une hauteur de six ou sept pas, et sautaient à pieds joints dans l'eau couleur d'obsidienne. Jusqu'alors, aucune fille n'avait osé aller aussi loin que Mélanippè et Antiope, qui se défiaient à chaque séance.

Tandis que ses camarades balançaient joyeusement leurs affaires sur le bord pour escalader le tronc, nues comme des vers, Candrie retroussa sa tunique sur ses jambes pour s'avancer dans la rivière. Au moins, elle respectait la consigne, puisqu'elle ne nageait pas. La fraîcheur de l'eau calma aussitôt ses démangeaisons. Une fois immergée jusqu'à mi-cuisses, elle s'arrêta pour regarder ses camarades multiplier les plongeons spectaculaires. Ses orteils fouillaient la vase avec fébrilité. Elle avait terriblement envie de se joindre aux jeux des apprenties, mais elle n'osait pas désobéir pour de bon aux ordres de sa mère. Elle se contenta donc de les observer, songeant à la hauteur à laquelle elle serait montée sur le tronc, au plongeon extraordinaire qu'elle aurait exécuté, aux visages émerveillés de ses camarades, si seulement on l'avait autorisée à y aller, si seulement…

Elle en était là de sa rêverie lorsque quelqu'un la poussa brutalement dans le dos. Candrie se retrouva le nez dans l'eau. Elle battit des bras quelques instants et retrouva la position verticale en crachotant, le visage ruisselant et les vêtements trempés, face à une Mélanippè qui explosa de rire en voyant sa figure dégoulinante.

— Candrie sait pas nager ! rugit-elle en lui envoyant de grandes éclaboussures.

— C'est même pas vrai, je sais nager ! se défendit Candrie en levant les bras pour se protéger.

— Alors pourquoi t'essaies jamais de plonger avec nous ? demanda Mélanippè avec un regard mauvais.

Elle se mit à tracer des sillons menaçants dans la surface devant sa camarade, qui n'en menait pas large. Autour d'elles, la rivière s'était tue. Une trentaine d'apprenties suivaient l'échange avec l'intérêt d'une meute prête à participer à la curée.

— Parce que ma maman veut pas, bredouilla Candrie.

Aussitôt, elle réalisa que ce n'était pas la bonne réponse à donner à une bande de filles féroces qui n'attendaient que la première occasion pour se moquer un peu plus d'elle.

— Mais j'vais y aller quand même, ajouta-t-elle.

Elle cracha dans l'eau avec un air de défi. Surprise, Mélanippè s'écarta pour la laisser passer. Candrie barbota jusqu'aux racines de l'arbre et se hissa hors de l'eau. Ses habits lui collaient à la peau et dégoulinaient sur le tronc en taches sombres. Elle fit un pas, glissa sur l'écorce mouillée et faillit tomber à la renverse, rétablissant son équilibre à grand renfort de moulinets. Dans l'eau, les apprenties s'esclaffèrent. Candrie les ignora et se mit à quatre pattes pour commencer l'ascension du tronc. Ses mains et ses pieds cherchaient avidement la moindre aspérité à laquelle se raccrocher. Lentement, les yeux rivés sur l'écorce, elle avança sur le bois, déterminée à grimper plus haut que Mélanippè et Antiope avaient jamais osé aller. Elle dépassa les dernières traces humides que les deux apprenties avaient laissées lors de leur précédent passage et continua de monter, concentrée sur l'écorce, oubliant tout autour d'elle.

Lorsqu'elle releva enfin la tête, un vertige la saisit. Elle était presque arrivée au niveau des ramures. À cette hauteur, la rivière ressemblait à une grande langue noire, parsemée de reflets de nuages, qui s'élargissait avant de disparaître derrière une frange d'arbres. Au-dessous de Candrie, les apprenties paraissaient minuscules. Elle voyait leurs bras clairs s'agiter dans l'eau noirâtre tandis qu'elles lui criaient :

— Descends, Candrie, c'est dangereux…

— Ma maman elle a dit que la surface ça peut être aussi dur que de la pierre si on saute de trop haut…

Candrie sentit les battements de son cœur s'accélérer. Ses jointures blanchirent. Elle ne pouvait plus faire demi-tour. Par-dessus la pulsation qui résonnait dans ses oreilles, elle entendit la voix péremptoire d'Antiope clamer :

— Elle osera jamais.

Alors, Candrie sauta.

Elle eut le temps de compter plusieurs secondes avant que ses pieds ne crèvent violemment la surface. Ses narines s'emplirent de liquide. La noirceur des profondeurs sembla fondre sur elle à mesure que son corps s'enfonçait dans l'eau.

Pendant quelques instants, elle regarda le chapelet de bulles qui s'échappait de sa bouche et filait vers la surface. Puis ses bras et ses jambes se souvinrent des mouvements de brasse qu'ils avaient appris, et Candrie remonta lentement vers la lumière. Elle perça la surface, aspira une grande goulée d'air et porta un regard surpris autour d'elle en clignant des paupières pour chasser l'eau. Une ronde de visages l'entourait. Des cris de joie et des sifflements fusèrent des bouches. Les apprenties, qui avaient nagé vers son point de chute, acclamaient son exploit.

Un sourire béat se dessina sur la figure de Candrie. Jamais elle ne s'était sentie aussi fière et forte. Elle revint sur la berge et sortit de l'eau tandis que ses camarades lui tapaient sur l'épaule avec des exclamations ébahies. L'admiration se lisait sur tous les visages.

Sauf un.

Antiope paraissait mécontente de s'être fait voler la vedette. Assise sur le tronc, elle jouait avec sa longue tresse brune, qui ressemblait soudain à la queue d'un chat énervé prêt à donner un coup de griffe.

— Pourquoi t'as gardé tes vêtements au lieu de faire comme nous, Candrie ?

Candrie sentit un poids lui tomber dans la poitrine. Elle serra les genoux et se tourna vers les autres. Avec ces deux mots, « comme nous », Antiope venait de rétablir sa position de paria auprès de ses camarades. Son plongeon formidable avait immédiatement disparu de leurs esprits : à présent, les apprenties regardaient ses vêtements trempés en échangeant des commentaires moqueurs, comme si le fait d'être habillée devenait soudain un critère suffisant pour l'exclure de leur communauté.

— C'est vrai, ça, pourquoi tu te mets jamais toute nue, Candrie ? renchérit aussitôt Mélanippè, debout sur la berge.

Elle ne semblait pas avoir apprécié sa performance non plus. Candrie la regarda s'avancer vers elle et saisir le bas de sa tunique. Une grosse boule d'inquiétude se coinça dans sa gorge lorsque Mélanippè se mit à scander :

— Les fesses à l'air, les fesses à l'air, les fesses à l'air…

— C'est ma maman qui veut pas que j'enlève mes vêtements, se justifia pauvrement Candrie.

— Les fesses à l'air, les fesses à l'air… continua de japper Mélanippè en lui tournant autour.

L'ourlet de la tunique glissait entre ses doigts. La chanson gagna les autres apprenties, qui sortirent de l'eau à leur tour pour l'encercler. Restée sur son tronc, Antiope observait le spectacle avec des airs de matou satisfait. La farandole de filles surexcitées continua.

— LES FESSES À L'AIR, LES FESSES À L'AIR !

Soudain, Candrie sentit une de ses camarades lui attraper la tunique et la retrousser par-dessus ses épaules. Aveuglée par le tissu trempé qui lui collait au visage, elle essaya furieusement de se dégager, avant de réaliser qu'un silence étrange l'entourait. Ses tourmenteuses s'étaient tues.

On lui lâcha les bras. Elle rabattit la tunique sur ses jambes d'un geste précipité. Quand elle releva la tête, elle vit celle, choquée et en colère, d'Antiope. La princesse avait sauté du tronc dans l'eau et fixait son entrejambe en plissant ses yeux noisette.

— Tu n'es pas comme nous, décréta-t-elle.

À quelques pas de là, Mélanippè hochait la tête d'un air grave.

— Ma tutrice est une éphore. J'vais lui dire.

Quand Candrie revint chez elle, une heure plus tard, ses vêtements étaient toujours humides. Occupée à réparer une poulie sur la table de la terrasse, sa mère suspendit ses gestes en la voyant émerger du trou de l'échelle, la figure contrite et les cheveux trempés. Elle reposa ses outils.

— Qu'est-ce qui t'est arrivé ?

— Chuis tombée à l'eau, mentit Candrie avec un regard en diagonale pour éviter celui, scrutateur, de sa mère.

Elle remarqua tout de même que celle-ci avait brutalement pâli.

— Tu es tombée dans l'eau avec tes vêtements ?

Candrie avait décidé de ne pas raconter à sa mère l'épisode de la rivière, mais cette question lui fit revivre le rejet brutal qu'elle venait de subir. De grosses larmes chaudes commencèrent à dévaler de ses joues. En essayant de les endiguer, son visage se tordit, un tremblement agita son menton, et tout à coup les mots déferlèrent de sa bouche au rythme saccadé de ses pleurs.

— J'voulais pas aller à la rivière mais comme j'avais plein de piqûres d'histamides j'y suis allée parce que c'est toi qui m'as dit que l'eau ça faisait du bien. Chuis restée habillée mais Mélanippè et Antiope, elles ont voulu que je me déshabille, et ensuite elles ont dit que j'étais pas comme tout le monde. Mélanippè a dit qu'elle en parlerait à sa mère, que c'était une é… é… éphore…

Lorsque ce dernier mot sortit de la bouche vagissante de Candrie, les pupilles de Chirone devinrent aussi minuscules que des pointes de flèches fichées au milieu du blanc de ses yeux. Entre deux hoquets, Candrie pensa qu'elle allait enfin avoir droit à la claque magistrale qu'elle redoutait depuis son réveil.

Mais sa mère se contenta de s'asseoir lentement sur un rondin. Ses yeux écarquillés fixaient le vide. Un long silence s'ensuivit, entrecoupé par les reniflements de Candrie, qui se sentait un peu mieux après avoir vidé son sac. Finalement, sa mère serra la mâchoire. Ses jointures blanchirent.

— Prépare tes affaires, ma fauvette. Demain, on part en voyage.

Le lendemain, assise à califourchon derrière sa mère, Candrie regardait les arbres défiler au rythme de l'amble rapide de la jument. Elle sentait sa mère se crisper chaque fois qu'apparaissait au loin le casque à panache d'une Amazone. Quelque chose n'allait pas, mais elle n'osait pas demander ce qui se passait.

Elles étaient parties tôt, très tôt, avant que les oiseaux ne se mettent à chanter. L'estomac noué, Candrie avait boudé le gruau préparé par sa mère. Celle-ci, du reste, ne semblait pas non plus avoir faim. Des cernes rouges surplombaient ses pommettes. Avant leur départ, Thémis avait brièvement serré Candrie dans ses bras. La petite fille avait été surprise par ce geste car l'Amazone détestait les démonstrations affectives. C'était décidément une matinée très étrange.

Le soleil était à son zénith lorsque sa mère fit passer sa monture dans les sous-bois.

— Pourquoi on quitte le chemin, M'man ? demanda Candrie, ballottée par l'allure désunie de la jument dans les fourrés.

— Parce que la lisière se trouve à une demi-lieue d'ici et qu'on doit éviter les sentinelles qui la surveillent. Et maintenant, chut.

Candrie sentit l'excitation l'envahir tandis qu'elles amorçaient un large détour pour contourner les sentinelles. Elle n'avait jamais quitté la forêt de sa vie : seules les Amazones équipées de ceintures étaient autorisées à en sortir. Dans son esprit, la lisière de la forêt était une frontière à la fois magique et terrifiante, une coupure nette entre le monde rassurant des Amazones et le chaos qui régnait au-dehors. Elle ne cessait de regarder par-dessus l'épaule de sa mère pour apercevoir cette fameuse limite. Autour d'elles, les eucalyptus s'espaçaient, laissant couler sur le sol de grandes flaques de lumière.

— Dis, M'man, pourquoi les apprenties ont pas le droit de quitter la forêt ? chuchota Candrie à l'oreille de sa mère.

— Parce que vous n'avez pas de ceintures avec du vif-azur pour vous protéger.

— Protéger de quoi, M'man ? Des soldats thémiscyriens ?

— Pas seulement.

Candrie sentit de l'hésitation dans la voix de sa mère, qui tira sur les rênes. La jument ralentit et s'arrêta. Sans le bruit de ses foulées, la forêt redevint silencieuse. Sa mère se laissa glisser à terre et attrapa le genou de Candrie. Elle leva vers sa fille ses yeux bleus, soudain immenses et brillants.

— Tu es trop jeune pour comprendre, mais je n'ai pas le choix. C'est très important que tu me promettes quelque chose, fauvette.

Candrie retint son souffle.

— Il ne faut pas que tu aies d'enfants. Jamais. Promets-moi que tu n'en auras pas.

Candrie eut envie de rire tant la promesse lui semblait facile à tenir. Elle avait sept ans et les enfants n'étaient à ses yeux que des apprenties vicieuses ou des nourrissons tyranniques. Elle avait bien l'intention de ne jamais en avoir.

— C'est promis, M'man.

Elles reprirent leur route. Toujours à l'affût de la lisière, Candrie gigotait sur la croupe de la jument en se penchant d'un côté puis de l'autre pour scruter les alentours. Son agitation prit fin lorsque les eucalyptus disparurent soudainement, cédant la place à une vaste prairie dont les ondulations vertes s'étendaient jusqu'à l'horizon.

Candrie ouvrit des yeux ronds. Jamais son regard n'avait porté aussi loin. Un vent du nord soufflait sur son visage, faisant bruire les ramures derrière elle. Sous les ordres de sa mère, la jument s'engagea dans un vallon peu profond qui les dérobait aux yeux des sentinelles. Quelques arbres fournissaient de l'ombre aux ongulés sauvages qui paissaient çà et là. Elles dépassèrent un troupeau d'énormes oiseaux terrestres occupés à becqueter les hautes herbes fibreuses de la plaine. Candrie garda la tête tournée en arrière pour les observer le plus longtemps possible.

— C'est des aepronys, M'man ?

— Oui. Aepyornis, pas aepronys.

— Tu te souviens de l'omelette qu'on avait faite, M'man ? Avec le gros œuf d'aepyornis ?

— Oui, fauvette.

Enchantée par cette découverte, Candrie se mit à babiller, commentant toutes les choses nouvelles qu'elle voyait. Après le troupeau d'aepyornis, il y eut un village hilote, petit amas de bâtiments en chaume nichés dans le repli d'une colline. Candrie souligna avec orgueil la supériorité des arbres-cabanes amazoniens, qui lui semblaient bien plus confortables et pratiques que ces masures enterrées dans le sol. Sa mère répondait rarement à ses commentaires enthousiastes. Elles virent au loin quelques hilotes qui partaient travailler dans leurs champs ou garder du bétail. Beaucoup de guerrières étaient originaires des villages : filles de paysans pauvres, elles avaient été placées dans la forêt dès leur plus jeune âge pour devenir pupilles, puis apprenties, comme Mélanippè. En échange de la protection des Amazones, les hilotes leur fournissaient de la nourriture et du fourrage. À la fin du dernier hiver – quand elle n'avait encore que six ans –, Candrie avait entendu parler d'un *soulèvement* dans les villages. Elle ne savait pas ce que les villageois soulevaient, mais ils devaient être très occupés par ce mystérieux exercice car les chariots de grain et de fourrage n'arrivaient plus dans la forêt. Heureusement, les logisticiennes avaient envoyé un contingent d'Amazones pour mettre fin au *soulèvement*. Elles étaient revenues avec les chariots et tout était rentré dans l'ordre.

Candrie était fourbue quand sa mère arrêta enfin sa monture. Elles se tenaient à côté d'un petit abri blanchi à la chaux, planté entre deux champs d'avoine. Candrie entra dans le bâtiment et fut déçue de n'y trouver qu'un tas de bois pourri et des outils agricoles cassés, posés sur un sol de terre battue. Elle se tourna vers sa mère, qui déballait leur havresac pour en dégager un pain d'avoine, une natte et une mince couverture.

— Qu'est-ce qu'on fait, maintenant ? demanda Candrie.

— On va passer la nuit ici, répondit sa mère en s'asseyant sur la natte. Tiens, prends un pain et viens ici.

Elle l'attira contre elle et se mit à lui tresser les cheveux. Tandis qu'elle mangeait son pain d'avoine, Candrie sentait les doigts rudes de sa mère passer derrière ses oreilles pour réunir ses mèches.

— Où est-ce qu'on va demain, M'man ? demanda-t-elle en levant les yeux vers sa mère, dont elle ne vit que le menton.

— Tu verras bien, fauvette.

Lorsque ses cheveux furent nattés, elle attira Candrie contre son buste et la berça en murmurant une comptine. Par moments, elle l'embrassait sur les tempes, sur la joue, sur le front. Ses baisers étaient mouillés. Épuisée par cette journée à chevaucher, Candrie s'endormit dans la chaleur de ses bras.

Quand elle se réveilla, le lendemain, elle mit longtemps à comprendre où elle se trouvait. Les contours poussiéreux de l'abri s'ajustèrent. Sa mère l'avait allongée dans la couverture, sur la natte. Un petit paquet, posé à côté de sa tête, contenait de quoi déjeuner. Et devant elle, appuyée contre le mur en torchis de l'abri, se tenait une personne qui l'observait silencieusement dans la pénombre. Un cri de stupeur échappa à Candrie. Elle repoussa précipitamment sa couverture tandis que la personne s'avançait vers elle. La lumière qui filtrait par les fentes de la porte révéla son visage.

Candrie n'avait jamais vu d'homme de sa vie, mais elle comprit instantanément que c'en était un. Des poils drus poussaient sur son menton, comme chez les très vieilles Amazones, mais en beaucoup plus fournis. Ses bras étaient épais comme des jeunes troncs d'eucalyptus. Candrie sentit la peur la saisir à la gorge. Les explications des adultes sur le monde extérieur ne l'avaient jamais beaucoup intéressée, mais elle avait retenu l'idée générale : les hommes étaient les ennemis des Amazones.

— Vous zêtes qui ? couina-t-elle. Où est-ce qu'elle est ma maman ?

— Elle est partie dans la nuit, répondit l'homme. Elle t'a laissée avec moi.

Frappée par la gravité de sa voix, Candrie mit plusieurs secondes à prendre la mesure de ses paroles. Alors, la vérité commença doucement à faire son chemin dans sa tête. Elle repensa à l'attitude inhabituelle de sa mère, la veille. À la tristesse qu'elle avait lue sur ses traits. Aux baisers mouillés dont elle avait couvert son visage.

Sa mère était partie. Elle l'avait abandonnée.

Candrie sentit une boule gonfler dans son buste, un sac de chagrin trop grand pour que son corps puisse l'absorber. L'instant d'après, le sac explosa et son visage sembla fondre sous les assauts du désespoir.

— Viens ici, dit l'homme en l'attrapant par une de ses nattes d'un geste brutal.

Candrie se débattit en criant. Dans la pièce, les outils agricoles cassés tremblèrent. À travers ses larmes, elle vit qu'il tenait un poignard à la main. Il allait l'égorger comme un porc.

Mais au lieu de lui passer la lame sur le cou, il se contenta de cisailler une de ses nattes. La tresse tomba sur le sol dans un bruit mat. Perdue, Candrie cessa de se débattre.

— Crois-moi, il valait mieux que tu ne restes pas avec elle, dit l'homme tandis qu'une deuxième natte châtain s'effilochait sur la terre battue. Ses sauvages de camarades vont la tuer dès qu'elles vont apprendre ce qu'elle a fait. Elle n'aurait jamais dû te garder.

— Pourquoi ? demanda Candrie.

L'homme la retourna et porta le plat de sa lame à hauteur de ses yeux. Dans le fer du poignard, Candrie voyait se refléter ses yeux bleus rougis par les larmes, son visage carré qu'elle n'avait jamais beaucoup aimé, et ses boucles à présent courtes qui rebiquaient au-dessus de ses oreilles.

— Parce que tu es un garçon.

Il se redressa et rengaina le poignard.

— Mon garçon. Et désormais, tu t'appelleras Alcandre.

1
L'éclosion

Python

Vingt-huit ans plus tard

Hormis quelques paquets de neige tombés des palmiers morts, aucun mouvement n'avait agité le patio du palais royal depuis plusieurs décades. Le froid semblait avoir figé l'écoulement du temps, donnant à l'édifice l'allure d'une scène vide. Et comme toute scène vide, il paraissait attendre un spectacle.

Sur le piédestal enneigé, le serpent Python couvait ses œufs. Une fissure se dessina sur la surface lisse d'une coquille. L'événement fit un bruit semblable au craquement produit par un pas sur un lac gelé : clair et inquiétant. Un autre craquement suivit. Le serpent bougea ses pupilles sans paupières. Ses anneaux se déployèrent en crissant, écailles contre écailles, faisant tomber la neige qui les recouvrait. Au centre, les fissures des deux coquilles s'agrandirent, laissant apparaître des membranes blanches agitées par la pression de petits corps flexibles en quête d'air et de lumière. Le reste de la couvée resta immobile : les autres œufs n'avaient pas survécu à la stase que leur avait imposée le Basileus.

Un nez triangulaire perça l'une des deux membranes, révélant une version réduite de l'énorme reptile qui surveillait l'éclosion.

— *À toi le futur*, déclara ce dernier.

L'autre membrane se déchira à son tour, laisssant apparaître un deuxième serpent.

— *À toi le passé*, ajouta Python.

Les serpenteaux, translucides comme la glace et longs comme des hommes, se déplièrent hors de leurs coquilles. Leurs gueules s'ouvrirent pour bâiller, selon un angle dont seules les mâchoires reptiliennes étaient capables. Leurs crochets blancs brillèrent dans la lumière qui se déversait sur le patio cristallisé du palais royal. Le premier serpenteau se glissa par-dessus les anneaux de Python.

— *Lycurgue arrive.*

Le deuxième siffla de colère.

— *Il nous a volés il y a vingt ans pour nous offrir au Basileus*, répondit-il. *Nous étions un cadeau diplomatique.*

— *Vos frères et sœurs ne vivront jamais par sa faute*, dit Python.

Le premier serpenteau se tourna vers son frère.

— *Si tu restes là, nous pourrons nous venger.*

— *Alors nous nous vengerons*, répondit le deuxième serpenteau.

Il resta lové au milieu des œufs non éclos tandis que son frère s'éloignait vers la sortie.

Python à son tour se coula sur le sol enneigé et rampa sur les traces laissées par son premier serpenteau, qui disparaissait déjà derrière les galeries du patio. Comme il l'avait fait des décennies plus tôt, il passa par-dessus les remparts du palais royal et se retrouva sur les canaux du septième niveau, battus par le vent.

Il rampa jusqu'au péage le plus proche. Dans un poste de garde situé à l'aplomb de l'escalier de glace, des malfrats somnolaient assis. L'un d'eux se réveilla au passage de Python. Il vit l'énorme serpent, marmonna « j'ai vraiment forcé sur l'hydromel, hier » et se rendormit.

Python poursuivit sa descente. Il passa deux autres péages sans réveiller les gardes assoupis. Pour les trois restants, il eut juste à siffler en direction des malfrats pour les dissuader de faire un geste. Il savait qu'ils ne tarderaient pas à donner l'alerte, mais d'ici à ce que les humains le localisent et le rattrapent, il serait déjà loin.

Il continua son chemin et arriva dans la prairie gondolée de congères blanches qui séparait les tours des remparts. Au loin apparaissait la brèche du dôme, colmatée jusqu'à mi-hauteur par un mortier grossier. Python darda sa langue en direction de l'immense échafaudage. Il ne pouvait plus ressortir de ce côté. Il ondula à travers la prairie, laissant dans la neige d'étranges traces sinueuses qui mystifieraient les badauds le lendemain, et passa les portes de la ville. Puis il traversa l'immense plaine dans laquelle se lovait Hyperborée avant d'arriver aux premières ondulations du paysage, qui annonçaient les montagnes. Le demi-jour pointait tandis qu'il se faufilait au creux des vallées riphéennes, toutes de blanc vêtues. Un soleil hivernal laiteux se levait dans le ciel lorsqu'il parvint au lac gelé, au pied du glacier. Ses écailles rayèrent la surface sous laquelle des eaux noires et profondes se devinaient. Il s'arrêta au milieu du lac, s'enroula sur lui-même, la tête posée sur ses anneaux, et attendit. Il lui restait un petit jeu à jouer avec le destin avant de retourner à la solitude des montagnes, où seul le passage des caravaniers marquait celui du temps.

Alcandre

Au sommet de l'Extractrice, le claquement répété d'une paire de bottes sur un sol de mosaïque battait la mesure avec les bourrasques qui frappaient les carreaux. Alcandre faisait les cent pas dans les appartements du directeur de la prison, qui résidait à présent dans une cellule des étages intérieurs. La conversation à laquelle il se préparait allait avoir d'immenses implications pour son avenir. Il s'arrêta un instant pour regarder le paysage par la fenêtre – des tours couvertes de givre, illuminées par le soleil vespéral – et reprit sa marche. Il se serait senti plus confiant s'il n'avait pas fait tant d'erreurs.

La première de ses erreurs était d'avoir provoqué l'incendie responsable de l'endommagement du dôme. La température était désormais trop basse pour permettre aux ouvriers de continuer à combler la brèche : le gel les empêchait de maçonner. Après une décade d'acharnement, ils avaient donc fini par jeter l'éponge et quitter le chantier. Leur ouvrage inachevé s'étirait dans l'adamante en une grande lézarde sombre suturée d'échafaudages. La moitié de la brèche restait à combler, laissant ouvert dans le dôme un long triangle où s'engouffraient les courants d'air. Les clans avaient profité du chaos ambiant pour s'emparer des postes de douane. À présent, ils contrôlaient les allées et venues dans la cité, et son ravitaillement. Les denrées de première nécessité se vendaient à des prix phénoménaux. L'ombre de la famine planait sur Hyperborée.

Sa deuxième erreur était d'avoir laissé filer Arka. Il ne s'était pas attendu à ce qu'elle décide de quitter Hyperborée après l'effondrement de la tour. Il lui avait fallu plusieurs jours pour s'apercevoir de son départ. La distance qu'elle creusait un peu plus chaque instant entre elle et lui devenait inquiétante. Il n'espérait plus pouvoir lancer Silène à ses trousses, car le lémure n'était jamais allé dans les monts Riphées de son vivant et sa convalescence se prolongeait. Pour accélérer sa régénération, Alcandre l'avait placé dans une cuve mancimniotique, installée dans les appartements qu'il occupait. Immobile, le visage émergeant de l'eau visqueuse, sa créature le suivait des yeux. Ses organes vitaux avaient encore besoin de plusieurs jours pour se réparer. Alcandre n'avait plus le choix, il devait envoyer quelqu'un d'autre récupérer Arka.

Sa troisième erreur, il venait de l'apprendre.

— Combien de mois ? demanda-t-il sans cesser de marcher.

Depuis un recoin sombre de la pièce, une voix caverneuse et métallique roula jusqu'à lui :

— Deux.

— Cela me laisse encore du temps pour trouver une solution. J'ai besoin de Barcida.

— Son aide sera toujours négligeable face au risque que représenterait cet enfant s'il venait à naître, maître.

Alcandre jeta un coup d'œil vers l'encoignure d'où provenait la voix. Une forme humanoïde aux membres de métal se détachait de la pénombre. Elle tenait un bras démonté dans l'autre et portait un masque de fer aux traits atones. Les fentes oculaires sombres lui adressaient un regard énigmatique. Depuis qu'il le lui avait donné, Penthésilée ne se séparait plus de son masque. L'inconvénient était qu'Alcandre ne pouvait pas lire ses expressions. Au-delà du problème réel que posait la grossesse de Barcida, il se demanda si elle ne se sentait pas menacée par cet enfant à naître.

— Je vais y réfléchir, se contenta-t-il de répondre. Il fait suffisamment sombre, allons-y.

Penthésilée emboîta son bras mécamancique dans son épaule, fit jouer ses doigts articulés et emprunta à sa suite l'escalier qui menait au toit. Dès qu'ils eurent passé la trappe de la terrasse, le froid ravivé par la nuit tombante les cueillit. Alcandre rabattit sa capuche et se dirigea vers le centre de la toiture, aménagée en jardin suspendu. Dans les fontaines, les jets d'eau gelés prenaient d'étranges formes bulbeuses. Les plantes ressemblaient à de délicates sculptures de glace. Alcandre s'arrêta au centre d'une grande rosace de mosaïque et leva les yeux en l'air. Le dôme s'arrondissait au-dessus de sa tête, barrière à peine visible entre le bleu sombre de la voûte céleste et lui. Il coinça trois doigts dans sa bouche et siffla un long appel.

Quelques minutes plus tard, une ombre masqua le scintillement pâle des premières étoiles. L'instant d'après, un énorme rapace se posa devant lui. Les tourbillons glacés soulevés par ses ailes noir de jais emportèrent sa capuche. Alcandre s'approcha de l'oiseau rokh et flatta son bec du bout de sa moufle.

— Désolé de te laisser en dehors de la ville, tu es trop visible en plein jour, Mélanéphèle, dit-il.

La bête frotta affectueusement sa tête contre la sienne, puis s'accouva pour permettre à Penthésilée de monter sur son dos, où une double selle était sanglée. Lorsque Alcandre se fut installé à son tour, la jeune fille donna un ordre bref, et le rapace décolla.

Alcandre se laissa porter par son vol à travers Hyperborée. Le vent soufflait dans la ville. À présent, il préférait la voir de nuit, lorsque les ravages soulevés par ses erreurs étaient moins visibles. Les couleurs de la cité – le vert des plantes grimpantes, le bleu de l'eau, les peintures des murs – s'en étaient allées, comme un sable bariolé emporté par la bise. Il ne restait plus qu'un décor de stalactites et de canaux gelés, le tout recouvert d'une neige grisâtre qui devenait fangeuse lorsque les Hyperboréens la piétinaient dans les rues, au premier niveau. Alcandre avait beau se dire que cette situation n'était que passagère, il ne pouvait s'empêcher de se sentir coupable en voyant l'état de la cité dont il avait presque achevé la conquête.

La peau de son visage brûlait sous les assauts du vent froid, ses pieds se balançaient dans le vide au rythme des battements puissants. Il avait l'habitude de ces sensations : il les connaissait depuis que son père lui avait appris à voler, vingt-huit ans auparavant – son père qu'il allait revoir ce soir-là, après six mois passés à Hyperborée.

L'oiseau rokh arriva au niveau de la brèche du dôme et survola dans un soyeux bruissement d'ailes les échafaudages désertés par les maçons. Même s'ils étaient restés, ils n'auraient sans doute pas remarqué l'ombre fugace peinte par le passage du rapace.

À l'extérieur du dôme, la température chuta encore. Alcandre baissa la tête vers Penthésilée pour se protéger de la morsure redoutable du vent. Tandis qu'elle mettait le cap sur les monts Riphées, il songea à la réunion qui l'attendait. Après six mois de séparation, il ressentait une forte appréhension à l'idée de présenter les résultats de son entreprise à son père. Son plan, que celui-ci avait si souvent jugé irréalisable, entrait enfin dans sa dernière phase. Il allait prendre Hyperborée sans siège ni

bataille. Un exploit auprès duquel la conquête de Napoca passerait pour un massacre inutile et brouillon.

L'oiseau rokh atteignit les premiers contreforts des monts Riphées, dont la frise s'auréolait des lueurs rousses du soir. Penthésilée le guida vers le triangle clair que découpait un plateau enneigé sur le flanc d'un sommet rocheux. Tandis qu'ils amorçaient la descente, Alcandre discerna dans la pénombre les formes oblongues de près de trois cents oiseaux rokhs couchés dans la poudreuse et de cinq grands abris de glace disposés en quinconce. La taille du détachement le perturba. Dans ses lettres, il avait conseillé à son père d'amener des troupes bien plus modestes. Il n'était pas dans les habitudes de celui-ci de prévoir si large.

Mélanéphèle atterrit devant l'abri central, et Alcandre sauta de la selle pour s'enfoncer aussitôt jusqu'à la ceinture dans la neige molle qui recouvrait le plateau. Ses yeux irrités par la chevauchée aérienne se brouillèrent de larmes brûlantes. Il passa une main sur son visage pour les chasser et évacua par la même occasion les picots de glace qui s'étaient formés dans sa barbe lors du vol. Devant lui se précisèrent les contours de l'abri, déjà à moitié enseveli sous les congères. D'un geste, il tassa un chemin dans la poudreuse jusqu'à l'entrée du refuge.

La porte consistait en un simple pan de glace gravé d'un sceau d'ouverture qu'Alcandre activa. La glace fondit pour lui permettre d'accéder au sas de l'abri et se reforma aussitôt derrière lui. Une température bien plus agréable l'attendait dans l'antichambre, où les aides de camp avaient entreposé les selles des oiseaux rokhs sur des bâches huilées. Alcandre souleva la tenture en fourrure pendue à l'opposé de l'entrée et se retrouva dans la pièce principale du refuge.

Les murs de glace, lisses et brillants, reflétaient la lumière émise par une sphère qui éclairait une demi-douzaine d'hommes rassemblés autour d'un samovar. Aucun d'eux ne se leva à son arrivée, mais Alcandre les vit se redresser dans un effort vain de ne pas paraître trop vieux et voûtés face à lui. La plupart des oligarques présents à la réunion étaient d'anciens généraux des troupes mercenaires engagées par Napoca pour protéger sa frontière sud des Amazones… jusqu'à ce qu'ils décident de conquérir cette cité, quinze ans auparavant, sous l'impulsion d'un chef de guerre nommé Lycurgue.

Lycurgue, le père d'Alcandre, dont l'absence inquiéta aussitôt celui-ci.

— Alcandre, bienvenue, annonça une voix grave et bien timbrée. Viens t'asseoir parmi nous.

L'accueil, chaleureux, était offert par un homme que l'âge n'avait pas réussi à empâter ni à dégarnir. Sous ses sourcils noirs et broussailleux, qui contrastaient avec le gris métallique de ses cheveux, le général Phillon regardait le nouveau venu avec des yeux ourlés de cernes, comme si leur réunion était la dernière tâche d'une journée fatigante, dont il s'acquitterait néanmoins avec rigueur. Alcandre savait que son interlocuteur affectionnait les airs pondérés et travailleurs pour conforter sa réputation de bon gestionnaire.

Phillon était l'indéboulonnable bras droit de son père, la cheville ouvrière de la conquête de Napoca, l'homme de l'ombre qui avait permis à Thémiscyra d'asseoir sa puissance après ses premiers succès militaires. En le regardant, Alcandre comprit que son interlocuteur attendait son heure de gloire depuis longtemps, et que cette heure était enfin arrivée.

— Où est mon père ? demanda-t-il sans relever l'invitation.

Les oligarques bougèrent sur leurs banquettes de glace couvertes de fourrures, mal à l'aise. Seul Phillon resta impassible. Il haussa un sourcil charbonneux, se pencha en avant et appuya ses coudes sur ses genoux largement écartés pour annoncer d'une voix lourde de commisération :

— Il y a un mois, Lycurgue a eu un problème de santé, dont il a préféré ne pas t'informer de peur que le message ne soit intercepté. Il a décidé de prendre du repos et de nous laisser gérer les affaires courantes en attendant d'aller mieux.

Alcandre maîtrisa chaque muscle de son visage pour masquer l'effet que cette nouvelle venait de provoquer en lui. Il connaissait trop bien les tendances despotiques de son père pour imaginer une seule seconde que ce dernier ait pu accepter de laisser les rênes du pouvoir à un autre en raison d'un problème passager. Phillon minimisait les ennuis de santé de Lycurgue. Il aurait voulu demander plus de détails, mais il savait que ses questions inquiètes l'exposeraient au mépris des oligarques, qui gardaient de lui l'image du rejeton d'Amazone ramené par Lycurgue. C'était exactement ce que Phillon espérait.

— Vous appelez la prise d'Hyperborée une affaire courante ?

Le masque d'empathie s'effaça du visage de Phillon. Il se redressa, posa son bol de thé sur le samovar, et joignit les mains pour les frotter soigneusement l'une contre l'autre. Des poils noirs dépassaient des manches de ses fourrures et rampaient sur ses phalanges.

— C'est une affaire urgente. Il serait dommage de laisser ton bon travail se perdre, Alcandre. Nous te félicitons pour ta persévérance. Grâce à toi, dans quatre jours, les portes d'Hyperborée s'ouvriront, un exploit qui paraissait hors de portée il y a quelques mois.

Alcandre attendit la suite. Phillon n'avait pas le compliment facile : il appliquait ses félicitations comme une pommade coûteuse en prévision de la douleur qui allait suivre.

— Cependant... nous estimons que tu n'es pas apte à gérer la suite des opérations.

Alcandre s'était attendu à cette reprise en main, mais il avait imaginé qu'elle viendrait de son père, et non d'un sous-fifre en mal de reconnaissance comme Phillon.

— Et d'où vient cette opinion ? demanda-t-il, toujours debout.

Face à l'attitude d'Alcandre, Phillon abandonna son expression diplomate.

— Tu nous avais promis de nous livrer Hyperborée intacte. Nous avons beaucoup investi dans ton projet. L'incendie de la forêt nous a coûté presque toutes nos réserves d'orichalque massif. Pour quel résultat ? Une cité à moitié effondrée, une économie en berne et des habitants terrés comme des rats dans leur…

— Cette situation est temporaire, coupa Alcandre. Hyperborée se redressera dès que le dôme sera réparé. Et je ne me rappelle pas que vous ayez cherché à « gérer la suite des opérations » après que mon père a conquis Napoca… Pourtant, le siège a été une vraie boucherie.

Sa remarque déclencha quelques haussements de sourcils parmi les oligarques. Jamais aucun d'entre eux n'avait osé critiquer la conquête napocienne. Ils se tournèrent vers Phillon, attendant une réponse. Un rictus condescendant étira les lèvres de ce dernier.

— Tu n'es pas ton père, Alcandre. Tu es sans doute habile pour manœuvrer en coulisses et monter des machinations, mais l'exercice du pouvoir, le vrai pouvoir, t'est inconnu. Hyperborée a besoin d'un homme fort à sa tête.

— Un homme qui a réussi à conquérir une cité imprenable avec cinquante guerrières ? Qui connaît la société hyperboréenne mieux que quiconque dans cette salle ?

— Sois raisonnable, Alcandre. Tes guerrières ont réussi à prendre les mages en otage parce qu'elles ont bénéficié de l'effet de surprise sur un ramassis de civils, déclara Phillon. Elles ne tiendront pas une demi-journée face à une cohorte thémiscyrienne, même avec le vif-azur.

Il se redressa et accrocha le regard des oligarques, comme pour montrer que ses affirmations étaient le fruit d'une réflexion collective, même si ces derniers n'avaient pas pipé mot.

— D'ailleurs, nous allons le prouver, continua-t-il. Nous avions noté dans tes dernières missives que tu prévoyais une issue favorable à tes guerrières… Cette partie de ton plan va être abandonnée. Quelques exécutions exemplaires permettront de rendre notre sauvetage plus

34

crédible. Une cinquantaine de pertes pour la conquête d'Hyperborée, ça reste peu cher payé, n'est-ce pas ?

Livide, Alcandre songea à la loyauté indéfectible de Barcida et au renflement qu'il avait senti sous ses doigts. Il avait envie de se dresser contre Phillon, mais une pensée hideuse s'insinuait déjà dans sa tête : ce changement de stratégie l'arrangeait. Les soldats-oiseleurs allaient régler le problème qui grandissait dans le ventre de Barcida sans qu'il ait à affronter la culpabilité de devoir s'en charger lui-même.

Soudain, un pan de glace du mur opposé fondit, révélant un aide de camp qui semblait très embarrassé d'interrompre ainsi la réunion. Il soutenait le coude d'un vieil homme tremblant, dont les gros pieds emmaillotés butaient contre les aspérités du sol. Alcandre mit plusieurs secondes à reconnaître son père.

La moitié de son visage s'était affaissée. Ses cheveux étaient devenus blancs, rares et ternes. Des restes de repas maculaient sa barbe grise. Il serrait un mouchoir dans une main tremblante et cherchait Phillon du regard. Des relents d'excréments s'échappaient des fourrures et flottaient jusqu'aux narines d'Alcandre.

— Général Phillon, dit précipitamment l'aide de camp, excusez-moi, le Polémarque Lycurgue a voulu…

— C'est bon, c'est bon, soldat. Il a l'air d'avoir envie de se joindre à nous, laissez-le approcher, répondit Phillon d'un ton bonhomme en tapotant la place disponible à ses côtés.

Avec horreur, Alcandre vit son père, Lycurgue, le maître de guerre qu'il avait à la fois redouté et admiré toute sa vie, s'avancer à petits pas branlants vers le banc de glace. Phillon se leva et lui prit l'autre coude pour l'aider à s'asseoir.

— Regarde, Lycurgue, ton fils est là, susurra-t-il comme une mère encourageant son enfant.

Lycurgue tourna la tête et son œil droit s'illumina en reconnaissant Alcandre. La détresse envahit ce dernier. Jamais son père ne lui avait souri avec autant de candeur. Avait-il d'ailleurs un jour vu cette expression sur son visage ? Pourtant ce sourire était bien là, tordu par l'hémiplégie, jaune et édenté, un sourire de vieillard sénile rempli de joie à la vue de son fils.

— Al… can… dre, chevrota Lycurgue. Tu es… là.

— Il t'a reconnu ! s'exclama Phillon en tapotant le bras de Lycurgue. Il a parfois du mal à nommer les personnes qu'il n'a pas vues depuis longtemps.

— Pourquoi l'avez-vous emmené avec vous ? fut tout ce qu'Alcandre parvint à dire.

— Lycurgue est un symbole, répondit Phillon. Je pense que sa présence nous aidera à réussir la transition politique à Hyperborée. Et puis, il est heureux de nous accompagner dans cette nouvelle conquête.

Alcandre ne pouvait qu'imaginer à quel point son interlocuteur se délectait de l'état de faiblesse de Lycurgue, lui qui avait tant subi sa tyrannie.

— Soyons bien clairs, Alcandre, ajouta Phillon. Pour éviter qu'il y ait un changement définitif de régime (il serra affectueusement l'épaule de Lycurgue), nous attendons de toi une coopération totale.

Lycurgue, sentant la pression sur son épaule, leva ses yeux bruns vers lui et lui sourit. Phillon lui retourna son œillade enjouée. Alcandre ne pouvait supporter la scène un instant de plus. Il se frappa la poitrine pour saluer les oligarques et sortit de l'abri de glace.

Pouvait-il encore appeler « père » cette chose chevrotante ? La décrépitude fulgurante de Lycurgue le remplissait d'une horreur viscérale. Il aurait préféré le savoir mort. Pourtant, à son grand désarroi, il se sentait incapable de tenter quoi que ce soit qui aurait pu le mettre en danger.

Alcandre avait si souvent manipulé les faiblesses d'autrui pour servir ses propres fins qu'il n'aurait jamais imaginé qu'on puisse lui faire courber l'échine de la même manière. Là où son attachement envers

Barcida avait échoué, le levier de l'amour paternel réussissait. Lorsqu'il rejoignit Penthésilée, qui l'attendait dans la nuit polaire du plateau, les monts Riphées lui parurent encore plus immenses. Ou peut-être était-ce lui qui avait rapetissé.

Il regarda Penthésilée, juchée sur le dos de l'oiseau rokh, qui l'observait silencieusement. Barcida était condamnée, mais il pouvait encore sauver une de ses guerrières.

— Je reste ici, lança-t-il. Toi, tu gardes Mélanéphèle.

— Qu'est-ce que vous voulez que je fasse, maître ?

— Tu vas aller chercher Arka.

2
Le legs du lémure

Arka

Chaque matin, Arka était saisie d'étonnement lorsqu'elle se réveillait, pelotonnée contre le flanc chaud du Nabot, dans l'abri de glace qu'elle avait érigé la veille. Après des mois passés à Hyperborée, elle n'arrivait pas à se réhabituer à la vie nomade des monts Riphées. Les yeux perdus dans la blancheur brillante des parois, elle ressassait l'enchaînement des événements qui l'avaient privée du lit confortable de sa petite chambre du donjon.

Elle était arrivée dans la cité-État une saison plus tôt, fuyant les révoltes de Napoca et son passé d'apprentie Amazone, avec pour tout bagage un projet sommaire : retrouver le père hyperboréen qu'elle n'avait jamais connu. Par un concours de circonstances, elle était devenue disciple de Lastyanax, autrement dit sous-fifre d'un politicien soupe-au-lait adepte de la paperasse.

Contre toute attente (et grâce à l'esprit diplomatique exceptionnel dont elle avait fait preuve), ils avaient fini par s'entendre, au point que Lastyanax l'avait associée à son enquête sur la mort de son propre maître, le ministre Palatès. La vie d'Arka au septième niveau avait ainsi été rythmée par leurs investigations et ses obligations de larbin envers son mentor. Alors que d'autres meurtres de ministres venaient frapper le Magisterium, elle avait découvert l'existence d'une malédiction ancienne que le souverain d'Hyperborée avait infligée aux Amazones responsables de l'assassinat de ses enfants. Ce maléfice condamnait chaque victime à tuer ses géniteurs et à mourir de la main de sa descendance. Pour pouvoir lancer sa vengeance contre les Amazones, le Basileus avait dû s'infliger le même tourment – la malédiction miroir.

Ayant perdu ses enfants et la possibilité d'en avoir de nouveau, il se croyait immortel. Un homme avait cependant réussi à ressusciter son fils aîné, faisant de ce dernier un pantin sans âme au service de son maître. L'homme avait donné l'ordre à son lémure de concevoir un enfant avec une Amazone : cet enfant, c'était elle.

En venant à Hyperborée, Arka s'était ainsi retrouvée exposée à la malédiction miroir, qui l'avait poussée à tuer le Basileus pour sauver sa propre vie. Le maître du lémure s'était ensuite arrangé pour la faire condamner à la peine capitale, réussissant du même coup à prendre les mages hyperboréens en otage dans la prison de la cité – en leur faisant croire que leurs ravisseuses étaient des Amazones. Au prix d'un combat qui avait déclenché l'effondrement d'une tour sur le dôme protecteur d'Hyperborée, Arka avait réussi à s'échapper. Fille d'Amazone, régicide, porteuse de malédiction, destructrice de cité : cela faisait un peu trop de fardeaux à assumer quand on n'avait pas encore quatorze ans. Elle avait donc décidé de s'enfuir pour retourner en Arcadie, dans la forêt des Amazones, d'où elle était originaire.

En partant, elle avait laissé derrière elle son mentor, Lastyanax. Elle se sentait coupable d'avoir quitté la ville sans chercher à le revoir, d'autant plus qu'il avait risqué sa vie pour la tirer du piège judiciaire dans lequel le maître des lémures l'avait enfermée. Avec ce dernier sur ses traces, il aurait cependant été dangereux pour Lastyanax qu'elle le rejoigne – le maître des lémures avait déjà prouvé qu'il était prêt à tuer quiconque se retrouverait entre Arka et lui.

De ses déboires, Arka tirait l'amère conclusion qu'elle ne pouvait pas continuer à vivre dans une zone où la magie opérait. Son immortalité n'avait fait que créer des catastrophes mortelles autour d'elle, comme si les événements, forcés par la malédiction de l'épargner, se vengeaient en s'en prenant à son entourage. Sa tutrice, Chirone, avait perdu la vie le jour même où Arka se retrouvait pour la première fois de son existence dans une zone magique. Sa camarade et compagne d'infortune, la princesse Penthésilée, avait été tuée par la faute d'Arka dans les révoltes de Napoca. Lastyanax avait failli mourir plusieurs fois au cours des quelques mois qu'ils avaient passés ensemble. Le combat d'Arka contre le maître des lémures avait entraîné la disparition de milliers d'Hyperboréens dans la tour. Vraiment, il était grand temps de mettre fin à l'hécatombe en revenant dans la forêt des Amazones, où la malédiction serait inopérante. Cette conviction concluait à chaque fois le cheminement matinal de ses pensées et lui donnait le courage de se lever pour reprendre la route.

Elle se décolla du flanc du Nabot, tapota la croupe du cheval et ajusta ses raquettes autour de ses bottes fourrées. Cinq jours de marche la séparaient encore de Khembala, la ville d'hivernage des Riphéens. Une clarté filtrait à travers la glace de l'abri : le jour était levé. Il était temps de se mettre en chemin. Elle prit son bâton de marche pour creuser un accès dans la neige qui s'était accumulée contre le trou de sortie durant la nuit. Le Nabot souffla bruyamment par les naseaux pour l'encourager à aller plus vite.

— C'est bon, tu vas bientôt sortir, attends cinq minutes, ahana Arka en continuant son ouvrage.

Lorsque le dernier paquet de poudreuse s'effondra, un faisceau de lumière se déversa dans le refuge. Arka se faufila dans le boyau de sortie et se retrouva dehors.

Une blancheur aveuglante inondait les flancs de la vallée dans laquelle elle avait établi son campement. Les reliefs du terrain étaient lissés par la neige, uniforme et si épaisse que de fines craquelures se dessinaient par endroits à sa surface. Seuls quelques nuages vaporeux, accrochés aux plus hauts pics, résistaient au ciel bleu. Sur les crêtes environnantes, le vent soulevait des filaments de poudreuse scintillante qui paraissaient ramper sur le manteau de neige. Sous le soleil, des gouttes tombaient des sapins disséminés dans la vallée.

Arka dégagea les congères qui recouvraient l'abri pour permettre au Nabot de sortir. Le cheval s'ébroua et trotta dans la neige avant de se rouler dedans avec des ronflements bienheureux. Puis il se précipita sur la ration d'avoine qu'Arka avait sortie du paquetage à son intention. Tandis qu'il mastiquait son déjeuner, elle décida de faire un feu pour s'occuper du sien.

Elle se dirigea vers le bosquet d'arbres le plus proche, foulant la neige intacte, déjà alourdie par la chaleur. Un silence parfait régnait dans la vallée. Arrivée sous le couvert des sapins, elle ramassa le petit bois que la dernière chute n'avait pas encore eu le temps d'ensevelir. Puis elle se redressa, son fagot à la main, avec le sentiment à la fois inquiétant et enivrant d'être seule au monde.

Sauf qu'elle ne l'était pas.

Un oiseau rokh venait d'apparaître à l'horizon.

Stupéfaite, Arka lâcha son fagot et recula pour se cacher sous les branches basses du sapin. Elle n'avait pas vu d'oiseau rokh voler depuis deux ans. Celui-ci semblait arriver du nord, c'est-à-dire d'Hyperborée, ce qui était absurde, car il n'y avait pas d'escadrilles dans la cité. À sa connaissance, seule Thémiscyra possédait encore des oiseaux rokhs. Cela ne pouvait signifier qu'une chose : Lycurgue avait rejoint le maître des lémures, comme l'avait anticipé Lastyanax.

Arka plissa les yeux pour observer le cavalier du rapace. À cette distance, elle ne vit que les reflets métalliques de son casque de vol. Il ne portait pas la cape brune typique des soldats-oiseleurs thémiscyriens. Avec un peu de chance, il ne s'agissait que d'un simple coursier.

Le rapace aux ailes noires plana à basse altitude vers l'abri, comme pour l'inspecter. Les naseaux dans sa ration, Le Nabot ne l'avait pas repéré. Arka regarda son compagnon, la boule au ventre – elle avait déjà entendu dire que les oiseaux rokhs pouvaient emporter des chevaux. Mais le rapace se contenta de le survoler.

Arka soupira, avant de réaliser que l'oiseau rokh effectuait un arc de cercle pour revenir vers le campement. Le Nabot, qui avait fini son avoine, remarqua enfin le rapace. Il détala aussitôt dans la neige en roulant des yeux fous de terreur.

Revenu au-dessus de l'abri, l'oiseleur se pencha par-dessus l'aile de sa monture pour regarder le sol. Arka se raidit et recula d'un pas derrière les branches. Ce n'était pas un coursier : il la pistait. Il n'allait pas tarder à repérer ses traces, bien visibles dans la neige fraîche. Elle fit jouer son bracelet-ailes autour de son poignet. À supposer que le mécanisme accepte de se déclencher malgré le gel, elle ne voyait pas comment s'éloigner en volant sans être repérée…

L'oiseleur avait retrouvé sa piste. Les deux fentes oculaires de son casque se braquèrent soudain sur le bosquet de sapins. L'instant d'après, sa monture fondit en rase-mottes vers Arka. Elle le vit décrocher une sphère étincelante de sa ceinture – une sphère de somnolence.

Arka plongea sur le côté au moment où l'oiseleur lançait le globe dans sa direction. La sphère se brisa contre les branches du sapin et une vapeur violette s'en échappa. Elle ferma la bouche, se pinça le nez et sortit en courant du bosquet. Le gaz soporifique avait eu le temps de l'affecter : ses jambes soudain cotonneuses luttaient pour soulever les raquettes. Elle continua de courir en trébuchant dans la neige, consciente que l'oiseleur effectuait un demi-tour derrière elle pour revenir à la charge. Si seulement elle réussissait à atteindre son arc de chasse, laissé devant l'abri…

Une deuxième sphère de somnolence explosa dans la neige à ses pieds dans un bruit étouffé. Toujours en apnée, Arka continua de courir, les jambes coupées par le manque d'oxygène. Une dizaine de pas restaient à parcourir pour rejoindre l'abri. L'esprit vaseux, elle vit l'oiseau rokh exécuter un renversement au-dessus du versant opposé de la vallée pour lancer une troisième attaque. Les irisations de ses ailes noires et les reflets du casque de son cavalier projetaient des éclats de lumière. Arka risqua une inspiration en arrivant à l'abri, plongea sur

ses affaires pour attraper une flèche et son arc, et banda celui-ci en roulant sur le dos.

L'oiseleur, qui s'apprêtait à lancer une troisième sphère, suspendit son geste et tira sur les rênes pour ralentir sa monture. Le rapace bascula en arrière et passa en vol stationnaire à la verticale du campement. Le souffle court, Arka maintint la tension de la corde, l'œil aligné sur la pointe de la flèche et la tête du cavalier.

— Si tu lances la sphère, je tire sur ton oiseau !

Pendant quelques instants, l'oiseleur la regarda en silence. Arka remarqua alors combien il était *menu*. Elle songeait que son assaillant ne devait guère être plus âgé qu'elle lorsqu'une voix caverneuse, aux accents métalliques, résonna dans la vallée.

— Tu ne me reconnais pas, Arka ?

Cette dernière n'avait jamais entendu de voix semblable, et pourtant quelque chose dans sa tonalité, ainsi que dans l'attitude de son adversaire, lui était soudain terriblement familier. Elle se rappela la fausse Amazone masquée qui lui avait tiré dessus avant son départ d'Hyperborée. C'était la même personne, elle en aurait mis sa main au feu. Une femme probablement très jeune, excellente archère, et qui connaissait son prénom…

Elle mit plusieurs secondes avant d'oser prononcer celui qui lui torturait l'esprit.

— Penthée ?

— Oui.

Une chape de plomb sembla s'abattre sur Arka. Ses derniers souvenirs de Penthésilée affluèrent : elle revoyait la princesse, prostrée dans Napoca, le visage en bouillie… Elle ne pouvait pas avoir survécu, c'était impossible.

— Tu es morte à Napoca !

— Non, tu m'as laissée mourir. Je dois la vie à mon maître.

Cette phrase aviva les craintes monstrueuses qu'Arka nourrissait dans un recoin de sa tête depuis trois décades. Elle regarda le masque énigmatique de son adversaire ; celle-ci tenait toujours la sphère de somnolence d'une main parfaitement stable malgré les secousses du vol.

— Tu… t'es une lémure, toi aussi ?

Le temps sembla se suspendre un instant. Seul le lourd battement des ailes du rapace, qui lui envoyait des gifles d'air froid, lui répondit.

Soudain, d'un geste vif, Penthésilée lança la sphère de somnolence. Arka tira aussitôt sur le globe, qui explosa en l'air. Une pluie de verre brisé retomba sur elle tandis que la vapeur violette montait vers l'oiseau rokh, toujours en vol stationnaire. Le rapace secoua la tête. Ses battements d'ailes se firent soudain moins puissants et il commença à perdre de l'altitude. Penthésilée tira sur les rênes en sifflant un ordre. Le rapace étendit mollement ses ailes et plana en direction de la montagne, sans cesser de dodeliner de la tête.

Arka se redressa pour regarder le rapace s'éloigner vers une crête. Le vol de l'oiseau lui semblait de plus en plus lent et instable, comme s'il devait lutter contre des vents contraires. Penthésilée faisait claquer ses rênes sur son cou pour le maintenir éveillé. Peine perdue. L'énorme rapace piqua soudain du bec et s'écrasa contre le flanc de la montagne, à quelques pas du fil de la crête, disparaissant à moitié dans la couche de neige. Penthésilée fut projetée sur le côté et roula sur quelques pas avant d'être arrêtée par un rocher.

Arka eut le temps de la voir se redresser avant d'entendre un étrange son sourd, une sorte de « wouuuf », qui semblait provenir de la montagne elle-même.

De longues craquelures se dessinèrent dans la neige autour de l'oiseau rokh. Des plaques blanches se détachèrent de la montagne, emportant le rapace inanimé dans leur glissade. L'instant d'après, le manteau neigeux se transforma en une immense avalanche qui se mit à dévaler la pente à toute vitesse.

Arka regarda, pétrifiée, la vague poudreuse déferler dans sa direction en emportant les sapins comme des fétus de paille. Elle se trouvait en plein milieu de sa trajectoire. Elle chercha Le Nabot des yeux, mais le cheval avait disparu. Elle agrippa fébrilement son poignet et serra de toutes ses forces le sceau de son bracelet-ailes, qui ne se déclencha pas.

Elle releva la tête. L'avalanche avait à présent envahi tout son champ de vision. La montagne grondait comme un monstre prêt à la dévorer. Arka se mit à courir dans la direction opposée, fuyant comme elle avait fui devant les blessures mortelles de Penthésilée à Napoca et celles de Chirone dans la forêt des Amazones.

Elle pensait encore à sa tutrice lorsque l'avalanche la rafla.

Lastyanax

Depuis deux jours, des oiseaux de proie traversaient le ciel tourmenté des montagnes, telles de fines ancres dans une mer de nuages. Les rapaces volaient si haut qu'il était difficile d'évaluer leur envergure : il aurait pu s'agir d'aigles des neiges comme de volatiles beaucoup plus gros. Oiseaux de mauvais augure, disait Sopot, le guide de Lastyanax. Le caravanier voyait cependant des mauvais augures partout : dans la forme des nuées qui s'échouaient contre les cimes, dans les craquelures de la neige, dans les crottins de ses bœufs musqués. Lastyanax devait admettre qu'il valait mieux avoir la chance dans sa poche pour survivre aux tempêtes, aux avalanches, aux crevasses, aux engelures, et aux mille et un dangers des monts Riphées.

Chaque jour qui s'écoulait lui faisait regretter davantage son départ d'Hyperborée. Depuis près de trois décades, il piétinait la neige du massif montagneux, le corps fourbu par un exercice qu'il n'avait pas l'habitude de fournir. Le temps relativement clément s'était détraqué lorsque la véritable ascension avait commencé. Depuis, le caravanier et lui essuyaient tempête sur tempête. Lastyanax avait l'impression de passer l'essentiel de son temps calfeutré avec Sopot et ses bêtes dans l'abri de glace que son guide érigeait chaque fois qu'un grain se levait. Il n'en pouvait plus des petites manies du montagnard, de sa saleté, de l'odeur rance de ses animaux et de la moiteur de ses propres fourrures. Mais ce qui l'énervait par-dessus tout, c'était le sentiment que tous ces efforts ne servaient à rien. Aucune piste n'était venue soutenir sa détermination à retrouver Arka. Les monts Riphées ne cessaient de grandir autour de lui tandis qu'il s'enfonçait dans leurs replis inhospitaliers. Chaque jour apportait son nouveau pierrier à descendre, son nouveau raidillon à remonter, son nouveau col à franchir. Et dans ce paysage écrasant de froideur, pas un village, pas une bergerie... pas une Arka.

Lastyanax avançait à l'aveugle, dépendant de Sopot, qui marchait toujours dix pas devant lui et tirait régulièrement sur la corde qui les reliait pour souligner sa lenteur. Le caravanier prenait aussi un malin plaisir à oublier l'Hyperboréen quand cela l'arrangeait. Dès que Lastyanax se risquait à lui demander des indications sur leur trajet, Sopot éructait un verbiage riphéen, lui faisant comprendre par de grands gestes agacés qu'un citadin comme lui était foncièrement incapable de comprendre la montagne.

Lastyanax avait du mal à évaluer dans quelle mesure les décisions du guide relevaient de choix stratégiques ou de pures superstitions. Sopot avait ainsi refusé de le mener à travers le glacier (« trop danger, trop danger ! » s'était-il contenté d'expliquer en agitant son bâton de marche d'un air excédé), ce qui aurait pourtant pu leur faire gagner du temps. Aux yeux de Lastyanax, ce long détour amenuisait ses chances de rattraper Arka. À chaque minute qui passait, son envie de faire demi-tour se heurtait à l'espoir de découvrir sa disciple au détour du prochain aiguillon rocheux. La crainte de revenir bredouille à Hyperborée après y avoir abandonné Pyrrha pour se lancer à la recherche de sa disciple l'empêchait de dormir. Il avait ainsi l'impression d'agir comme son parieur de père, toujours prêt à gager un hyper dans une course de plus, la dernière course dont le rapport justifierait enfin tout l'or gaspillé dans les autres.

La veille, ils avaient perdu un bœuf musqué lors d'un passage de crête difficile. La piste s'était effondrée sous ses sabots, emportant l'animal ainsi que les marchandises qu'il transportait dans un profond ravin. Cette perte n'avait pas amélioré l'humeur de Sopot. Il avait invectivé Lastyanax, accusant ce dernier de n'avoir pas correctement tenu les guides de la bête, puis son chien, car celui-ci avait d'après lui énervé la montagne en aboyant après un choucard. Lastyanax s'était senti solidaire du mâtin – Sopot les traitait avec les mêmes égards, après tout.

En plus du bœuf musqué, cet accident leur avait coûté une demi-journée de marche. Le caravanier avait en effet tenu à récupérer une partie des marchandises échouées sur l'escarpement en s'encordant avec Lastyanax. Cette opération périlleuse avait mis à rude épreuve la patience de ce dernier. Ensuite, il avait fallu répartir le chargement sur les bêtes restantes, qui croulaient déjà sous les marchandises. Puis le soir était arrivé, les obligeant à dresser à la va-vite un campement dans une combe non loin de l'éboulis. Ils n'avaient même pas pu allumer un feu et s'étaient couchés dans la froideur humide de l'abri de glace, avec des biscuits durs comme de la pierre pour seul repas.

Le lendemain matin, Lastyanax s'était réveillé très tôt, après une mauvaise nuit passée à ressasser sa situation, celle d'Hyperborée et celle d'Arka. Sopot dormait encore, ce qui était rare – d'ordinaire, le caravanier était le premier levé et ne manquait pas de lui faire remarquer qu'il lambinait. Impatient d'échapper un moment à sa présence désagréable, Lastyanax était sorti de l'abri sans faire de bruit pour se soulager et se mettre en quête de bois. Le chien l'avait suivi.

C'était un gros berger à la fourrure épaisse et à l'allure lupoïde qui répondait au nom de Khatam. Il avait perdu une oreille et des morceaux de peau en défendant son maître face à des ours des cavernes. Ce matin-là, il semblait lui aussi heureux de pouvoir s'éloigner de Sopot.

Ensemble, ils se dirigèrent vers un petit col derrière lequel Lastyanax espérait trouver un versant abrité et quelques sapins. Khatam, léger sur ses larges pattes, ne laissait quasiment pas de traces sur la couche de neige. Il arriva au col avant Lastyanax et s'y arrêta net. Son oreille unique dressée, sa queue relevée, il regardait au loin. Il se mit à aboyer.

— Chut, Khatam !

Mieux valait ne pas énerver la montagne, ni Sopot, s'il était réveillé. Khatam gémit et piétina la neige sous ses coussinets comme pour inciter son compagnon à le rejoindre plus vite. Lastyanax poussa sur ses raquettes et put enfin voir ce qui se trouvait au-delà du col.

Sur un plateau en forme de triangle, plusieurs centaines d'oiseaux géants étaient couchés dans la poudreuse. Lastyanax s'aplatit aussitôt dans la neige et força Khatam à faire de même. Le chien gronda sourdement tandis qu'ils observaient des silhouettes en uniforme faire des allers-retours entre cinq énormes baraquements de glace et les rapaces.

Lastyanax comprit qu'il avait sous les yeux des oiseaux rokhs, une espèce pourtant censée avoir pratiquement disparu depuis la guerre des quatre cités, deux siècles plus tôt. Comme d'autres ministres, il s'était arraché les cheveux quand le Basileus avait donné la péninsule d'Ogygie à Lycurgue contre un très vieux spécimen destiné à agrémenter sa ménagerie. Lastyanax se souvint de ce qu'Arka lui avait dit lorsqu'ils l'avaient vu dans le palais royal : « Lycurgue en a encore plein, et plus en forme que celui-là. » Elle avait raison.

Le souverain de Thémiscyra avait levé une armée de soldats-oiseleurs. Et, selon toute probabilité, cette armée s'apprêtait à fondre sur Hyperborée.

Cette découverte l'accabla tout en lui apportant un étrange soulagement. Il était enfin en mesure de prendre une décision. Il ne pouvait plus se permettre de courir derrière une chimère.

— On rentre à Hyperborée, annonça-t-il au chien, qui semblait toujours passionné par les rapaces.

Il recula en rampant dans la neige pour ne pas se faire repérer par les sentinelles. Une fois hors de vue, il se releva et se dépêcha de revenir dans la combe. Khatam bondissait autour de lui en jappant.

Au campement, Sopot achevait de mettre les bâts sur les dos des bœufs musqués. Dans la zone grattée par les ruminants, il avait allumé un feu en se servant de bouses séchées comme combustible. Un thé fumait dessus.

— Toujours même homme qui fait efforts, maugréa le caravanier dès que les oreilles de Lastyanax furent à portée de voix.

Ce dernier ignora sa pique et déclara :

— Nous allons faire demi-tour et rentrer à Hyperborée.

Sopot fit mine de ne pas l'avoir entendu et continua de charger ses bœufs musqués en marmonnant en riphéen des commentaires que Lastyanax soupçonnait d'être désobligeants.

— Nous allons faire demi-tour et rentrer à Hyperborée, répéta-t-il en élevant la voix. Sinon un homme pas avoir la deuxième moitié de sa paye, ajouta-t-il en singeant le mauvais hyperboréen du caravanier.

La surdité intermittente de Sopot guérit aussitôt. L'air furieux, il désigna d'un grand geste les paquets qu'il s'apprêtait à charger sur le dos de ses bêtes.

— Non, pas demi-tour, marchandises, s'exclama-t-il avec son accent riphéen guttural. Vendre à Khembala, puis revenir à Hyperborée.

Lastyanax comprit ce qu'il voulait faire : marcher quinze jours de plus pour atteindre Khembala, la vallée abritée au cœur des montagnes où son peuple hivernait, et écouler son stock de marchandises là-bas.

49

Cela faisait un petit moment déjà qu'il suspectait Sopot de rallonger leur trajet à dessein pour éviter de rattraper Arka avant d'y être parvenu. La réaction du caravanier confirma ses soupçons. Il eut soudain l'impression d'avoir reniflé un sac de poivre à plein nez. Autour de lui, la neige se mit à fondre. Sopot baissa un regard inquiet sur ses bottes, qui s'enfonçaient dans une flaque.

— Je vous ai payé pour me guider dans les montagnes, pas pour vous accompagner jusqu'à Khembala, gronda Lastyanax. Je ne vous donnerai l'autre moitié de votre dû que si vous me ramenez à Hyperborée *maintenant*.

Arka

Une migraine intense enserrait le crâne d'Arka. La douleur était si forte qu'elle n'osait pas ouvrir les yeux. Ses paupières formaient une barrière rouge et lumineuse face au soleil brûlant. Un bourdonnement continu résonnait dans son crâne. Dans ses fourrures, son corps semblait tellement lourd qu'il s'accommodait sans la moindre difficulté des aspérités du sol sur lequel elle était allongée. Une odeur d'humus et de cendres se fraya un chemin entre toutes ces sensations et parvint jusqu'à ses narines.

Arka n'arrivait plus à se souvenir de ce qu'elle faisait quelques instants plus tôt : tout était si confus. Dans un état second, elle décida de se redresser en gardant les paupières fermées. Le mouvement lui donna l'impression que son corps avait été désintégré en milliers de particules avant de reprendre sa forme initiale. Elle ouvrit enfin les yeux.

Une tache écarlate s'étalait sur ses fourrures. Avec difficulté, Arka ôta une de ses moufles, porta sa main à son nez et réalisa qu'une épaisse croûte de sang séché lui recouvrait le bas du visage.

Ses jambes reposaient sur un sol tapissé de fougères et de silphions. Des arbustes poussaient entre ces plantes de sous-bois. Arka suivit les tiges des yeux. Autour d'elle s'élevaient les restes calcinés d'arbres gigantesques, noires scarifications sur la verdure environnante. La migraine commençait enfin à se dissiper, et les souvenirs affluaient. Hyperborée. Les monts Riphées. Penthésilée. L'avalanche.

Que faisait-elle dans cet endroit, alors qu'elle aurait dû être ensevelie sous trois pieds de neige ? Où se trouvait-elle ? Avait-elle imaginé l'avalanche ? Ou était-elle en train de rêver ?

Les arbres brûlés semblaient errer parmi la végétation basse, tels des spectres. Le regard d'Arka s'arrêta sur un tronc carbonisé plus large que les autres, témoin silencieux d'un incendie dont la nature tentait d'effacer le souvenir. Au niveau de ses racines, des fougères ensevelissaient d'épais madriers noircis par le feu. Elle n'avait jamais été désorientée de sa vie.

Elle se trouvait dans la forêt des Amazones, juste à côté des vestiges de son arbre-cabane.

Arka pressa ses tempes. Elle ne pouvait pas se trouver dans la forêt des Amazones, à des milliers de lieues des monts Riphées. Peut-être qu'elle était toujours sous l'avalanche, en train de délirer ?

Pourtant, toutes les sensations lui semblaient bien réelles, depuis les insectes qui couraient sur sa peau jusqu'au soleil qui lui chauffait le cuir chevelu. Et puis, il y avait ces symptômes… Évanouissement, mal de tête, saignement de nez. Les effets secondaires d'un acte magique d'une rare intensité. Comme si, au moment où l'avalanche allait l'avaler, elle avait réussi à se téléporter des monts Riphées à la forêt des Amazones. Ce qui était humainement impossible.

Arka réalisa alors que son lémure de père lui avait légué quelques pouvoirs.

Pétrocle

À mesure que son enfermement se prolongeait, Pétrocle devenait de plus en plus pessimiste sur ses chances de sortir un jour vivant de l'Extractrice. Depuis la prise d'otages, un mois plus tôt, la prison ne cessait de lui fournir des prétextes pour mourir.

Après leur rapt dans l'amphithéâtre, les Amazones les avaient parqués par lots de trente dans les cellules collectives de la prison, à la place des détenus ordinaires. Les conditions de vie dans la prison étaient épouvantables. Outre le manque d'espace, qui les obligeait à s'allonger tête-bêche sur le sol pour pouvoir dormir, il était rapidement devenu évident que les Amazones n'avaient pas l'intention de les nourrir. Comme elles ne pouvaient pas ravitailler la prison, assiégée par les policiers hyperboréens, les guerrières avaient décidé de garder l'essentiel des vivres pour elles. Elles distribuaient une portion de pain rassis à chaque otage tous les trois jours, et c'était tout. Les premiers temps de leur détention, Pétrocle avait eu tellement faim qu'il avait cru devenir fou. Au bout d'une décade, les crampes d'estomac s'étaient estompées. À présent, il vivait dans un vertige semi-permanent, les jambes flageolantes et la tête nauséeuse. Il n'aurait cependant jamais imaginé pouvoir survivre aussi longtemps sans casse-croûte au pâté.

L'avantage de ce jeûne était que certains besoins devenaient superflus — aucun de ses codétenus ne s'était accroupi dans le coin de la cellule depuis une décade. C'était un soulagement, car les Amazones les obligeaient à nettoyer les excréments à la main.

En revanche, comme les mages avaient quand même droit à de l'eau croupie, l'abreuvement et l'évacuation des liquides restaient un problème logistique auquel il était personnellement confronté. À cause de son jeune âge et de ses attitudes indolentes, les Amazones avaient estimé qu'il présentait toutes les qualités requises pour devenir le garçon d'eau du quatrième niveau de la prison.

Chaque jour, il devait ainsi casser la glace du canal qui alimentait la prison au septième niveau et remplir d'eau des seaux en bois qu'il descendait ensuite deux par deux jusqu'à son étage. Puis il transportait les récipients dans un vieux chariot grinçant jusqu'aux différentes cellules du quatrième niveau. À chaque arrêt, il récupérait les seaux pleins d'urine qu'il vidait à la fin de son tour dans la fosse d'aisances de la prison.

Il n'y avait en permanence que deux seaux dans chaque cellule : l'un pour boire, l'autre pour uriner. Les Amazones insistaient souvent auprès de Pétrocle pour qu'il intervertisse les récipients – elles ne ménageaient jamais leurs efforts pour humilier les mages.

Pétrocle passait ainsi plusieurs heures par jour à pousser son chariot, où les liquides clapotaient joyeusement. Chaque pavé irrégulier déclenchait un cahot, chaque cahot entraînait un débordement, chaque débordement imbibait un peu plus sa toge d'urine. Pétrocle avait l'impression d'être devenu un clochard du premier niveau. Quand il rentrait dans sa cellule, même ses coreligionnaires, qui ne s'étaient pourtant pas lavés depuis la prise d'otages, le trouvaient puant.

Les jours passant, ses forces s'amenuisant, cette tâche ingrate devenait de plus en plus difficile à exécuter. Malgré tout, Pétrocle s'étonnait de trouver certains avantages à ce qui était sans nul doute la corvée la plus pénible qu'il ait jamais eu à endurer de sa vie.

Tout d'abord, ses responsabilités d'échanson carcéral lui permettaient de s'échapper de la cellule surpeuplée deux heures par jour. Ensuite, il avait le privilège de boire une eau non mêlée d'urine. À force d'utiliser son autodérision caustique, il avait même réussi à amadouer l'Amazone qui le surveillait – un jour, elle lui avait donné discrètement des gants pour réchauffer ses doigts couverts de crevasses à force de casser la glace. Enfin, quand il portait les seaux et poussait le chariot, il n'avait pas froid.

Le pire aspect de son enfermement était en effet l'atmosphère réfrigérée de la cellule. En bon Hyperboréen, Pétrocle n'avait jamais eu froid de sa vie, aussi avait-il été surpris de découvrir à quel point cette sensation pouvait être *fatigante*. Il avait beau nouer les pans de sa toge pour ne laisser aucune pièce de peau à découvert, le froid s'infiltrait jusqu'à ses os. Les frissons qui parcouraient en permanence son corps l'empêchaient de dormir et siphonnaient ses réserves d'énergie. Même lorsque les gardiennes s'éloignaient assez pour qu'il puisse faire usage de la magie, il était trop épuisé pour réaliser le moindre acte. Pétrocle n'avait pas besoin de regarder ses bras décharnés pour savoir qu'il devenait peu à peu un squelette ambulant.

D'ailleurs, il n'était pas le seul. Les vingt-neuf mages enfermés avec lui dans la cellule affichaient tous des mines maladives. Et encore, ils avaient de la chance : aucun d'eux n'avait succombé. À l'occasion de ses distributions d'eau, Pétrocle avait vu à plusieurs reprises des Amazones sortir des corps inertes des geôles voisines – le dernier en date étant le Ministre du Commerce.

Aux privations s'ajoutait l'incertitude permanente sur le sort que leur réservaient les Amazones. Personne ne connaissait leurs objectifs, et les rares mages qui s'étaient risqués à leur poser la question avaient reçu des coups de lance. Elles paraissaient attendre un événement, mais lequel ? Aucune information ne filtrait de l'extérieur de l'Extractrice. Les prisonniers ne pouvaient que déduire et supputer. Pétrocle avait le sentiment que l'inquiétude des Amazones grandissait, comme si l'événement qu'elles attendaient tardait. Leur sadisme jubilatoire des premières décades s'était mû en impatience nerveuse.

— Vous avez remarqué ? Elles maigrissent aussi, chuchota un des codétenus de Pétrocle, un jour qu'il se morfondait dans la geôle.

Il désigna d'un coup de tête la gardienne de leur cellule, une jeune femme aux cheveux courts qui semblait en effet flotter dans son armure. C'était l'Amazone qui avait donné des gants à Pétrocle. Elle était plutôt appréciée des prisonniers, car elle les frappait rarement et ne les

tourmentait pas juste pour passer le temps. Pétrocle se demandait parfois si elle ne subissait pas la situation, tout comme eux.

— Si elles sont obligées de se rationner, c'est que le garde-manger doit commencer à se vider… continua le mage.

L'Amazone se retourna brusquement.

— La ferme ! s'exclama-t-elle en flanquant un coup de lance dans les barreaux.

Les vibrations du métal résonnèrent dans la cellule soudain silencieuse. Un vieux mage prostré dans un coin de la pièce émit un grommellement étouffé. Adossé contre un mur, Pétrocle tourna la tête vers le carré de ciel pâle à moitié occulté par l'une des coupoles du Magisterium. Qu'allaient faire les Amazones si les vivres manquaient ? Il les croyait assez barbares pour se livrer au cannibalisme. Après tout, elles avaient la réputation de considérer les hommes comme des animaux…

Ses yeux, perdus dans la petite portion du monde extérieur visible par la meurtrière, accrochèrent soudain un détail intrigant. Un gros rapace volait en direction de l'Extractrice. Comme le volatile se rapprochait, Pétrocle réalisa qu'il s'agissait d'une bête beaucoup plus imposante qu'il n'y paraissait au premier abord. Il n'eut pas le temps de s'approcher de la meurtrière : l'oiseau avait déjà disparu de son champ de vision.

— Toujours en train d'espérer être secouru par ton Lasty ? S'il est encore vivant, il a probablement rejoint les Amazones à l'heure qu'il est, avec son rejeton de guerrière.

Encore perturbé par la taille du rapace, Pétrocle baissa les yeux sur Rhodope, assis par terre à quelques pas de lui. Il se demanda pourquoi, parmi tous ses camarades de promotion, il s'était retrouvé enfermé dans la cellule de celui qui l'exaspérait le plus.

— Va ennuyer quelqu'un qui ignore que ton fiel découle d'une frustration tristement gérée depuis que tu t'es fait lourder par Pyrrha, maugréa-t-il en guise de réponse.

— Je me suis souvent demandé comment elle avait pu sortir avec quelqu'un comme lui, continua Rhodope. Ennuyeux. Procédurier. Toujours le nez dans ses dossiers. Crochu, d'ailleurs, le nez.

— Le nez de Lastyanax a plus de personnalité que tu n'en auras jamais, répliqua Pétrocle d'un ton irrité.

Rhodope éclata d'un grand rire moqueur.

— Quand ton Last viendra nous délivrer, rappelle-moi de lui dire qu'il a plus de chances avec toi qu'avec Pyrrha.

Pétrocle ne répondit rien et s'éloigna vers les barreaux pour mettre fin à la discussion. L'énorme atrium de la prison, traversé de passerelles qui reliaient les coursives entre elles, apparut devant lui. Il posa son front contre le métal froid de la grille pour regarder ses compagnons d'infortune dans les cellules voisines. À quelques pas, la geôlière lui adressa un regard suspicieux avant de se désintéresser de lui. Malgré sa taille, Pétrocle n'avait jamais été très impressionnant. Ce défaut était devenu, dans la prison, une vraie qualité.

Il ignorait ce qu'il était advenu de Lastyanax depuis qu'il avait cru l'apercevoir sur la coupole du Magisterium, après la prise d'otages. Il n'avait aucun moyen de savoir si son ami avait survécu. Depuis un mois, il ne cessait de se demander quelles raisons avaient poussé Lastyanax à se dénoncer pour retrouver sa disciple dans l'arène. Pour un observateur extérieur, il était clair qu'Arka avait assassiné les ministres et préparé l'invasion des Amazones. Mais Pétrocle avait trouvé le procès très expéditif et, surtout, à aucun moment la piste du lémure n'avait été évoquée.

Il maudissait Lastyanax et son culte du secret lorsque le tintement strident d'une cloche d'alarme résonna soudain dans l'atrium. Sur les coursives, les Amazones abandonnèrent leur poste pour se précipiter vers la tour de surveillance. Interloqué, Pétrocle regarda la geôlière partir en courant. Dans les cellules, les mages se massèrent près des barreaux.

— Une évasion, dit Rhodope d'une voix forte pour couvrir les tintements.

— Ou une invasion, rectifia un mage en désignant l'entrée de la prison au septième niveau.

En effet, un remue-ménage semblait agiter cet endroit, qu'un entrelacs de passerelles dérobait aux yeux de Pétrocle. Leurs lances en main, les guerrières se mirent à escalader les escaliers des coursives quatre à quatre en criant des ordres. Pétrocle songea qu'elles auraient été beaucoup plus rapides si elles avaient pu emprunter les lévitateurs, mais le vif-azur rendait ces derniers inutilisables.

De longues minutes s'écoulèrent, durant lesquelles les mages pressés contre les grilles n'entendirent que des éclats de voix et des claquements de métal. Alors qu'ils s'échangeaient des *Qu'est-ce qui se passe ?* et des *Vous voyez quelque chose ?* d'une cellule à l'autre, le corps d'une Amazone traversa soudain l'atrium avant d'aller s'écraser dans le fond de la prison. Deux autres le suivirent. Quelques instants plus tard, des guerrières ensanglantées dévalèrent les escaliers. Leur déroute apparente déclencha des exclamations de joie chez les mages emprisonnés, rapidement étouffées lorsqu'elles se dispersèrent vers les cellules.

Pétrocle vit arriver leur geôlière avec Barcida, la chef des Amazones, celle qui l'avait forcé à projeter son professeur de mécamancie pardessus le parapet. D'un même mouvement, ses codétenus et lui reculèrent. Les deux femmes se précipitèrent vers la porte de la cellule, la déverrouillèrent et la refermèrent derrière elles.

— Le premier qui fait un pas, je l'embroche ! tonna Barcida en pointant sa lance vers eux.

Pétrocle se tassa contre le mur, conscient qu'elle n'hésiterait pas à mettre ses menaces à exécution. Ses méninges tournaient à plein régime. Il ne savait pas ce qui se passait, mais les Amazones étaient de toute évidence en très mauvaise posture. Elles avaient choisi de se replier à l'intérieur des cellules pour être au plus près de leurs otages, ce qui voulait dire qu'elles n'avaient plus aucune option de fuite. Il déglutit et s'efforça de se faire oublier. La délivrance n'avait jamais été si proche, et le risque de massacre jamais si grand.

Un tambourinement sourd emplit alors l'atrium, comme si des centaines de bottes martelaient les escaliers. L'instant d'après, Pétrocle entendit des coups, des cris, des râles et d'autres écœurants bruits de tuerie aux étages supérieurs. Près des barreaux, les deux Amazones suivaient, livides, le spectacle.

— Ils ont changé le plan, souffla la geôlière aux cheveux courts. Ils ont décidé de se débarrasser de nous !

— Je ne pensais pas qu'il oserait, éructa Barcida. Son propre enfant…

Elle n'acheva pas sa phrase et pivota brusquement sur ses talons. Son regard noir, où bouillonnait une violence sans retenue, balaya les mages apeurés. Pétrocle comprit qu'elle s'apprêtait à se servir d'eux comme boucliers humains. Derrière elle, des grappes de soldats, vêtus de capes brunes thémiscyriennes, apparurent dans les escaliers.

— C'est inutile, Barcida, ils les tueront pour nous atteindre, dit l'autre Amazone.

Comme pour confirmer ses dires, les soldats se précipitèrent par groupes de dix vers les cellules les plus proches et entreprirent de faire sauter les serrures avec des masses. Pétrocle les vit entrer dans les geôles et éventrer sans états d'âme les mages derrière lesquels les Amazones s'étaient réfugiées. Une odeur de tripes se répandit dans l'atrium. Il entendit certains de ses codétenus gémir et fondre en larmes. Lui-même aurait vomi si son estomac n'avait pas été vide.

Une troupe de soldats se rapprocha de leur cellule, la dernière de l'étage. Barcida regarda à nouveau ses otages, comme si elle hésitait toujours. Pétrocle n'avait jamais senti son cœur cogner aussi fort contre ses côtes. Une éternité passa entre chaque battement. Il sursauta lorsque l'Amazone jeta sa lance à terre.

— Ils vont vous faire croire qu'ils sont vos sauveurs, mais ce sont eux qui ont tout manigancé depuis le début, lâcha-t-elle.

Elle déboucla son casque, l'attrapa par son panache blanc et le posa sur le sol à côté de la lance. Sa compagne l'imita et déverrouilla la porte de la cellule.

— Nous nous rendons, cria Barcida à l'adresse des soldats thémiscyriens qui arrivaient en courant.

Cette reddition inattendue sembla les déstabiliser. Après un instant d'hésitation, ils entrèrent dans la cellule, lances pointées. Quatre d'entre eux plaquèrent les Amazones à terre tandis que les autres faisaient reculer les mages.

Un homme d'une soixantaine d'années aux sourcils charbonneux, vêtu d'une broigne plus sophistiquée que ses comparses, s'avança dans la cellule, le poing brandi. Ajusté sur son avant-bras, un brassard en orichalque, armé de fléchettes, tenait en joue les guerrières. Son regard passa des Amazones prostrées sous les genoux de ses soldats aux mages toujours alignés contre le mur du fond.

— Quelles agréables retrouvailles, Phillon, lança Barcida d'une voix ironique, la joue écrasée contre le sol.

Sa pique ne sembla pas plaire au nouveau venu.

— Enfermez celle-ci dans une cellule individuelle, ordonna-t-il d'un ton sec à ses soldats en désignant Barcida.

Puis il fit un signe de tête en direction de l'Amazone aux cheveux courts.

— Tuez celle-là.

— Non ! cria Barcida.

Sa compagne, coincée sous les genoux des soldats-oiseleurs, se mit à ruer avec la dernière énergie. Mais les deux Thémiscyriens l'étouffaient sous leur poids. L'un dégaina un poignard tandis que l'autre la saisissait par les cheveux pour lui tirer la tête en arrière. Effaré, Pétrocle regarda l'Amazone rouler des yeux fous. L'instant d'après, le soldat-oiseleur lui ouvrit la gorge d'une oreille à l'autre. Un ruisseau de sang coula jusqu'aux pieds des mages tandis que des soubresauts agitaient l'Amazone. Jamais Pétrocle n'aurait pensé que la mort pouvait être si longue à venir.

Le Thémiscyrien aux sourcils charbonneux se tourna vers les mages misérables et choqués.

— Vous allez rester ici encore un petit moment. Pour votre sécurité.

Et il sortit de la cellule sans plus d'explications. Derrière lui, les soldats embarquèrent Barcida en la tenant par la nuque, traînèrent l'Amazone égorgée à l'extérieur de la geôle et verrouillèrent la porte avec le trousseau de clés récupéré sur le corps. Les mages restèrent dans la cellule, les pieds dans le sang, se demandant s'ils venaient d'être délivrés des Amazones ou si un envahisseur encore plus redoutable avait pris leur place.

3
Hyperborée nous remerciera

Arka

Il fallut un certain temps à Arka pour s'habituer aux conséquences de sa téléportation inattendue en Arcadie. Elle eut d'abord du mal à se remettre debout. Des courbatures paralysaient chacun de ses muscles. La moindre aspérité du sol mettait au défi ses jambes flageolantes. Avec toutes les peines du monde, elle se fraya un chemin parmi les vestiges de son arbre-cabane, un enchevêtrement d'amphores brisées, de poutres noircies et de plantes grimpantes, avant de trébucher contre une petite butte tapissée de fleurs et de s'étaler, le nez dans les feuilles tendres des élaphores. À quelques pouces de son visage, un sabre rouillé était planté dans la terre. Les Amazones n'abandonnaient pas leurs armes sans raison : il s'agissait en réalité d'un tertre funéraire. La tombe de Chirone.

Arka ne savait pas qui avait enterré sa tutrice. Elle avait toujours pensé qu'il n'était rien resté de son corps après le passage de l'incendie. Cette vision la secoua. Elle se remit debout et s'éloigna aussi vite qu'elle le put de la tombe et des ruines de son ancienne maison.

Comme ils l'avaient fait, plus de deux ans auparavant, ses pieds la menèrent instinctivement vers les abords du Thermodon. Le fleuve, au moins, n'avait pas changé. Il continuait de couler. Sur sa rive opposée s'étendait la partie intacte de la forêt, où les Amazones s'étaient repliées lors de l'incendie. Les branches des eucalyptus s'étendaient au-dessus de la rivière comme s'ils essayaient de toucher les restes brûlés de leurs congénères disparus. L'eau avait servi de rempart au feu. En blessant l'incendiaire responsable de la catastrophe, Arka l'avait empêché de traverser le Thermodon et de ravager le reste de la forêt. Elle n'arrivait pas à se faire à l'idée que cet homme, le meurtrier de Chirone, était le créateur de son père, le lémure. L'idée qu'elle entretenait un lien aussi profond avec lui l'écœurait.

Elle passa une journée et une nuit sur sa berge. Malgré la présence rassurante du cours d'eau, Arka se sentait comme une plante qu'on aurait rempotée trop brutalement. En se téléportant des monts Riphées, elle avait laissé derrière elle une grosse racine : Le Nabot. Même si son cheval pouvait faire preuve d'une débrouillardise surprenante, son sort l'inquiétait tellement qu'elle essaya de revenir dans les montagnes dès qu'elle s'en sentit capable. Mais elle eut beau se concentrer très fort sur son point de destination et se contracter tout entière, ses tentatives de téléportation ne donnèrent rien, hormis une vague constipation. Elle ne pouvait qu'espérer que Le Nabot trouverait le moyen de sortir vivant des monts Riphées.

Et qu'en était-il de Penthésilée ? Cette question ne cessait de tourner en rond dans son esprit. Son ancienne condisciple avait mentionné un « maître ». Avait-elle été lémurisée, elle aussi ? Cela aurait expliqué sa réapparition après les blessures mortelles subies à Napoca. Arka ne pouvait imaginer qu'elle ait rejoint de son plein gré le maître des lémures, l'ennemi des Amazones. Au moins était-elle plus près que jamais de retrouver ces dernières. Seul un cours d'eau la séparait à présent des guerrières.

La rivière était cependant trop profonde pour être traversée à pied et elle ne savait pas nager. Elle aurait pu tenter d'en geler la surface, mais la zone bleue commençait au milieu du Thermodon, sous les branches des eucalyptus. De toute façon, à présent qu'elle était revenue en Arcadie, il aurait été dangereux de se servir de la magie. L'envie d'allumer un feu d'un claquement de doigts la démangea toutefois à plusieurs reprises. Elle dut faire un gros effort de volonté pour avaler crus les mollusques d'eau douce ramassés sur les berges – une astuce de survie que lui avait

enseignée Chirone. La texture gluante des petits escargots et des bivalves lui donnait envie de vomir.

Quelques excursions le long du Thermodon lui permirent de constater que les grands troncs d'eucalyptus, qui servaient à son époque de ponts, avaient disparu. Les Amazones avaient dû les enlever pour utiliser la rivière comme rempart naturel. La seule manière de traverser le cours d'eau était donc un gué situé à une huitaine de lieues en aval. Un bon destrier amazonien pouvait couvrir cette distance en quelques heures. Un bipède de treize ans avait besoin d'une journée.

Le lendemain de sa téléportation, elle se mit donc en route, en bottes et maillot de corps, son manteau de fourrure sur le bras. À mesure que la rivière s'élargissait et se ridait sur les roches affleurantes, Arka se sentait de plus en plus nerveuse à la perspective de réintégrer la société des Amazones. Occupée à fuir le maître des lémures, elle n'avait pas anticipé cet aspect de son retour – il faut dire que son périple aurait dû lui laisser des mois pour réfléchir à cette question.

Ainsi, lorsqu'elle arriva enfin devant les pavements immergés qui permettaient d'accéder à la berge ouest, son ventre lui donna l'impression de s'être transformé en pelote de nerfs. Le gué était gardé par une petite troupe d'Amazones montées sur des chevaux légers. Des cors d'alerte étaient glissés dans leurs ceintures serties de vif-azur et leurs casques coniques brillaient au soleil. Près de l'eau, une paysanne hilote, assise à l'avant d'une charrette à grain, attendait leur autorisation pour aller livrer sa cargaison – aucun homme n'avait le droit d'entrer dans la forêt.

Les Amazones s'écartèrent pour laisser passer la charretière, qui engagea ses bœufs dans le cours d'eau. Tandis que les bêtes de somme disparaissaient d'un pas pesant derrière les eucalyptus de l'autre rive, Arka se débarrassa de ses bottes et ses fourrures dans un fourré, cacha son bracelet-ailes dans sa poche et s'avança vers les guerrières, pieds nus.

Malgré les deux années écoulées et toutes les choses qu'elles avaient vécues depuis son départ de la forêt, elle se sentit plus intimidée que jamais par ses aînées. Même s'il aurait fallu être vraiment malchanceuse pour tomber sur des guerrières de sa connaissance parmi les milliers de combattantes que comptait son peuple, elle était soulagée d'avoir affaire à des inconnues. Les Amazones la regardèrent approcher, l'air suspicieux. Arka espéra que son maillot de corps se confondrait avec une tunique arcadienne.

— Eh bien, lui lança la plus grande des guerrières. Qu'est-ce que tu veux ?

— Traverser le gué pour revenir à mon arbre-cabane, répondit Arka d'une voix trop aiguë.

— Tu es une apprentie ? Qu'est-ce que tu fais en dehors de la forêt ?

— Oui, dit Arka. Du cycle des treize ans. Je suis tombée à l'eau en amont et le courant m'a emportée sur la rive nord, inventa-t-elle.

— Qui est ta mère ?

— Je suis la pupille de Thémis.

Ce mensonge avait jailli naturellement de sa bouche. Thémis était une vieille amie de Chirone et la seule Amazone susceptible de se préoccuper de son sort. Arka ne l'avait jamais beaucoup aimée, mais elle savait qu'elle pouvait compter sur sa discrétion. Elle croisa les doigts derrière son dos pour que les guerrières gobent son explication.

— Quelqu'un connaît cette Thémis ? demanda la grande Amazone en se tournant vers ses compagnes.

— Je crois que c'est une ancienne de la troisième division, répondit une guerrière. J'ai jamais entendu dire qu'elle avait une pupille, mais j'ai jamais entendu dire qu'elle en avait pas non plus.

— Je peux vous amener jusqu'à elle, si vous voulez, dit aussitôt Arka.

— Non, ça ira. Allez, passe, et évite de faire trempette dans la rivière, à l'avenir.

Arka s'empressa de contourner leurs montures pour ne pas leur laisser le temps de changer d'avis. L'eau du Thermodon, qui descendait des montagnes bordant le flanc sud de la forêt, était glaciale. Elle frissonna tandis que les flots lui recouvraient les cuisses. Ses pieds nus glissaient sur les galets inégaux et visqueux qui tapissaient le fond de la rivière. Elle passa dans l'ombre des arbres et leva les yeux vers les ramures. Les eucalyptus arcadiens avaient pour particularité de diffuser les effets du vif-azur. Avec une dizaine de pépites placées au sein de quelques vieux arbres-cabanes, on pouvait étendre une zone bleue sur plusieurs centaines d'hectares. Le réseau de racines et de branches agissait comme un immense repoussoir à magie. Arka toucha la surface du bout des doigts et essaya discrètement d'en geler une petite partie. Rien ne se passa. Elle était vraiment revenue chez elle, dans la forêt des Amazones.

Elle émergea sur l'autre rive. Dans le prolongement du gué, trois larges chemins de terre s'enfonçaient sous les arbres. Arka jeta un coup d'œil en arrière et vit que les sentinelles l'observaient avec méfiance. Il fallait se dépêcher de choisir un chemin. Mais où pouvait-elle aller ? Sa tutrice était morte, son arbre-cabane détruit, et elle ne savait même pas où son ancien groupe d'apprenties s'entraînait, à présent qu'un champ de troncs calcinés avait remplacé la rive nord. Le prénom de Thémis surgit à nouveau dans son esprit. Elle la connaissait et avait un vague souvenir de l'endroit où elle habitait : c'était mieux que rien.

Elle se mit en marche sur le chemin de gauche, grimaçant à chaque fois qu'une épine lui piquait la plante des pieds. En vivant à Napoca puis à Hyperborée, elle avait perdu la couche cornée qui lui permettait autrefois de courir sans douleur sur la pierraille des sentiers amazoniens. Pour le reste, elle était surprise de constater à quel point tout ce qu'elle apercevait lui était resté familier. Les troncs semblables aux tours hyperboréennes. Les arbres-cabanes qui s'accrochaient aux sommets des eucalyptus comme des loupes sur les chênes napociens. Les enclos aux poteaux lissés par les chevaux qui s'y frottaient. Les ateliers de ferronnerie et de tannerie installés près des ruisseaux. Les Amazones elles-mêmes.

Chaque fois qu'elle en croisait une, Arka ressentait une pointe de fierté face au contraste qu'elles formaient avec les femmes napociennes ou hyperboréennes. Elles marchaient à grandes foulées, gueulaient des instructions d'un arbre à l'autre, parcouraient la forêt à bride abattue, chassaient le lion des montagnes et la chèvre sauvage, se tatouaient les bras de peintures martiales et rotaient quand l'envie leur prenait. En les voyant, Arka se rappela instantanément pourquoi elle avait toujours rêvé de devenir une Amazone.

Dans une clairière, elle en vit s'entraîner aux manœuvres équestres. Arka les observa répéter leurs exercices en s'imaginant en train de participer à ces entraînements avec Le Nabot. Puis elle se souvint que des milliers de lieues la séparaient de son cheval. Elle poursuivit son chemin, le cœur gros, en tâchant de se concentrer sur sa route pour éviter de trop penser à son compagnon. Le chemin ressurgissait dans sa mémoire à mesure de son avancée : « C'est ce passage caillouteux... Et après, oui, le sentier à droite qui descend vers la ravine... Faut tourner à l'eucalyptus cramé par la foudre... et suivre la rivière... » La journée touchait à sa fin lorsqu'elle arriva à la lisière d'une vaste clairière de pâturage, que des bûcheronnes agrandissaient en abattant les arbres limitrophes. Des poulinières aux flancs blonds et aux crins noirs y paissaient en compagnie de leurs poulains. Arka traversa l'herbage en veillant à ne pas se mettre entre les juments de guerre et leurs progénitures. Elle arriva enfin au pied d'un grand eucalyptus au sommet duquel était suspendue une cabane délabrée.

Des planches biscornues avaient été clouées à la place des pics rudimentaires qui servaient normalement d'escalier : c'était le signe qu'une vieille Amazone résidait là. Arka grimpa les marches en laissant sa main traîner contre l'écorce claire, un geste familier qu'elle était heureuse de retrouver, comme un ami perdu de vue.

À mi-parcours, ses doigts butèrent sur une boursouflure en forme de croix. Une pépite de vif-azur avait été enfoncée profondément dans le tronc. Au fil des années, le bois avait recouvert l'inclusion, laissant une cicatrice. L'eucalyptus de Thémis faisait partie des dizaines d'arbres-relais qui diffusaient la zone bleue partout dans la forêt, comme l'avait été l'arbre-cabane de Chirone, détruit par l'incendie. Arka continua sa montée et arriva enfin sous le plancher vermoulu de la terrasse. Elle passa par le trou d'accès sans chercher à s'annoncer : le craquement des madriers avait alerté l'occupante de la cabane. Quelques secondes plus tard, Thémis sortit de sa bicoque.

Si Arka avait dû utiliser un terme pour la décrire, elle aurait dit « ramassée ». L'amie de Chirone avait la silhouette trapue des hilotes, des cheveux courts et blancs, un petit nez retroussé, des yeux bridés perçants et de profondes rides creusées dans sa peau mate. Il lui manquait la moitié de son oreille droite, perdue à la guerre. Toute la dureté de sa personne s'effaça un court instant lorsqu'elle reconnut Arka. Celle-ci réalisa alors qu'elle n'avait pas réfléchi à la manière dont leurs retrouvailles se dérouleraient.

— Bonjour, fut tout ce qu'elle trouva à dire.

— Cela fait deux ans que je ne t'ai pas vue, lâcha Thémis de sa voix râpeuse de fumeuse de pipe.

En une seconde, elle avait repris l'air revêche qu'Arka lui connaissait.

— Tu aurais pu venir me rendre visite, poursuivit la vieille Amazone. Je croyais que tu étais morte dans l'incendie avec Chirone.

— Il faut croire que non, répondit Arka, sur la défensive.

Thémis fronça les sourcils et gratta ses cheveux gris.

— C'est vrai que je n'ai jamais retrouvé tes ossements, reconnut-elle. J'ai enterré les restes de Chirone au pied de votre arbre-cabane, avec le sabre qu'elle m'avait offert. Je retourne là-bas de temps en temps, quand l'envie me prend, précisa-t-elle du même ton sec.

Elle jaugea Arka de haut en bas et ajouta :

— Tu as grandi. Tu ne t'es pas beaucoup musclée, en revanche. Toujours aussi pâlichonne.

Arka se rappelait soudain pourquoi elle n'avait jamais beaucoup aimé Thémis. La vieille Amazone s'approcha d'elle et examina son maillot de corps riphéen. Arka remarqua qu'un début de cataracte grisait les iris bruns de la vieille Amazone.

— Qu'est-ce que tu as fait, depuis deux ans ? Tu n'étais pas dans la forêt, hein ?

— J'ai habité dans un village hilote, à l'est, inventa Arka avec un haussement d'épaules.

Thémis plissa les yeux.

— Tu mens. Tu n'as jamais été une très bonne menteuse.

— C'est pas vrai, je sais très bien mentir, s'indigna Arka.

Elle se rendit compte de son ânerie et reprit aussitôt :

— De toute façon ça sert à rien de te raconter la vérité, tu me croiras jamais.

Thémis lâcha un « peuh » et fit demi-tour pour rentrer dans sa bicoque.

— Tu n'as jamais fait que ce que tu avais envie de faire. Assieds-toi, j'apporte du thé.

Surprise par cette invitation, Arka resta debout tandis qu'elle entendait l'Amazone fourrager derrière les planches disjointes de la cabane. Elle finit par s'asseoir sur un des vieux rondins de bois posés sur la terrasse. Elle se releva quelques instants plus tard, lorsque Thémis repoussa la tenture de l'entrée, une théière et deux bols ébréchés à la main.

— C'est que tu es devenue polie, se moqua l'Amazone. Tiens, prends un bol de thé. Je l'ai fait tout à l'heure, il doit être encore buvable.

Arka se rassit et trempa ses lèvres dans le breuvage amer, aussi tiède que l'accueil de son hôtesse. La décoction, qui contenait des fleurs séchées d'eucalyptus, lui irrita la gorge. Elle constata avec inquiétude que certaines bonnes manières s'étaient en effet imposées à elle à son insu : par exemple, elle avait envie de faire la conversation pour meubler le silence. Elle se retint pour ne pas aggraver son cas aux yeux de Thémis.

Le manque d'intérêt que celle-ci manifestait à son égard l'étonnait : elle se demanda si la vieille Amazone n'était pas devenue un peu sénile.

Ou peut-être la solitude l'avait-elle simplement rendue encore plus taciturne qu'elle ne l'était auparavant. Arka la regarda bourrer sa pipe et l'allumer avec un briquet à amadou. Ses gestes étaient sûrs et précis. Thémis referma sa tabatière et se laissa aller contre la cloison de la cabane en tirant une longue bouffée. Les herbes grésillèrent dans le fourneau de sa pipe.

— Tu étais avec Chirone ?

Thémis n'avait pas besoin d'en dire plus : Arka savait de quoi elle voulait parler.

— Oui, répondit-elle. Je l'ai vue mourir.

Elle prit une longue gorgée de son thé en espérant que Thémis s'en tiendrait là.

— Dis-moi comment elle est morte.

Arka baissa les yeux vers les feuilles aromatiques trempées qui tapissaient le fond de son bol. Elle se demanda s'il était aussi difficile pour elle de raconter le meurtre de sa tutrice que pour Thémis de l'entendre.

— Elle a été tuée par le Thémiscyrien qui a incendié la forêt. Il était venu chercher la pépite de vif-azur qui se trouvait dans notre arbre-cabane. Chirone a essayé de la protéger, mais il a lancé une explosion magique. Elle a été brûlée et projetée en l'air.

Thémis hocha la tête et tira une nouvelle bouffée.

— Et toi, pourquoi as-tu survécu ?

La question sonnait comme une accusation. Arka replia ses jambes et les serra contre son buste. Combien de fois s'était-elle demandé la même chose ? Elle avait longtemps mis sa survie sur le compte de la chance, mais elle savait à présent que la chance n'y était pour rien.

— À cause de la malédiction, répondit-elle.

— Qui t'a parlé de la malédiction ?

— Chirone, mentit Arka. Un peu avant de mourir.

L'Amazone émit un grommellement qui s'évapora en petites volutes de fumée.

— Elle n'aurait pas dû t'en parler, tu étais trop jeune. Surtout que tu n'es pas maudite. Ta mère était une fille d'hilote, pas une descendante de fondatrice.

Arka accueillit ses paroles avec un grand étonnement. Chirone ne lui avait jamais dit que sa mère était issue du peuple local et elle-même n'avait pas envisagé cette possibilité. Après tout, avec ses cheveux blonds et ses yeux clairs, elle ne ressemblait pas beaucoup à une hilote, même si la forme de ses pommettes était typiquement arcadienne. Les Amazones avaient toutes du sang hilote, soit parce que leurs ancêtres s'étaient métissées avec les autochtones, ou parce qu'elles venaient des villages bordant la forêt, comme Thémis. Parfois, des traits hyperboréens resurgissaient chez certaines guerrières – les descendantes des fondatrices. Jusqu'alors, Arka croyait faire partie de celles-ci et pensait donc être maudite à la fois du côté paternel et maternel. Mais il semblait que seule la malédiction de son père – la malédiction miroir – l'affectait. Elle préférait ne pas savoir ce qui arriverait si une Amazone apprenait qu'il suffisait de se débarrasser d'elle pour mettre fin à cette menace permanente.

— Est-ce qu'on vivrait différemment, si la malédiction n'existait pas ? demanda-t-elle d'une petite voix.

Thémis lâcha une bouffée.

— Non. Déjà, la majorité d'entre nous ne descendent pas des fondatrices. Et puis cela fait trop longtemps qu'on vit avec le vif-azur. Cela fait partie de nous, à présent.

Arka ne s'était pas attendue à cette réponse. Cela remettait en question sa conviction que le maître des lémures avait cherché à la garder à Hyperborée pour maintenir la malédiction et forcer les Amazones à continuer de vivre sous son joug. Si les guerrières se satisfaisaient de leur mode de vie avec le vif-azur, pourquoi avait-il essayé de la retenir là-bas ?

— Bon, alors, qu'est-ce que tu es venue faire ici ? demanda soudain Thémis en posant sa pipe sur un rondin d'un geste brusque.

Plongée dans ses pensées, Arka sursauta.

— J'ai pas d'endroit où aller, répondit-elle.

— Les hilotes ne veulent plus de toi ? ironisa l'Amazone.

Comme Arka se contentait de lui jeter un regard noir, elle claqua de la langue d'un air désapprobateur.

— Je ne fais pas la charité, grinça-t-elle, et surtout pas à une gosse qui ne m'a pas rendu visite une seule fois en deux ans et qui me ment comme une arracheuse de dents.

Arka ne s'était pas attendue à une grande aide de la part de Thémis, mais elle avait espéré que l'Amazone accepterait de l'héberger quelques jours au moins. Elle se préparait à passer la nuit au pied d'un arbre lorsque Thémis ajouta :

— Donc, pour gagner le gîte et le couvert, tu vas devoir travailler.

Arka se redressa en se demandant avec méfiance quel marché elle allait lui proposer. La vieille Amazone s'était levée pour sortir une lanterne à lucioles placée dans un seau fermé. Elle agita l'objet d'un coup sec et les insectes emprisonnés dans le verre se mirent à luire, donnant au visage ridé de la guerrière une allure inquiétante. Thémis dirigea la lanterne sur la terrasse vermoulue, les murs disjoints et le toit troué.

— Il y a plein de travaux à faire ici et je suis trop vieille pour m'en occuper. Demain, j'irai négocier des planches chez la menuisière du secteur. Tu vas me retaper tout ça. Le travail a intérêt à être bien fait, sinon tu iras trouver un autre endroit où dormir. Ça te va ?

— Oui, répondit Arka après une seconde de réflexion.

— Très bien, alors je vais chercher à manger.

Sur ces paroles abruptes, elle se leva et disparut derrière la tenture. Arka laissa échapper un soupir soulagé. Elle posa le menton sur ses genoux et respira l'odeur entêtante qui s'échappait de la pipe encore allumée. Fumer sur la terrasse était aussi le passe-temps préféré de Chirone. Les deux femmes avaient dû passer de nombreuses soirées ainsi, assises sur les rondins de bois, à regarder le soir tomber sur la forêt. Elle songea à leur relation passée en remuant ses orteils poussiéreux.

Les couples d'Amazones avaient la réputation d'être durables. Pourtant, Thémis et Chirone s'étaient séparées avant qu'Arka ne devienne la pupille de cette dernière. Elle avait toujours pensé que Thémis ne l'aimait pas à cause de cela, même si elle n'en avait jamais eu la confirmation. Il y avait tant de questions que la mort de sa tutrice avait laissées sans réponses.

L'Amazone revint, deux bols de bouillon froid dans les mains. Elle en donna un à Arka et se rassit sur son rondin. Arka regarda le breuvage : des pelures de tubercules surnageaient dans l'eau grasse, aussi appétissantes que des rognures d'ongles. Mais elle n'avait rien mangé d'autre que des mollusques crus depuis deux jours et son ventre criait famine. Elle lampa le bouillon en quelques goulées.

— Pourquoi vous vous êtes séparées, Chirone et toi ? demanda-t-elle de but en blanc, en s'essuyant la bouche avec le revers de sa main. Parce que Chirone m'a recueillie ?

Thémis, qui aspirait bruyamment son bouillon, crachota un ricanement.

— Tu as toujours été une gamine épuisante, mais je t'aurais supportée. Non, cela n'a rien à voir avec toi.

Arka se sentit soudain plus légère.

— Vous ne vous aimiez plus ?

— On n'a jamais arrêté de s'aimer, répliqua Thémis.

Elle reposa son bol vide d'un geste brusque pour indiquer qu'elle ne s'étendrait pas sur le sujet.

— Tu as fini ? demanda-t-elle en prenant la lanterne à lucioles. Donne-moi ton bol. Je vais te chercher quelque chose.

Arka obtempéra et regarda avec curiosité sa silhouette voûtée emporter la vaisselle à l'intérieur de la cabane. Chaque fissure du torchis brilla dans la nuit tandis qu'un bruit de fouille s'échappait de la bicoque. La vieille Amazone réapparut, un hamac plié sur le bras, sa lampe toujours à la main. Dans l'autre, elle tenait une pépite bleue.

— Je l'ai retrouvée à une dizaine de pas des restes de Chirone, se contenta-t-elle de dire. Elle a dû être envoyée au loin quand l'incendiaire a fait exploser votre arbre-cabane. C'est sûrement la seule chose qui n'ait pas été détruite par l'incendie. Prends-la.

Elle lui tendit le petit morceau de métal. Arka le prit et le fit tourner entre ses doigts. Un rayonnement diffus en émanait. C'était le fragment de vif-azur qu'elle avait toujours vu sur la ceinture de Chirone. Elle était surprise que Thémis l'ait conservé et touchée de le recevoir. Les Amazones ne possédaient rien en propre et la notion d'héritage leur était inconnue. Lorsqu'elles mouraient, tous leurs effets revenaient à la communauté, à commencer par les pépites de vif-azur. Arka leva les yeux vers la vieille Amazone.

— Merci, souffla-t-elle.

Thémis grommela une réponse inaudible. Elle reprit sa pipe, fuma encore un petit moment, puis partit se coucher. Arka installa le hamac sur la terrasse et tourna dans le tissu rêche sans parvenir à trouver le sommeil. Elle fit rouler la pépite de vif-azur entre son pouce et son index. Les rayons de lune brillaient sur la surface irrégulière du fragment. Arka écouta le cri des ninoxes se mêler au tintement des crapauds. Malgré la froideur de Thémis, l'inconfort du hamac et la dureté de la vie arcadienne, elle se sentait soudain heureuse. Elle était la fille de la forêt, viscéralement liée à cette matrice de racines et de ramures qui l'avait nourrie et élevée. Il avait fallu y revenir pour qu'elle en prenne pleinement conscience. Elle serra le poing sur la pépite de vif-azur, ferma les yeux et s'endormit.

Embron et Tétos

Une foule compacte se déversait vers les remparts du quart nord, non loin de la tour écroulée. Depuis quelques heures, des hérauts circulaient dans les premiers niveaux pour annoncer la cérémonie d'accueil en grande pompe de Lycurgue. Embron et Tétos jouaient des coudes, curieux de voir celui que les Hyperboréens considéraient d'ores et déjà comme le libérateur de la ville.

Le dernier mois écoulé avait été rude pour tout le monde. Le froid, d'abord, avait fait de nombreuses victimes parmi les personnes les plus fragiles de la population : les enfants en bas âge, les vieillards et les pauvres bougres du premier niveau qui n'avaient pas quatre murs derrière lesquels s'abriter. La disette, ensuite, s'était installée, car les caravanes n'arrivaient plus. Les clans en avaient profité pour saisir les vivres stockés dans les entrepôts du caravansérail et les vendre à des prix exorbitants. L'incertitude sur l'avenir de la ville, enfin, avait achevé de saper le moral des Hyperboréens.

Ainsi, lorsqu'une centaine d'oiseaux rokhs était arrivée quelques jours plus tôt en larguant des sacs de vivres sur la ville affamée, les habitants avaient crié au miracle. La liesse s'était poursuivie quand la cohorte thémiscyrienne avait réussi à reprendre le contrôle de l'Extractrice, tuant et emprisonnant les Amazones. À présent, la ville tout entière était prête à acclamer ses sauveurs.

Embron et Tétos avaient réussi à s'approcher des remparts. Une véritable marée humaine occupait la prairie enneigée qui les séparait des premières tours. Derrière les créneaux, une haie d'honneur composée alternativement de policiers hyperboréens et de soldats-oiseleurs thémiscyriens attendait l'arrivée de Lycurgue. Au bout de cette double rangée se tenait un mage doté d'une énorme bedaine.

— C'est qui, çui-là ? demanda Tétos.

— Silène, le vice-juge suprême, répondit Embron d'un ton docte (il venait d'entendre deux fillettes échanger cette information). C'est lui le nouvel Éparque.

— Et ils sont où, les autres mages ?

Sur les remparts, seules quelques toges violettes se mêlaient aux nombreuses capes brunes des soldats-oiseleurs. Les uniformes se soulevaient au gré des bourrasques qui provenaient de la brèche du dôme.

— Y en a plein qui ont été tués dans l'Extractrice. Une centaine, d'après mes sources, répondit Embron.

Les mouvements de foule avaient amené une jolie jeune femme brune aux yeux verts juste à côté de lui et il s'efforçait de l'impressionner en ayant l'air bien informé. Il se garda de préciser que ses sources étaient les deux fillettes qu'il avait entendues discuter un peu plus tôt.

— Oui, mais ceux qui sont pas morts, ils sont où ?

— Ben, ils ont dû repartir au septième niveau, comme avant, esquiva Embron avec mauvaise humeur. Tiens, regarde, on dirait qu'il y a le Basileus des Thémiscyriens qui arrive.

— Lycurgue, le Polémarque ?

— Oui oui, Lycurgue, c'est ça.

— L'a pas l'air bien en forme. Notre Basileus, lui, c'était autre chose.

— Mais il s'est fait tuer par une môme.

— Une môme Amazone, ça compte pas.

— Qu'est-ce qu'elle est devenue, la môme ?

— Ben elle a été exécutée, non ?

Les deux policiers s'interrompirent, car Silène venait de s'avancer à l'aplomb des remparts avec Lycurgue à ses côtés – qui en effet ne paraissait pas en forme. Le Polémarque, engoncé dans ses fourrures comme un nourrisson dans ses langes, s'appuyait sur le bras d'un aide de camp. Silène lui serra l'épaule d'un geste fraternel avant d'empoigner un porte-voix magique pour s'adresser à la foule.

— Hyperboréens, Hyperboréennes ! Ces dernières décades ont été les plus éprouvantes de nos vies. Jamais le courage et la résilience de notre peuple n'ont connu pareille épreuve. Pleurons nos morts, victimes du froid et de la barbarie des furies cruelles qui ont envahi notre ville. Célébrons le courage des soldats thémiscyriens et de leur Polémarque. Ils étaient nos amis. En répondant à mon appel de détresse, ils sont devenus nos frères. Aujourd'hui, grâce à eux, je suis heureux de vous annoncer que notre ville est désormais délivrée du joug amazonien !

Des vivats jaillirent des bouches et se répercutèrent sur les remparts et le dôme. Embron et Tétos se joignirent à la clameur générale en beuglant « Vive Lycurgue ! Vive Thémiscyra ! ». Arborant un sourire chaleureux, Silène attendit quelques instants que les acclamations s'apaisent, puis il reprit la parole :

— La mort de notre bien-aimé Basileus et celle des membres du Conseil me laissent l'immense tâche de reconstruire notre cité. Mais qu'est-ce qu'une cité ? Une cité, ce n'est pas des tours, des murs, un dôme, non, une cité c'est bien plus que cela, une cité c'est une communauté d'êtres unis dans le même désir de prospérité, de…

Le discours continua. Les deux policiers avaient des difficultés à en suivre les méandres ; en outre le contenu les intéressait peu. Embron essaya d'attirer l'attention de la jeune femme brune en lui envoyant des œillades soignées, mais elle écoutait les paroles du nouvel Éparque avec une telle concentration qu'elle ne le remarqua pas. Déçu, il engagea avec Tétos une de ses conversations préférées : le comparatif minutieux de la qualité respective de leurs armures. Après un débat féroce, ils finirent par se mettre d'accord sur le fait que la diète forcée des décades passées avait eu un effet très positif sur l'ajustement de leur plastron. Embron s'apprêtait à se tourner vers la jeune femme pour voir si elle admirait sa toute nouvelle sveltesse lorsque ses oreilles captèrent des bribes préoccupantes du discours.

— Nous rebâtirons notre dôme. Tous ensemble. C'est une part de notre destin hyperboréen. Je m'y engage : dès demain, un impôt sera levé pour rendre à notre cité sa splendeur cristalline.

— C'est quoi ça, cette histoire d'impôt ? Ils vont pas nous taxer notre solde, quand même ? Déjà qu'on n'a pas été payés ce mois-ci…

Silène sembla percevoir les grommellements pingres qui enflaient dans la foule, car il ajouta aussitôt d'un ton jovial :

— Rassurez-vous, il n'est pas question de prélever un plectre de votre poche pour la reconstruction du dôme. (« Aaaah », fit Tétos.) Non, non, tout ce dont nous avons besoin, c'est d'une contribution… d'anima. Cet impôt volontaire commencera à être prélevé sur votre énergie dans les prochains jours. Pour cela, il faudra simplement vous présenter à l'entrée de l'Extractrice, où vous subirez une petite opération magique rapide, indolore et sans effet secondaire si ce n'est une fatigue passagère. En échange de ce prélèvement, de la nourriture gratuite sera distribuée à tous ceux qui apporteront leur contribution.

À l'évocation de la nourriture, Embron et Tétos échangèrent des coups d'œil ravis.

— Ça a l'air bien, ça, dit Embron.

— Mais est-ce que ça marche si on est policier ? s'enquit Tétos.

— Évidemment que ça marche si on est policier, ils ont dit « tous ceux qui apporteront leur contribution », idiot.

— Ah oui, t'as raison. On y va quand ?

— Je vous déconseille de vous y rendre.

Embron et Tétos se retournèrent, surpris, vers la jeune femme brune qui venait de s'immiscer dans leur conversation. En un quart de seconde, ils occultèrent le contenu de sa phrase et son expression fermée et se convainquirent que son intervention cavalière était une manière détournée de rechercher leur attention. Embron eut soudain très chaud : il ne fallait pas laisser passer cette occasion de séduire.

— Vous rentrez chez vous ? On peut vous raccompagner, si vous voulez.

La jeune femme leur adressa un regard peu amène.

— Non, ça ira, merci, répondit-elle en s'éloignant.

Embron et Tétos tentèrent de lui vendre les vertus de leur compagnie en lui lançant quelques commentaires fleuris, mais elle continua son chemin et disparut dans la foule.

— Les filles sont très soupe au lait, en ce moment, commenta Embron.

— Ça doit être à cause du froid, renchérit Tétos. Faut vraiment qu'on répare le dôme.

Pyrrha

Pyrrha chassa de son esprit les allusions graveleuses qu'elle venait d'entendre et se dirigea vers l'ascenseur le plus proche. Ses bottes pataugeaient dans la boue à moitié gelée du premier niveau. Le fond de la ville, qui l'avait toujours dégoûtée, était devenu encore plus laid depuis la destruction partielle du dôme. Les rues grouillaient de monde. Des effluves rances circulaient, mélange d'urine, de sueur et de fumée. Des gamins rôtissaient des rats sur les tas d'ordures tandis que leurs aînés regardaient le temps passer en mâchonnant la gomme de lotus qui leur restait – l'effet coupe-faim de la drogue leur faisait oublier leur estomac vide.

Pyrrha passa sur un canal gelé, fit jaillir deux lames de glace sous ses bottes et se mit à patiner. Tandis qu'elle glissait sur la voie d'eau, le discours de Silène tournait dans sa tête. C'était la première fois qu'elle revoyait le lémure depuis leur affrontement, quelques décennies plus tôt. Comme Lastyanax, elle avait espéré que l'incendie de la tour aurait eu raison de la créature. L'idée qu'un pantin sans âme utilisait le corps de son ancien professeur pour servir Thémiscyra lui retournait l'estomac. Et cette histoire de contribution d'anima…

Ici et là, d'énormes carapaces vides gainées de glace l'obligeaient à louvoyer sur le canal gelé. Des mendiants avaient élu domicile dans certaines d'entre elles, obstruant les trous de la tête et de la queue avec des draps pour se protéger du froid. En l'espace d'un mois, la fricassée de tortue était devenue le plat national. Aucun reptile n'avait survécu au froid polaire qui régnait dans la ville.

Pyrrha donna encore quelques coups de patins et rejoignit l'ascenseur du quart sud. L'engin était devenu inutilisable. Ses cordes, raidies par le givre, pendaient dans le vide à côté de l'énorme cascade gelée qui se déversait du canal du deuxième niveau. Des marches avaient été taillées dans la glace pour permettre aux gens de passer d'un niveau à l'autre. La pègre avait pris le contrôle des péages et réclamait six borions à chaque personne qui empruntait l'escalier. Les malfrats étaient cependant nerveux : on les voyait régulièrement jeter des coups d'œil inquiets au ciel, comme des marmottes en alerte. Les Thémiscyriens avaient démantelé les clans qui contrôlaient le caravansérail, et ce n'était qu'une question de temps avant qu'ils ne chassent ceux qui avaient pris possession des péages. Personne ne faisait le poids face à leurs oiseaux rokhs.

Pyrrha paya son passage au malfrat malingre qui surveillait les allées et venues et transforma ses patins en crampons pour éviter de déraper. Elle grimpa les marches et ahana jusqu'au deuxième niveau. Elle répéta l'opération pour le troisième et le quatrième, les pensées tournées vers l'Extractrice et ses occupants.

Depuis l'arrivée des soldats-oiseleurs, seuls quelques mages avaient été autorisés à en sortir. « Mesure de sécurité temporaire », avaient prétendu les Thémiscyriens en réponse aux interrogations des familles qui s'inquiétaient de leurs proches. Pyrrha les soupçonnait de ne libérer que les mages favorables au nouveau pouvoir en place, comme le Stratège.

Elle aurait aimé pouvoir en discuter avec Lastyanax, mais celui-ci n'était toujours pas revenu de sa quête absurde dans les monts Riphées. Pyrrha évitait de penser à lui, car elle se sentait chaque fois envahie d'une dose égale d'inquiétude et de colère.

Malgré tout, elle regrettait de ne pas avoir quelqu'un avec qui réfléchir à la façon dont elle pouvait sortir sept cents mages de la prison. Elle avait beau tourner le problème dans tous les sens, aucune ébauche de plan n'émergeait. Plus elle recueillait d'informations, plus le problème lui semblait insoluble.

L'Extractrice n'avait pas quitté ses pensées lorsqu'elle parvint sur le perron de sa grand-tante. Elle poussa la porte et se retrouva dans la pièce à vivre. Assise près d'un poêle de fortune, deux de ses sœurs se chamaillaient autour d'un manchon de fourrure. Pendant ce temps, alanguie sur une élégante banquette récupérée dans leur villa du septième niveau, sa mère se plaignait de sa situation. Comme toujours, elle monopolisait l'attention de la grand-tante, qui commençait à être à court de sollicitude.

— Mon pauvre mari toujours enfermé dans cette prison… Ma maison saccagée en ce moment même par ces rustres de Thémiscyriens… Mes filles en train de perdre leur bonne éducation à force de fréquenter des plébéiens sans fortune, pleurait sa mère en se tapotant les paupières avec un mouchoir de soie. Pyrrha ! s'exclama-t-elle en voyant sa fille.

Elle avait soudain retrouvé toute la puissance de ses poumons.

— Où est-ce que tu étais, encore ?

— Bonjour, Mère, bonjour, Grand-Tantine, ne faites pas attention à moi, je ne fais que passer, débita Pyrrha en traversant la pièce à vivre.

Elle fila sur le balcon de l'appartement en évitant soigneusement d'établir un contact visuel et referma la porte derrière elle avec un soupir. La promiscuité ne réussissait pas à sa famille – il était difficile de se contenter d'un trois-pièces du quatrième niveau lorsqu'on était habitué à une villa surdimensionnée du septième.

Pyrrha sortit une longue-vue de la poche intérieure de son manteau et s'approcha de la balustrade. La forme austère de l'Extractrice se dressait devant elle, à une cinquantaine de pas de la tour sur laquelle elle se trouvait. Elle colla son œil à l'oculaire de son instrument et le tourna vers le sommet de la tour. Les rapaces géants des Thémiscyriens, perchés là, regardaient les habitants en contrebas avec des airs de faucons prêts à fondre sur leurs proies. Pyrrha abaissa la longue-vue vers les meurtrières situées au quatrième niveau. Elle mit un certain temps à trouver la fenêtre qu'elle cherchait.

Par un coup de chance phénoménal, elle avait découvert que sa grand-tante habitait juste en face de la cellule de Pétrocle. Depuis le départ de Lastyanax, c'était la seule bonne nouvelle venue éclaircir son quotidien. Non seulement Pétrocle était en vie, mais en plus elle avait réussi à établir un canal de communication avec lui.

Pyrrha utilisait une vieille réclame peinte sur le mur extérieur de l'appartement pour poser des questions, grâce à un sceau qui réorganisait les lettres de la publicité. Ensuite, elle attendait la réponse de Pétrocle. Un morceau de sa toge posé sur la droite de la fenêtre voulait dire « oui », un morceau posé sur la gauche voulait dire « non », un morceau posé au milieu voulait dire « je ne sais pas ».

Évidemment, les questions fermées rendaient l'échange d'informations long et fastidieux, d'autant plus que la meurtrière de la geôle était placée trop haut pour permettre à Pétrocle de regarder constamment par la fenêtre. Il était obligé de se hisser sur la pointe des pieds, prenant le risque à chaque fois d'attirer l'attention de ses gardiens. Une chance qu'il soit si grand : d'autres détenus auraient été contraints de grimper sur le rebord.

Grâce à son système, Pyrrha avait réussi à apprendre un certain nombre de choses. Son père et tous leurs anciens camarades de promotion étaient en vie. Les prisonniers n'étaient pas torturés, mais on leur retirait régulièrement de l'anima, ce qui revenait au même.

Pétrocle ne savait pas pourquoi les Thémiscyriens les gardaient, ni s'ils avaient l'intention de les relâcher un jour. Il semblait cependant connaître assez bien l'organisation de la prison. Les dernières questions de Pyrrha portaient ainsi sur le nombre de patrouilles et leurs fréquences. Sur le mur, elle avait écrit : *Tour de garde nuit 30 mn ?* Pétrocle lui avait répondu en plaçant le morceau de toge sur la gauche de la fenêtre.

Contrariée, Pyrrha replia la longue-vue et grimpa sur la corniche qui lui permettait d'accéder à la publicité. Elle avait inscrit un sceau de chaleur sur cet étroit support pour éviter de glisser sur la pierre verglacée. Le moindre faux pas entraînerait une chute vertigineuse. Heureusement, elle n'avait pas le vertige...

Elle modifia la réclame, affichant cette fois : *Tour de garde 20 mn ?*

De retour sur le balcon, elle sortit une seconde fois sa longue-vue dans l'espoir d'apercevoir Pétrocle à la fenêtre, mais il ne s'y trouvait pas. Déçue, elle revint dans l'appartement, esquiva les questions de sa mère qui se demandait pourquoi elle prenait si souvent l'air, salua sa grand-tante et sortit du logement.

Une heure plus tard, elle arrivait au sommet de la ville, où les ravages étaient les plus visibles. Les portes des villas, défoncées par des pillards, béaient. Les plantes rares des jardins suspendus avaient succombé au froid. Le gel avait explosé la pierre des aqueducs, ne laissant à certains endroits que des ponts de glace hérissés de stalactites.

Équipée de ses patins, elle emprunta un pont de glace et gagna l'entrée de la bibliothèque centrale, dont le dôme bleu et or semblait avoir été repeint en blanc. À l'intérieur, la température était plus clémente : les fenêtres vitrées coupaient le vent. De nombreux pillards avaient visité l'édifice pour y récupérer du combustible : des étagères entières de manuscrits avaient disparu, remplacées par quelques feuilles éparses. Pyrrha fit fondre ses patins et traversa les allées en s'efforçant de ne pas penser à la somme de connaissances partie en fumée. Elle monta dans un lévitateur et se laissa porter jusqu'au fond de l'atrium, les yeux perdus dans le vague des ellipses de l'astrolabe géant qui occupait le centre de l'édifice.

L'étage le plus bas de la bibliothèque se situait à la hauteur du quatrième niveau et abritait des archives antiques dont certaines dataient de la fondation d'Hyperborée. Quelques vieux rouleaux, protégés par des sceaux de conservation, étaient exposés sur des pupitres. Le reste s'entassait dans de hauts rayonnages plongés dans la pénombre – l'étage, dépourvu de fenêtres, n'était éclairé que par la clarté de l'atrium et quelques sphères à la luminosité souffreteuse.

Pyrrha parcourut le dédale des allées, et arriva enfin à destination : une porte mécamancique ronde derrière laquelle se trouvaient les collections les plus précieuses et les plus secrètes de la bibliothèque, dont les plans de l'Extractrice. Il lui avait fallu une décade pour parvenir à décrypter et reconfigurer le sceau d'ouverture. Elle posa sa main sur les rouages de la porte et l'activa. Le battant se replia devant elle.

Pyrrha n'eut pas le temps de voir le contenu de la chambre forte : une silhouette pulpeuse à la chevelure châtain et au maquillage conquérant envahit son champ de vision.

— Aah, ce n'est pas trop tôt ! s'exclama Aspasie. Ça fait des heures que je t'attends pour t'annoncer quelque chose. Tu ne peux pas savoir à quel point c'est *en-nu-yeux* de tourner en rond ici toute la journée quand tu pars en expédition. Dire que je t'ai rejointe dans ce trou à rat parce que tu m'as persuadée qu'on s'amuserait bien avec ton histoire de libération des images…

— Je ne t'ai jamais dit qu'on allait s'amuser, et d'ailleurs je n'ai jamais essayé de te persuader, c'est toi qui as insisté pour venir, coupa Pyrrha, pincée. Si ça t'ennuie, tu n'as qu'à retourner au quatrième niveau rejoindre Maman et les sœurs, je ne te retiens pas.

— Oh non, c'est encore plus barbant.

Pyrrha poussa un soupir agacé et contourna sa cadette pour s'avancer dans la chambre forte. Des niches en bois remplies de rouleaux de parchemins en recouvraient les murs rectangulaires. Au centre, une grande table permettait de consulter les documents. Et, debout devant la carte étalée sur cette table, se trouvait…

Lastyanax. Pyrrha se figea, soudain incapable du moindre mot ou mouvement. Son ancien camarade semblait tout aussi statufié qu'elle. Sur son visage creusé de fatigue, seuls ses yeux bougeaient, allant de Pyrrha à la carte, de Pyrrha à ses pieds, de Pyrrha aux étagères, comme si tous les éléments de la pièce étaient plus confortables à regarder qu'elle.

La voix plaintive d'Aspasie s'éleva dans son dos :

— Voilà, je t'avais dit que j'avais quelque chose à t'annoncer, mais comme d'habitude tu ne fais pas attention à ce que je te raconte.

— Je viens juste de revenir, articula enfin Lastyanax en désignant ses fourrures encrassées par un mois de voyage.

Il avait la peau rougie par la réverbération du soleil sur la neige, les cheveux trop longs et une barbe clairsemée qui lui ombrait le menton. Pyrrha ne l'avait jamais connu aussi hirsute. Ces détails affluaient dans son esprit en même temps qu'une foule de pensées contradictoires. Elle avait envie de s'en aller ; de le serrer dans ses bras ; de l'accabler de reproches ; de lui parler des mille et une choses qui s'étaient passées depuis son départ ; de l'ignorer ; de lui demander ce qui lui était arrivé dans les monts Riphées. Si elle avait pu, elle aurait fait tout à la fois. Elle se contenta de demander d'une voix froide et claire, qui camouflait à la perfection le tumulte de son esprit :

— Où est ta disciple ?

Lastyanax baissa la tête.

— Je ne sais pas. Je n'ai pas réussi à la rattraper. Je pense que j'y serais arrivé si on était passés par le glacier, mais le guide n'a…

— Donc tu m'as laissée tomber pendant un mois pour rien ? coupa Pyrrha.

Ses pensées s'ordonnaient. En toile de fond, un soulagement immense de le voir revenir vivant de son expédition irrationnelle dans les monts Riphées. En surface, un besoin de lui faire payer le désarroi dans lequel son départ l'avait plongée, après la prise d'otages des mages et l'effondrement de la tour. Lastyanax murmura :

— C'était une erreur. Je suis désolé. J'aurais dû t'écouter.

Comme Pyrrha lui infligeait un silence glacial, il continua :

— J'ai essayé de redescendre aussi vite que j'ai pu quand j'ai vu les escadrilles d'oiseaux rokhs se diriger vers Hyperborée. On a failli perdre les deux bœufs musqués à cause de ça…

— Je suis contente de voir que tu t'es inquiété pour le sort de deux bestiaux, ironisa Pyrrha.

Lastyanax ne répondit rien. Il paraissait harassé de fatigue. Pyrrha bouillonnait ; elle aurait voulu qu'il soit plus en forme pour pouvoir l'accabler davantage, mais il semblait prêt à subir chacun de ses reproches sans broncher.

— Peut-être qu'on va enfin réussir à faire évader tout le monde maintenant que Lasty est revenu, intervint Aspasie en observant ses ongles.

Pyrrha la fusilla du regard. Lastyanax sauta aussitôt sur la diversion que sa sœur venait de lui offrir, comme un naufragé sur un bout de bois.

— Aspasie m'a dit que tu essayais de trouver un moyen d'entrer dans l'Extractrice pour libérer les mages…

— Oui, et sans surprise, c'est un projet difficile à réaliser toute seule, répliqua Pyrrha d'un ton aigre.

— Et moi, je sers de décoration, peut-être ? s'offusqua Aspasie.

Ni l'un ni l'autre ne firent attention à elle. Lastyanax regarda Pyrrha et se balança sur ses pieds, l'air affreusement gêné.

— Je suis content que tu ailles bien, finit-il par dire.

— Ce n'est pas grâce à toi.

— Je voulais faire demi-tour tous les jours, continua Lastyanax. Tu ne peux pas savoir à quel point c'était une décision difficile, à chaque instant, de continuer à marcher en ignorant ce qui se passait à Hyperborée, si tu étais en danger, si…

— Alors tu n'avais qu'à revenir !

L'exclamation avait fusé de la bouche de Pyrrha. Elle aurait voulu garder son calme, mais sa colère s'était soudain mise à déborder. Autour d'elle, les feuilles volèrent, les manuscrits s'ouvrirent, les meubles tremblèrent.

— Que tu m'aies laissée tomber pour retrouver ta disciple alors que tout partait à vau-l'eau ici, passe encore. Mais Pétrocle, tu as pensé à Pétrocle ? Ça fait plus d'un mois qu'il est enfermé dans l'Extractrice ! Même chose pour mon père ! Même chose pour tous les autres mages ! Tu nous as tous laissés tomber, Last !

À chacune de ses phrases, Lastyanax courbait un peu plus l'échine, comme si les mots de Pyrrha le blessaient physiquement. Cette dernière ferma les yeux et s'efforça de maîtriser les ressentiments monstrueux que près de quarante jours d'incertitudes et d'impuissance avaient accumulés en elle. Il était inutile de continuer à s'acharner sur lui. Elle lui jeta un dernier regard méprisant avant de se laisser tomber dans un fauteuil en soupirant.

— Comment as-tu su que je me trouvais ici ? demanda-t-elle.

Un soulagement manifeste se peignit sur le visage de Lastyanax. Il ramassa les feuilles dispersées dans la pièce, en fit un petit tas et s'assit à son tour dans un fauteuil, les genoux serrés. Ses gestes étaient infiniment précautionneux, comme s'il voulait à tout prix éviter de rompre la fragile trêve que Pyrrha venait de lui octroyer.

— Tu avais parlé de retrouver les plans de l'Extractrice dans la bibliothèque, avant mon départ. Je me suis dit que j'avais des chances de te retrouver ici. Sinon j'aurais bien fini par retomber sur l'adresse de ta grand-tante.

— Si tu cherches un endroit où dormir, elle sera très contente de t'accueillir, toi aussi, roucoula Aspasie.

— Il peut aller chez ses parents, répliqua Pyrrha, irritée.

Elle avait conscience que sa sœur voyait le retour de Lastyanax comme une excellente occasion d'ajouter la romance avec un criminel en fuite à la liste de ses faits d'armes amoureux. Lui ne se rendait compte de rien, évidemment.

— Silène est donc revenu avec les Thémiscyriens, résuma Lastyanax.

— Quel sens de l'observation, ironisa Pyrrha.

— Mais les mages n'ont pas été délivrés pour autant, continua Lastyanax.

Pyrrha secoua la tête. D'un geste machinal, elle rassembla ses cheveux et en fit un chignon.

— Ils en ont fait sortir quelques-uns. Le Stratège et d'autres requins de son genre. Ceux qui ont juré allégeance au nouveau pouvoir en place, résuma-t-elle. Les autres sont toujours enfermés.

— Aspasie m'a dit que tu étais allée écouter le discours de Silène, ajouta Lastyanax. Comment ça s'est passé ?

— Silène est apparu à côté de Lycurgue et a fait un grand discours sur l'amitié hyperboréo-thémiscyrienne, répondit Pyrrha d'une voix lasse. Si je ne l'avais pas vu de mes propres yeux, j'aurais du mal à admettre que c'est un lémure.

— Son maître a réussi son coup, commenta Lastyanax d'un air sombre. Avec lui comme nouvel Éparque, Hyperborée est en train de devenir un protectorat de Thémiscyra…

— Ce n'est pas tout, ajouta Pyrrha.

Elle lui parla de la contribution d'anima évoquée par Silène. Lastyanax, lui aussi, sembla trouver cette information préoccupante. Comme ils échangeaient des regards lugubres, Aspasie vint s'asseoir sur le fauteuil le plus près du jeune homme.

— Pourquoi cette histoire de contribution d'anima t'inquiète autant, Last ? demanda-t-elle en battant des cils en direction de l'intéressé.

— Avec le vif-azur récupéré sur les ceintures des Amazones, les Thémiscyriens vont pouvoir augmenter la puissance de la machine extractrice… commença-t-il.

— Et produire d'énormes quantités d'orichalque grâce aux contributions d'anima des Hyperboréens, compléta Pyrrha d'un ton sec pour signifier à sa sœur d'arrêter ses minauderies. La réparation du dôme n'est qu'un prétexte, déclara-t-elle. Avec cet orichalque, les Thémiscyriens vont décupler la force de leur armée. Ils seront invincibles. Hyperborée ne pourra jamais retrouver son indépendance.

— Tu es affreusement déprimante, sœurette, bâilla Aspasie. Qu'est-ce qu'on va faire, maintenant ? Continuer de lire des plans sans aboutir nulle part ? Parce que ton histoire de libération des mages, là…

Sa remarque déboucha sur un silence gênant. Pyrrha fixa ses mains pour ne pas laisser voir le doute qui se lisait dans ses yeux. Elle pensa à son père, à Pétrocle, aux autres mages et à Hyperborée elle-même, qui attendait d'être sauvée. Elle refusait de l'admettre à voix haute, mais son projet semblait en effet voué à l'échec. Elle se sentait à la fois coupable de n'avoir encore rien fait et impuissante face à la tâche insurmontable qu'elle s'était assignée.

Soudain, une idée germa dans sa tête. L'annonce de Silène venait de leur donner un objectif ambitieux, mais possible à atteindre, qui pouvait faire une vraie différence pour ses concitoyens et les mages enfermés dans la prison.

— J'ai un nouveau plan.

Alcandre

Alcandre jeta un dernier coup d'œil aux oiseaux rokhs qui planaient sous le dôme. Aucun rapace noir n'apparaissait dans le bleu du ciel matinal traversé par les irisations de l'adamante. Il s'éloigna de la rambarde et parcourut l'esplanade aérienne qui s'étirait devant l'entrée du Magisterium. Penthésilée et Mélanéphèle n'étaient toujours pas revenues. Cette absence prolongée commençait à l'inquiéter. Il avait toute confiance en son apprentie et la savait assez puissante pour avoir le dessus sur Arka, mais celle-ci avait plus d'une fois déployé des ressources insoupçonnées. Lui-même n'avait pas réussi à la retenir, après tout – comment pouvait-il partir du principe que Penthésilée y parviendrait ?

Il grimpa les marches du Magisterium en ruminant cette pensée. Les portes monumentales étaient restées ouvertes depuis la prise d'otages. Une couche de givre, trouée de traces de bottes, recouvrait le sol en damier près de l'entrée. Sa cape de laine brune frôla le dallage tandis qu'il s'avançait dans une des galeries connectées à l'atrium. Le vêtement pesait comme un carcan sur ses épaules. Alcandre méprisait tout ce qu'il symbolisait : l'esprit troupier, le conformisme, la soumission zélée à la hiérarchie. Un aide de camp le lui avait apporté la veille – une manière pour Phillon de lui rappeler qu'il lui devait obéissance.

Au moins, l'uniforme le protégeait des courants d'air qui traversaient les arcades du Magisterium. Les soldats-oiseleurs qu'il croisa sur son chemin le regardèrent avec une méfiance teintée de mépris. Les plumes fauves qui recouvraient les épaules de sa cape indiquaient son appartenance au corps diplomatique, une unité aux fonctions nébuleuses dont la réputation de planque pour « fils de » n'était plus à faire.

Alcandre se demanda combien de temps il bénéficierait de ce statut. Son père était ressorti du discours de Silène plus tremblant que jamais. Phillon avait réquisitionné une villa pour le loger. Alcandre était passé le voir : Lycurgue semblait aussi bien soigné que possible. On ne pouvait reprocher à Phillon d'accélérer le déclin de celui qu'il était voué à remplacer. Il paraissait même redoubler de dévotion envers son supérieur. Alcandre savait d'où venait cette sollicitude : Phillon cherchait à asseoir sa légitimité en prouvant au monde qu'il était le véritable fils spirituel de Lycurgue.

Cette légitimité ne lui était cependant pas acquise chez les Hyperboréens. Sur ordre de Phillon, les Thémiscyriens avaient investi le Magisterium et parcouraient ses galeries avec des airs de propriétaires. Alcandre sentait la crispation s'installer parmi les mages libérés de l'Extractrice, à qui on avait pourtant promis de hauts postes dans le nouveau régime politique.

Lorsqu'il arriva dans l'antichambre attenante au cabinet de l'Éparque, il tomba sur le plus frustré d'entre eux. Le Stratège exprimait à grand renfort de superlatifs son indignation de ne pas avoir encore été reçu par Silène.

— Je suis le seul ministre restant du Conseil ! J'ai survécu à la prise d'otages ! fulminait-il. (Sa fine moustache se soulevait au gré de ses exclamations.) Je refuse d'être laissé à la porte par un simple professeur qui n'a jamais rien fait d'autre que gérer des classes d'adolescents boutonneux !

Le passage dans l'Extractrice l'avait tant amaigri qu'Alcandre pouvait voir chaque muscle de son cou se tendre comme une corde tandis qu'il insistait auprès d'un aide de camp pour obtenir son audience. Ce dernier n'était pas près de la lui accorder : Silène, sorti trop tôt de sa cuve mancimniotique à la demande des oligarques, avait fini son discours avec une descente d'organes. Alcandre l'avait replacé dans la cuve pour qu'il achève sa régénération.

Alerté par les cris d'orfraie du Stratège, Phillon sortit du cabinet et salua ce dernier avec déférence. Alcandre le regarda caresser son interlocuteur dans le sens du poil avec un intérêt d'expert : *Je suis navré d'apprendre que mon aide de camp s'est cru autorisé à vous refuser l'accès à ce cabinet… Quelle méprise… Mais Silène n'est pas ici, il est indisposé depuis son discours sur les remparts… Il m'a confié la tâche d'organiser la réinsertion des mages et la collecte des contributions d'anima… Je ne vous cache pas qu'il n'a pas encore réussi à dépasser son rôle de communicant… À mon sens, vous êtes le véritable artisan*

de la reconstruction de cette belle cité... D'ailleurs que pensez-vous de cette proposition ?...

Quelques phrases bien tournées plus tard, le Stratège sortit de l'antichambre, un sourire satisfait sur les lèvres. Il n'avait même pas mis le pied dans le cabinet.

— Les autres mages ne seront pas aussi faciles à manipuler, prévint Alcandre.

— C'est pour cela qu'ils vont rester encore quelque temps dans l'Extractrice, répondit Phillon. Nous verrons bien lesquels sont maîtrisables et à quel prix.

— Et ceux qui ne se laisseront pas acheter ?

— Ils connaîtront des complications malheureuses. Entre, nous t'attendions.

Il rouvrit la porte du cabinet et Alcandre le suivit à l'intérieur. Le bureau de l'Éparque était aménagé au sein d'une petite coupole au sommet percé d'un oculus. Les aides de camp avaient inséré des vitres d'adamante dans les fenêtres trapézoïdales pour conserver la chaleur. Sur les murs circulaires, des étagères en bois précieux exposaient des traités de politique. Elles étaient séparées par des alcôves dans lesquelles des bustes en marbre de Mézence, le précédent locataire des lieux, prenaient des poses altières.

Le bureau aux dimensions impériales avait été repoussé contre les livres. À sa place se trouvait une machine composée d'une table au bout de laquelle se trouvait un casque hérissé de tubulures. Les tuyaux se rejoignaient dans un grand alambic cuivré dont le serpentin se finissait par une tige en métal, reliée à un lingot de laiton. Juste au-dessus du lingot, une lame bleu vif recouverte de fines stries d'orichalque paraissait prête à trancher la tige. Quatre oligarques échangeaient autour de ce dispositif. Phillon frotta ses mains aux poils noirs d'un geste compassé et se racla la gorge.

— Comme nous sommes tous là, je propose que nous passions à la démonstration, déclara-t-il.

Il fit signe à un jeune page au visage couvert d'acné qui se tenait à l'écart.

— Phréton, va dire aux soldats d'amener les cobayes.

Le garçon se frappa la poitrine et inclina le buste. Lorsqu'il se redressa, sa mèche de cheveux trop longue lui masqua la moitié du visage. Malgré son désir évident de la repousser, il garda les mains le long du corps et sortit du cabinet d'un pas raide.

— C'est un Hyperboréen ? s'enquit un oligarque.

— Il s'agit du fils de l'ancien Éparque, répondit Phillon. Un garçon efficace et zélé. J'ai choisi d'adopter la coutume hyperboréenne qui consiste à prendre un disciple. Je vous conseille d'en faire autant : l'aristocratie locale appréciera cet effort d'adaptation et, surtout, elle sera moins tentée de se rebeller si nous contrôlons sa progéniture.

Les oligarques échangèrent quelques commentaires approbateurs. L'un d'eux demanda à Alcandre s'il comptait prendre un disciple.

— C'est déjà prévu, se contenta de répondre Alcandre en songeant à Arka.

Phillon s'avança vers l'étrange engin et posa une main sur son alambic.

— Voici l'appareil qui se trouve d'ordinaire dans la prison. Il permet de produire de l'orichalque en extrayant l'anima. Un modèle plus puissant est en construction grâce aux pépites de vif-azur que nous avons récupérées sur nos aimables soldats. Avec cette nouvelle machine, nous allons pouvoir obtenir l'orichalque nécessaire pour contrôler cette ville, reprendre les choses en main à Napoca et mater les Amazones. Dès qu'elle sera achevée, nous allons la faire tourner à plein régime.

— Avec quels cobayes ? demanda un oligarque.

— Les mages, tout d'abord, répondit Phillon. Nous allons les faire tous passer au moins une fois par jour dessus. Avec la fatigue de l'extraction, ils seront beaucoup plus faciles à contrôler. Mais nous ne nous en tiendrons pas là. Comme vous l'avez entendu récemment, nous allons aussi utiliser des volontaires qui viendront contribuer par leur anima à la restauration du dôme.

— Les effets secondaires de l'extraction d'anima risquent de doucher rapidement leur enthousiasme, objecta Alcandre. La nourriture gratuite ne restera pas une motivation suffisante bien longtemps.

D'un geste d'une lenteur étudiée, Phillon tapota le cuivre de l'alambic.

— Exact, répondit-il. C'est pourquoi je vous propose de recourir à un stratagème.

Il alla prendre une petite boîte posée sur le bureau et en sortit une boule de pâte brune.

— Voici de la gomme de lotus bleu. Il s'agit d'une drogue puissante produite par la pègre locale à partir d'une fleur aquatique. Elle coupe la faim et plonge ses consommateurs dans un demi-songe bienheureux. Beaucoup d'Hyperboréens en sont friands et feraient n'importe quoi pour en obtenir. Il y a quelques jours, nous avons annihilé le clan qui en détenait le stock le plus important. Grâce à ces réserves, il sera facile d'inciter les mâcheurs de gomme à revenir régulièrement apporter leur anima. Ces donneurs restent cependant peu nombreux, poursuivit-il, et la plupart ne survivront pas à plus de trois ou quatre extractions en raison de leur état physique déplorable. Il nous faut donc trouver un moyen d'élargir la population des intoxiqués.

Il se tut et prit un air songeur en faisant quelques pas dans la pièce, le menton entre ses doigts, comme s'il invitait son auditoire à réfléchir avec lui au problème qu'il venait de poser.

— Lorsque les volontaires commenceront à se présenter, dans les prochains jours, je suggère que nous leur distribuions une petite dose de gomme à mâcher. Cela aura le double effet de limiter la douleur liée à l'extraction et de créer un état de dépendance. Si tout se passe bien, d'ici un mois, un quart de la population hyperboréenne sera prête à donner son anima de manière régulière.

Alcandre s'adossa contre une statue de Mézence et regarda les oligarques s'attrouper autour de la gomme de lotus bleu. Il se souvenait avec dégoût de l'addiction de Géorgon et de la facilité avec laquelle il avait utilisé celle-ci. L'asservissement d'Hyperborée se profilait devant lui, moins sanguinaire mais tout aussi meurtrier que le siège de Napoca.

— L'attrait de la gomme est vraiment si puissant ? interrogea un oligarque.

— Je vous propose d'observer son effet sur des cobayes, répondit Phillon.

Au même instant, des coups résonnèrent à la porte du cabinet.

— Les voici justement, annonça Phillon. Entrez !

Le battant s'ouvrit, laissant passer un groupe de soldats thémiscyriens qui encadraient trois hommes menottés aux traits bestiaux : les triplés du clan du lotus. Des gouttes de sueur perlaient sur leurs visages cireux. Leurs regards erratiques passèrent sur Alcandre sans le reconnaître, ralentirent sur la machine extractrice puis s'arrêtèrent sur la pâte brune que tenait Phillon.

— Vous pouvez nous agiter ça sous le nez tant que vous voulez, on retournera pas sur c'te foutue machine, grogna Alci.

Mais ses yeux ne cessaient de revenir sur la pâte brune.

— Ça, c'est votre produit, répondit Phillon en faisant rouler ostensiblement la pâte entre ses doigts. De la gomme d'excellente qualité.

— C'est vrai, c'est à nous, cette gomme, vous devez nous la rendre ! lança Axi.

— Très volontiers, dit Phillon. Une fois que vous aurez utilisé la machine.

— Donnez d'abord la gomme, on verra après, s'exclama Ari.

Phillon haussa un sourcil broussailleux.

— Le premier qui utilisera la machine en aura deux fois plus que les autres, dit-il.

Une seconde passa, puis les triplés se précipitèrent vers l'engin dans un concert de beuglements et d'invectives. Alci repoussa ses deux frères et coiffa le casque. Aussitôt, des filaments de lumière s'échappèrent vers les tubulures avant de converger à l'intérieur de l'alambic. Alcandre observa avec fascination le nimbe se concentrer dans le ventre de métal, puis couler dans le lingot de laiton pour être enfin tranché par la lame de vif-azur actionnée par Phillon.

Un bruit sourd retentit : Alci s'était effondré contre la machine. Le rouge de ses yeux révulsés contrastait avec la pâleur cadavérique de son visage. Un filet de sang s'échappait de son nez et gouttait dans sa bouche ouverte. Ses frères se penchèrent sur lui, effarés. Pendant ce temps, Phillon avait retiré le lingot de laiton et le brandissait devant les oligarques.

— Notre cobaye a un peu trop donné de sa personne, mais le résultat est là : de l'orichalque. Comme il a été annoncé, les premiers lingots serviront à réparer le dôme. Nous en avons besoin pour relancer la culture du lotus bleu et renouveler le stock de gomme. Ensuite, nous nous lancerons dans la production d'armes et d'armures.

Il se tourna vers les soldats, qui avaient maîtrisé les deux triplés restants et regardaient d'un air circonspect le troisième malfrat inanimé.

— Jetez celui-ci par-dessus le parapet. Gardez les deux autres pour tester la capacité limite d'extraction sur la nouvelle machine. Ce ne sont que des criminels, et ils en ont trop entendu. Hyperborée nous remerciera.

4
La chambre condamnée

Arka

Le lendemain de son arrivée chez Thémis, Arka fut réveillée par un couple de cacatoès noirs à queue arc-en-ciel qui jacassaient au-dessus d'elle. Comme bien souvent depuis deux ans, elle avait rêvé de la forêt des Amazones. Allongée dans son hamac, les yeux fixés sur les oiseaux occupés à décortiquer des coques d'eucalyptus, elle mit un long moment à réaliser qu'elle ne dormait plus et qu'elle se trouvait bien en Arcadie. Autour d'elle, les feuilles se balançaient dans la brise matinale. Une odeur de mousse humide et de lichen lui emplissait les narines. De temps en temps, un hennissement perçait le brouhaha des mille bêtes sauvages qui s'éveillaient en même temps que la forêt. Jamais la frontière entre le rêve et la réalité n'avait été si mince.

— Tu es réveillée ? Pas trop tôt.

Thémis venait d'apparaître à la porte de la terrasse, une jatte fumante à la main. Arka bascula en position assise et se frotta les paupières, les pieds se balançant dans le vide. Les épaules voûtées, la vieille Amazone alla poser le récipient sur un rondin de bois.

— J'ai cassé ma cuillère, tu mangeras à la main, grinça-t-elle avant de retourner dans la cabane.

Arka avala son repas seule, les doigts plongés dans le gruau au lait de jument – le petit-déjeuner traditionnel amazonien. Elle se souvint qu'elle reprochait à Chirone de toujours manger la même chose. Comment avait-elle pu s'en plaindre ? Relevée aux aromates de la nostalgie, cette patouille grisâtre était soudain devenue le meilleur repas au monde.

Elle savourait une dernière bouchée lorsque Thémis revint sur la terrasse, un seau malodorant pendu à son bras. L'Amazone posa son chargement bien en évidence devant Arka et empoigna un balai appuyé contre le mur de la cabane.

— Quand tu descendras, tu iras vider mon pot de nuit, grinça-t-elle en donnant des coups sur la terrasse. Ma poulie est rouillée et je ne peux plus descendre l'escalier sans m'aider de mes deux bras.

Le nez froncé, Arka regarda l'Amazone balayer avec des gestes vigoureux. Dans la liste des tuteurs ingrats qu'elle avait eus, Thémis s'annonçait comme une concurrente sérieuse pour Lastyanax. Le mage manquait soudain cruellement à Arka. Elle se demanda si Thémis pourrait combler un peu le vide creusé par leur séparation, comme Lastyanax avait comblé en partie celui laissé par la mort de Chirone.

— Comment est-ce que je suis devenue la pupille de Chirone ? demanda-t-elle de but en blanc.

L'Amazone continua de balayer avec le même rythme efficace et précis.

— Chirone a dû te le raconter, répondit-elle.

— Elle m'a juste dit qu'elle m'avait recueillie près des montagnes nord et que mon père était un mage hyperboréen…

— Tu sais donc déjà tout ce qu'il y a à savoir, trancha Thémis en évacuant un tas de feuilles mortes par-dessus le bord de la terrasse.

Et elle poursuivit son balayage sans prêter attention à l'expression frustrée d'Arka. Celle-ci emporta son bol dans la pièce à vivre en marmonnant un « vieille bique » dans sa barbe. Elle n'était jamais entrée à l'intérieur de la cabane de Thémis, aussi regarda-t-elle l'endroit avec curiosité. La lumière matinale projetait des rais dorés sur le plancher sombre et les grosses branches qui traversaient la pièce de part en part.

Celle-ci était simple et dépouillée, à l'image de sa propriétaire : un baquet d'eau dans un coin, quelques morceaux d'armurerie rouillés dans un autre, des vases de nourriture et des amphores scellées à la cire alignées contre les murs. Deux portes se dressaient dans les cloisons : l'une, occultée par une tenture, donnait de toute évidence sur la chambre de Thémis. L'autre était obturée par des planches disjointes.

Intriguée, Arka déposa le bol dans une panière remplie de vaisselle à laver et s'approcha de la porte condamnée à pas de loup. Vu la taille de la cabane, il était surprenant que Thémis se permette de sacrifier une pièce entière. Elle se hissa sur la pointe des pieds pour regarder entre les planches. Une petite chambre en ruine apparut. Le temps avait percé des trouées dans le toit de chaume, ouvrant un passage à l'humidité et aux oiseaux. Des tas de fientes blanchissaient par endroits le plancher, dont plusieurs madriers s'étaient effondrés dans le vide. Pour le reste, il semblait que l'endroit n'avait pas été touché depuis le départ de la personne qui l'avait occupé. Un hamac mité, rempli de feuilles mortes, pendait au milieu de la pièce. Une fronde au cuir craquelé et un arc court débandé étaient suspendus contre un mur, à côté d'étagères poussiéreuses chargées de cailloux colorés. Un petit cheval de bois grossier était posé sur un coffre à vêtements. D'autres figurines faites de branches et de crins jonchaient le plancher, à moitié recouvertes par les feuilles pourries. Arka se demanda pourquoi la cabane de Thémis abritait ce qui semblait être une chambre d'enfant. Elle n'avait jamais entendu dire que l'Amazone avait eu une fille.

Perplexe, elle s'arracha à son observation et revint vers la partie cuisine de la pièce à vivre. Des mouches s'échappèrent de la panière lorsqu'elle la souleva pour la porter sur la terrasse. Dehors, Thémis avait interrompu son balayage pour pousser les rondins de bois, qui glissèrent sur le plancher dans un crissement désagréable. La vieille Amazone avait peut-être senti à quel point sa réponse précédente avait frustré Arka, car elle déclara :

— Je n'ai jamais vu ton père, si c'est ça que tu veux savoir. Un jour, Chirone est revenue d'une chasse dans les montagnes avec un lardon braillard dans les bras. C'était toi. En quittant la lisière pour poursuivre un élaphe, elle était tombée sur un jeune mage qui portait un bébé. Il lui a dit que tu étais la fille de Mélanippè et lui a demandé si elle pouvait s'occuper de toi. Chirone a eu à peine le temps de dire oui et de te prendre dans ses bras qu'il avait déjà disparu. C'est ce qu'elle m'a raconté, en tout cas.

Ces explications, au lieu d'étancher la soif de vérité d'Arka, soulevèrent encore plus d'interrogations en elle. Qui était ce jeune mage ? Pas le maître des lémures, car de toute évidence celui-ci souhaitait la garder en dehors de la forêt des Amazones. Ni le lémure lui-même, car il obéissait à son maître. Tandis qu'elle essayait de comprendre qui avait bien pu la confier à Chirone lorsqu'elle n'était qu'un nourrisson, Thémis bougea un dernier bout de bois et redressa son dos courbé avec un craquement de vertèbres. Elle reprit son balai pour évacuer la saleté qui s'était accumulé à l'emplacement des rondins.

— Tu n'étais pas grosse, continua l'Amazone. Comme il n'y avait personne pour te mettre au sein, les guérisseuses ont dit que tu ne tiendrais pas la décade. Mais Chirone ne s'est pas laissé démonter. Elle t'a nourrie avec un mélange de son invention, du lait de jument mêlé à de la bouillie d'avoine et du jus d'élaphore. Elle mastiquait tout ça avant de te le recracher dans la bouche. Ça me faisait peur, ce dévouement : à l'époque, Chirone ne se sentait pas très bien dans sa tête. J'étais sûre que tu allais lui claquer dans les pattes et qu'elle ne s'en remettrait pas. Mais tu as survécu, et pour ça, je te suis reconnaissante. Même si j'aurais préféré que tu sois une gamine moins pénible. Qu'est-ce que tu pouvais chouiner quand tu étais petite… Pour ta défense, ce n'est pas comme si j'avais eu à beaucoup te supporter, je ne voyais plus Chirone très souvent.

Elle suspendit son balayage, les yeux dans le vide. Arka se demanda soudain si la petite chambre n'avait pas un rapport avec la dépression de Chirone et sa séparation d'avec Thémis. Elle aurait voulu creuser cette intuition, mais elle sentait qu'elle n'aurait pas souvent l'occasion d'en apprendre plus sur ses origines.

— Et ma mère ? insista-t-elle.

Thémis soupira.

— Personne n'a jamais compris ce qui est arrivé à Mélanippè. Quatre jours après que Chirone t'a recueillie, des paysannes hilotes sont venues nous informer qu'elles avaient retrouvé son cadavre dans la masure d'un village abandonné où ta mère habitait apparemment depuis quelques décennies. Elle était morte en couches. Toute cette histoire a été une grosse surprise pour nous. On n'avait plus entendu parler de Mélanippè depuis son départ en mission à Napoca, et on était toutes à peu près certaines qu'elle était morte là-bas. Alors, apprendre que non seulement elle était revenue en Arcadie mais qu'en plus elle avait donné naissance à une fille…

Arka hocha la tête : elle savait déjà tout cela, et plus encore. Mélanippè avait quitté Napoca quand elle avait découvert que le père de son enfant à naître n'était autre qu'un pantin sans âme, un *lémure*, le revenant d'un prince hyperboréen. La honte l'avait sans doute empêchée de revenir dans la forêt – mais Arka n'en aurait jamais la certitude.

La vieille Amazone donna un dernier coup de balai, tapa le sol plusieurs fois pour dégager les feuilles mortes restées coincées dans la paille de la brosse, puis alla déposer son ustensile contre le mur de la cabane.

— Qui est-ce qui m'a donné mon prénom ? demanda soudain Arka.

Thémis frotta son oreille mutilée.

— Ton père. C'est une des seules choses qu'il a dites à Chirone, avant de te confier à elle : « Elle s'appelle Arka. » Il t'a donné le nom du pays. Arka d'Arcadie. On ne peut pas dire qu'il débordait d'inspiration, celui-là. Bon, et mon pot de nuit, quand est-ce que tu vas me le vider ?

Lastyanax

Dans la chambre forte de la bibliothèque, Lastyanax patientait en regardant le brasero installé au milieu de la pièce. Pyrrha avait dessiné un sceau d'aspiration sur la coupe de métal pour évacuer la fumée. Les doigts de Lastyanax jouaient distraitement avec le petit bout de papier qu'Arka lui avait laissé avant son départ, enroulé dans la bague de Mézence. Cela faisait plus d'un quart d'heure qu'il écoutait Pyrrha s'énerver à propos de sa sœur.

— C'est elle qui voulait nous accompagner ! Et elle ne vient même pas au rendez-vous ! On ne peut vraiment pas compter sur elle.

— De toute façon, ça t'arrange, tu n'avais pas envie de l'avoir sur les bras, commenta Lastyanax avec diplomatie.

Il baissa les yeux sur le bout de papier et ne put s'empêcher de relire la petite note bourrée de fautes d'orthographe :

Le mètre des laimure s'es échaper avec Silene et jai toujour la malédiquetion. Je retourne ché les Amazone pour larété (la malédiquetion). Ces dangereu pour vou, me suivé pas. Je vou laisse la bague pour vou protégé du ~~laimure~~ lémurre. Merci encore pour tous ce que vou avait fais pour moi. Vous me manquerer.

— Oui, mais ce n'est pas une raison, rétorqua Pyrrha avec mauvaise foi. Est-ce qu'on perd notre temps à l'attendre ou est-ce qu'on y va ?

Elle regarda Lastyanax, mais celui-ci fixait le bout de papier. Il revivait le bonheur intense qu'il avait ressenti lors de sa première lecture, avant d'être submergé par la colère et la frustration. Son regard dévia vers le brasero qui réchauffait la pièce. Il tendit le bras vers les flammes, le papier au bout des doigts.

— Bon, on l'a assez attendue. Tu viens ?

Lastyanax cligna des yeux et regarda Pyrrha, qui semblait à présent énervée contre lui.

— Oui, dit-il en se relevant brusquement. Allons-y.

Après avoir enfilé ses fourrures, il la suivit à l'extérieur de la chambre forte. Dans sa poche, ses doigts trituraient le papier racorni par les flammes. Ils empruntèrent un lévitateur et arrivèrent à l'entrée de la bibliothèque. Lastyanax abaissa sa capuche sur ses yeux, remonta son col sur son nez et sortit de l'édifice en compagnie de Pyrrha. Le climat polaire d'Hyperborée avait au moins cet avantage : il pouvait se promener dans les rues le visage caché sans éveiller l'attention. Il se sentait malgré tout nerveux en croisant des patrouilles thémiscyriennes.

Les soldats-oiseleurs avaient envahi le septième niveau, réquisitionnant les plus belles villas, qu'ils semblaient mettre un point d'honneur à finir de saccager. En parcourant les canaux gelés, Pyrrha et Lastyanax dépassèrent plusieurs groupes occupés à vider des amphores d'hypocras tirées des celliers hyperboréens. Quand ils arrivèrent devant la demeure familiale de Pyrrha, ils entendirent des bruits de casse. Des Thémiscyriens avaient sorti un grand instrument composé de multiples flûtes en cristal. Ils s'amusaient à briser les tuyaux translucides en tirant dessus avec les fléchettes de leurs brassards. Pyrrha ralentit et les regarda réduire en miettes l'orgue hydraulique sur lequel elle avait joué toute son enfance. Elle ne dit pas un mot. Le cœur de Lastyanax se serra.

— Eh la belle, viens te réchauffer avec nous ! lança un lieutenant-oiseleur au visage rougi par le froid et l'hypocras. Tu vas voir, on a beaucoup plus à offrir que ton Hyperboréen.

Pyrrha adressa un regard à Lastyanax qui voulait dire « cela n'en vaut pas la peine » et s'éloigna sans répondre. Il resta un instant en arrière, partagé entre la colère et la conscience qu'il n'aurait pas été très malin de réagir à ces provocations. Il finit par la suivre, sans pouvoir se départir du sentiment que sa sagesse ressemblait à de la lâcheté.

Ils descendirent les escaliers de glace des péages et arrivèrent une demi-heure plus tard aux abords de l'Extractrice. Les plébéiens se pressaient devant la grande porte de la prison, grappillant les miches de pain que les soldats-oiseleurs distribuaient à l'entrée de l'édifice. Après avoir échangé un hochement de tête entendu, Lastyanax et Pyrrha se dirigèrent vers le stand de soupe populaire installé à une dizaine de pas de là. L'odeur appétissante du pain chaud flotta jusqu'à leurs narines tandis qu'ils patientaient dans la queue.

Une décade s'était écoulée depuis que Silène avait annoncé la mise en place du programme d'extraction. Le dispositif établi par les Thémiscyriens pour inciter les Hyperboréens à donner de leur anima était d'une redoutable efficacité. Grâce au stand de soupe stratégiquement placé à côté de la prison, les nécessiteux affluaient autour de l'édifice. L'odeur du pain chaud les convainquait ensuite de rejoindre la file de donneurs d'anima qui s'étirait devant l'édifice. Ne restait plus qu'à leur placer une boule de gomme dans les mains à l'issue de l'extraction sous prétexte de les requinquer, et le tour était joué : les volontaires devenaient accros à la donation d'anima. On s'approchait de la prison pour la soupe, on y entrait pour le pain et on y revenait pour la gomme. Il était difficile d'échapper à cet enchaînement implacable de tentations.

— Si l'extraction continue à ce rythme, toute la ville va finir par être intoxiquée à la gomme, commenta sombrement Lastyanax. Les Thémiscyriens n'auront aucune difficulté à garder le contrôle d'Hyperborée.

Mais tout va s'arranger une fois qu'on aura saboté la machine, répondit Pyrrha avec assurance. Sans les pépites de vif-azur, plus d'extractrice, sans extractrice, pas d'orichalque, sans orichalque, pas de contrôle.

Lastyanax n'était pas tout à fait convaincu par son raisonnement, mais il se serait bien gardé de le lui dire. Sa participation au nouveau plan de Pyrrha lui permettait de faire amende honorable pour son départ d'Hyperborée. Et puis, il n'avait pas de meilleure idée pour aider Pétrocle.

Le stand de soupe leur fournissait une excuse facile pour observer le dispositif de sécurité mis en place au premier niveau de l'Extractrice. Lastyanax tendit son écuelle à la vivandière pour recevoir une louche de potage. La soupe était si claire qu'il voyait le fond de la marmite. Son récipient rempli, il rejoignit Pyrrha qui l'attendait, déjà servie, contre le mur d'une tour. Ils burent leurs potages respectifs, leurs écuelles calées entre leurs moufles, les yeux fixés sur la porte mécamancique de la prison.

Depuis que les Thémiscyriens s'étaient lancés dans une production industrielle d'orichalque, celle-ci restait en permanence grande ouverte. Le premier niveau de la prison était devenu une unité indépendante, dédiée à l'extraction. Par le côté gauche de la porte entraient les volontaires ; par le côté droit ressortaient ceux qu'on surnommait à présent les animiés. Dans la rue, il n'était pas difficile de les reconnaître : ils avaient tous les mêmes yeux cernés, le même teint crayeux, les mêmes dents jaunies par la gomme. Les plus intoxiqués, devenus insensibles au froid et à la faim, oubliaient de manger et de se vêtir chaudement. La seule sensation qu'il leur restait était le manque. Alors, on les voyait revenir à la prison, parfois plusieurs fois par jour, pour recevoir leur dose de gomme. Ils finissaient par s'endormir dans la rue, un sourire indolent aux lèvres. On les retrouvait le lendemain matin, congelés mais toujours souriants. L'activité de la nécropole battait son plein.

Lastyanax et Pyrrha finirent leurs écuelles en notant soigneusement dans leurs têtes le nombre de soldats qui gardaient l'entrée et l'heure de la relève.

— Il y a beaucoup plus de gardes au premier niveau qu'aux étages supérieurs, commenta Pyrrha.

— Mais beaucoup plus de monde à surveiller pour eux, fit remarquer Lastyanax.

Contrairement aux autres édifices de la ville, la prison n'était reliée aux tours avoisinantes que par de rares passerelles étroitement gardées.

Seules les portes du premier niveau étaient accessibles au citoyen lambda. Ils s'interrompirent, car un héraut passait devant eux en criant à pleins poumons :

— UNE RATION POUR UNE EXTRACTION ! VENEZ À LA PRISON !

Les Thémiscyriens en avaient embauché une dizaine qui sillonnaient la ville en permanence. Le héraut s'éloigna en répétant son message.

— On pourrait passer par les fenêtres, dit Pyrrha.

— Elles sont en adamante et hors de portée, objecta Lastyanax.

Avec une moue pensive, Pyrrha cassa une stalactite qui pendait d'une corniche et la fit fondre dans son écuelle.

— Il existe un moyen de les atteindre, dit-elle tandis qu'un tourbillon d'eau nettoyait l'ustensile.

— En lévitant ? demanda Lastyanax, dubitatif. Si encore on avait les ailes de Ctésibios, on pourrait voler jusqu'à une fenêtre, mais…

— Dans la chambre forte de la bibliothèque, il y a une copie de l'inventaire de la Tour des Inventions, développa Pyrrha. Je l'ai étudiée de très près. Il y a quelques inventions qui pourraient nous être utiles – des gants d'escalade, notamment.

— Tu es en train de me dire qu'on va aussi devoir cambrioler la Tour des Inventions ?

— Au point où on en est, répondit Pyrrha.

Lastyanax leva les yeux vers l'Extractrice. Par un effet d'optique, il avait la désagréable sensation qu'elle s'apprêtait à tomber sur lui. Avec ses angles coupants et sa pierre nue, la prison était écrasante d'austérité.

— Admettons qu'on réussisse à récupérer ces gants d'escalade sans se faire prendre, qu'on atteigne les fenêtres et qu'on parvienne à venir à bout de l'adamante, résuma-t-il. Pourquoi est-ce qu'on passerait par les niveaux supérieurs ? La machine est au premier niveau.

— Toutes les portes mécamanciques de la prison se fermeront si une alarme se déclenche. L'un de nous a besoin d'ouvrir une voie de sortie sûre, répondit Pyrrha. Si possible en délivrant Pétrocle au passage…

Lastyanax releva la tête et croisa son regard, qui pétillait soudain d'audace. Son cœur battit plus fort. Il lutta un instant avec lui-même et parvint à se convaincre que son pouls réagissait à l'espoir de délivrer Pétrocle.

— Tu sais derrière quelle fenêtre il se trouve ? souffla-t-il, sans trop oser y croire.

— Quatrième niveau, troisième étage, mur nord, dixième fenêtre en partant de la droite, déballa Pyrrha.

Et, comme il la fixait avec une expression ahurie, elle ajouta d'un ton goguenard :

— Tu ne crois quand même pas que j'ai passé un mois à me morfondre en espérant ton retour ?

Lastyanax l'écouta ensuite expliquer comment elle avait mis en place un moyen de communication avec Pétrocle. Il était fou de joie à l'idée de pouvoir enfin lui demander directement des nouvelles, et vexé de ne pas avoir été mis au courant plus tôt. Après avoir été cantonnée à l'oisiveté pendant des mois, Pyrrha se délectait à l'évidence de mener les opérations. Alors qu'elle détaillait toutes les informations qu'elle avait recueillies sur l'organisation de la prison grâce à Pétrocle, elle s'interrompit soudain, le visage livide.

— Mais qu'est-ce que cette idiote fait ici ? siffla-t-elle, les yeux rivés sur les portes de la prison.

Lastyanax suivit son regard et repéra dans la foule qui sortait de l'édifice une silhouette familière. Vêtue de coûteuses fourrures argentées, ses cheveux châtains soigneusement nattés, Aspasie détonnait au milieu des animiés. Le teint pâle et l'air éthéré, elle venait de toute évidence de passer sur la machine extractrice. Il n'eut pas le temps de faire part de ses impressions à Pyrrha : cette dernière avait bondi et marchait à présent d'un pas vif en direction de sa sœur, qui disparaissait derrière une tour.

Lastyanax dut presque courir pour rester à sa hauteur. Pyrrha traça son chemin à travers la foule et rejoignit Aspasie au bout de la rue. Sans crier gare, elle attrapa sa sœur par la tresse et la tira derrière un étal désert.

— OUUAAÏEEE, qu'est-ce qui te prend, ça va pas la tête ? glapit Aspasie, la tête penchée sur le côté.

Elle avait soudain l'air beaucoup moins éthérée. Le rouge lui montait aux joues tandis qu'elle essayait de libérer ses cheveux de la poigne de son aînée en lui labourant les mains avec ses ongles. Pyrrha tira encore plus fort sur la tresse pour l'obliger à ranger ses griffes. Une bagarre ponctuée d'exclamations aiguës et de coups bas s'engagea. Lastyanax resta sur le côté, se demandant s'il fallait intervenir. Même si Aspasie et Pyrrha avaient un style de combat moins destructeur qu'Arka, elles semblaient néanmoins capables de s'infliger des dommages substantiels. Après mûre réflexion, il décida qu'il était plus prudent de rester hors de la mêlée et de les regarder s'écharper mutuellement. Deux claques, trois morsures et un coup de genou en traître plus tard, les deux sœurs se séparèrent. Lastyanax ne parvint pas à déterminer laquelle avait eu le dessus ; en tout cas, elles avaient toutes deux l'air sanguinaire et les cheveux en pétard.

— Qu'est-ce que tu faisais dans cet endroit de malheur ? aboya Pyrrha.

— Ce n'est pas assez évident ou tu as besoin de binocles ? répliqua Aspasie sur le même ton. Je suis allée me faire retirer de l'anima.

— *Pourquoi ?*

— Parce que ça fait un mois qu'on perd notre temps à regarder de vieux plans poussiéreux pour essayer de comprendre comment l'Extractrice est fichue ! Je me suis dit qu'il valait mieux aller carrément à l'intérieur.

Cette prise d'initiative étonna Lastyanax. Il n'aurait jamais pensé qu'Aspasie avait assez de cran pour aller s'aventurer dans l'Extractrice.

— Mais qu'est-ce qui t'a pris de faire une chose pareille sans m'en parler avant ? articula Pyrrha d'une voix blanche.

— Je ne t'en ai pas parlé parce que je me doutais que tu ne serais pas d'accord, se renfrogna Aspasie. C'est toujours la même chose avec toi : les idées brillantes ne peuvent venir que de *Mademoiselle Pyrrha*, il faut toujours avoir l'approbation de *Mademoiselle Pyrrha* pour faire quelque chose, personne n'est aussi utile que *Mademoiselle Pyrrha*.

Elle ramassa sa toque en fourrure, l'épousseta et la replaça sur sa tête d'un geste digne.

— À l'avenir, tu n'auras qu'à faire un peu plus attention à moi et me confier des missions plus intéressantes que de commander des vêtements à mon tailleur, voilà tout.

Comme Pyrrha semblait momentanément mouchée par sa réponse, elle ajouta d'un ton plus calme :

— Il y avait plein de gens là-bas, des clochards du premier niveau, des gamins pouilleux... Brrr, dégoûtant. Heureusement, juste avant l'extraction, ils m'ont donné de la gomme de lotus. Un délice. Rien à voir avec la gomme coupée qu'on trouve dans les fêtes au septième niveau. Je me sentais toute détendue et légère en sortant... C'était avant de me faire attaquer par une espèce de harpie enragée, bien entendu, ajouta-t-elle en jetant un coup d'œil mauvais à sa sœur.

— Tu es complètement inconsciente, s'exclama Pyrrha, furibonde. Ils donnent de la gomme pure pour rendre les gens dépendants et les obliger à revenir...

— Tu es juste jalouse de ne pas avoir eu cette idée la première, sœurette, répliqua Aspasie d'un ton suffisant. D'ailleurs, tu vas être encore plus jalouse d'apprendre que j'ai vu Rhodope.

À l'évocation de ce nom, les oreilles de Lastyanax grincèrent.

— Dans une cellule ? demanda Pyrrha, perplexe.

Aspasie pouffa.

— Non, tu penses bien qu'il n'est pas resté enfermé, lui. Il est malin. Les Thémiscyriens l'ont fait sortir très vite. C'est Rhodope qui supervise l'extraction d'anima, maintenant. Si vous voulez mon avis, il va monter

très vite en grade. D'ailleurs je lui ai dit que tu avais fait une erreur de le larguer pour aider Lasty dans son enquête.

Lastyanax tourna la tête vers Pyrrha avec une telle brusquerie qu'il entendit ses cervicales craquer. Elle ne lui avait jamais dit quand ni comment sa relation avec Rhodope s'était terminée et il ne s'était pas autorisé à rêver que leur rupture puisse avoir un rapport avec lui. La jeune mage semblait avoir rougi et pâli en même temps ; elle évitait soigneusement de le regarder.

— Bref, continua Aspasie, indifférente au séisme qu'elle venait de déclencher, il m'a fait visiter toute la partie de la prison où se déroule l'extraction. Maintenant, je peux vous dire précisément où se trouve la machine et comment elle est gardée. Alors, qui a été la plus utile au plan, aujourd'hui ?

Pyrrha et Aspasie se crêpèrent le chignon durant tout le trajet de retour à la bibliothèque. Tandis qu'ils gravissaient les niveaux, Lastyanax les écouta d'une oreille distraite passer en revue l'intégralité des crispations accumulées depuis qu'elles étaient en âge de se piquer des jouets. La possibilité que Pyrrha ait rompu avec Rhodope à cause de lui occupait délicieusement son esprit. Les deux sœurs étaient arrivées à la fois où Pyrrha avait gâché le onzième anniversaire d'Aspasie en annonçant à sa famille qu'elle allait participer à l'Attribution lorsqu'ils atteignirent le septième niveau. Plongé dans sa rêverie, Lastyanax mit un certain temps à s'apercevoir qu'elles avaient cessé de se chamailler. Il se retourna vers elles. Les deux sœurs s'étaient arrêtées devant le parapet de l'aqueduc sur lequel ils circulaient et regardaient au loin.

— Mais qu'est-ce qui se passe ? souffla Pyrrha.

À une cinquantaine de pas d'eux, une procession de femmes issues de l'aristocratie hyperboréenne avançait sur le canal qui reliait l'Extractrice au septième niveau. Quelques-unes étaient accompagnées de leurs enfants et de leurs domestiques. Près de la porte close, des soldats-oiseleurs les regardaient arriver avec appréhension. Alors que les femmes n'étaient plus qu'à un jet de pierres des sentinelles, un officier fit un pas en abaissant sa lance dans leur direction.

— L'accès à la prison est interdit, déclara-t-il d'une voix menaçante.

— Nous venons exiger la libération de nos époux, nos fils, nos pères et nos frères, répliqua une aristocrate d'âge moyen qui menait la procession.

Lastyanax reconnut la sœur de Zénodote, le Haut Bibliothécaire. Son fils, Stérix, un disciple de première année qu'il avait souvent vu traîner avec Arka, se tenait à côté d'elle, l'air nerveux.

— Nous avons des ordres, asséna le Thémiscyrien. Personne n'entre dans la prison, personne ne sort. Repartez immédiatement ou nous serons contraints d'intervenir.

Les soldats-oiseleurs s'étaient alignés aux côtés de leur officier, formant un front dissuasif.

— Pourquoi gardez-vous les mages enfermés ? lança son interlocutrice sans se démonter.

Le soldat parut comprendre que ses injonctions ne suffiraient pas à renvoyer les Hyperboréennes chez elles.

— Nous avons préféré garder un certain nombre de mages en sécurité dans la prison, répondit-il d'une voix forte. Les Amazones leur ont retourné le cerveau, nous devons nous assurer qu'ils ont retrouvé toute leur santé d'esprit avant de leur permettre de rejoindre leurs familles. Ils sont très bien traités, vous n'avez aucune raison de vous inquiéter.

Il semblait persuadé que sa tentative de diplomatie fonctionnerait. Malheureusement, les Hyperboréennes ne parurent pas du tout convaincues par ses explications.

— Tout ça, on l'a déjà entendu, s'exclama l'une d'entre elles.

— Ce sont des foutaises ! renchérit une autre.

— D'abord les Amazones, puis vous ! Qu'est-ce qu'on a gagné depuis votre arrivée, vous pouvez nous le dire ?

— Mon fils est un ingénieur des canaux, il n'a rien à faire là-dedans !

— Mon mari a soixante-douze ans et des problèmes au cœur !

— On ne sait même pas s'ils sont encore en vie !

Les protestations fusaient à présent de l'assemblée. Les soldats-oiseleurs étaient désemparés : leurs assaillantes n'avaient pas d'armes, mais elles continuaient d'avancer vers leurs lances, de plus en plus véhémentes et déterminées.

— Tout ça va mal se finir, souffla Pyrrha, appuyée contre le parapet.

Le canal se resserrait comme un goulet d'étranglement à proximité des portes, obligeant les femmes à se tasser les unes contre les autres. Poings levés, elles s'étaient mises à scander :

— LIBÉREZ-LES-MAGES ! LIBÉREZ-LES-MAGES !

— Repartez immédiatement, je ne le répéterai pas ! vociféra le soldat.

Il avait abandonné la diplomatie et brandissait à présent sa lance. Les premières femmes du cortège s'étaient arrêtées à un pas de la lame et l'invectivaient. Derrière, leurs compagnes continuaient de marcher en scandant. L'une d'elles trébucha et bouscula la mère de Stérix dans le dos. Lastyanax eut du mal à déterminer si cette dernière fut projetée sur la lance ou si le soldat pointa sa lame vers elle : toujours est-il que l'Hyperboréenne s'empala sur l'arme. Un gargouillis absurde s'échappa de sa bouche.

Stérix hurla et retint sa mère qui s'effondrait ; les femmes, horrifiées et scandalisées, s'amassèrent autour de leur compagne et insultèrent les soldats de plus belle. Ces derniers n'osaient plus utiliser leurs armes et reculaient vers les portes de la prison. Lastyanax commença à croire que l'émeute des patriciennes allait fonctionner, qu'elles parviendraient à passer les portes de la prison et libérer les mages.

C'est alors que des Thémiscyriens, qui n'avaient pas suivi les événements, arrivèrent en renfort par la porte de la prison. Ils se mirent à donner des coups de lance dans le tas. Des cris retentirent, du sang gicla. Lastyanax vit les soldats pousser plusieurs Hyperboréennes dans le vide. Celles qui étaient encore en état de marcher s'enfuirent. Des soldats se lancèrent aussitôt à leur poursuite. Un officier resté en arrière tonna :

— Qu'est-ce que vous faites ? Laissez-les !

— Mais mon officier, il ne faut pas qu'il y ait de témoins ! s'exclama un des soldats.

— C'est trop tard, répondit son supérieur.

Ce faisant, il désignait Lastyanax, Pyrrha et Aspasie, qui suivaient la scène avec horreur depuis un canal parallèle.

— Il faut qu'on parte, dit aussitôt Lastyanax en se tournant vers Pyrrha.

Elle murmurait des paroles inaudibles, les yeux fixés sur le canal. Le visage marbré de larmes, Aspasie avait fermé les siens. Les deux sœurs se tenaient la main. Contrairement à Lastyanax, elles avaient grandi dans le petit cercle privilégié de l'aristocratie hyperboréenne. Elles connaissaient de nombreuses personnes qui venaient de perdre la vie sur le canal de la prison. En l'espace de quelques minutes, ce petit cercle était devenu beaucoup moins privilégié. Lastyanax attrapa la main de Pyrrha et entraîna les sœurs loin du massacre.

Alcandre

Alcandre referma la porte derrière lui. Les aides de camp avaient installé son père dans l'une des plus petites chambres de la villa, plus facile à chauffer que les grandes pièces. Une buée opaque recouvrait les nouvelles vitres trapézoïdales des fenêtres. La pièce n'avait pas dû être aérée de la journée : l'atmosphère était chargée de relents d'excréments que de coûteuses huiles parfumées n'arrivaient pas à camoufler.

Lycurgue était installé dans un large fauteuil en bois. Les aides de camp l'avaient saucissonné dans plusieurs couches de fourrure. Les yeux fermés, il ronflait doucement. Des pots d'onguents et un bol rempli de boulettes de massepain étaient posés sur un guéridon à côté de lui. Alcandre vint s'asseoir sur une chaise installée près du fauteuil. Il regarda son père dormir. Ses sourcils étaient légèrement haussés, sa bouche à demi ouverte. Malgré les cheveux gris et les rides, il paraissait plus jeune qu'Alcandre ne l'avait jamais connu. Il avança sa main et la posa sur celle, osseuse et moite, de son père. Lycurgue redressa la tête, ouvrit des yeux égarés, mâchonna son dentier, regarda autour de lui et sembla enfin s'apercevoir de la présence de son fils.

— Al… candre, articula-t-il en souriant avec le même air heureux qui avait tant perturbé Alcandre quand il avait revu son père dans les monts Riphées.

— Père.

Il ne sut quoi ajouter. Un an plus tôt, il aurait fait un rapport sur la situation à Hyperborée ou parlé de l'avancée de ses travaux sur l'orichalque. À présent que toute capacité de réflexion semblait avoir déserté Lycurgue, que restait-il de leur relation ? Son père continua de sourire, comme si une sorte d'instinct de préservation lui conseillait de ne pas abandonner cette expression. Son regard passa de son fils au bol rempli de massepain. Alcandre sourit à son tour et lui tapota la main.

— Tu en veux ? demanda-t-il.

Il prit une boulette dans le récipient et la glissa dans la bouche de son père, refoulant la répugnance que cet état de dépendance lui inspirait. Lycurgue mâcha lentement la friandise en clignant des yeux. Alcandre goba lui aussi une boulette.

Comme il ne savait pas quoi faire, il commença à raconter ce qui le préoccupait. Il parla d'Hyperborée, du massacre du canal, des enfants aux doigts gelés qui mendiaient dans les rues, des carapaces vides des tortues, des soldats-oiseleurs qui chaque jour provoquaient un peu plus l'ire des habitants en les traitant en peuple conquis. Il lui parla d'Arka en route vers l'Arcadie, de Penthésilée… Il lui parla de sa première rencontre avec lui, aussi. Le jour où sa mère l'avait abandonné pour le sauver, contre la tradition qui obligeait les Amazones à tuer leurs enfants mâles, en sachant qu'elle-même ne survivrait pas à cette trahison. Lycurgue paraissait l'écouter ; en tout cas, la voix de son fils devait lui plaire, car il ne le lâcha pas des yeux. De temps en temps, Alcandre lui donnait une boulette de massepain et en mangeait une.

Le bol était presque vide lorsque quelqu'un toqua à la porte. Alcandre interrompit son monologue.

— Entrez ! dit-il.

Un garçon s'avança dans la pièce. Il cachait l'acné qui lui grêlait le front sous une mèche de cheveux trop longue. Alcandre reconnut le jeune Phréton, fils de l'ancien Éparque et disciple de Phillon. Son uniforme impeccable contrastait avec ses yeux rougis et ses ongles rongés jusqu'au sang.

— Maître, le général souhaiterait s'entretenir avec vous.

Alcandre s'attendait à cette convocation. Il embrassa sur le front son père, qui leva vers lui un regard soudain plein de détresse, et quitta la pièce en compagnie du disciple, conscient de la solitude du vieil homme qu'il laissait derrière lui.

Vingt minutes plus tard, il arrivait dans le bureau de Phillon, au Magisterium.

Assis sur son siège curule, le général regardait par la fenêtre avec une expression fermée, les mains jointes sous le menton. Une missive était déroulée sur son bureau. Alcandre reconnut le sceau imprimé sur le cachet de cire brisé : un loup au bec d'oiseau rokh. L'emblème de Napoca depuis que les Thémiscyriens avaient pris possession de la ville.

— Des nouvelles de Napoca ? s'enquit-il en s'avançant dans le cabinet.

Phillon releva la tête et le jaugea un instant. Contrairement à son habitude, il ne lui adressa pas de paroles chaleureuses, ne l'invita pas à s'asseoir. Alcandre eut soudain l'impression d'être revenu au temps de son agôgé, lorsqu'il était convoqué par l'instructeur pour son manque de discipline. Il regarda son interlocuteur tapoter d'un geste sec les accoudoirs en forme de têtes de griffon de son siège.

— Oui, des nouvelles de Napoca, confirma Phillon. Et elles ne sont pas très bonnes, c'est le moins qu'on puisse dire.

Avec un raclement de gorge, il saisit la lettre posée devant lui. Sa vue semblait s'être détériorée, car il devait tenir la feuille à bout de bras et hausser exagérément les sourcils pour pouvoir la lire.

— Le voïvode m'annonce que les insurrections napociennes ont repris depuis mon départ. Plus un jour ne se passe sans attentat. Une de nos casernes a été incendiée en pleine nuit il y a une décade. Soixante-douze soldats morts dans les flammes. Et, pour couronner le tout, le Bas-Quartier s'est à nouveau soulevé. Tout le district est barricadé.

Phillon roula la missive jusqu'à en réduire la circonférence à la taille d'un calame, comme s'il essayait de la faire disparaître en même temps que les problèmes qu'elle évoquait.

— En d'autres termes, la situation devient intenable à Napoca, résuma-t-il, sa voix grave vibrant de rage contenue. Dire que je pensais que les révoltes s'arrêteraient après la mort de la gamine, il y a presque un an.

Alcandre se garda bien de l'informer que la gamine en question était toujours vivante et qu'elle avait joué un rôle central dans son plan. Phillon ne s'était jamais beaucoup intéressé à sa stratégie : tout ce qu'il savait, c'était que ses fausses Amazones avaient pris les mages en otage. Seul Lycurgue connaissait les détails de son plan. Depuis son attaque, les souvenirs de ce dernier semblaient toutefois s'être amalgamés en une masse informe dont il était difficile d'extraire un élément. Ainsi, personne ne savait vraiment qui était Arka, quel pouvoir elle possédait ni à quel point le destin d'Alcandre était dépendant du sien... Même pas Arka elle-même.

— Les oligarques me conseillent de renvoyer la cohorte de soldats-oiseleurs à Napoca pour restaurer l'ordre, continua Phillon. Mais je ne peux pas risquer de réduire notre présence militaire à Hyperborée. Pas encore. Pas tant que le dôme ne sera pas réparé et notre pouvoir stabilisé. Nous marchons sur des œufs, ici.

Il se leva brusquement et se mit à faire les cent pas derrière le bureau. Les yeux fixés sur le sol, il poursuivit, ponctuant chacune de ses phrases de grands gestes qui trahissaient son courroux :

— Les guildes hyperboréennes redoutent qu'on leur impose des taxes pour financer l'armée. Les clans voient d'un mauvais œil la loi martiale. Les émigrés napociens nous détestent.

— Rien de nouveau là-dedans, fit remarquer Alcandre.

Phillon ignora sa remarque.

— Toute la vieille aristocratie hyperboréenne est remontée contre nous et exige qu'on délivre les mages. Même si ce ne sont que des femmes, leurs plaintes commencent à attirer la sympathie des plébéiens. Si les plébéiens se mettent à s'inquiéter du sort des mages alors que nous essayons justement de les délivrer de leur joug...

— Ce qui s'est passé à l'entrée du septième niveau de la prison n'a pas amélioré notre image auprès de la population locale, c'est certain, commenta Alcandre d'un ton plat.

Phillon s'immobilisa et le regarda avec une expression glaciale.

— J'ai demandé aux oligarques d'appliquer des sanctions exemplaires pour montrer aux Hyperboréens que nous ne prenons pas à la légère la... bévue... que nos soldats ont commise, répliqua-t-il. Mais ce regrettable épisode est un détail par rapport à la réelle opposition à laquelle nous faisons face. Toutes ces agitations sont coordonnées et ne visent qu'à une chose : empêcher ma prise de pouvoir sur Hyperborée.

Ses yeux n'avaient pas quitté le visage d'Alcandre. Celui-ci, avec une lenteur délibérée, s'assit dans un des fauteuils qui faisaient face au bureau.

— Peux-tu m'expliquer par quel moyen j'aurais pu comploter contre toi à Napoca et ici en si peu de temps ? demanda-t-il calmement. Cela fait moins de deux décades que j'ai découvert l'état de mon père. Je ne suis pas le traître le plus plausible dans cette pièce, et les oligarques le savent.

Le teint de Phillon vira au gris. Alcandre songea que son père n'aurait jamais commis l'erreur d'accuser en personne un subordonné soupçonné de trahison. Il s'en serait débarrassé discrètement, sans lui laisser une chance de se défendre ou de contre-attaquer, sans faire de vagues.

— Grâce à tes… *serviteurs*… tu peux sans problème communiquer avec Napoca, commenta le général, marquant bien le dégoût qu'il ressentait pour les pratiques magiques de son interlocuteur.

— Mon lémure se trouve en ce moment dans une cuve mancimniotique et ne sera pas en état de se dématérialiser avant plusieurs jours, répliqua Alcandre.

— Qui me dit que tu n'en as pas créé un autre ?

Alcandre sourit. Il prit un calame posé sur le bureau et le fit tourner entre ses doigts.

— Si j'en recrée un, je te promets que tu seras le premier au courant, déclara-t-il. Et la téléportation d'une cité à l'autre a ses limites. Plus la distance est grande, plus il est difficile pour le maître de suivre ce que fait son lémure.

Ses paroles rassurantes ne semblèrent pas convaincre Phillon, mais il vit le doute envahir le regard accusateur de ce dernier.

— Quoi qu'il en soit, toute cette opération était bien trop prématurée, déclara le général d'un ton lapidaire. Je l'ai dit à ton père avant son attaque. Nous aurions dû attendre cinq ans, le temps de finaliser l'agôgé des jeunes Napociens et de les intégrer au corps de l'armée. Cela nous aurait permis d'assiéger Hyperborée avec des troupes en quantité suffisante pour la contrôler. Au lieu de quoi je me retrouve à devoir maîtriser cette cité avec une poignée de soldats-oiseleurs.

Sa voix grave débordait de fiel. Il se tourna vers la fenêtre, les mains croisées dans le dos. Un halo de givre s'était formé sur la vitre d'adamante, brouillant le paysage. Alcandre resta silencieux malgré la colère qui l'envahissait. Non seulement Phillon était en train de saccager le plan de conquête qu'il avait préparé avec soin pendant quinze ans, mais en plus il rejetait le blâme sur lui. Lorsque le général reprit la parole, le dos toujours tourné, son timbre avait encore baissé d'une octave :

— En mille ans, cette cité n'a jamais été prise. Achever cette conquête transformera Thémiscyra en empire. Je n'ai pas le choix. Je vais devoir utiliser le stock d'orichalque pour montrer aux Hyperboréens qui gouverne, à présent.

À défaut de le surprendre, cette conclusion déçut Alcandre. Sous ses airs de diplomate, Phillon manquait cruellement de finesse. Pendant quelques instants, il fut tenté de quitter la cité. Laisser Phillon s'enliser tout seul dans une guerre civile sans fin l'aurait agréablement vengé de la condescendance que l'oligarchie avait toujours manifestée à son égard. Mais cela l'aurait obligé à briser sa promesse de ne pas laisser la conquête d'Hyperborée se finir en bain de sang. En outre, il n'avait pas envie de voir quinze ans de travail gâché par les bavures d'un général au petit pied. Il n'allait pas passer à côté de l'occasion de démontrer une fois pour toutes qu'aucun stratège thémiscyrien ne lui arrivait à la cheville lorsqu'il s'agissait de jouer avec la psychologie des peuples.

— Il existe une autre solution, déclara-t-il.

Phillon tourna lentement le buste vers lui. Alcandre se leva.

— Nous contrôlons l'armée, l'administration et les canaux de communication de cette ville, énuméra-t-il en parcourant la pièce de long en large. C'est beaucoup et trop peu à la fois. Il nous manque un élément essentiel pour conquérir pacifiquement Hyperborée.

— Qui est ?

Alcandre s'arrêta et lui fit face, un sourire ironique aux lèvres.

— La légitimité, asséna-t-il. Les Thémiscyriens n'ont aucune légitimité à gouverner cette cité. En t'imposant de force, tu vas répéter la même erreur que mon père à Napoca.

Phillon le fixait avec des yeux aussi noirs que les cernes qui lui creusaient les joues.

— Ton lémure était censé asseoir notre légitimité, lâcha-t-il d'un ton accusateur. C'est ainsi que tu me l'as vendu, en tout cas.

Alcandre sentait que le général aurait pu le condamner à mort séance tenante s'il avait été plus prompt à prendre des risques.

— Mon lémure est un pantin, l'ombre d'un homme qui de son vivant n'a jamais exercé la moindre fonction politique substantielle, répliqua-t-il. Même les plus idiots des Hyperboréens finiront bien par douter de sa légitimité à les gouverner. Après ce qui s'est passé sur le canal de la prison, aucun Thémiscyrien ou aucune personne affichant une connivence quelconque avec Thémiscyra ne peut espérer être accepté par les Hyperboréens. À moins que…

— Que quoi ? le coupa Phillon d'un ton cassant.

— À moins que nous ne donnions aux Hyperboréens l'illusion de l'avoir choisi.

Phillon sourcilla.

— Qu'est-ce que tu veux dire par là ?

Alcandre s'approcha du bureau et déroula un parchemin qui se trouvait du côté du général. Il s'agissait d'une carte en forme de disque qui englobait les cités contrôlées par Thémiscyra et les provinces arcadiennes. Son doigt se posa sur une chaîne de ridules pointues, peintes entre Napoca et Hyperborée.

— Il existe chez certaines peuplades riphéennes un mode de gouvernement qui m'a toujours émerveillé, déclara-t-il. Au printemps, chacune de ces tribus procède à un vote et élit le chef qui va la gouverner durant l'année. Les individus majeurs disposent tous d'une seule voix, peu importe leur filiation, leur sexe, leur richesse ou leur âge.

Les mains toujours croisées dans le dos, Phillon plissa les yeux.

— Continue, se contenta-t-il de répondre.

— Nous pourrions organiser l'élection d'un nouveau Basileus. Les Hyperboréens ont des attentes égalitaires que les mages n'ont jamais su combler, ajouta Alcandre. En devenant la première classe gouvernante à leur donner l'opportunité d'exprimer leur opinion par un suffrage, nous améliorerons considérablement notre image auprès d'eux. Si tu es élu, tu auras toute la légitimité nécessaire pour remettre la cité en ordre.

Les sourcils froncés, Phillon se frotta le menton un long moment, comme s'il pesait le pour et le contre de la proposition. Finalement, il se rassit.

— Tout cela semble très bien, à un détail près : « si tu es élu ». Comment peux-tu me garantir que ce sera le cas ?

— En utilisant Silène pour promouvoir ta candidature. En envoyant des hérauts vanter tes qualités dans chaque niveau. En promettant du pain et de la gomme à tous ceux qui viendront voter pour toi. En placardant ton portrait sur chaque mur d'Hyperborée s'il le faut. Les mages sont enfermés ; aucun autre candidat hyperboréen ne sera en mesure de mettre les mêmes moyens sur la table.

Phillon pianota sur les accoudoirs du bout de ses doigts en regardant le plafond d'un air pensif.

— Et si jamais les Hyperboréens votent quand même pour un autre candidat que moi ? demanda-t-il.

Alcandre haussa les épaules.

— Nous pourrons toujours bourrer les urnes. Qui a dit que ces élections ne devaient pas être truquées ?

5
La Petite Napoca

Lastyanax

Il avait fallu à peine trois jours aux Thémiscyriens pour étouffer dans l'œuf les prémices du soulèvement qu'avait engendrées le massacre du canal de la prison. Même si les plébéiens détestaient l'aristocratie, la nouvelle de la tuerie, perpétrée sur des femmes et des enfants désarmés, avait indigné les esprits. Soudain, tout le monde était devenu solidaire des mages et de leurs familles. On était Hyperboréen ou on ne l'était pas.

Lastyanax avait espéré que ce drame aurait au moins l'effet positif d'engendrer un sursaut de résistance chez ses concitoyens. Malheureusement, les Thémiscyriens avaient rapidement trouvé la parade politique idéale pour leur faire oublier leur indignation. Avec des trémolos dans la voix, Silène avait assuré que les responsables de la tuerie seraient exécutés et annoncé l'organisation d'élections.

— Élections de quoi ? demanda Lastyanax à Pyrrha, qui avait une fois encore assisté au discours du lémure au pied des remparts.

— D'un nouveau Basileus.

Avec un soupir, elle se laissa tomber dans un fauteuil. Ils se trouvaient dans la chambre forte de la bibliothèque. Aspasie était partie commander une cape de soldat-oiseleur à un pelletier du premier niveau, les laissant seuls. Lastyanax était occupé à finaliser son plan de l'Extractrice, mis au point grâce à la séance de repérage de cette dernière et aux informations recueillies par Pétrocle. Pyrrha et lui avaient presque fini de préparer leur opération de sabotage de la prison. Ne restait qu'à récupérer quelques objets utiles dans la Tour des Inventions, fignoler l'apparence de son uniforme de lieutenant thémiscyrien et trouver un moyen de traverser les fenêtres d'adamante sans être repérés.

— Qui pourra être candidat à cette élection ? demanda Lastyanax.

— « Toute personne capable de contribuer à hauteur de quinze mille hypers à l'organisation du suffrage », récita Pyrrha.

— Autrement dit, très peu de personnes, traduisit Lastyanax.

— Le général Phillon se présente, bien entendu, précisa Pyrrha.

Lastyanax hocha la tête, pensif. Depuis son retour à Hyperborée, les Thémiscyriens lui avaient semblé singulièrement dépourvus d'intelligence politique. Une attitude surprenante quand on connaissait le raffinement du plan que le maître des lémures avait déployé pour mettre la cité à genoux. Celui-ci paraissait toutefois avoir disparu du paysage depuis l'arrivée des Thémiscyriens, à tel point que Lastyanax s'était demandé si Phillon ne l'avait pas fait assassiner.

Il se souvint de l'avertissement que lui avait donné Silène avant qu'il se fasse lémuriser : « Je soupçonne Lycurgue d'avoir envoyé à certains de nos ministres un émissaire que je redoute. Je reconnais sa patte dans les dernières décisions du Conseil… Faites très attention, Lastyanax, vous êtes en première ligne. Cet émissaire est un tacticien politique de génie et, contrairement à vous, il n'est pas animé des meilleures intentions. » Le maître des lémures était de retour.

— Les Thémiscyriens veulent un plébiscite pour asseoir la légitimité de leur chef désigné, dit Lastyanax. C'est très malin de leur part. Qui va pouvoir voter pour le nouveau Basileus ?

— Silène a juste précisé qu'il fallait habiter à Hyperborée et être majeur. Je ne vois pas comment ils espèrent que leur candidat remporte l'élection, ajouta-t-elle. On n'est pas près d'oublier ce qui s'est passé sur le canal de la prison…

— Toi et toute l'aristocratie hyperboréenne, non, répondit Lastyanax. Mais la plèbe, oui. Les mages ont trop souvent ignoré leurs revendications pour qu'ils laissent passer l'occasion de s'exprimer, même si c'est pour soutenir le candidat des Thémiscyriens.

— Tu n'étais pas Ministre du Nivellement pour rien, constata Pyrrha.

Dans sa voix, ce commentaire sonnait comme une critique.

— Je connaissais mieux la précarité des petits niveaux que la quasi-totalité du Magisterium, répliqua Lastyanax avec mauvaise humeur. Est-ce que tu te sens prête à réemprunter tous les péages ? demanda-t-il de but en blanc.

— Où est-ce que tu veux aller ?

— Rendre visite à mon ancien employeur, répondit Lastyanax.

— Palatès ? demanda Pyrrha, perplexe.

— Non, le verrier qui m'a appris à parler napocien. On va lui demander comment traverser des vitres d'adamante.

Ils descendirent les péages jusqu'à la Petite Napoca. Lastyanax éprouvait des sentiments mitigés envers ce quartier du deuxième niveau, connu pour abriter les réfugiés du siège de Napoca. Ces derniers avaient apporté avec eux leur savoir-faire de fondeurs : le quartier était devenu un assemblage chaotique de verreries et de métallurgies, une sorte de ville dans la ville, animée par le ronflement des fours, le rougeoiement du verre et des alliages chauffés, et la langue chantante des habitants.

Après son départ de chez ses parents, c'était dans une des verreries de la Petite Napoca que Lastyanax avait trouvé un refuge et un travail. Il ne serait pas venu à l'esprit des Napociens de recruter un *noscut* comme lui s'il n'avait pas été aussi doué en magie. Lastyanax pouvait maîtriser la température d'un fourneau aussi finement qu'un maître artisan et coûtait dix fois moins cher. Il effectuait aussi toutes les autres tâches ingrates dévolues aux apprentis. Le propriétaire de la verrerie, Comozoi, n'avait pas mis longtemps à s'apercevoir qu'il faisait une très bonne affaire en l'embauchant.

Lastyanax avait donc passé l'année de ses treize ans dans l'atelier, duquel il n'était guère sorti. Il dormait sous un établi et économisait chaque plectre de son petit pécule pour parvenir à se payer le passage au septième niveau le jour de l'Attribution. Il avait appris le napocien en deux mois. Ses rares temps libres, il les consacrait à l'étude de la magie, grâce aux quelques manuels écrits dans cette langue que le maître artisan possédait. Tandis qu'il évoquait sa vie d'apprenti verrier, Lastyanax commençait à réaliser que sa tendance à se dévouer corps et âme au travail n'était pas une aussi grande qualité qu'il l'avait cru : tout le monde finissait par l'exploiter, soit par cupidité comme Comozoi, soit par paresse comme Palatès.

La Petite Napoca avait conservé le caractère chaotique de ses souvenirs. La vitalité du quartier semblait même peu affectée par le Refroidissement, comme on se mettait à l'appeler, car la plupart de ses habitants avaient connu le froid à l'extérieur du dôme et savaient comment s'en accommoder. À mesure qu'il entraînait Pyrrha au cœur d'un dédale de canaux et de ponts – construits sans permis pour la plupart –, Lastyanax se sentit plus détendu qu'il ne l'avait été depuis le procès d'Arka. Ici, il ne risquait pas de se faire livrer à la police hyperboréenne ou à l'armée thémiscyrienne. Les Napociens avaient une dent contre l'une et l'autre.

Pyrrha ne semblait pas partager sa sérénité. Elle rendait aux Napociens chaque regard méfiant qu'ils lui adressaient. Les *noscuts* étaient rares dans le quartier : malgré les fourrures qui tendaient à uniformiser tout le monde, on les repérait de loin. Les Napociens ne passaient pas non plus inaperçus. De petite taille, ils avaient le teint bistre, le corps mince et les traits réguliers. Leurs bras s'ornaient de bracelets d'or ou de cuivre dont chaque bout représentait une tête de loup à la gueule béante. Des gravures de ces fauves, emblèmes de leur peuple, décoraient chaque vantail, chaque bas-relief, chaque poterie de la Petite Napoca.

— Ils ne cherchent vraiment pas à s'intégrer, ces gens-là, commenta Pyrrha tandis qu'ils passaient devant un groupe d'adolescents occupés à troquer des objets probablement volés aux villas du septième niveau.

On ne se croirait pas à Hyperborée. Ils ne font même pas l'effort de parler notre langue.

Lastyanax aurait voulu qu'elle parle moins fort. Il avait l'habitude d'entendre ce genre de commentaires sur la Petite Napoca : c'était un lieu commun au septième niveau. Les Hyperboréens voyaient les habitants du quartier comme une communauté parasite qui profitait des largesses de la cité en enrayant son fonctionnement. Éduquée dans une vieille famille aristocratique, Pyrrha ne dérogeait pas à cette règle.

— La plupart des gens de ce quartier ont dû quitter leur maison du jour au lendemain pour fuir, répondit Lastyanax. Les caravaniers riphéens leur ont fait payer des sommes faramineuses pour les mener jusqu'à Hyperborée. Quand ils sont arrivés ici, beaucoup n'avaient plus d'or pour se payer l'entrée dans la ville. Le Basileus a refusé de les laisser passer les portes, et ils sont morts de froid et de faim après avoir tout enduré. Ce n'est pas étonnant que les survivants aient voulu se retrouver entre eux plutôt que de se mêler à nous – nous ne leur avons pas fait très bon accueil, conclut-il avec un sobre haussement d'épaules.

Sa démonstration avait fait mouche : Pyrrha semblait agacée de devoir lui concéder un point. Comme elle détestait autant que lui perdre une joute verbale, elle répliqua :

— On n'est pas responsables de ce qui s'est passé à Napoca. On ne peut pas accueillir chaque nécessiteux qui demande l'asile. Hyperborée n'est pas extensible, les tours sont déjà surpeuplées.

Lastyanax se garda bien de remarquer qu'une soixantaine d'habitants des niveaux inférieurs auraient pu vivre à l'aise dans la villa de sa famille : il savait que ce genre d'arguments déboucherait sur une conversation stérile. Lui-même était le premier à apprécier le confort de la vie au septième niveau. Il préféra trouver un autre angle.

— Nous avons notre part de responsabilité dans ce qui s'est passé à Napoca. Le siège a duré des mois, nous aurions pu intervenir. Mais à l'époque, le Conseil a décidé qu'il valait mieux laisser les choses se faire – le déclin d'une cité rivale servait nos intérêts économiques...

— Ce sont les Napociens qui ont commis l'erreur de confier aveuglément leur défense à des mercenaires, riposta Pyrrha avec fougue. Je ne vois pas pourquoi on aurait risqué la vie de nos conscrits pour régler un problème qu'ils ont créé tout seul. Eux n'ont pas levé le petit doigt pour envoyer des guérisseurs quand la dernière épidémie de peste rouge a décimé Hyperborée il y a soixante ans, non ? Et pendant la guerre des quatre cités, qui s'est rallié contre nous, tu peux me dire ?

Lastyanax haussa les épaules.

— Il n'y a pas de société sans tort, soupira-t-il.

Pour l'avoir cent fois parcouru, il savait où ce débat allait le mener : nulle part. Les Hyperboréens avaient toujours quelque chose à reprocher, à tort ou à raison, aux Napociens. Quand une maladie se répandait, on disait qu'elle venait de la Petite Napoca. Les habitants du premier niveau accusaient les Napociens de salir leur eau, ceux des niveaux supérieurs se plaignaient de la fumée qui s'échappait de leurs fourneaux. Les politiques ajoutaient de l'huile sur le feu pour détourner l'attention de la plèbe de leurs propres vices. Les Napociens étaient des boucs émissaires commodes : arrivés en masse dans la cité, peu intégrés au reste de la population, très attachés à leur culture et réputés pour leur roublardise, ils ne comptaient aucun soutien dans la ville. Ils étaient toutefois les seuls alliés que Pyrrha et Lastyanax pouvaient espérer trouver dans leur lutte contre la prise de pouvoir thémiscyrienne.

Tous deux passèrent sous une galerie qui épousait la forme circulaire de la plateforme sur laquelle elle avait été érigée. Une bise glaciale soufflait à travers les arcades, accentuant l'impression de vide que laissaient les étals dépourvus de marchandises. Une verrière obstruée par la neige faisait office de plafond. Des flocons épars se déversaient par les carreaux cassés. Ils traversèrent la galerie en silence, chacun perdu dans ses pensées. Quelques gamins napociens qui furetaient dans les échoppes pour y dénicher des objets revendables détalèrent en les entendant arriver. La galerie déboucha sur un canal gelé, qu'ils empruntèrent pour accéder à une tour hérissée de cheminées fumantes sur toute la hauteur du deuxième niveau.

— Parfois, je me dis qu'il faudrait une sorte d'alliance entre les cités, dit soudain Lastyanax.

— Un pacte de non-agression ? demanda Pyrrha, sceptique.

— Non, quelque chose de plus poussé. Un principe de solidarité.

Pyrrha eut un rire moqueur.

— Ça n'arrivera jamais. Si on parvient à retrouver le contrôle de notre ville et à reconstruire le dôme, ce sera déjà bien.

— Au contraire, c'est dans les moments de crise qu'il faut repenser la politique, maugréa Lastyanax. On est arrivés, ajouta-t-il en s'arrêtant devant la tour.

Devant eux, derrière une entrée en demi-lune, s'ouvrait une verrerie de belles dimensions. Un large fourneau circulaire en forme de cône occupait le centre de l'atelier. À l'arrière, dans une grande fosse surplombée par des coursives, Lastyanax apercevait des cuves de transmutation. Des apprentis verriers s'affairaient partout, ouvrant les gueules du four, ajoutant du bois, retirant des creusets pleins de verre en fusion. Sur le côté, des artisans étiraient la pâte de verre incandescente à l'aide de cannes à souffler. Leurs joues rouges et gonflées par l'effort luisaient de sueur. Des vagues de chaleur s'échappaient de l'atelier et s'échouaient sur le visage de Lastyanax. Son dos, lui, affrontait toujours le froid de l'extérieur. Il s'avança vers l'atelier. La verrerie s'était beaucoup agrandie depuis son départ, six ans plus tôt. Il ne reconnaissait aucun des compagnons. Alors que ceux-ci commençaient à jeter des regards peu amènes dans leur direction, une voix familière l'interpella en napocien :

— *Tiens, Lastyanax, mon noscut préféré. Quelle bonne surprise !*

Dans le fond de l'atelier, une large silhouette contourna des baquets remplis d'eau pour s'avancer vers l'intéressé. Comozoi était de forte stature pour un Napocien. Il nouait ses cheveux huileux sur sa nuque pour éviter de les brûler. À force de travailler le verre incandescent, ses mains semblaient avoir cuit : un cuir rouge et épais recouvrait ses doigts, qui ressemblaient à de petites saucisses.

Quand il conversait, Comozoi aimait se tenir très près de ses interlocuteurs. C'était une habitude regrettable, car il avait mauvaise haleine – ni ses clients ni ses employés n'osaient cependant le lui signaler. Le maître verrier s'essuya la main sur son tablier de cuir et attrapa celle de Lastyanax pour la serrer à la napocienne. Il se pencha vers lui, lui soufflant au visage un échantillon fétide des échanges gazeux de son système digestif :

— *La verrerie te manquait ? Tu reviens travailler pour moi ?*

Lastyanax parvint à soutenir l'assaut olfactif sans plisser le nez.

— *Je crois malheureusement que mon temps d'apprenti verrier est révolu.*

— *Ah oui, c'est vrai, la toge, la villa, les responsabilités politiques, toutes ces belles choses !* s'exclama Comozoi en lançant dans le dos de Lastyanax une tape qui faillit l'envoyer à terre. *Tu es bien accompagné*, enchaîna-t-il en adressant un sourire éloquent à Pyrrha qui essayait de suivre l'échange. *C'est ta chérie ?*

— *Non*, répondit Lastyanax. Continuons en Hyperboréen, ajouta-t-il d'une voix ferme.

— Bien sûr, bien sûr, répondit Comozoi avec un fort accent. Enchanté de vous connaître, mademoiselle…

— Pyrrha, répondit Pyrrha.

Le sourire de Comozoi s'élargit, dévoilant une dent en or et trois autres cariées. Lastyanax se racla la gorge et demanda :

— Comment vont tes affaires ?

— Très bien et très mal à la fois, répondit Comozoi. Maintenant qu'il n'y a plus de dôme, les Hyperboréens comprennent enfin l'intérêt des fenêtres. Les ventes de vitres n'ont jamais aussi bien marché. Si seulement j'avais saboté le dôme plus tôt…

— Ce n'est pas toi qui l'as saboté, objecta Lastyanax.

— Mais je ne gagne pas beaucoup pour autant. Depuis que le cours de l'hyper a chuté, poursuivit-il, les fournisseurs me rançonnent. Et surtout, ces fumiers de Thémiscyriens m'ont demandé de produire de l'adamante sans contrepartie, se plaignit-il en désignant d'un geste éloquent les cuves de transmutation en contrebas. Ils me crèvent à la tâche pour des clopinettes !

— Ça me rappelle quelqu'un, commenta Lastyanax, pince-sans-rire.

Il s'approcha de la coursive qui chevauchait la fosse et jeta un coup d'œil dans l'un des énormes chaudrons, où clapotait une substance incandescente. Plus loin sur la passerelle, un ouvrier arrivait au-dessus d'une des cuves en poussant un chariot chargé d'un cube d'orichalque devant lui. L'artisan fit basculer l'orichalque dans la matière en fusion : le métal fut dissous en quelques instants.

— Comment l'adamante est-elle produite ? demanda Pyrrha.

— C'est un procédé compliqué, grommela Comozoi. Il faut incorporer de l'orichalque massif dans de la pâte de verre chauffée à très haute température, et ensuite faire passer l'alliage dans une cuve de refroidissement pour le solidifier instantanément. Ça permet de figer l'alliage dans un état liquide, vous voyez ce que je veux dire ?

Pyrrha semblait prête à poser de nouvelles questions techniques, mais Lastyanax décida de réorienter la conversation.

— Comment se fait-il que les Thémiscyriens vous fassent confiance pour vous livrer leurs cubes d'orichalque et fabriquer l'adamante ? demanda-t-il.

— Ils n'ont pas le choix, on est les seuls à avoir le matériel et les compétences pour en produire, répondit Comozoi avec un rictus amer. Mais ils ne nous font pas confiance, ça non.

À peine avait-il fini sa phrase qu'un bruit de pas précipité retentit. Les gamins que Pyrrha et Lastyanax avaient vus quelques minutes plus tôt dans la galerie déboulèrent dans l'atelier avec l'air excité d'enfants à qui des adultes ont confié une mission importante.

— *Y a des Thémiscyriens qui s'ramènent !* s'exclama l'un d'entre eux en napocien.

Aussitôt, les artisans suspendirent leurs gestes et, nerveux, cherchèrent Comozoi des yeux.

— Qu'est-ce qui se passe ? souffla Pyrrha à Lastyanax.

— Des soldats-oiseleurs arrivent, traduisit-il.

— *Quelle plaie*, grommela Comozoi. *Ils vont encore une fois chercher à nous provoquer. Ne réagissez pas, c'est tout ce qu'ils attendent !* gueula-t-il à l'adresse des ouvriers. *Le premier qui leur répond, je le vire.*

Il se tourna vers Lastyanax et Pyrrha et désigna d'un geste un grand caisson en bois où des plaques de verre étaient entreposées.

— Faites comme si vous étiez des clients venus acheter des vitres. S'ils découvrent que j'accueille des mages dans ma verrerie, je peux dire adieu à mon commerce.

Pyrrha hocha la tête et prit Lastyanax par le coude pour l'entraîner vers le stock de vitres. Au même moment, quatre Thémiscyriens vêtus de capes brunes entrèrent dans la verrerie. L'un d'eux, un homme musculeux doté d'un collier de barbe et portant un insigne de lieutenant sur la poitrine, lança à la ronde :

— Alors, les Napociens, pas de chance, hein ? Vous pensiez pouvoir nous fausser compagnie en quittant votre ville comme des rats, mais on vous retrouve ici, à parasiter Hyperborée.

Les compagnons, penchés sur leur ouvrage, faisaient de leur mieux pour ne pas le regarder. Certains paraissaient en colère, d'autres avaient pâli. Tous restèrent silencieux. À quelques pas de Lastyanax et Pyrrha, Comozoi vérifiait la température du fourneau grâce à un thermoscope, un œil vigilant sur ses artisans et les soldats-oiseleurs.

— Je suis venu inspecter l'avancement des travaux, continua le lieutenant thémiscyrien en déambulant entre les creusets, les baquets,

les pots de cannes à souffler et les sacs de sable. On a promis aux Hyperboréens qu'on ferait en sorte de réparer le dôme, ce qui veut dire que vous avez de l'adamante à produire. J'espère que vous mettez tout votre cœur à l'ouvrage. Mais tiens…

Il s'arrêta devant une étagère où étaient alignées de délicates sphères lumineuses.

— Qu'est-ce que c'est, ça ? Pas de l'adamante, hein ? Inutile d'encombrer votre atelier avec, alors.

Il commença à pousser les sphères par terre, une par une. Dans l'atelier, les artisans sursautaient chaque fois qu'une boule se brisait sur le sol. Des gouttes de sueur perlèrent sur leurs fronts.

— Quoi, ça vous dérange de voir votre travail gâché ? releva le Thémiscyrien. Moi, ça me fait plaisir. Je sais que tout l'or qui tombe dans votre poche part directement financer les attentats à Napoca. Trois de mes camarades sont morts dans l'embuscade du marché, il y a quatre mois. Ils avaient des gosses à nourrir.

Il balaya les sphères encore intactes d'un geste violent.

— Que ce soit bien clair : je n'ai aucun respect pour vous, proclama-t-il en se redressant. Vos camarades à Napoca, je les aime pas, mais je les respecte. Ils sont restés dans leur ville, eux. Ils n'ont pas fui la queue entre les jambes comme vous.

Voyant que les artisans ne réagissaient toujours pas, il s'approcha d'un souffleur de verre anguleux, d'une quarantaine d'années, l'attrapa par le col et tira son visage devant le sien.

— Toi, hein toi, qui est-ce que tu as laissé derrière en venant ici ? Une petite amie ? Une mère ?

L'ouvrier ne répondit pas, mais son teint était passé du rouge au gris. Au bout de sa canne à souffler, qu'il avait cessé de tourner, la pâte de verre incandescente se déformait.

— T'inquiète pas, va, on s'est bien occupés d'elles, se moqua le lieutenant en le repoussant.

Il continua son tour de l'atelier. Le ronflement du four s'était mis au diapason de la tension qui vibrait dans la pièce. Lastyanax réalisa qu'il ne tarderait pas à passer à côté d'eux. Pyrrha et lui devaient absolument passer pour des Hyperboréens normaux.

— Cette vitre-là irait très bien dans notre chambre, dit-il en saisissant une plaque de verre qu'il trouvait particulièrement réussie.

Il sut aussitôt que sa tentative était malencontreuse : non seulement Pyrrha semblait médusée par son intervention, mais en plus il avait attiré l'attention du lieutenant-oiseleur. Le Thémiscyrien se retourna vers eux. Pyrrha lui jeta un coup d'œil, rapide, et pourtant trop lent : un sourire concupiscent se dessina sur le visage du soldat lorsqu'il croisa son regard.

— Quelles belles mirettes vertes.

Il s'approcha d'elle. Ses trois subalternes, restés en arrière, échangèrent des sourires amusés. Ils savaient ce qu'il avait en tête ; Lastyanax, lui, ne pouvait que s'en douter, et cette pensée le remplissait de colère.

— Je t'ai déjà vue, continua le Thémiscyrien en plissant les yeux. Au septième niveau, quand on s'amusait avec l'orgue hydraulique. Je ne suis pas près d'oublier ces yeux. Qu'est-ce qu'une Hyperboréenne jolie comme toi fait chez ces chiens galeux ? Hum ?

Il était à présent tout près de Pyrrha. Les grosses pattes du Thémiscyrien se posèrent sur l'avant-bras de cette dernière. Lastyanax sentit qu'elle faisait un effort énorme pour ne pas utiliser ses pouvoirs contre son agresseur. Il savait ce qui la retenait : elle ne voulait pas déclencher un conflit qui focaliserait l'attention sur eux alors qu'ils s'apprêtaient à saboter l'Extractrice. Lastyanax, lui, ne se souciait plus du tout du plan. Son regard naviguait entre le lieutenant-oiseleur, les trois Thémiscyriens et le reste de l'atelier, à la recherche d'une solution pour sortir Pyrrha de là.

Une explosion tonitruante retentit à cet instant.

— Qu'est-ce qui se passe ? beugla le lieutenant-oiseleur à la ronde.

Il avait lâché Pyrrha. Celle-ci fit un pas en arrière, les poings serrés, et adressa un regard à la fois soulagé et interrogateur à Lastyanax. Une fumée noire et épaisse s'échappait d'une des portes du fourneau. En quelques secondes, elle envahit l'atelier, masquant l'expression paniquée des ouvriers et des Thémiscyriens. Lastyanax entendit Comozoi crier par-dessus le chaos ambiant :

— Sortez ! Le fourneau a sauté, ça va péter d'un moment à l'autre !

Lastyanax vit le lieutenant-oiseleur se précipiter hors de l'atelier avec ses soldats. Les ouvriers suivirent. Pyrrha lui attrapa la main et le força à s'accroupir sur le sol avec elle, sous la fumée.

— C'est toi qui as fait ça ? souffla-t-elle.

— C'est Comozoi, il a été plus rapide, répondit Lastyanax. Viens, il y a une autre sortie par là.

Il la guida sur les coursives, le buste courbé pour ne pas respirer les fumerolles qui s'échappaient du fourneau. Une porte en bois se dessina devant eux. Il l'ouvrit et entraîna Pyrrha à travers un long couloir qui débouchait sur un petit entrepôt ; ils empruntèrent une volée de marches, franchirent une autre porte et se retrouvèrent à l'air libre, sur une coursive du premier étage, de l'autre côté de la tour.

Personne n'était en vue. Pyrrha reprit son souffle en s'adossant contre la réclame écaillée peinte sur le mur extérieur. Lastyanax l'imita. Au bout de quelques secondes, ils s'aperçurent qu'ils se tenaient toujours la main. Ils se lâchèrent aussitôt. Pyrrha ferma les yeux.

— Ça va ? s'enquit Lastyanax.

— Ça pourrait aller mieux, répondit-elle. J'espère ne jamais retomber sur cette ordure. Heureusement qu'il s'est fait avoir, ajouta-t-elle en relevant ses paupières.

Elle ouvrit son autre main, celle que Lastyanax n'avait pas tenue. Un insigne de lieutenant-oiseleur se trouvait dans sa paume.

— Quand Aspasie aura rapporté les vêtements préparés par son tailleur, tu auras un uniforme complet pour entrer dans la prison, dit-elle.

Une lueur malicieuse brillait dans ses yeux. Le cœur de Lastyanax rata un battement. Comme leurs mains quelques instants plus tôt, leurs regards semblaient avoir soudain du mal à se séparer. Une seconde, deux secondes, trois secondes s'écoulèrent. Lastyanax en vint à se demander s'il ne devait pas pour une fois laisser ses pensées s'exprimer à voix haute. Alors qu'il rassemblait son courage pour parler, Pyrrha se racla la gorge.

— Il faut qu'on aide le verrier à réparer son fourneau, dit-elle en détournant les yeux. C'est généreux de sa part de l'avoir abîmé pour faire diversion.

Lastyanax se secoua mentalement pour retrouver une contenance et répondit :

— Comozoi n'aurait jamais risqué son fourneau pour nous. Il a une sphère d'enfumage cachée dans une brique, prête à être brisée en cas de visites indésirables. Je l'ai déjà vu s'en servir pour l'inspection des impôts. Je parie qu'il va nous rejoindre dans quelques instants.

Comme pour lui donner raison, un bruit de pas retentit derrière eux. L'instant d'après, Comozoi apparut à la porte, le visage noir de suie.

— Qu'est-ce que tu es venu faire ici, *noscut*, à part mettre en danger mon commerce ? lança-t-il, énervé.

Pyrrha répondit à la place de Lastyanax :

— Nous avons besoin de votre connaissance de l'adamante pour réussir ici ce que vous avez toujours rêvé de faire à Napoca.

— C'est-à-dire ?

— Débarrasser la ville des Thémiscyriens.

Une heure plus tard, l'atelier était désenfumé, les soldats-oiseleurs partis et les artisans revenus à leur besogne. Pyrrha et Lastyanax avaient été invités à boire une liqueur d'histamide dans un coin plus calme de la verrerie. Comozoi leur servit le breuvage verdâtre et fumant dans de petits godets. Lorsqu'il était apprenti, Lastyanax n'avait jamais beaucoup aimé cette boisson amère, aussi fut-il surpris de découvrir qu'il la buvait à présent avec plaisir, comme si le temps avait appris à son palais à l'apprécier. Comozoi aspira la liqueur à grandes lampées bruyantes ; Pyrrha le regarda faire avec un rictus dégoûté et ne toucha pas à la sienne.

— Aaaaaah, fit le Napocien en reposant son godet vide. Bon, alors, qu'est-ce que vous voulez savoir sur l'adamante ?

— Comment brise-t-on une vitre d'adamante ? demanda Pyrrha.

— Avec une tour en flammes, s'esclaffa Comozoi.

Comme ni Lastyanax ni Pyrrha ne rebondissaient sur son trait d'humour, il ajouta :

— L'adamante est un matériau quasi indestructible, il n'y a pas grand-chose qui peut la fragiliser. Sauf…

Il se leva et partit dans une pièce attenante à l'atelier, dont la porte était occultée par une tenture. Pyrrha et Lastyanax échangèrent un regard intrigué. Quelques instants plus tard, Comozoi revint avec une petite ampoule en verre pleine d'un liquide transparent aux reflets mauves.

— Voilà, dit-il avec emphase.

Il tendit l'ampoule à Pyrrha.

— C'est très froid, constata-t-elle en portant la fiole à hauteur de ses yeux pour observer l'étrange substance qui clapotait à l'intérieur. Qu'est-ce que c'est ?

— Une ampoule d'air liquide, expliqua Comozoi en se rasseyant à leurs côtés. D'après ce que je sais, elle peut dissoudre de l'adamante chauffée au rouge. Mais je n'en ai qu'une fiole, donc je préfère la garder, désolé, ajouta-t-il en tendant la main.

— Comment est-ce que c'est produit ? demanda Pyrrha sans quitter l'ampoule des yeux ni la lui rendre. Je ne me souviens pas d'avoir vu cette substance dans l'inventaire de la Tour des Inventions…

— Toutes les inventions ne viennent pas des mages, seulement les plus inutiles, se moqua Comozoi. Mais je ne sais pas comment l'air liquide est fabriqué, ajouta-t-il en récupérant la fiole d'un geste brusque.

Un alchimiste m'a confié cette fiole juste avant le sac de Napoca. Son atelier a été incendié par les Thémiscyriens, et le secret de fabrication a été perdu avec lui.

— À ton avis, qu'est-ce qui va se passer avec *ton* atelier lorsque tu auras fini de produire l'adamante pour la réfection du dôme ? demanda Lastyanax. Tu les as entendus tout à l'heure : les Thémiscyriens sont persuadés que ton or finance les attentats…

— Je suis trop radin pour ça, répliqua Comozoi avec hauteur.

— Le jour où ils n'auront plus besoin de tes services, tu pourras dire adieu à tout ce que tu as construit ici, s'exclama Lastyanax en désignant le fourneau, les cuves et les dizaines d'ouvriers qui s'affairaient autour.

— N'essaie pas de me prendre par les sentiments, *noscut*. C'est non.

Frustré, Lastyanax cherchait d'autres arguments susceptibles de convaincre le maître verrier lorsque Pyrrha intervint :

— Vous n'auriez pas sorti la fiole si c'était juste pour nous l'agiter sous le nez. Combien vous en voulez ?

Un sourire amusé se dessina sur les lèvres de Comozoi.

— *Ta petite amie comprend mieux les affaires que toi*, dit-il en napocien à Lastyanax.

— *Ce n'est pas ma petite amie*, rétorqua celui-ci. Alors, combien ?

Comozoi les jaugea un instant.

— Mille hypers, répondit-il.

— Ils sont à toi, dit Lastyanax.

Pyrrha lui chuchota aussitôt d'un ton furieux :

— C'est beaucoup trop, on aurait dû négocier !

— Trop tard, répondit Comozoi en dévoilant sa dent en or. Tu as toujours eu du mal à évaluer la valeur des choses, *noscut*, y compris de ton propre travail. *L'affaire est close*, ajouta-t-il en napocien. Vous aurez la fiole dès que j'aurai les hypers.

Il remit l'ampoule dans la poche de son tablier et tapota le cuir d'un air satisfait. Énervé contre Comozoi autant que contre lui-même,

Lastyanax s'apprêtait à se lever de sa chaise quand le maître verrier interrompit son mouvement :

— Dis-moi, *noscut*… J'ai un peu discuté avec d'autres maîtres artisans ce matin d'un sujet qui pourrait t'intéresser. Tu as entendu parler de cette histoire d'élection d'un nouveau Basileus ?

— Oui, répondit Lastyanax, qui se demandait où le verrier voulait en venir.

— On cherche un Hyperboréen qui ne soit pas à la botte des Thémiscyriens, dit-il. Et qui ait assez d'or pour se porter candidat.

Surpris par sa suggestion, Lastyanax se frotta la nuque.

— Je pensais que tu ne supportais pas les Hyperboréens, dit-il au bout d'un moment.

— Je préfère être dirigé par un Hyperboréen que je connais plutôt que par un général thémiscyrien, crois-moi, répondit Comozoi en récurant son oreille crasseuse avec son auriculaire. (Pyrrha fit une grimace écœurée.) Et puis, toi, au moins, tu n'es pas un politicien véreux, tu as fait quelques bonnes choses quand tu étais Ministre du Nivellement. Les gens des petits niveaux s'en souviendront. Alors, *noscut*, est-ce que tu voudrais te présenter aux élections ?

Lastyanax secoua la tête.

— Même si je le voulais, je ne pourrais pas : j'ai été condamné par la justice.

— Ça arrive aux meilleurs d'entre nous, répondit Comozoi d'un ton laconique en chassant d'une pichenette une boulette de cire extrudée de son oreille. Dommage. Et toi ? ajouta-t-il en se tournant vers Pyrrha.

Cette dernière, occupée à observer l'opération de récurage à laquelle se livrait Comozoi, haussa les sourcils.

— Moi ? s'étonna-t-elle.

— Quoi, tu as été condamnée, toi aussi ?

— Non, répondit Pyrrha. Mais je suis une femme.

— Et alors ?

Le visage de Pyrrha s'éclaira.

— Je commence à bien aimer ton ancien patron, dit-elle en se tournant vers Lastyanax.

Avec un soupir, elle ajouta :

— Les gens ne voteront jamais pour une femme.

— Pourquoi pas ? rétorqua Comozoi. Tu es jeune, tu es bien éduquée, tu sembles être plus maligne que mon ex-apprenti verrier qui n'est pourtant qu'à demi idiot (« *Trop aimable* », marmonna Lastyanax), et en plus de ça, tu n'es pas désagréable à regarder.

— Je ne vois pas en quoi ce dernier critère est pertinent, objecta Pyrrha d'un ton aigre.

— Crois-en un laideron, que tu sois un homme ou une femme, la beauté, ça aide dans la vie, répliqua Comozoi. Si tu ne tentes pas maintenant d'être Basileus, quelle autre femme le fera ?

Lastyanax vit que ce dernier argument avait fait mouche. Pyrrha fronça les sourcils et se laissa aller contre le dossier de son siège, plongée dans ses pensées.

— Réfléchis-y, dit Comozoi. Quand vous reviendrez demain avec l'or pour la fiole, on en rediscutera.

Pyrrha resta silencieuse tandis que Lastyanax la guidait hors de la Petite Napoca. Son mutisme se prolongea alors qu'ils remontaient les péages pour rentrer à la bibliothèque. Lastyanax la laissa méditer, certain qu'elle parviendrait à la même conclusion que lui : sa candidature à l'élection du Basileus était vouée à l'échec. Il fut donc surpris lorsque Pyrrha, à peine revenue dans la chambre forte, se jeta sur le paquet de feuilles qui traînait à côté des plans de l'Extractrice et commença à le couvrir de notes. Lastyanax fit mine d'aller consulter les plans pour lire par-dessus son épaule. Elle était en train de lister des idées de programme politique. Après une longue hésitation, il alla s'asseoir en face d'elle et lâcha d'une traite :

— Je pense que tu ne devrais pas te présenter. C'est dangereux et tu n'as aucune chance d'être élue.

À l'expression de Pyrrha, il comprit aussitôt qu'il avait mal formulé ses réserves : ses yeux verts lancèrent des éclairs.

— Quoi, tu penses que personne ne votera pour moi ? fulmina-t-elle. Que je ne ferai pas une bonne Basileus ?

— Non, bien sûr que non ! s'exclama Lastyanax. Je suis persuadé que tu es plus capable que la plupart des mages que le Magisterium a produits ces cinq dernières générations, renchérit-il. C'est juste que… poursuivit-il en cherchant soigneusement ses mots. Tu sais aussi bien que moi pourquoi les Thémiscyriens ont lancé cette idée d'élections : ils veulent mettre Phillon sur le trône du Basileus sans que quiconque puisse y redire quoi que ce soit. Ils ne laisseront jamais quelqu'un d'autre gagner. Il serait stupide de notre part d'espérer le contraire.

Comme elle ne répondait rien, il ajouta en guise de conclusion :

— J'ai peur pour toi, c'est tout.

Ses réflexions semblèrent décourager Pyrrha. Elle se mit à triturer le coin de la feuille sur laquelle elle jetait un instant plus tôt ses notes. Lastyanax s'en voulait d'avoir douché son enthousiasme, d'autant qu'il avait rarement vu Pyrrha se lancer dans un projet avec une telle ferveur. Il savait à quel point elle avait mal vécu les mois suivants sa soutenance, lorsque tous ses camarades occupaient des postes intéressants au Magisterium tandis qu'elle était condamnée à l'oisiveté.

— Ton Comozoi a raison, dit elle finalement, un pli déterminé barrant son front. Si ce n'est pas moi qui le fais, aucune femme ne le fera. Et puis, je te rappelle qu'on s'apprête à entrer par effraction dans une prison. Ma candidature à l'élection du nouveau Basileus, en comparaison, ce sera une promenade de santé.

Elle ajouta avec un sourire moqueur :

— Tu sous-estimes la propension des hommes à sous-estimer les femmes, Last. Ils ne me verront jamais comme une menace suffisante pour prendre le risque politique de m'éliminer. Une candidate assassinée pendant les élections, ça ferait désordre. Je ne risque rien.

— … Sauf si tu gagnes, objecta Lastyanax.

Un éclat dur s'alluma sur le visage de Pyrrha tandis qu'elle reprenait son calame. Elle se pencha de nouveau sur son programme et déclara :

— Le jeu en vaudra la chandelle, alors.

Arka

Arka passa l'essentiel des deux décades qui suivirent son retour à effectuer les rénovations dont la cabane avait grandement besoin. Elle remplaça les marches vermoulues de l'escalier, passa les murs à la chaux, ponça et huila le plancher, arracha le lierre bleu dont les vrilles faisaient sauter le chaume du toit et répara la poulie rouillée. Alors qu'elle n'avait jamais eu beaucoup d'affinités avec les besognes physiques, elle se découvrit une passion pour ce travail manuel. Le bricolage l'empêchait de penser à Lastyanax, au Nabot, à Penthésilée, Stérix et Cacique, et toutes les personnes et souvenirs qu'elle avait laissés derrière elle. Du matin au soir, elle martelait, sciait, peignait, vissait. Hormis de courtes excursions pour vider le pot de nuit, remonter de l'eau et récupérer des planches chez la menuisière du secteur, Arka ne s'éloignait guère de la bicoque. Elle avait encore l'impression d'avoir une étiquette « DISCIPLE HYPERBORÉENNE » collée sur son front, même si cette impression s'atténuait de jour en jour.

En deux décades, elle répara tout ce qui était réparable dans l'arbre-cabane. Seule la chambre en ruine échappa à sa frénésie de rénovation. Malgré son envie de s'y attaquer, Arka redoutait de profaner cette petite pièce, à l'évidence devenue un sanctuaire. À plusieurs reprises, elle demanda à Thémis à qui cette chambre avait servi, mais elle se heurta au mutisme de l'Amazone.

Au fil des nuits et à mesure que les moustiques dévoraient chaque parcelle de sa peau sur le hamac, l'envie de réparer la chambre se transforma en obsession. Après de longues hésitations, Arka finit par céder à la tentation. Un jour où la vieille guerrière était partie déterrer des racines d'élaphores, elle arracha les planches qui condamnaient la porte et commença à déblayer les feuilles pourries. La chambre lui rappelait la sienne, détruite dans l'incendie. Outre le petit cheval de bois, elle trouva des dessins d'animaux gravés sur les murs, un collier en plumes de cacatoès semblable à celui qu'elle avait un jour confectionné pour Chirone et même une cosse à trésors comme celle qu'elle avait possédée, remplie de menus objets : une mue de serpent-tigre, des morceaux d'ambre ramassés dans le Thermodon et quatre dents de lait. Autant de signes indiquant qu'une enfant, probablement apprentie elle aussi, avait vécu là.

Occupée à jouer avec des osselets dénichés dans un vieux pot, elle n'entendit pas Thémis rentrer en fin d'après-midi. La vieille Amazone la découvrit assise à même le plancher, au milieu de la pièce chamboulée. Arka sursauta et comprit à l'expression de Thémis qu'elle avait commis une grave erreur. Les osselets roulèrent de sa main et tombèrent en pluie entre ses jambes.

— Qu'est-ce que tu fais ici ? demanda l'Amazone d'une voix blanche.

— Je pensais qu'il fallait que je répare toute la cabane…

— Je ne t'ai jamais autorisée à fouiner ici !

La voix de Thémis, d'ordinaire basse et râpeuse, venait de monter dans les aigus. Ses narines palpitaient tandis qu'elle regardait, livide de colère, la chambre profanée.

— Je t'héberge et toi, tu… tu… Sors d'ici ! aboya-t-elle en attrapant Arka par le bras pour la pousser dehors.

Arka se dégagea et recula à quatre pattes.

— Qui a habité ici ? s'exclama-t-elle en se remettant debout, déterminée à obtenir une réponse.

— Fiche le camp !... Va-t'en !

L'Amazone tenta à nouveau de la traîner hors de la pièce. Elle était encore très rapide. Arka l'esquiva en bondissant dans un autre coin de la chambre et ramassa le cheval de bois.

— Qui est l'apprentie qui vivait là ?

Elle brandit la statuette devant elle, sous le nez de Thémis qui s'apprêtait à la coincer.

— Ta fille ?

Sa question sembla souffler la colère de l'Amazone. Ses épaules se voûtèrent. Ses yeux rendus laiteux par la cataracte s'arrêtèrent sur la statuette. Elle ne faisait soudain plus attention à Arka, qui l'observait, tendue comme un arc.

— C'est moi qui lui avais sculpté ce cheval, murmura Thémis. C'était son jouet préféré.

Avec des gestes lents, elle prit la figurine des mains d'Arka et frotta la surface grossièrement taillée de ses doigts calleux.

— Ce n'était pas ma fille, mais c'était tout comme.

— C'était la fille de qui, alors ? demanda Arka.

D'un geste brusque, l'Amazone lui rendit le cheval de bois.

— Range ça et allons discuter sur la terrasse, dit-elle de sa voix redevenue grinçante. Il y a trop de souvenirs, ici, ça me retourne le cerveau.

Comme à son habitude, Thémis ne se pressa pas pour lui faire ses révélations. Elle lui donna un sac de fèves à écosser et s'attaqua de son côté à l'épluchage d'une botte de racines d'élaphores. Elles préparèrent en silence le repas du soir. Arka était dévorée par la curiosité, mais elle savait que Thémis était capable de ne jamais lui raconter l'histoire de la petite chambre si elle commettait l'erreur de la brusquer à nouveau. Quand leurs bols furent vides, Thémis sortit sa pipe. La fumée chassa les moustiques qui commençaient à vrombir sur la terrasse. Enfin, elle commença son récit :

— Avant que tu n'arrives, Chirone a eu un enfant.

Arka accusa le coup. Jamais elle n'avait envisagé la possibilité que Chirone ait pu être mère. L'image d'une Chirone portant dans ses bras un bébé aux traits imprécis remplaça celle de l'Amazone solitaire qui surgissait dans son esprit chaque fois qu'elle invoquait le souvenir de sa tutrice. Une étrange jalousie s'empara d'elle. Chirone avait eu un jour un enfant de son propre sang, alors qu'elle n'était que sa pupille.

— Un fils, précisa Thémis. Quand elle l'a perdu, elle a fait une dépression. J'ai essayé de l'en tirer, mais c'était devenu trop dur de vivre avec elle. On a fini par se séparer.

Elle tapota sa pipe contre la rambarde de la terrasse pour enlever l'excès de cendres. Arka repensa à la question posée par Ponèria lors de son premier cours de mystographie : *Qu'est-ce qu'elles font des garçons ?* Elle ouvrit la bouche pour interroger Thémis, mais celle-ci ajouta :

— Je ne suis pas fière d'avoir baissé les bras. Chirone est restée au fond du trou pendant des années. On s'est rapprochées quand elle a commencé à aller mieux – à l'époque où elle t'a recueillie. Mais trop de choses s'étaient passées. On a préféré ne pas se remettre ensemble. On est restées amies. Parfois je regrette de ne pas avoir repris ma vie à ses côtés. Peut-être qu'elle ne serait pas morte dans l'incendie si j'avais été avec elle.

Évoquée d'une voix monocorde, la mort de son ancienne compagne semblait une erreur évitable, un désagrément passager. Elle se tut et tourna ses yeux voilés vers les feuilles rendues translucides par la lumière déclinante. Un liseré brillant se forma au bord de ses cils lorsqu'elle cligna des paupières.

— Qu'est-ce qu'il est devenu, le fils de Chirone ? demanda Arka.

Les yeux humides de Thémis s'attardèrent sur elle.

— Tu connais le Ravin des Apprenties Perdues ?

Arka hocha la tête avec réticence. Elle pressentait où leur conversation les mènerait, et elle n'était pas certaine d'avoir envie d'aller jusqu'au bout.

— C'est un ravin quelque part sur la rive nord, répondit-elle. On m'a toujours dit de pas y aller, parce qu'il y a des esprits malveillants qui rôdent là-bas.

Un ricanement âpre s'échappa de la bouche de Thémis et s'acheva en une toux grasse. Arka la regarda lutter pour se dégager les poumons. L'Amazone finit par cracher dans une feuille d'eucalyptus avant de déclarer d'une voix plus rocailleuse encore :

— Toujours la même histoire qu'on raconte pour éviter que les apprenties aillent faire un tour du côté du ravin. Jusqu'à ce qu'elles soient en âge de s'amuser avec des paysans hilotes, qu'elles tombent enceintes, qu'elles mettent au monde des garçons et qu'on les y emmène pour y jeter leurs gosses.

Comme Arka écarquillait les yeux, muette, Thémis ajouta :

— C'est ce qui est arrivé à la sœur de Chirone il y a presque quarante ans. Elle ne l'a pas supporté et s'est jetée dans le ravin quelques décades plus tard. Chirone était très proche de sa sœur : ça a été un traumatisme pour elle. Lorsqu'elle est tombée enceinte à son tour après avoir fricoté avec un mercenaire thémiscyrien, elle s'est juré qu'elle ne vivrait pas la même horreur. Alors, quand elle a accouché, elle s'est débrouillée pour que personne ne sache que le bébé était un garçon. C'est à cette époque que je l'ai connue. On a emménagé ici toutes les trois. Je craignais en permanence qu'une éphore découvre le sexe véritable de Candrie. Les commandantes auraient aussitôt balancé la gamine dans le ravin et coupé la tête de Chirone. Mais le subterfuge a tenu plusieurs années. Et puis, un jour – Candrie venait d'avoir sept ans, je crois –, ça a fini par se savoir. Chirone a dû la confier à son père du jour au lendemain pour lui sauver la vie. Elle ne l'a jamais revue, et elle ne s'en est jamais remise.

Thémis inspira une dernière bouffée d'un air las et reposa sa pipe sur la rambarde.

— Candrie était turbulente, elle aussi. Vous auriez fait la paire toutes les deux.

Arka pensa à l'enfant de Chirone, la petite silhouette aux traits flous. Quelque part dans le monde existait une autre personne qui avait été élevée par sa tutrice. Elle n'aurait pas été moins perturbée de découvrir qu'elle avait un frère.

— C'est pour ça que les gens détestent les Amazones, marmonna-t-elle.

— Les gens se permettent toujours de juger les mœurs des autres au lieu de balayer devant leur porte, grommela Thémis. Regarde les Hyperboréennes et les Napociennes, leurs vies ne valent pas plus que la capacité de leurs ventres à produire des bébés. On les claquemure dans leurs maisons pour qu'elles élèvent leurs marmots. Qu'est-ce qui est mieux, hein ?

Elle ne laissa pas le temps à Arka de répondre et ajouta :

— Chaque femme devrait pouvoir être maîtresse de son entrejambe. Moi, par exemple, je n'ai jamais voulu d'enfants. Et je n'ai jamais été bien vue des commandantes à cause de ça. Elles voudraient que toutes leurs guerrières fassent de petites guerrières, plutôt que d'être obligées de recruter des paysannes hilotes. Et tant pis si, une fois sur deux, on rajoute un cadavre dans le ravin.

Elle se releva dans un craquement de vertèbres.

— Ce n'est jamais une bonne idée de se renfermer sur ses souvenirs. J'ai eu tort de laisser la chambre de Candrie comme ça. Tu es là, autant que cette pièce te serve. Et puis, au moins, je n'aurai plus ton hamac dans les pattes sur la terrasse. Demain, tu reprends tes réparations.

Phréton

Le soir descendait sur la ville et rendait les plaques de verglas sur les trottoirs des canaux encore plus traîtres qu'en journée. Au quatrième niveau, les plébéiens se hâtaient de rentrer de leur travail – s'ils en avaient un – pour se mettre à l'abri du froid qui redoublerait de vigueur une fois la nuit tombée. Phréton se déplaçait avec un certain malaise sur les aqueducs étroits du niveau : ce n'étaient pas les parapets dégradés voire inexistants qui l'empêcheraient de dévisser en cas de glissade. Depuis qu'il s'aventurait dans les couches inférieures de la cité, leur délabrement ne cessait de l'étonner. Avant le Refroidissement, il ne s'était quasiment jamais risqué sous le sixième niveau de la ville. Bien sûr, beaucoup de choses avaient changé depuis.

La mort de son père, le procès, la prise d'otages, la destruction du dôme… En l'espace de quelques jours, il avait perdu tous ses repères. Alors, quand le général Phillon lui avait proposé de devenir son disciple après avoir délivré la ville des Amazones, il s'était empressé de saisir cette main tendue. À présent, il le regrettait.

Même s'il n'avait pas à se plaindre du traitement que lui réservait son mentor – on lui avait donné une chambre personnelle et un bel uniforme chaud et bien taillé –, Phréton n'était pas dupe. Il savait que Phillon se servait de lui pour amadouer les Hyperboréens en singeant leurs coutumes. Et il s'était vite douté que la décision de garder les mages enfermés dans l'Extractrice ne servait qu'à laisser les coudées franches aux Thémiscyriens pour affirmer leur emprise sur la cité. Un doute qui s'était mué en certitude lorsque les Thémiscyriens avaient massacré des patriciennes hyperboréennes sur le canal de l'Extractrice.

Phréton en connaissait quelques-unes, des amies de sa mère, des femmes oisives comme elle, soucieuses d'entretenir la belle apparence de leurs villas et la bonne réputation de leurs familles, dépourvues de curiosité pour les affaires du Magisterium où elles n'étaient de toute façon pas les bienvenues… Les Thémiscyriens, après avoir essayé sans succès de camoufler l'incident, l'avaient présenté comme une bavure tragique. Comme Phréton passait tout son temps en leur compagnie et ne voyait personne de son ancienne vie, il avait fini par adhérer à cette vision des choses. Mais lorsque le nom de Stérix était venu s'ajouter à la litanie des victimes, Phréton avait senti sa fibre morale, qu'il s'efforçait d'ordinaire d'ignorer, le démanger. Certes, il avait rayé le disciple

de la liste de ses amis quand celui-ci l'avait laissé tomber pour Arka et Cacique, mais Stérix n'en restait pas moins son camarade de classe, un garçon issu du même milieu que lui, beaucoup trop jeune pour finir éventré devant la porte d'une prison.

Depuis la tragédie, Phréton n'osait plus lever les yeux lorsqu'il traversait le septième niveau, par crainte de croiser les regards chargés de reproches des patriciennes qui y demeuraient encore. Il était ainsi soulagé de pouvoir descendre dans les couches inférieures de la ville pour mener de petites enquêtes pour Phillon. Là-bas, au moins, il avait peu de chances de croiser des personnes de sa connaissance.

Depuis le lancement des élections, son mentor l'avait envoyé à plusieurs reprises recueillir des informations sur ses adversaires politiques et prendre le pouls de l'électorat. Phréton devait admettre que le général ne ménageait pas ses efforts pour se faire élire à la loyale. Depuis l'annonce de sa candidature, les soldats-oiseleurs inondaient la ville de réclames et de tracts vantant ses mérites. On rappelait à tout bout de champ que la réparation du dôme allait être achevée en un temps record grâce à lui. Phillon se faisait inviter à chaque réunion de guildes pour convaincre les marchands des avantages de son gouvernement. Il était même allé jusqu'à distribuer lui-même du pain à ses futurs administrés.

Phréton constatait ainsi avec une certaine amertume que ses concitoyens des niveaux inférieurs oubliaient bien vite le sort des mages emprisonnés et le massacre des patriciennes. À chacune de ses descentes dans les tréfonds de la ville, il revenait avec une moisson de bonnes nouvelles pour son maître. Le général ne cessait de gagner en popularité. Les électeurs le jugeaient accessible, sérieux, véritablement préoccupé par leur bien-être. En comparaison, les rares Hyperboréens qui avaient pu débourser les quinze mille hypers demandés pour le dépôt d'une candidature ne faisaient pas le poids. Hormis Phillon, seuls trois hommes se présentaient : un gros négociant en hydromel du sixième niveau, le chef d'un clan mineur du premier niveau et le patron de la guilde des pelletiers, qui avait amassé une fortune dans le commerce des fourrures grâce au Refroidisssement. Aucun d'eux n'avait fait campagne en dehors de leurs niveaux d'origine, si bien qu'ils restaient largement inconnus de la population. Les votes anti-Phillon allaient donc être divisés entre les trois, ce qui réduisait à néant les chances d'élire un Basileus hyperboréen. Les Thémiscyriens se frottaient les mains.

Depuis quelques jours, cependant, de mystérieuses affiches apparaissaient sur les murs de la ville, laissant à penser qu'un cinquième candidat s'apprêtait à entrer en lice. Les réclames portaient pour seule mention :

Hyperborée vous attend

Avec, en dessous, une date et une adresse inscrites en petits caractères.

Une rumeur disait que cette nouvelle candidature venait des rangs napociens. Dès qu'il en avait eu connaissance, Phillon avait ordonné à ses troupes d'arracher discrètement les affiches la nuit et demandé à son disciple d'aller au rendez-vous indiqué.

C'est ainsi que Phréton se dirigeait ce soir-là vers le caravansérail. Plus ramassé que les tours, chapeauté d'une coupole, l'édifice qui accueillait les caravanes riphéennes se situait un peu à l'écart de la zone construite. De grands canaux aériens le connectaient au réseau hydraulique des quatre premiers niveaux. Des escaliers aux marches larges, conçus pour être utilisés par les bœufs musqués, entouraient sa circonférence. Ils permettaient d'accéder aux arcades derrière lesquelles se nichaient les magasins des guildes, qui négociaient les tarifs de gros. Les marchandises étaient ensuite stockées dans le cœur du bâtiment, divisé en de multiples entrepôts bien isolés de la chaleur et de la lumière, où elles attendaient d'être expédiées par tortues aux manufactures hyperboréennes. Du moins, c'était le cas avant le Refroidissement. Depuis la destruction du dôme, les entrepôts s'étaient vidés et les caravanes arrivaient au compte-gouttes dans des magasins à moitié déserts.

Le mystérieux candidat n'avait pas choisi le caravansérail comme lieu de réunion par hasard : il était facile d'y rassembler des personnes issues des quatre premiers niveaux. Aucune barrière physique n'empêchait la circulation verticale au sein de l'édifice et les contrôles stricts que le Magisterium imposait d'ordinaire aux canaux d'accès s'étaient considérablement relâchés. Phréton se retrouva donc à arriver par le quatrième niveau au milieu d'un flux nourri de curieux, venus découvrir comme lui le dernier prétendant à la succession du Basileus.

Un chapelet d'orbes luminescents flottait à hauteur d'homme sur les escaliers extérieurs du caravansérail pour guider les nouveaux arrivants vers le lieu de la réunion. Phréton passa avec ses concitoyens sous l'arcade sombre du grand magasin d'orfèvrerie et arriva dans un vaste entrepôt où les rares sacs et caisses de marchandises encore en stock avaient été repoussés contre les murs. Sous le haut plafond voûté, de grandes sphères lumineuses éclairaient une tribune aménagée au milieu de la salle. L'endroit était bondé. L'auditoire semblait majoritairement issu des premiers niveaux, avec une large proportion de Napociens. Phréton imita certains de ses congénères et grimpa sur des caisses de marchandises pour mieux voir la chaire vers laquelle tous les regards convergeaient et où le cinquième candidat s'apprêtait à apparaître.

Celui-ci se faisait cependant désirer. Au bout d'une demi-heure, il n'était toujours pas arrivé. Alors que des grognements impatients commençaient à enfler, les lumières de la salle s'éteignirent soudain, ne laissant plus qu'une sphère lumineuse à la verticale de la tribune, qui semblait soudain nimbée d'une aura particulière. Des chuchotements excités circulèrent aussitôt dans l'auditoire. Phréton était impressionné par l'aspect technique de l'opération : les sceaux qui programmaient par avance les variations d'éclairage sur des globes étaient complexes.

Une personne monta alors les marches. Lorsqu'elle s'avança au bord de la tribune, dans la lumière, Phréton sentit sa mâchoire se décrocher.

— Bonsoir, dit Pyrrha en promenant ses yeux verts sur la foule venue l'écouter. Merci d'être aussi nombreux.

Un murmure d'étonnement parcourut l'assemblée : personne ne s'attendait à découvrir une femme, jeune qui plus est. Phréton était le plus stupéfait de tous. Il n'avait pas vu Pyrrha depuis les funérailles de son père, l'Éparque. Même s'il était bien placé pour connaître son audace, jamais il n'aurait imaginé qu'elle oserait se présenter aux élections du Basileus.

Ils avaient vécu sous le même toit pendant cinq ans, lorsqu'elle était disciple de son père. Quand elle était arrivée le lendemain de son Attribution au service de Mézence, il l'avait immédiatement méprisée : du haut de ses huit ans, il la voyait comme une *grande* au caractère buté qui le privait d'une attention paternelle déjà maigre. Cette condescendance s'était peu à peu transformée, à mesure qu'il parvenait à l'adolescence et que Pyrrha en ressortait gagnante, en un béguin sévère. Elle semblait cependant n'avoir jamais rien éprouvé de mieux pour lui que l'exaspération réservée aux petits frères. Phréton avait heureusement toujours pris garde à ne pas révéler ses sentiments.

C'était une constante, chez lui : quand il avait un faible pour quelqu'un, il mettait un point d'honneur à n'en rien laisser paraître. Arka avait fait les frais de cette étrange philosophie, jusqu'au jour où, sonné par le meurtre d'un père qui ne lui avait jamais témoigné d'affection, Phréton avait décidé de ne plus suivre son modèle. Puis il avait appris qu'elle était l'autrice de ce crime et cette découverte avait torpillé ses bonnes résolutions.

Comme les murmures s'éteignaient, Pyrrha prit la parole. Grâce à un petit amplificateur magique accroché au col de son manteau de peau, sa voix remplissait toute la salle.

— Vous êtes nombreux ici à être tentés de voter pour le général Phillon, et on comprend pourquoi : les Thémiscyriens ont chassé les Amazones, ils nous ont apporté à manger au moment où la famine nous menaçait, ils sont même en train de réparer notre dôme. Malgré toutes ces bonnes raisons, vous êtes quand même venus ici ce soir. Pourquoi ?

Parce que quelque chose vous dérange dans cette candidature. Peut-être trouvez-vous étrange que vos anciens dirigeants soient encore enfermés, un mois après leur supposée libération. Peut-être voyez-vous les dégâts causés par l'extraction d'anima et la distribution de gomme. Peut-être vous demandez-vous pourquoi des soldats étrangers s'arrogent le droit de contrôler nos péages, investir nos édifices et répondre par un bain de sang aux demandes d'une assemblée d'épouses inoffensives. Peut-être enfin avez-vous peur qu'Hyperborée finisse par devenir un simple protectorat de Thémiscyra, exploitée jusqu'à la moelle comme Napoca. Moi, oui. Je m'appelle Pyrrha, je suis hyperboréenne, et je m'inquiète.

Phréton, qui baignait dans la politique depuis sa plus tendre enfance, admira cette entrée en matière humble, factuelle, efficace. Elle contrastait habilement avec la mise en scène travaillée de l'événement. Malgré la noirceur de la salle, il sentit que chaque spectateur était suspendu aux lèvres de Pyrrha. Elle continua son discours d'une voix limpide :

— Je m'inquiète car les Thémiscyriens contrôlent si bien nos vies qu'ils semblent persuadés de contrôler aussi nos opinions. En élisant l'un des leurs à la tête de la ville, nous leur donnerons raison. Mais quelles sont les alternatives ? Ne pas voter, et nous priver par là de cette opportunité d'élire nos gouvernants ? Choisir au hasard parmi trois candidats dont on ne connaît ni les ambitions, ni les motivations ? Et tout cela pour quoi ? Pour asseoir à nouveau sur le trône du Basileus un homme seul, éloigné des réalités des niveaux inférieurs, qui ne répondra ni devant la justice, ni devant ses sujets ?

Au fil de son discours, les sphères lumineuses se rallumaient peu à peu, éclairant la foule jusqu'alors plongée dans le noir. Pyrrha ne semblait plus être l'actrice solitaire d'une scène éloignée du peuple, mais le point central d'un grand forum de discussions.

— Pendant de longues années, nous avons eu la chance d'être gouvernés par un souverain éclairé, poursuivit-elle après une pause. Ses successeurs n'auront probablement ni la même clairvoyance, ni la même longévité. Il est désormais temps de doter notre cité de garde-fous politiques. C'est pourquoi j'ai décidé de vous proposer une autre voie. Une voie qui dessinera un avenir politique inédit pour notre cité. Ma voie, mais aussi la vôtre. Car si vous me faites l'honneur de me choisir dans les urnes, mon premier acte sera de créer une grande Assemblée, composée de représentants élus parmi les citoyennes et les citoyens de chaque niveau et renouvelée tous les quatre ans. Ce Parlement Interniveau sera chargé d'amender et de voter les propositions d'un Conseil présidé par le Basileus. Ainsi, aucune décision ne pourra être prise sans être, véritablement, le choix du peuple.

Sur cette phrase finale, elle se tut. Plusieurs secondes s'écoulèrent, puis les questions se mirent à fuser de l'audience :

— Ce Parlement, il aurait combien de représentants ?

— De quel niveau venez-vous ?

— Si vous êtes élue, est-ce que les Thémiscyriens vont repartir ?

— Vous êtes pas un peu trop jeune, quand même ?

— Depuis quand le Basileus peut être une femme ?

Phréton écouta Pyrrha répondre aux interrogations des uns et des autres, développant ici un point avec pédagogie, retoquant là une attaque grâce à une saillie lapidaire. Il était à la fois atterré par ce qu'elle proposait – un Parlement composé de plébéiens, qu'est-ce qu'il lui prenait ? elle avait toujours été la première à dédaigner les niveaux inférieurs – et inquiet à l'idée de devoir rapporter ce qu'il entendait à son maître. De toute évidence, son programme populaire faisait d'elle une concurrente dangereuse pour Phillon…

— Qu'est-ce que tu viens faire ici ?

Phréton sursauta. Un jeune homme mince au nez aquilin venait de léviter sur les caisses, à côté de lui. Lastyanax, le mentor d'Arka, ancien Ministre du Nivellement et condamné pour complicité dans le meurtre de son père. Phréton ne l'avait pas vu depuis le procès. D'après des témoins, il avait réussi à s'échapper de l'arène grâce au griffon qui était censé le tuer.

— Qu'est-ce que *vous* faites ici ? répliqua Phréton d'un ton plein de morgue, pour signifier à son interlocuteur qu'il n'allait pas se laisser impressionner. Vous êtes recherché par la police.

Il regrettait soudain de ne plus avoir le sceau de destruction, bêtement oublié sur une rambarde le soir où il avait embrassé Arka. Absorbés par les réponses de Pyrrha, les gens autour d'eux ne prêtaient aucune attention à leur échange. Phréton ne pouvait pas compter sur leur assistance si Lastyanax décidait de l'attaquer. Un rictus ironique traversa le visage de ce dernier. Il s'assit sur une caisse de marchandises, posa un coude sur son genou et se frotta la nuque.

— La police hyperboréenne est trop occupée à s'accommoder des soldats-oiseleurs pour me pourchasser, répondit-il. J'aide Pyrrha à faire en sorte que ton nouvel employeur ne prenne pas définitivement le contrôle de cette ville.

Phréton comprenait soudain d'où venait l'idée du Parlement Interniveau. Seul un plébéien parvenu comme Lastyanax pouvait mettre une notion pareille dans la tête de Pyrrha. Mais pourquoi s'alliait-elle à celui qui avait aidé à assassiner son mentor ? Pendant son disciplinat, Mézence avait traité Pyrrha avec plus d'égards qu'il n'en avait eu pour son propre fils. Aux yeux de Phréton, elle crachait sur sa mémoire en continuant de fréquenter Lastyanax. Il savait qu'il aurait dû essayer d'arrêter ce dernier, mais le mage déchu avait six ans de plus que lui et une réputation probablement aussi surfaite que dissuasive…

— Elle doit retirer sa candidature, décréta Phréton en indiquant d'un signe du menton la tribune, où Pyrrha continuait de répondre aux questions. Cette idée démago de Parlement Interniveau ne va pas plaire du tout au général Phillon.

— Elle ne le fera pas, rétorqua Lastyanax. Crois-moi, j'ai essayé de la convaincre.

— Et pourquoi je devrais vous croire ? riposta Phréton avec hargne. Vous avez aidé votre sauvage de disciple à tuer mon père.

— Arka n'a pas tué ton père, objecta Lastyanax.

— Alors si ce n'est pas elle, c'est vous, cracha Phréton. Vous le détestiez.

Il avait prononcé ces mots avec toute l'amertume qui l'étouffait depuis la mort de son père. Lastyanax plissa les yeux. Dans l'entrepôt, l'échange entre Pyrrha et son auditoire se poursuivait. Les bruits de la foule couvraient leur conversation.

— Regarde à qui profite le crime, répliqua le mage. Ni moi ni Arka n'avons bénéficié de la mort du Basileus et des membres du Conseil. Ces meurtres ont été juste bons à mettre le Magisterium à genoux.

Ses paroles accentuèrent les doutes qui torturaient Phréton depuis le massacre de l'Extractrice. Il avait envie de croire en l'innocence d'Arka, mais s'il admettait cette thèse, cela voulait dire qu'il avait témoigné contre elle à tort et qu'il servait à présent les assassins de son père. Deux perspectives trop affligeantes pour sa conscience déjà malmenée. Lastyanax secoua la tête.

— Je me doutais que Phillon enverrait des informateurs ce soir. C'est une chance que tu sois l'un d'entre eux. Il faut que tu convainques ton nouveau mentor que Pyrrha n'a aucune chance de remporter les élections et qu'il aura plus à perdre qu'à gagner en l'éliminant.

Phréton tripota nerveusement ses boutons d'acné et regarda la salle bondée, les gens qui s'amassaient autour de la tribune, Pyrrha qui brillait de charisme.

— Est-ce qu'elle n'a vraiment aucune chance ?

Lastyanax resta silencieux un instant.

— J'espère pour Hyperborée qu'elle en a. J'espère pour elle que non.

Il se leva de sa caisse de marchandises. Au milieu de l'entrepôt, Pyrrha concluait le rassemblement en enjoignant chaque spectateur à parler de sa candidature au reste d'Hyperborée. Un optimisme contagieux électrisait l'auditoire. La jeune mage descendit les marches de la tribune et traversa la foule en direction de la sortie en échangeant des poignées de

main et des paroles avec les gens qui se pressaient autour d'elle. Phréton vit que Lastyanax s'apprêtait à la rejoindre. Une question qui était restée coincée dans le fond de sa gorge depuis le début de leur conversation s'échappa soudain de ses lèvres.

— Est-ce que vous savez où se trouve Arka ?

Lastyanax se retourna et le regarda. Phréton était consterné de sentir le rouge lui monter aux joues.

— J'aimerais bien moi aussi avoir la réponse à cette question, répondit son interlocuteur.

Il s'éloigna dans la foule, abandonnant Phréton dans un bourbier moral dont il ne semblait pas près de s'extraire.

Lorsqu'il rentra au Magisterium, encore secoué par sa rencontre avec Lastyanax, il alla directement retrouver son maître dans l'ancien cabinet de son père. Le général était en train d'étudier des rapports, installé dans son siège curule. Un homme que Phréton connaissait sous le nom d'Alcandre se trouvait lui aussi dans la pièce, assis sur l'appui d'une des fenêtres trapézoïdales. Ses mains faisaient des aller-retours entre sa bouche et un bol de dragées posé à côté de lui. Phréton ne savait pas grand-chose d'Alcandre, hormis qu'il occupait un statut à part dans la hiérarchie thémiscyrienne. Il n'était ni oligarque ni officier. Le général semblait s'en méfier, mais il sollicitait régulièrement ses conseils dans la conduite des élections. Phréton se doutait que son maître attendait la bonne occasion pour s'en débarrasser. Il s'annonça en exécutant le salut réglementaire.

— Repos, disciple, dit le général en levant les yeux vers lui. Alors, ce candidat mystère ?

La nuque raide, Phréton lui résuma les événements de la soirée, en occultant sa conversation avec Lastyanax et en minimisant l'enthousiasme de l'audience. Il ne pouvait pas se permettre de mentir complètement à Phillon : comme l'avait relevé Lastyanax, il ne devait pas être le seul informateur présent dans la salle. Il espéra que son maître ne remarquerait pas sa nervosité – après tout, il n'était jamais détendu auprès des Thémiscyriens. Lorsqu'il eut fini son rapport, le général pianota sur les accoudoirs de son siège.

— Un Parlement Interniveau… Je n'aime pas cela, cette proposition risque d'avoir du succès auprès de la plèbe. Il vaut sans doute mieux que je demande aux soldats de s'occuper de cette Pyrrha.

Une sueur glacée perla dans le dos de Phréton. Il savait que son maître n'avait aucun scrupule à imposer une extraction définitive d'anima aux individus qui gênaient ses affaires – comme le Stratège, qui avait bêtement essayé de comploter pour devenir oligarque. Pyrrha n'avait peut-être jamais fait attention à lui, mais il ne voulait pas pour autant la voir passer sur la machine de la prison.

— Il serait mal vu à ce stade qu'une candidate disparaisse, maître, osa-t-il. Au contraire, si elle récolte un peu plus de voix que vos trois autres adversaires, cela renforcera la crédibilité de votre élection.

— Et si elle gagne ?

Le cerveau de Phréton tournait à plein régime.

— Elle ne gagnera pas, affirma-t-il avec toute la force de conviction dont il était capable. Les Hyperboréens attendent des femmes une attitude modeste, ils n'apprécieront pas qu'une d'entre elles se porte candidate. En plus, après ce qu'ont fait les Amazones à cette ville, ils auront encore moins envie de voter pour elle.

— J'ai ouvert le vote aux femmes, suite à certains conseils, fit remarquer Phillon en levant un sourcil en direction d'Alcandre, qui semblait suivre la conversation d'une oreille. Elles seront peut-être tentées de soutenir leur consœur.

Alcandre ignora son ton accusateur et goba la dernière dragée de son bol.

— Je partage l'avis de ton disciple, commenta-t-il en se levant, la bouche pleine. Maintenant qu'elle a officiellement lancé sa campagne, il est trop tard pour s'en débarrasser sans risquer ta réputation.

Il étira ses épaules d'un geste nonchalant tandis que Phréton dissimulait un soupir de soulagement.

— Elle est soutenue par les Napociens, c'est bien ça ? continua Alcandre. Alors joue avec la xénophobie des Hyperboréens. Présente-la comme *la* candidate des Napociens. Fais circuler la rumeur qu'elle veut créer un Parlement Interniveau dans le seul but de mettre les Napociens au pouvoir. Cela devrait suffire à dissuader les électeurs de voter pour elle.

Sur ces mots, il effectua un salut paresseux et quitta la pièce sans plus de formalités. Enfoncé dans son siège curule, les mains jointes sous son menton, le général le regarda disparaître derrière la porte comme il aurait lorgné un fauve dangereux.

6
La vengeance du chercheur d'azur

Arka

Depuis son retour dans la forêt, Arka n'avait pas entendu parler d'Hyperborée. À mesure que les jours s'écoulaient, et en l'absence de tout élément lui rappelant sa vie de disciple, elle avait le sentiment de perdre sa connexion à la cité magique, comme si le temps passé là-bas glissait peu à peu de la réalité vers le songe.

Ainsi, lorsque l'annonce de la prise de la ville arriva par les sémaphores jusqu'en Arcadie, Arka eut l'impression de découvrir comme les autres des événements qu'elle avait pourtant vécus. Elle n'eut aucune difficulté à feindre l'étonnement quand la menuisière du secteur lui raconta qu'un groupe d'Amazones inconnues avaient pris les mages en otage. Toute la forêt s'interrogea sur l'origine de ces guerrières. Des rumeurs selon lesquelles leur vif-azur provenait de pépites volées par les Thémiscyriens lors de l'incendie se mirent à circuler. Arka aurait voulu révéler tout ce qu'elle savait sur la prise d'otages, mais il aurait alors fallu raconter son expérience de disciple hyperboréenne et parler de ses capacités de téléportation : deux bonnes raisons de finir décapitée après un passage expéditif devant la cour martiale. Elle se contenta donc d'écouter attentivement les nouvelles annonces, qui ne tardèrent pas à tomber : les Amazones avaient été repoussées par l'armée thémiscyrienne arrivée par oiseaux rokhs. Les soldats de Lycurgue contrôlaient à présent la ville.

Même si elle s'était attendue à ce développement, Arka n'en fut pas moins perturbée. Elle était devenue spectatrice d'événements dans lesquels elle avait jusqu'alors joué un rôle central. Lastyanax, lui, était resté en arrière, au cœur de l'action, face au maître des lémures et aux Thémiscyriens. Un désagréable goût d'inachevé asséchait la bouche d'Arka chaque fois qu'elle songeait à son mentor. La culpabilité de l'avoir abandonné dans la tourmente hyperboréenne gagnait du terrain.

Des ennuis beaucoup plus pratiques lui occupaient cependant l'esprit. La réparation de la cabane touchait à sa fin, et le garde-manger de Thémis se vidait à vue d'œil.

— C'est pas possible d'engloutir autant et d'être aussi claquette, grommela l'Amazone, un jour qu'elles déjeunaient ensemble d'une jatte de gruau.

Arka se garda de lui faire remarquer que son appétit n'était jamais vraiment satisfait. Après avoir été nourrie pendant des mois de festins par Métanire, la cuisinière de Lastyanax, il était difficile de se réhabituer au régime de fèves et de viande maigre des Amazones.

Arka s'étonnait que Thémis ne lui ait pas encore donné une date de départ, à présent que leur arrangement – du bricolage contre de la nourriture – touchait à sa fin. La guerrière appréhendait sans doute la perspective de se retrouver à nouveau seule : rares étaient les Amazones qui vivaient vieilles, et celles qui parvenaient à la retraite ne pouvaient guère compter sur la communauté pour s'occuper d'elles. Elles étaient perçues comme des bouches édentées, et inutiles, à nourrir.

En tant que soldate retraitée, Thémis avait ainsi droit au tiers d'une ration de guerrière en exercice. Son train de vie chiche et sa connaissance des ressources de la forêt lui avaient permis d'accumuler un petit stock de vivres avec lequel elle les nourrissait toutes les deux. Mais les réserves s'épuisaient. Lorsqu'elle eut épousseté et replacé le dernier jouet d'enfant de Candrie sur la dernière étagère, Arka constata qu'elle n'avait plus d'excuse : elle devait retrouver au sein de la communauté un statut qui lui garantirait une ration. Il fallait qu'elle redevienne une apprentie.

Malheureusement, rejoindre une classe s'annonçait compliqué. Par fierté, Thémis ne se mêlait pas des affaires des autres, mais les instructrices se montreraient plus curieuses. Elles allaient demander à Arka d'où elle venait, pourquoi elle ne s'était pas entraînée pendant deux ans, comment elle avait occupé son temps depuis l'incendie. Même en peaufinant un mensonge solide, Arka n'était pas à l'abri de se trahir. Il suffisait d'un mot ou d'un geste suspect pour que les instructrices la livrent aux éphores.

Dans les jours qui suivirent, elle se rendit à plusieurs reprises à la clairière d'exercice du secteur pour épier l'entraînement depuis l'ombre d'un fourré. Cette observation ne l'encouragea pas à se présenter aux instructrices. Non seulement ces dernières ne semblaient pas être du genre à accueillir à bras ouverts une apprentie venue de nulle part, mais en plus leurs élèves enchaînaient des exercices dont la longueur, la difficulté et l'intensité faisaient presque regretter à Arka ses séances rébarbatives de rédaction de rapports en compagnie de Lastyanax.

Pour rattraper leur niveau, elle décida de s'entraîner seule en fin de journée, dans la clairière vide, avec le matériel qui restait en place et les vieilles armes de Thémis. Mais ses flèches manquaient leurs cibles, ses coups de sabre parvenaient à peine à entailler les mannequins de bois et le poids du bouclier rond lui donnait des crampes au bras. Elle devait se rendre à l'évidence : sans la magie pour lui donner de la puissance et de l'audace, elle était devenue une combattante médiocre. Le moral à plat, elle revenait à la cabane au crépuscule, battant les fougères avec le sabre d'un geste défaitiste, et passait la nuit à ruminer sa journée en écoutant le cri des ninoxes.

Un soir qu'elle prenait ainsi le chemin du retour, une grande Amazone décharnée, assise sur la terrasse d'une cabane éclairée par une lanterne, l'interpella du haut de son arbre :

— Eh, apprentie !

Arka releva la tête et regarda son interlocutrice se baisser pour passer dans le trou d'accès de la terrasse. C'était une vieille Amazone, elle aussi, mais sa demeure était beaucoup plus spacieuse et mieux équipée que celle de Thémis. Des ponts de liane lui permettaient même de rejoindre des annexes sur les arbres avoisinants. Arka vit l'ombre noire de l'Amazone descendre l'escalier enroulé autour de l'eucalyptus. Lorsque la femme arriva en bas du tronc et s'approcha d'Arka, celle-ci comprit l'origine de ce confort matériel, inhabituel chez une guerrière retraitée. Agrafée à l'épaule de sa tunique de bonne facture, une fibule en forme de mainate luisait dans la nuit. L'oiseau parleur était l'emblème des éphores.

Une sueur froide trempa les aisselles d'Arka tandis qu'un sourire étirait le visage osseux de l'Amazone, sans s'étendre jusqu'à ses yeux.

— Cela fait plusieurs jours que je te vois emprunter ce chemin à cette heure tardive... commença cette dernière d'une voix doucereuse. Pourquoi restes-tu si longtemps après les autres à la clairière d'entraînement ? Tu n'es pas fatiguée, après toute une journée d'exercice ?

Dans la forêt des Amazones, on apprenait très tôt aux fillettes à craindre les éphores. Les mères menaçaient leurs gamines de les dénoncer si jamais elles oubliaient de graisser les harnachements ou d'abreuver les chevaux. Arka, elle, avait de vraies raisons de redouter les inquisitrices de la forêt.

— Si, mais je veux vite passer mes grades, répondit-elle en prenant l'air le plus naïf de son inventaire d'expressions.

— Mais c'est très bien, tu es ambitieuse, félicitations... C'est un beau bijou que tu as là, ajouta-t-elle en lui attrapant soudain le poignet de sa main semblable à une serre.

D'un geste vif, elle lui leva le bras et examina le bracelet-ailes en plissant les yeux, son nez frôlant le métal. Les reflets cuivrés projetèrent des taches orangées sur son visage taillé à la serpe.

— C'est ma mère qui me l'a donné, mentit Arka en ramenant son bras près d'elle. Elle l'a récupéré sur un Thémiscyrien.

Elle regrettait de ne pas avoir laissé le bracelet dans l'arbre-cabane. Certes, il était passé inaperçu auprès des mages hyperboréens, mais ce n'était pas une raison pour s'afficher avec un objet magique dans la forêt des Amazones. Heureusement, les guerrières ne connaissaient rien à la magie.

— C'est un beau bijou, répéta l'éphore. Est-ce qu'il est en orichalque ?

Arka revit à la hausse les connaissances magiques des Amazones. Elle fit de son mieux pour paraître idiote.

— En ori quoi ? répéta-t-elle. En or ? Non, j'crois que c'est du cuivre.

Sans se départir de son sourire de prédateur, l'éphore demanda :

— Qui est ta mère ?

L'interrogatoire prenait une très mauvaise tournure. Arka ne pouvait pas prétendre être la pupille de Thémis comme elle l'avait fait avec les sentinelles, car l'éphore était capable d'aller interroger la vieille Amazone. Or, s'il y avait bien une chose qu'Arka voulait éviter à tout prix, c'était de mettre Thémis en danger après avoir profité de son hospitalité. Il fallait qu'elle réussisse à clore rapidement cette discussion. Elle tordit son visage en une grimace douloureuse et répondit d'une petite voix aiguë :

— Elle est morte.

Puis elle feignit d'être submergée par la douleur. L'apitoiement n'était jamais bien vu dans la forêt, mais il valait mieux paraître faible que suspecte aux yeux des éphores. Comme Arka ne savait pas pleurer sur commande, elle se cacha le visage dans les mains et hoqueta en gémissant.

— C'est p-pour elle que je m'entraîne, je veux de-devenir une gue-guerrière aussi forte qu'elle l'était, ajouta-t-elle en comptant sur la pénombre pour dérober ses yeux secs au regard scrutateur de l'éphore.

Pour faire bonne mesure, elle renifla bruyamment et se moucha dans l'ourlet de sa tunique. Heureusement, un rhume passager lui avait rempli les narines : le bruit de tuyauterie bouchée fut très convaincant.

L'inquisitrice ne semblait cependant pas près de lui lâcher la grappe. Arka regretta de ne pas pouvoir utiliser la magie pour s'en débarrasser.

Soudain, un bruit de galopade retentit. L'instant d'après, un destrier amazonien passa en trombe à côté d'elles, les naseaux vibrant d'excitation. Il dérapa au détour du sentier et disparut dans l'obscurité bleutée des sous-bois.

— Khatanka ! cria l'éphore en se précipitant à sa poursuite.

La jument en cavale lança des hennissements auxquels répondirent tous les équidés du voisinage. Abasourdie, Arka regarda l'inquisitrice disparaître à son tour derrière des franges d'arbres.

— Eh ben, j'ai de la chance, constata-t-elle à voix haute.

— Tu parles ! s'exclama soudain une voix derrière elle.

Arka sursauta et se retourna. Thémis sortait des fougères, les cheveux pleins de feuilles et l'air de très mauvaise humeur. Deux lièvres morts étaient pendus à sa ceinture.

— J'étais sur le retour de la butte aux pierres après être allée relever les pièges là-bas quand je t'ai entendue parler à cette vieille rosse, rouspéta-t-elle. C'était déjà une mégère quand on était apprentie, le temps l'a pas arrangée, celle-là.

— C'est toi qui as ouvert l'enclos de sa jument, comprit Arka.

— Si je ne l'avais pas fait, tu aurais fini la tête sur un billot, grogna Thémis. Viens, ne restons pas là.

Elle entraîna Arka sur le sentier, dans la direction opposée à celle qu'avaient prise l'éphore et sa jument. La forêt était à présent plongée dans la nuit, mais elles connaissaient suffisamment bien le chemin qui les menait à l'arbre-cabane pour avancer à l'aveuglette. Arka entendait le chuintement des fougères sur leur passage et le bruit étouffé que produisaient les deux lièvres morts en ballottant sur la cuisse de Thémis.

— Qu'est-ce qui te prend de te promener avec de l'orichalque ? siffla soudain cette dernière.

— Tu sais ce que c'est ? s'étonna Arka.

— Bien sûr que je sais ce que c'est, répondit la vieille Amazone d'un ton furieux. Ce sont mes yeux qui ne fonctionnent plus, pas ma mémoire. Je ne t'aurais jamais laissée te promener avec ce fichu bracelet si j'avais remarqué qu'il était en orichalque. Tu es folle ! Si cette sale carne remet la main dessus, je peux dire adieu aux quelques années qu'il me reste à vivre.

Mal à l'aise, Arka joua un instant avec son bracelet avant de le retirer et le fourrer dans sa poche. La forme familière de l'eucalyptus qui abritait la cabane de Thémis se dessinait devant elle.

— Pourquoi est-ce qu'on n'a pas le droit d'avoir de l'orichalque ici ? demanda-t-elle.

Dans l'obscurité, Arka devina l'expression courroucée de Thémis. Elle réalisa que son « ici » impliquait l'existence d'un « là-bas » où le port d'un objet en orichalque ne posait pas de problème. Fidèle à elle-même, la vieille Amazone ne lui posa pas de question et ne répondit pas à la sienne. Lorsqu'elles arrivèrent au pied de l'arbre-cabane, Thémis n'avait toujours rien dit. Arka emprunta l'escalier à sa suite en insistant :

— Parce que c'est un métal magique ?

Thémis continua de gravir les marches en se tenant à la rampe qu'Arka avait fixée sur le tronc à son intention.

— Tu es bien placée pour savoir quels dégâts cette saloperie peut infliger à la forêt, lâcha l'Amazone quand elles arrivèrent à mi-hauteur du tronc.

— Le mage qui a incendié la forêt a utilisé de l'orichalque ? s'exclama Arka.

— Évidemment, grogna Thémis. C'est le seul moyen de faire de la magie dans une zone bleue. Il devait porter une doublure en orichalque massif ou quelque chose comme ça.

Elles étaient arrivées au niveau du trou d'accès. Des lucioles éclairaient faiblement la terrasse. Avec des mouvements raides, Thémis se

hissa sur la plateforme et se reposa un instant sur un rondin, le dos courbé et le souffle court. Arka se glissa à son tour dans l'ouverture et s'assit en tailleur à même le plancher. Elle regarda la vieille Amazone suspendre les deux lièvres à un crochet cloué sur une branche.

— Pourquoi les Thémiscyriens n'équipent pas tous leurs soldats d'orichalque massif, alors ? demanda-t-elle tandis que Thémis revenait s'asseoir sur le rondin.

La vieille Amazone prit son nécessaire à tabac sur le rebord de la fenêtre.

— Ce sont les Hyperboréens qui détiennent le secret de fabrication, répondit-elle en coinçant sa pipe entre ses dents. Ils ne sont pas près de le révéler. Ça leur permet de vendre leurs lingots une fortune.

— Mais les Thémiscyriens viennent de prendre le contrôle d'Hyperborée…

Thémis leva un sourcil vers elle.

— Tu comprends pourquoi les éphores sont à cran, alors.

Elle alluma sa pipe en frottant d'un geste sec son briquet d'amadou.

— Bref, je ne sais pas où tu as trouvé un morceau pareil, mais tu as intérêt à le faire disparaître rapidement. Détruis-le ou planque-le, je m'en fiche. Je ne veux pas revoir ce bracelet.

La tête lourde de réflexions, Arka rentra dans la cabane, traversa la pièce principale plongée dans l'obscurité et regagna à tâtons la chambre de Candrie, dans laquelle elle avait élu domicile. Elle se laissa tomber sur le hamac et sortit le bracelet de sa poche. Un chatoiement diffus émanait du bijou, comme si l'anima qui saturait le métal réagissait au contact de ses doigts. À contrecœur, Arka enferma son vieux compagnon mécanique dans la cosse à trésor, avec la pépite de vif-azur de Chirone et les menus objets de Candrie.

Les paroles de Thémis tournaient en boucle dans sa tête. Avec le vif-azur volé par le maître des lémures et l'accès aux machines extractrices, les Thémiscyriens avaient tout ce qu'il leur fallait pour centupler la production d'orichalque. Personne ne se dressait sur leur chemin, hormis Lastyanax. Arka ne voyait pas comment son mentor pouvait les arrêter à lui tout seul. Elle aurait dû être avec lui pour l'aider, mais des milliers de lieues les séparaient et elle ignorait comment se téléporter à nouveau. Quant à repartir à Hyperborée par des moyens normaux, inutile d'y penser : le trajet lui prendrait des mois. D'ici là, Lycurgue aurait produit tout l'orichalque nécessaire pour mettre les Amazones à genoux…

Dans les jours qui suivirent, Arka essaya de ne pas penser à Hyperborée, mais le nom de la ville bruissait partout dans la forêt. Le commun des Amazones redoutait à présent de devoir faire face à une armée de soldats-oiseleurs rendus invincibles par l'orichalque hyperboréen. Ces inquiétudes se confirmèrent lorsque la reine Antiope ordonna la fabrication massive de balistes : à quoi pouvaient servir ces armes de siège en Arcadie, sinon à transpercer des oiseaux rokhs en plein vol ? Les craquements sonores d'eucalyptus abattus se mirent à résonner dans la forêt. Les charpenteries et les ferronneries fonctionnèrent soudain à plein régime. Les messagères filaient à bride abattue sur les sentiers.

Pour fuir cette atmosphère anxiogène, éviter de retomber sur l'éphore et remplir le garde-manger, Arka décida d'aller chasser dans les zones plus reculées de la forêt. Hormis quelques lagopèdes dans les monts Riphées, elle n'avait presque pas tué de gibier au cours des deux années écoulées. Malgré ce manque de pratique, elle n'avait pas perdu la main : les lapins se précipitaient dans ses collets, ses nasses étaient remplies de truites et même un élaphe se fit avoir par une de ses flèches. Elle complétait son butin en escaladant les eucalyptus pour ramasser les champignons langues-de-bœuf qui poussaient dessus. Pendant ce temps, Thémis dépiautait les bêtes et échangeait leurs peaux contre de la farine et des fèves.

L'Amazone lui confectionna une fronde et alla jusqu'à lui apprendre à s'en servir, la traitant d'empotée chaque fois que la pierre tombait de la poche. Arka ne s'en formalisa pas : elle commençait à avoir l'habitude des manières rudes de Thémis. Celle-ci aurait préféré avaler sa pipe plutôt que de se livrer à une démonstration d'affection. Il lui arrivait néanmoins de baisser la garde. C'est ainsi qu'à l'occasion d'une séance d'apprentissage au cours de laquelle Arka avait été comparée à un aepyornis aveugle, la vieille Amazone dit soudain :

— Candrie avait cinq ans quand je lui ai offert sa première fronde.

Arka laissa la bande de cuir qui tournoyait dans sa main retomber mollement. Depuis qu'elle lui avait parlé de Candrie, Thémis n'avait plus jamais prononcé son nom. Arka s'attendit à ce qu'elle ajoute quelque chose à propos de la fille de Chirone, mais elle en resta là.

Elles se trouvaient toutes les deux au bord d'une rivière éloignée de leur secteur. Thémis avait désigné un gros tronc à cinquante pas comme cible et préparé un tas de petits cailloux ovales pour s'exercer au lancer. Chaque impact dans l'écorce résultait de ses démonstrations. Arka n'avait pas encore réussi à toucher le tronc. C'était d'autant plus frustrant que Thémis ne voyait plus grand-chose, avec sa cataracte. Sur l'autre rive, une famille de macaques se prélassait au soleil en commentant ses essais ratés avec de grands rires simiesques. Arka se serait bien passée de cet auditoire.

— Qu'est-ce qu'elle est devenue, Candrie ? demanda-t-elle en faisant tournoyer à nouveau la fronde.

Comme toujours, Thémis prit son temps pour lui répondre. Elle observa Arka rater un autre lancer, la laissa armer la fronde de nouveau et finalement grommela :

— Je te l'ai dit, Chirone l'a confiée à son père, un mercenaire thémiscyrien. Elle a sûrement été élevée par lui à Thémiscyra. Plus haut, le coude.

Arka obtempéra et imprima une dernière rotation avant de lâcher une extrémité de la fronde. La pierre partit et s'échoua dans l'eau, à deux pas du tronc. Sur la berge opposée, les macaques se roulèrent par terre en explosant de rire.

— Plus sec, le mouvement du poignet, critiqua Thémis. Tu n'es pas près de tuer un lapin avec des lancers comme celui-là.

Agacée, Arka ramassa une autre pierre et la coinça dans la poche de la fronde. Elle jeta un coup d'œil furibond aux singes qui continuaient de se moquer d'elle, soudain tentée de travailler sa précision sur eux.

— Et comment ils se sont rencontrés, le père de Candrie et Chirone ? Sur un champ de bataille ?

Fidèle à ses habitudes, Thémis ne répondit pas. Elle ne paraissait même pas avoir entendu. Arka commençait à soupçonner l'Amazone de jouer les vieillardes séniles chaque fois qu'on lui posait une question dérangeante. Fermement décidée à obtenir une réponse, elle laissa la fronde armée pendre à côté de sa cuisse et attendit. Sa contre-attaque silencieuse fonctionna : Thémis souffla d'un air mécontent.

— Ils se sont rencontrés à deux lieues d'ici.

— Dans la forêt ? demanda Arka, perplexe. Mais les hommes ont pas le droit d'entrer dans la forêt.

— C'était un prisonnier de guerre.

— Je croyais qu'on faisait jamais de prisonniers de guerre…

— On en garde certains.

— Pour faire quoi ?

Thémis resta silencieuse un instant. Arka s'attendait à une réponse vague, aussi fut-elle surprise lorsque l'Amazone déclara :

— Je vais te montrer. Comme ça tu auras appris quelque chose, aujourd'hui, à défaut de t'améliorer à la fronde.

Elle ramassa ses affaires et quitta la berge sans en dire plus. Intriguée, Arka s'enfonça dans la forêt à sa suite. Une heure plus tard, elles arrivèrent à la périphérie d'une dépression qui formait un énorme trou dans le plancher sylvestre. La voûte d'une grotte

gigantesque s'était effondrée des milliers d'années auparavant, laissant dans le sol un creux circulaire aux parois abruptes. Des surplombs, où se suspendaient des stalactites ternies, encerclaient les abords du trou, rendant impossible toute escalade. Des eucalyptus avaient poussé au milieu du gouffre, leurs ramures arrivant à peine à hauteur d'Arka et Thémis.

Cette dernière s'approcha du bord et désigna quelque chose d'un coup de menton.

— Regarde, il y en a là.

Arka la rejoignit et jeta un coup d'œil en bas. Au fond du trou se trouvaient une demi-douzaine d'hommes vêtus de haillons, à la peau noircie comme s'ils s'étaient roulés dans de la suie. Ils étaient assis sur des rochers et paraissaient attendre. Cette présence masculine, au milieu des eucalyptus, lui paraissait parfaitement incongrue. Avant l'incendie, elle n'avait jamais vu un homme dans la forêt.

— Ceux-là sont les chefs, expliqua Thémis. Ils ont le privilège de sortir à l'air libre et surtout de contrôler la distribution de nourriture qui leur arrive une fois par décade. Les autres sont dans la mine.

— La mine ?

Thémis désigna une fente sombre au pied de la paroi opposée, à moitié dissimulée par d'énormes roches couvertes de végétation.

— La mine de vif-azur, expliqua-t-elle. Exploitée par les fondatrices depuis leur arrivée en Arcadie. Une pépite contre la liberté : c'est le marché qu'on passe avec chaque prisonnier avant de l'envoyer dans le trou.

Elle ajouta :

— Évidemment, c'est un marché de dupes. Quand un prisonnier trouve une pépite, on le fait ressortir, oui, mais on le décapite dès qu'il est hors de vue des autres. Je mettrais ma main à couper que tous les prisonniers se doutent du sort qui les attend, d'ailleurs. Mais ils essaient quand même de trouver des pépites.

— Pourquoi ?

— Parce que, après des mois, des années passées à subir la loi du plus fort au fond d'une mine, tu ne peux rien faire d'autre que te raccrocher à cet espoir absurde de regagner la liberté.

Une ironie amère se lisait sur le visage de Thémis. Arka se sentait mal, comme lorsqu'elle avait découvert les exactions commises par les Thémiscyriens à Napoca. Entre ça et le sort des nouveau-nés mâles, elle commençait à douter de la moralité de son propre peuple.

— La dernière pépite a été extraite il y a plus de trois ans, et encore, c'était juste une paillette, poursuivit Thémis. Le filon s'est tari. On a tenté de faire des puits ailleurs, mais ça n'a rien donné. Pour couronner le tout, à cause de l'incendie, on a perdu les grosses pépites des arbres-relais. Les générales ont essayé de dissimuler cette perte, mais toutes les Amazones savent maintenant qu'il n'y a plus assez de vif-azur pour assurer notre protection face à la magie. Et si les Thémiscyriens se mettent à produire de l'orichalque…

Elle haussa les épaules d'un air à la fois fataliste et grognon.

— Antiope peut produire toutes les balistes qu'elle veut, ça ne suffira pas à nous défendre face aux soldats-oiseleurs, conclut-elle.

Sur la falaise opposée, un mouvement attira le regard d'Arka. Une Amazone venait d'apparaître entre les eucalyptus, suivie par trois mules encordées et chargées. Elle se dirigea vers un palan juché sur le rebord qu'Arka n'avait pas remarqué. L'Amazone commença à décharger les gros sacs que portaient ses bêtes sur le plateau de l'engin.

— La ravitailleuse, indiqua Thémis tandis qu'elles reculaient dans l'ombre des arbres pour ne pas être repérées. Une fois par décade, elle demande aux prisonniers si une pépite a été trouvée et leur descend de quoi nourrir vingt hommes jusqu'à son passage suivant.

Comme pour confirmer ses dires, elles entendirent l'Amazone crier « Une pépite ? » aux quelques hommes qui se tenaient en contrebas,

dans le fond du gouffre. Le « non » que l'un d'eux lui répondit résonna contre les parois. La ravitailleuse poussa alors le plateau du palan au-dessus du vide et commença à le faire descendre en actionnant les cordages.

— Et le père de Candrie, dans tout ça ? demanda Arka alors qu'elles regardaient les prisonniers charger les vivres sur leurs épaules pour les emporter dans la mine.

— C'est le seul homme à être sorti vivant de cet enfer, il y a trente-six ans, grommela Thémis. Il a réussi à prendre la ravitailleuse de l'époque en otage pour s'enfuir.

— Chirone ? souffla Arka.

Le plateau du palan, à présent vide, remontait vers l'Amazone et ses mules.

— Oui, répondit Thémis. Elle a toujours prétendu qu'il l'avait emmenée de force, mais je suis presque certaine que c'est elle qui l'a libéré. Toujours est-il qu'elle s'est retrouvée enceinte de lui et qu'elle a donné naissance à Candrie neuf mois plus tard.

Plus cette conversation avançait, plus Arka était perturbée. Elle avait du mal à se représenter Chirone, avec son haleine de fumeuse de pipe et ses oignons aux pieds, comme une jeune Amazone embarquée dans une cavale passionnée avec un mercenaire thémiscyrien.

— Ils se sont revus ? demanda-t-elle.

— Seulement lorsque Chirone lui a confié Candrie, près de huit ans plus tard.

— Comment elle a fait pour le retrouver ?

— Ce n'était pas très difficile. Il avait eu le temps de se faire connaître.

Thémis avait prononcé ces derniers mots d'un ton si abrasif qu'elle aurait pu rayer du verre en parlant. Elle cracha sur le côté.

— Ce mercenaire qui a passé des années à souffrir l'enfer dans la mine avant de réussir à s'évader, c'était Lycurgue. Et ça fait trente-six ans qu'il se venge.

Alcandre

La veille du vote, Alcandre décida d'accomplir une tâche qu'il repoussait depuis plusieurs décades. Il se rendit au palais du Basileus pour passer un peu de temps avec son père – dont l'état continuait de se dégrader inexorablement – puis quitta l'édifice et se dirigea vers le Magisterium. Deux sbires de Phillon suivaient ses déplacements ; il les sema dans le dédale du bâtiment.

Même s'il sollicitait toujours ses conseils, Phillon ne lui faisait pas confiance. Le général avait été second de Lycurgue trop longtemps pour ne pas craindre la soif de gloire et de reconnaissance qui finissait toujours par tenailler les bras droits. Alcandre savait toutefois qu'il n'avait rien à craindre de Phillon dans l'immédiat : le général détenait Lycurgue et Barcida et était persuadé que ces deux moyens de pression suffisaient pour le contrôler.

Aux yeux d'Alcandre, il fallait être fou ou idiot pour penser qu'on pouvait lui dicter sa conduite sans conséquences. Son désir de rétablir une paix civile durable à Hyperborée par la voie des élections était la seule raison pour laquelle il n'avait pas encore fait regretter à Phillon ce chantage. Il trouvait aussi un certain plaisir à tirer les ficelles de l'opinion publique dans l'ombre.

L'art de manipuler les esprits était un talent hérité de son père. C'était grâce à ce don que, de simple mercenaire, Lycurgue était devenu le Polémarque de Thémiscyra. Il avait construit un mythe autour de son évasion de la forêt et exploité l'aversion tenace des Napociens et des Hyperboréens pour les Amazones – un peuple de femmes qui traitaient les hommes en inférieurs, une infamie – pour accroître le pouvoir de sa cité.

Le ressentiment qu'éprouvait Alcandre envers les guerrières était d'ordre plus personnel : elles avaient tué sa mère. Il vouait une haine particulière à la reine. Si Antiope ne l'avait pas tourmenté avec l'aide de Mélanippè, ce jour fatidique où il avait sauté dans la rivière, peut-être aurait-il pu vivre quelques années de plus avec sa mère. Peut-être n'aurait-il pas connu la souffrance d'apprendre par Lycurgue que celle-ci avait été décapitée par ses consœurs. Alcandre s'était vengé de Mélanippè en la faisant tomber amoureuse de son lémure. Il avait puni Antiope en prenant la princesse héritière pour pupille. Ses deux anciennes camarades l'avaient privé de sa mère ; il leur avait volé leurs filles.

Ni Penthésilée ni Arka ne se trouvaient cependant sous son contrôle. En longeant le parvis du Magisterium, il scruta le ciel par automatisme, à la recherche des ailes noires de son oiseau rokh. Il devait pourtant se rendre à l'évidence : ou bien Penthésilée avait échoué, ou bien elle l'avait trahi. Trop de temps s'était écoulé depuis son départ pour qu'il puisse encore espérer la voir revenir avec Arka. Il se rassura en pensant qu'il faudrait des mois à cette dernière pour atteindre la forêt des Amazones. D'ici là, il aurait le temps de se lancer lui-même à sa recherche. Il valait mieux rester à Hyperborée encore quelques jours pour mener à bien l'élection. En outre, il devait s'occuper d'une autre menace.

Il emprunta le canal qui menait à la prison. Près des portes, des taches sombres maculaient le parapet. Aux soldats-oiseleurs qui le regardaient arriver d'un air méfiant, Alcandre montra son insigne du corps diplomatique.

— Je viens voir l'Amazone survivante, annonça-t-il.

Ils le laissèrent entrer sans faire de commentaires. Un soldat l'accompagna jusqu'à une cellule située à l'écart des geôles collectives où étaient enfermés les mages. La porte s'ouvrit dans un grincement de gonds rouillés. Alcandre entra et laissa le gardien la refermer derrière lui.

— Bonjour, Barcida, dit-il.

Allongée sur la banquette en bois, sous la meurtrière, Barcida garda les yeux fermés. Alcandre ne l'avait pas vue depuis deux décennies. Elle avait maigri. Son teint bistre avait viré au gris. Si elle n'avait pas tant maigri, si elle n'avait pas été allongée sur le dos, peut-être n'aurait-il pas remarqué le relief bombé de son ventre. Loin de déclencher en lui des instincts paternels, ce renflement lui parut une anomalie. Il avait vu Barcida démembrer des hommes avec la joie d'une enfant qui arrache les ailes d'une mouche. Les Amazones elles-mêmes n'avaient pas pu accepter ses tendances sadiques : dix ans auparavant, les éphores avaient découvert qu'elle maltraitait le groupe d'apprenties dont elle avait la charge. En conséquence, elle avait été chassée de la forêt. Elle était cruelle, elle était implacable, et pourtant, elle était enceinte.

Sans quitter Barcida des yeux, il s'adossa contre le mur. Un silence s'installa, entrecoupé par les gémissements lointains des mages emprisonnés. Une tristesse infinie envahissait Alcandre. À certains égards, Barcida était son âme sœur. Leur lien remontait aux premières heures de leurs vies d'apprenties. Après avoir été séparé d'elle pendant des années, il avait ressenti une joie immense lorsqu'elle l'avait rejoint à Thémiscyra, déterminée à faire payer à ses anciennes camarades le prix de son exil. Ils avaient préparé ensemble la conquête d'Hyperborée. C'était elle qui lui avait indiqué où se trouvaient précisément tous les arbres-relais de la forêt, pour lui permettre de voler le vif-azur. C'était elle aussi qui avait transformé une quarantaine de Thémiscyriennes en Amazones prêtes à envahir Hyperborée. Inévitablement, leur amitié avait évolué en une relation plus charnelle.

— Tu sais ce qui est le plus drôle ? finit-elle par marmonner, les yeux toujours fermés. Phillon ne m'a pas tuée car il est persuadé que me garder en vie lui donne un moyen de pression sur toi. S'il savait à quel point tu rêves de te débarrasser de nous deux…

Elle désigna son ventre d'un geste fataliste.

— Pourquoi ne lui as-tu pas parlé de ma malédiction ? demanda Alcandre. Il t'aurait peut-être aidée à t'enfuir.

Un rire fusa de sa bouche. Elle se couvrit le visage de ses mains pour maîtriser ses hoquets.

— Aaaah, soupira-t-elle, mais où est-ce que je serais allée ? Les Amazones m'ont exilée, mes guerrières sont mortes, mon amant veut me tuer…

Ses mains glissèrent de son visage. Elle ouvrit enfin les paupières, tourna la tête sur le côté et regarda Alcandre. Comme toutes les hilotes, elle avait des yeux légèrement bridés, qui donnaient une douceur singulière à son visage. Aucune colère n'animait ses pupilles ; on n'y lisait que de la résignation. Alcandre comprit qu'elle ne s'attendait à aucune faiblesse de sa part, car elle n'en aurait pas eu pour lui. Il ressentit cependant le besoin de se justifier.

— J'aurais dû faire plus attention. J'ai commis des erreurs. Je ne pensais pas que Phillon changerait le plan, expliqua-t-il. La mort de tes guerrières n'avait jamais été prévue au programme.

— Beaucoup de choses n'ont pas été prévues dans le plan, se moqua Barcida. Quelles chances avaient vraiment mes filles de sortir vivantes de l'Extractrice ? Quelles chances avais-je de ne pas me retrouver dans cette situation, à porter un enfant que tu ne voudras jamais voir exister ?

Alcandre se contenta de la regarder, l'œil noir. Avec un sourire désabusé, Barcida reporta son attention sur les moisissures du plafond.

— Ce ne sont pas tes erreurs qui ont tué mes guerrières et qui s'apprêtent à me tuer, ajouta-t-elle. C'est ton orgueil. À force de t'amuser avec tes lémures, tu as fini par croire que tout peut être contrôlé. Maintenant, viens faire ce que tu es venu faire et oublie-moi ensuite.

— Je ne t'oublierai pas.

Cette phrase lui avait échappé : il la regretta aussitôt. Barcida n'était pas dupe, elle ne l'avait jamais été. C'était d'ailleurs pour cela qu'il l'aimait.

— Si tu tues notre enfant à naître, tu resteras immortel, Alcandre. Bien sûr que tu finiras par m'oublier.

Il s'approcha de Barcida, s'agenouilla devant la banquette et sortit de ses fourrures une petite fiole rempli d'un liquide transparent. Il la posa sur son ventre.

— C'est un poison, expliqua-t-il. Une demi-dose provoquera une fausse couche. Une dose complète te tuera. À toi de décider si tu veux en boire ou pas.

Comme elle restait silencieuse, il ajouta :

— Je repasserai te voir dans une décade.

Il ne précisa pas ce qu'il ferait si elle ne buvait pas la fiole d'ici là : elle le savait. En se relevant, il déposa un baiser sur sa joue. Un goût salé lui resta sur la langue tandis qu'il quittait la prison.

Embron et Tétos

Comme tous les Hyperboréens, Embron et Tétos avaient perdu de longues heures à débattre de la succession du Basileus. Le souverain régnait depuis si longtemps qu'il était devenu un élément irremplaçable du paysage humain de la ville, comme le dôme l'était pour le paysage urbain. Le meurtre de l'un et la destruction de l'autre avaient privé Hyperborée de sa tête et de son toit. Ainsi, l'annonce de l'élection d'un nouveau Basileus avait insufflé une bouffée d'air bienvenue dans l'atmosphère pesante de la cité.

De l'avis général, il s'agissait là d'une très bonne initiative, même si beaucoup auraient aimé avoir un choix plus large de candidats : hormis le général Phillon, seuls deux marchands, un malfrat et une jeune aristocrate se présentaient.

Embron et Tétos ne savaient pas d'où leur venait cette impression, mais il leur semblait que le général était le plus apte à devenir Basileus. Phillon était vieux, mais pas décati. Ferme, mais compréhensif. Certes, le massacre du canal de la prison avait un peu entaché son image de sauveur, mais personne n'oubliait les vivres que ses oiseaux rokhs avaient largués sur la ville avant de vaincre les Amazones. On murmurait même qu'il avait des origines hyperboréennes.

Ainsi, tout le monde s'accordait à dire qu'il était le meilleur candidat et, au cas où il y aurait eu quelques personnes pour en douter, des hordes de hérauts le proclamaient à chaque tournant de canal. Il était difficile de marcher plus d'une minute sans lire un slogan pro-Phillon sur les murs comme PHILLON : LE CHOIX DU PEUPLE ou REDRESSONS HYPERBORÉE AVEC PHILLON. Pour vaincre les dernières réticences, les Thémiscyriens distribuaient des verres d'hydromel à ceux qui apportaient leurs voix à leur candidat.

Le suffrage consistait à glisser un jeton de couleur dans une urne : rouge pour Phillon, vert et orange pour les marchands, jaune pour le malfrat et bleu pour la mage. On recevait ensuite un coup de tampon indélébile sur le dos de la main pour empêcher les petits malins de revenir voter plusieurs fois.

Le bureau dans lequel Embron et Tétos se rendirent était à court de jetons verts, orange et bleus, mais les deux policiers avaient de toute façon opté pour le rouge. Ils patientèrent dans la file tandis que les électeurs devant eux glissaient leurs jetons dans l'urne.

— Qu'est-ce qu'ils votent, les autres ? chuchota Embron en poussant Tétos du coude.

— Plutôt rouge, je crois, répondit ce dernier.

— Ah, tu vois, je te l'avais dit, il faut bien voter rouge, dit Embron, rassuré.

Après un quart d'heure d'attente, ils arrivèrent enfin devant le bureau de vote, tenu par trois soldats-oiseleurs. Embron et Tétos piochèrent chacun un jeton rouge dans un grand vase et les glissèrent dans l'urne.

— A voté ! s'exclama un des Thémiscyriens. Voilà pour vous, camarades !

Il versa une généreuse rasade d'hydromel chaud dans les écuelles qu'Embron et Tétos s'étaient empressés de tendre. Ces derniers avalèrent la boisson avec des claquements de langue appréciateurs, puis présentèrent leurs mains pour se les faire tamponner. Le soldat cligna de l'œil d'un air entendu et leur chuchota :

— Pas besoin, camarades… Comme ça, vous pourrez revenir voter et prendre un autre petit verre…

Embron et Tétos repartirent très contents, et revinrent peu de temps après pour déposer un nouveau jeton rouge et étancher leur soif. Après deux heures d'allers-retours, ils étaient ronds comme des queues de pelle et plus convaincus que jamais de l'intérêt du suffrage universel.

Ils titubèrent à nouveau bras dessus, bras dessous, jusqu'au bureau de vote. Devant eux, un couple de Napociens âgés attendait son tour. Ils tenaient tous deux des jetons bleus dans leurs doigts serrés et ne semblaient pas partager l'état d'ébriété heureuse des deux policiers. Lorsque le vieil homme arriva devant le bureau de vote, un des soldats-oiseleurs plaça sa main sur la fente de l'urne.

— Vous, les Napociens, vous n'avez rien à faire ici, lança-t-il.

Le vieil homme, son jeton bleu à la main, frémit d'indignation.

— Je suis hyperboréen depuis quinze ans, j'ai le droit de voter, articula-t-il avec un fort accent.

— T'es une sale petite vermine de Napocien et tu peux toujours rêver pour qu'on laisse un parasite de ton espèce prendre la voix d'un honnête citoyen hyperboréen.

Embron et Tétos hochèrent la tête avec véhémence tandis que le vieil homme brandissait son poing serré sur le jeton.

— Mes petits-enfants sont nés ici ! protesta-t-il, la voix éraillée par la colère. Je suis hyperboréen et j'ai le droit de voter ! Qui êtes-vous pour me l'interdire, hein ? Pourquoi est-ce que c'est vous, les Thémiscyriens, qui décidez de qui a le droit de voter ou pas ? Vous croyez que personne ne voit clair dans votre jeu ? Vous achetez nos votes avec de l'alcool et nos énergies avec de la gomme !

Embron et Tétos n'étaient pas encore assez avinés pour ne pas se rendre compte qu'il y avait un fond de vérité dans ce que venait de dire le Napocien. Autour d'eux, les passants ralentissaient pour écouter ses protestations. Des sourcils se froncèrent, des murmures s'élevèrent. Les soldats-oiseleurs semblaient soudain moins à leur place, comme si leurs capes brunes et leurs insignes en forme de faucon étaient devenus un élément incongru du décor. Ils échangèrent un regard furtif, puis se levèrent d'un même mouvement et contournèrent la table.

— On va te rappeler qui tu es, le Napocien, siffla l'un d'entre eux.

Sans crier gare, il frappa la tempe de son interlocuteur avec le plat de sa lance. Le vieil homme s'effondra sur le sol en éructant un grognement. Derrière lui, son épouse poussa des cris de terreur. Comme elle se mettait entre les Thémiscyriens et son mari, les soldats-oiseleurs la bousculèrent et entreprirent de déshabiller le Napocien assommé. Ils retirèrent son manteau de fourrure, ses moufles, ses bottes et son pantalon de peau. Ils proposaient ces habits au cercle des badauds qui observaient la scène.

— Qui veut des bottes ? Voilà, madame, habillez chaudement votre petit avec ce bonnet. Monsieur, des moufles ? Allez, c'est Napoca qui régale !

En quelques instants, l'homme se retrouva en sous-vêtements sur le sol enneigé. Le froid rougissait ses joues creuses et ses jambes maigres. La perte de ses habits semblait l'avoir privé d'une partie de son humanité : il était devenu misérable et ridicule. Deux soldats-oiseleurs le saisirent par les aisselles.

— Maintenant, on va le remettre à sa place : hors du dôme !

— NON ! cria la vieille Napocienne.

Insensibles à ses menaces et à ses supplications, les soldats-oiseleurs emmenèrent l'homme en le traînant par terre. Sa tête dodelinait sur la neige. Comme la vieille femme essayait de le retenir par les pieds, ils la frappèrent à son tour. Elle tomba dans la neige et pleura tandis que les soldats-oiseleurs emportaient son mari vers le péage le plus proche.

— Et vous… les policiers… hoqueta-t-elle.

Embron et Tétos n'aimaient pas les Napociens, mais la scène à laquelle ils venaient d'assister leur laissait une sensation désagréable, comme si l'hydromel qu'ils avaient bu s'était transformé en vinaigre.

— On n'a rien fait, se justifia Embron.

La vieille femme ne répondit pas et continua de pleurer. Les deux policiers se rendirent alors compte que n'avoir rien fait n'était peut-être pas suffisant.

7
Le Ravin des Apprenties Perdues

Arka

De grandes ombres noires passaient au-dessus des arbres. Les énormes flèches des balistes ripaient sur leurs caparaçons d'orichalque. Sous la canopée, c'était la panique : les Amazones grimpaient et descendaient à toute allure de leurs arbres-cabanes, revêtaient à la va-vite leur équipement guerrier, allaient chercher ici un cheval, là un ordre d'une supérieure. Les oiseaux se posèrent sur les eucalyptus et leurs cavaliers, protégés par des armures chatoyantes, se mirent à descendre les branches. Bientôt, ils se répandirent partout dans la forêt, écorchant les arbres-relais pour récupérer les pépites de vif-azur, égorgeant les guerrières qui tentaient sans succès de percer les défenses magiques de leurs cuirasses. Ils jubilaient de pouvoir enfin profaner ce gynécée absurde dont leur sexe leur avait jusqu'alors interdit l'entrée, exactement comme les fondatrices avaient joui de s'attaquer aux hommes d'État hyperboréens, plus d'un siècle et demi auparavant. L'un de ces soldats s'approcha d'Arka, un sourire aux lèvres. Ses yeux bleus contrastaient avec sa peau mate. Arka le reconnut : c'était le maître des lémures…

— Qu'est-ce que vous venez faire ici ?

Des éclats de voix résonnèrent dans le cauchemar d'Arka. Elle s'échappa lentement du songe, incapable de déterminer s'il s'agissait d'un rêve prémonitoire ou d'une extrapolation de son esprit. Elle se réveilla dans son hamac, les yeux embrouillés de sommeil, prenant peu à peu conscience qu'une scène anormale se déroulait dans l'arbre-cabane.

— Pousse-toi, sinon ta tête roulera aussi du billot, Thémis.

Arka reconnut la voix de l'éphore du secteur, puis la tenture de sa chambre se souleva. Une Amazone en tenue complète, sabre à la main, apparut dans l'encadrement de la porte. Tout à fait réveillée, Arka bondit hors du hamac et recula contre le mur. L'éphore, avec sa fibule en forme de mainate épinglée sur sa tunique, entra à son tour dans la pièce. Derrière elle, Thémis, visage rouge et tête échevelée, essayait de s'interposer :

— Elle a le droit d'être ici, bon sang, c'est une apprentie !

— Ce n'est pas une apprentie, coupa l'éphore d'un ton sec. J'ai vérifié auprès de l'instructrice, cette mioche n'a jamais participé aux entraînements du secteur. Et je suis sûre de l'avoir vue porter de l'orichalque, quand je l'ai croisée il y a quelque temps…

D'un regard acéré, elle examina avec attention la chambre minuscule de Candrie, reniflant comme si elle essayait de flairer la piste du bracelet-ailes. Arka, muette de stupeur, regarda alternativement la guerrière au sabre et Thémis. Cette dernière lui fit un geste qui voulait dire : « Sauve-toi. »

Alors que l'Amazone s'avançait vers elle, Arka creva d'un coup de poing la panse de porc qui faisait office de vitre et sauta sur le rebord de la fenêtre. Avec un grognement, elle se souleva sur le toit et se retrouva à l'extérieur, à plat ventre. Un coup de sabre perça le chaume juste devant ses yeux écarquillés. Elle bondit sur ses pieds, grimpa sur l'une des branches maîtresses de l'arbre, sauta sur la rambarde de la terrasse, attrapa la corde en crin de la vieille poulie qu'elle avait réparée et descendit en rappel, les pieds contre le tronc. Au-dessus d'elle retentissaient les imprécations de l'éphore et des bruits de bottes traversant la cabane. Elle se réceptionna à terre et balaya les alentours du regard. Une jument et un hongre attendaient leurs propriétaires au pied du tronc. Arka détacha les chevaux, sauta sur le dos de la jument et flanqua un coup de pied dans la croupe du hongre pour le faire détaler. Elle retint sa monture qui voulait suivre son congénère et la lança au galop dans la direction opposée. Dans son dos, elle entendit l'éphore vociférer :

— Khatanka !

La Khatanka en question était une bonne jument, puissante mais facile à diriger : une aubaine pour Arka. Elle orienta sa monture dans un sentier tortueux, le nez enfoui dans ses crins pour éviter les branches basses. Tout se passait trop vite pour qu'elle ait le temps de réfléchir. Elle ne savait où aller et commençait déjà à regretter sa fuite. Lancée à pleine vitesse sur le sentier, sa jument parcourut une dizaine d'arpents à travers les eucalyptus. Le chemin s'incurva pour suivre un gros ruisseau. Arka commençait à penser qu'elle avait semé ses poursuivantes lorsqu'un bruit d'éclaboussures retentit derrière elle. La mort au ventre, elle regarda par-dessus son épaule. En aval du ruisseau, une cavalière venait d'apparaître. L'Amazone avait réussi à récupérer son hongre et remontait le cours d'eau au triple galop.

Arka donna des coups de talons dans les flancs de la jument pour la faire accélérer, mais sa monture n'avait pas la célérité du Nabot. Le bruit de galopade dans l'eau lui indiqua que l'Amazone se rapprochait. Elle jeta un autre coup d'œil en arrière et vit le destrier s'arracher du ruisseau pour rejoindre le sentier. Les yeux fixés sur Arka, l'Amazone dégaina son sabre glissé dans sa ceinture. En quelques foulées, les naseaux de son cheval se retrouvèrent près de la croupe de la jument. Alors qu'Arka cherchait désespérément une solution pour s'en débarrasser, la guerrière se pencha en avant et taillada le jarret de sa monture. Aussitôt, la jument hennit de douleur et s'effondra. Arka fut projetée en avant et fit un roulé-boulé sur le sol.

Quand sa vision se réajusta, les sabots nerveux du hongre piétinaient devant elle. Arka leva les yeux vers l'Amazone, qui la dominait du haut de sa monture. De la pointe de son sabre ensanglanté, la guerrière désigna la jument qui essayait de se relever malgré son jarret tranché. Elle secoua la tête d'un air réprobateur.

— Ta petite tentative de fuite vient de nous coûter un bon cheval. Si tu essaies encore de t'échapper, je n'aurai aucun scrupule à te le faire payer.

Arka passa les deux heures suivantes à marcher derrière le hongre de l'Amazone en se demandant avec angoisse ce qui l'attendait. Ses mains étaient liées par une corde attachée au pommeau de la selle. Les mots lancés à Thémis par l'éphore – « Pousse-toi, sinon ta tête roulera *aussi* du billot » – assaillaient ses pensées. On n'allait pas la décapiter, quand même ? Sans la magie, elle se sentait terriblement impuissante. Elle aurait soudain tout donné pour être de retour à Hyperborée, avec son mentor à ses côtés.

L'Amazone la conduisait au secteur du commandement, ça, au moins, elle le savait. Dans cette zone particulièrement humide, les arbres étaient majestueux, les chevaux bien nourris, les cabanes spacieuses. Un ballet incessant de messagères sillonnait le secteur pour faire la liaison entre les plus hauts niveaux hiérarchiques de l'armée et le reste de la forêt. Les sabots de leurs montures résonnaient sur le pavé de routes anciennes, vestiges d'une civilisation disparue longtemps avant l'arrivée des Amazones. Arka et son escorte remontèrent une de ces voies et arrivèrent une demi-heure plus tard au cœur du secteur, où les racines des figuiers étrangleurs ensevelissaient les ruines moussues de palais écroulés. Des ponts de lianes reliaient les arbres entre eux, mettant en réseau les cabanes sur plusieurs arpents. Les yeux levés vers les ramures, Arka ne cessait de buter sur les pavés de la route. Elle avait soudain l'impression d'être revenue à Hyperborée, en train de découvrir les tours et les canaux depuis le premier niveau.

L'Amazone arrêta son cheval devant une vieille arche de pierre qui disparaissait sous la végétation. Une sentinelle se tenait là, lance au poing.

— Quels motifs ?

— Déclarations mensongères et vol de cheval, répondit l'Amazone du haut de son hongre. Une éphore viendra faire un rapport plus détaillé dans la soirée, quand elle aura trouvé une nouvelle monture, ajouta-t-elle en adressant un regard accusateur à Arka.

— Je te laisse aller la mettre dans une cage, répondit la sentinelle en s'écartant. Tu as l'embarras du choix, elles sont toutes libres. On a décapité une déserteuse hier et envoyé trois fauteuses de troubles sur la frontière nord.

— Mais j'ai… commença Arka.

— Tu t'expliqueras demain soir devant le Collège des éphores, coupa l'Amazone. Ce sont elles qui décideront de l'avenir de ta tête. Maintenant, tais-toi.

Elle tira d'un coup sec sur la corde et Arka fut entraînée en avant. Elles passèrent sous l'arche de pierre et arrivèrent dans un espace circulaire, en terre battue, bordé par des ruines à moitié englouties par des figuiers. Un grand eucalyptus poussait au centre. Des cages de fer étaient suspendues à ses branches. À quelques pas du tronc se trouvait une vieille souche couverte de coulures noirâtres ; une hache était posée dessus. Arka déglutit.

L'Amazone mit pied à terre et défit une corde enroulée autour du tronc qui retenait la plus petite des cages grâce à un système de poulies. Elle fit descendre la cage en retenant son poids, ses muscles tendus par l'effort. Lorsque la geôle atteignit le sol, elle l'ouvrit, détacha les poignets d'Arka et l'amena devant la porte.

— Je vais passer une nuit et un jour là-dedans ? s'enquit Arka.

Pour toute réponse, l'Amazone la poussa à l'intérieur. Il y avait à peine assez d'espace pour se tenir accroupie. Arka s'assit, genoux sous le menton, passa ses bras autour de ses jambes et regarda l'Amazone attacher le filin qui retenait sa cage à la selle de son cheval. La guerrière donna un ordre à son hongre qui s'éloigna du tronc en tirant sur la corde. À travers les barreaux, Arka vit le sol s'éloigner. La cage dépassa les cimes des figuiers avoisinants et s'immobilisa entre les grosses branches maîtresses de l'eucalyptus. Une mer verte s'étendait devant elle, tranchant avec le ciel bleu et les montagnes ocre qui poussaient à la lisière sud de la forêt.

Au pied du tronc, l'Amazone réenroula la corde et se remit en selle. Arka regarda la forme longue de son cheval disparaître sous la ramure des figuiers, puis elle se laissa aller contre les barreaux en soupirant. Elle allait passer un jour et une nuit à quarante pas de haut, sans eau ni nourriture, à attendre le verdict d'un groupe de vieilles harpies connues pour avoir la décapitation facile. La situation n'était pas brillante.

— J'ai déjà survécu à un procès, marmonna-t-elle pour se rassurer.

Mais à Hyperborée, elle avait la malédiction et Lastyanax pour la protéger. En Arcadie, sa seule alliée était une Amazone retraitée qui n'aimait pas se mêler des affaires des autres. Arka n'avait jamais autant regretté de ne pas pouvoir faire de magie – il aurait été si simple de s'évader en tordant les barreaux, puis en lévitant jusqu'à la branche qui retenait sa cage… Quant à la téléportation, il ne fallait pas y penser : même si elle avait su comment se dématérialiser, elle ne pouvait de toute évidence pas le faire dans une zone bleue.

Le dos courbé, elle essaya de balancer sa geôle jusqu'au tronc de l'eucalyptus. Cet exercice ne fut bon qu'à lui donner mal au cœur : le fût de l'arbre était inatteignable. De dépit, elle laissa pendre ses pieds dans le vide et appuya son front contre les barreaux. Puisque l'évasion n'était pas une option, elle allait devoir convaincre le Collège des éphores de sa loyauté envers son peuple et lui expliquer pourquoi elle avait séché les entraînements depuis deux ans.

Son cerveau tourna à plein régime tout le reste de la journée pour élaborer de savants bobards. Le soleil qui mouchetait la cage à travers la ramure de l'eucalyptus lui desséchait la gorge. Des cacatoès et une famille de macaques vinrent inspecter sa geôle ; elle les insulta et ils s'enfuirent. Dans la soirée, le ciel se chargea d'épais nuages aux nuances

roses et violettes. Une pluie drue et chaude d'été se mit à tomber, dégoulinant des feuilles. Arka se retrouva bientôt trempée. La nuit vint, apportant avec elle un petit vent froid qui colla ses vêtements mouillés à sa peau. Arka se recroquevilla dans un coin de sa cage en écoutant l'écho ténu des chauves-souris qui perçaient les nuées scintillantes formées par les lucioles au ras de la canopée.

Éreintée par la fatigue et la soif, elle se mit à divaguer. Elle pensa à son rêve de la nuit passée, à Lastyanax resté seul à Hyperborée, aux fausses Amazones qui avaient envahi l'Extractrice, aux pépites de vif-azur, à son bracelet-ailes, à la malédiction miroir, au maître des lémures, au pouvoir de son père... Elle avait fini par sombrer dans un sommeil frissonnant et agité lorsque des cris de macaques apeurés résonnèrent autour d'elle. Arka ouvrit les yeux, la gorge brûlante, l'estomac vide et la vessie pleine. Une aube bleutée pointait à l'est, au-dessus des cimes sombres. Elle sentit soudain la cage se mettre à trembler. Désorientée, elle regarda vers le sol : une grande Amazone, aidée de son cheval, était en train de redescendre sa geôle. Une lanterne à lucioles, posée sur le billot, repoussait l'obscurité matinale du sous-bois.

Le pouls d'Arka s'accéléra. Elle n'aurait pas pensé que le Collège des éphores se réunirait si tôt pour la juger ; elle n'était pas prête à l'affronter. Elle rassembla ses pensées, convoquant les justifications maladroites qu'elle avait passé des heures à échafauder. L'Amazone venue la chercher n'était pas la même que celle de la veille. Sa silhouette lui semblait d'ailleurs vaguement familière. Lorsque la cage arriva à hauteur de son visage, Arka la reconnut : c'était la reine Antiope.

Stupéfaite, elle la dévisagea tandis que la cage se posait sur le sol dans un grincement sinistre. Avant l'incendie, elle avait déjà vu la souveraine, quand celle-ci venait voir sa fille Penthésilée s'entraîner. La reine flatta l'épaule de son cheval puis s'approcha d'elle, la lanterne à lucioles à la main. La bioluminescence des insectes éclairait les fils blancs précoces qui se mêlaient sur ses tempes aux cheveux noirs de sa tresse. Des cicatrices de guerrière chevronnée sillonnaient ses bras cerclés de larges bracelets. La ceinture royale sertie de pierres précieuses et d'une pépite de vif-azur large comme un œuf de cane enserrait sa taille. Le regard d'Arka s'attarda dessus : elle lui trouvait soudain une ressemblance avec celle du Basileus.

— Thémis est venue me demander ta grâce cette nuit, commença Antiope. D'ordinaire, je n'interviens jamais dans le travail des éphores, mais j'ai été surprise d'apprendre ton retour parmi nous, Arka fille de Mélanippè.

Mille questions se bousculèrent dans la tête d'Arka.

— Vous connaissiez ma mère ? fut tout ce qu'elle trouva à dire, la voix éraillée par une nuit de soif.

— C'était une amie, répondit la reine. Nous étions dans la même classe d'apprenties, comme ma fille et toi.

Elle observa Arka avec attention à travers les barreaux de la cage toujours fermée.

— La dernière fois que j'ai entendu parler de toi, tu étais à Napoca avec Penthésilée.

Arka comprit alors pourquoi la reine des Amazones s'intéressait à son sort : à cause de la princesse. Antiope savait que sa fille et elle avaient été enlevées par des soldats-oiseleurs après l'incendie, qu'elles s'étaient évadées ensemble de Thémiscyra et qu'elles avaient trouvé refuge à Napoca : tout cela, Penthésilée lui avait raconté dans une missive codée en la suppliant de les faire revenir en Arcadie. La réponse de la reine, reçue des mois plus tard, avait été lapidaire : *Reste où tu es, tu n'arriveras pas à traverser la province de Thémiscyra sans aide et je ne peux pas risquer la vie de mes guerrières pour toi.* À présent qu'elle avait découvert le retour d'Arka, Antiope devait se demander ce qu'il était advenu de sa fille. La reine sembla lire dans ses pensées.

— Comment se fait-il que tu sois revenue ici, sans Penthésilée ?

Prise sous le feu de son regard, Arka comprit qu'elle allait devoir faire preuve d'une grande circonspection, ce qui n'était pas sa qualité première. Elle ne pouvait pas raconter sa vie à Hyperborée, ni dire à la reine que sa propre fille avait peut-être été lémurisée. Si elle voulait garder une chance de rester dans la forêt, il fallait la convaincre qu'elle n'avait pas touché à la magie, de près ou de loin, pendant ses deux années d'exil.

— On a été séparées pendant les révoltes de Napoca, il y a un an, commença-t-elle. Je… J'ai essayé de la retrouver, mais je n'ai pas réussi. Je ne sais pas ce qui lui est arrivé. La ville devenait trop dangereuse pour rester là-bas toute seule. Alors j'ai décidé de tenter ma chance et revenir ici en traversant la province de Thémiscyra.

Antiope la jaugea un long moment avec une expression impénétrable. Arka s'était attendue à plus d'émotions de sa part : après tout, elle était probablement la première personne à lui parler de Penthésilée depuis des lustres.

— Les Thémiscyriens n'ont pas l'habitude de voir des filles de ton âge voyager seules, finit par déclarer la reine. Comment as-tu fait pour passer inaperçue ?

Son absence de curiosité quant au destin de sa fille perturba Arka.

— J'ai dormi dehors et j'ai volé de la nourriture dans les fermes, répondit-elle avec un vague haussement d'épaules. C'était pas de la tarte, y a plusieurs fois où les Thémiscyriens ont failli m'arrêter.

— Pourquoi n'as-tu averti personne de ton retour ?

— J'avais peur qu'on me soupçonne d'être une traîtresse ou une espionne et qu'on me décapite, ajouta-t-elle en désignant le billot d'un geste éloquent.

La reine continua de l'observer en silence, à tel point qu'Arka finit par se demander si elle n'était pas allée un peu trop loin dans l'impertinence.

— Tu n'as donc pas vu ma fille depuis ton départ de Napoca, résuma enfin la reine.

« Qu'on ne me dise plus jamais que je suis une mauvaise menteuse », se congratula Arka en son for intérieur. Elle avait berné la reine des Amazones.

— Vous avez des nouvelles de Penthésilée ? demanda-t-elle d'un air candide, en faisant de son mieux pour ne pas penser à la guerrière masquée qui l'avait agressée dans les monts Riphées.

Antiope soupira et posa sur le sol sa lanterne. À présent que l'aurore colorait de couleurs chaudes la cime des arbres, les lucioles s'éteignaient. Arka s'attendait à une réponse négative, aussi fut-elle surprise lorsque la reine déclara :

— Elle sert désormais le Thémiscyrien qui a brûlé la forêt. J'ai séparé l'incendiaire de sa mère quand il était enfant et, pour se venger, il m'a séparée de Penthésilée pour en faire sa pupille. Cette ordure a transformé ma propre fille en mon ennemie.

La curiosité se mit à démanger Arka. Elle aurait voulu savoir comment Antiope savait que sa fille servait le maître des lémures, d'où la reine des Amazones et ce dernier se connaissaient et pourquoi elle l'avait séparé de sa mère. Mais elle n'eut pas le temps de poser ces questions.

— Assez discuté, dit Antiope d'un ton abrupt. Le moment est venu de régler ton sort.

Le sang d'Arka se glaça dans ses veines. La reine s'approcha de la cage et s'accroupit pour se mettre à sa hauteur.

— Le jugement que le Collège des éphores rendra ce soir a peu de chances de t'être favorable. En l'honneur de l'amitié qui me liait à ta mère, je voudrais pouvoir te sauver. Mais j'ai beau être reine, je dois me conformer à la décision des éphores…

Le regard d'Arka glissa sur le billot. On ne pouvait quand même pas lui trancher le cou, si ? Cette éventualité absurde prenait soudain une horrible consistance. Elle repensa au garde décapité dont elle avait vu la tête rouler dans les gradins, lors de l'attaque des fausses Amazones à Hyperborée. L'expression étonnée sur son visage, les yeux qui bougeaient encore dans leurs orbites…

— … une fois que cette décision est prise, compléta Antiope. Par conséquent, je vais te frapper d'un châtiment qui te permettra d'éviter leur sentence.

Arka se sentit perdue.

— Qu'est-ce que ça veut dire ?

— Je te bannis, Arka. Quitte la forêt avant midi et ne reviens plus jamais.

Sur ces mots, la reine ouvrit la porte de la cage. Hébétée, Arka resta dans le fond. Bannie. Comment pouvait-elle être bannie ? Elle venait à peine de revenir chez elle. Ce mot lui semblait soudain dénué de sens. Comme la reine paraissait s'impatienter, elle s'extirpa de sa geôle avec des mouvements raides, les muscles ankylosés par une nuit passée en position assise à quarante pas du sol. La sentence tournait dans sa tête. Elle était bannie de la forêt. Qu'allait-elle devenir ? Bannie, bannie, bannie. La voix lointaine de la reine lui parvint au milieu de ces échos :

— Inutile de t'affliger sur ton sort. D'ici quelques décades, les oiseaux rokhs arriveront au-dessus de la forêt et tu seras alors chanceuse de ne pas être restée parmi nous.

Incapable d'assimiler toute la portée de son châtiment, Arka balbutia :

— Est-ce que je peux faire quelque chose pour être dé-bannie ?

— Tu ne peux rien faire, trancha Antiope.

Elle revint vers son cheval et se hissa sur son dos d'un mouvement souple. Il vint alors à l'esprit d'Arka que la reine s'apprêtait à partir et qu'elle n'aurait plus jamais l'occasion de plaider sa cause. Une décharge de stress la sortit de son ahurissement. Après Napoca et Hyperborée, c'était au tour de la forêt de la rejeter. Elle ne pouvait pas perdre un nouveau foyer. Il fallait qu'elle négocie, qu'elle persuade la reine de la laisser revenir un jour. Ses yeux captèrent l'éclat de la pépite bleue qui luisait sur la ceinture d'Antiope.

— Et si je réussissais à vous rapporter le vif-azur ? Celui que les Thémiscyriens nous ont volé ? Est-ce que je pourrais être dé-bannie ?

Du haut de sa monture, la reine la toisa sans rien dire.

— Les Amazones seraient sauvées alors, non ? insista Arka.

— Si par miracle tu nous rapportais le vif-azur, aucune éphore ne s'opposerait à ma décision de te gracier, répondit Antiope. Mais tu n'y arriveras pas. Ne va pas risquer bêtement ta vie que je viens d'épargner.

Elle rassembla les rênes de son cheval qui piaffait d'impatience.

— Parfois le monde glisse sur une pente trop raide pour pouvoir être redressé, médita-t-elle. Il faut savoir reconnaître ces moments et sauver ce qui peut encore l'être. Alors sauve-toi d'ici, Arka fille de Mélanippè, et ne reviens plus jamais.

Sur ces mots, elle partit au galop, laissant Arka seule avec sa sentence.

Python

Le bruit étouffé d'un ongulé avançant dans la neige résonna dans la vallée glaciaire. Sur le versant, un cheval apparut. Sa robe blanche se fondait dans le décor. Le casque métallique de sa cavalière, en revanche, luisait sous le soleil. Enroulé sur la surface lisse du lac, Python regarda l'équipage descendre dans sa direction.

Le cheval fut le premier à l'apercevoir. Il s'arrêta net, ses yeux noirs largement ouverts, ses oreilles hirsutes tournées vers le reptile. Sa cavalière, à son tour, remarqua l'amoncellement de glace à la forme inhabituelle au milieu du lac gelé.

— *Je vais te laisser un choix*, annonça Python. *Le choix de ton avenir.*

Le cheval renâcla, mais sa cavalière resta immobile. Seul le blanc de ses yeux, niché dans les fentes oculaires, bougeait. Le serpent déplia son long corps et se mit à onduler en direction du glacier, vers le cœur des monts Riphées.

— Si tu fais demi-tour, tu vivras libre, sans maître et sans remords, dans un autre pays. Tu ne reverras aucune des personnes que tu as connues.

Il glissa sur le lac et se déplaça vers l'aval, passant à une dizaine de pas de la cavalière et de son cheval.

— Si tu continues vers Hyperborée, le maître des lémures vivra. Arka et toi demeurerez à jamais sous son joug.

Il revint au milieu du lac et se réenroula lentement, anneau par anneau.

— Si tu attends ici, le maître des lémures mourra, tu retrouveras Arka et vous retournerez ensemble dans la forêt des Amazones.

Sa langue darda entre ses crochets translucides.

— Alors, que choisis-tu ?

 # Arka

Après le départ de la reine, Arka s'éloigna de l'eucalyptus aux cages sans être inquiétée par la sentinelle qui la gardait. Elle étancha sa soif dans un abreuvoir et quitta le secteur du commandement en regardant par-dessus son épaule, certaine que les éphores allaient la rattraper et la remettre en cage. Mais personne ne vint l'arrêter, et elle put regagner le secteur de Thémis sans encombre. En marchant, les mille et une raisons pour lesquelles elle aimait la forêt ne cessaient de se rappeler à elle. La rumeur des oiseaux, le bruissement des eucalyptus, le martèlement des sabots, le gargouillis des rivières, le grincement des arbres-cabanes, tous ces bruits composaient une symphonie singulière qui résonnait dans son être. Et à présent, elle en était bannie.

Lorsqu'elle arriva à l'arbre-cabane de Thémis, Arka resta un moment au pied du tronc, à se demander si elle allait vraiment mettre en pratique l'ébauche de plan qu'elle avait en tête. Elle aurait voulu y réfléchir plus longuement, mais Antiope lui avait donné jusqu'à midi pour quitter la forêt.

— Arka !

Arka releva la tête et vit Thémis appuyée sur la rambarde qui la regardait d'un air incrédule.

— J'arrive, répondit-elle.

Elle s'empressa de grimper les marches et de rejoindre l'Amazone sur la terrasse. Thémis l'attrapa par les épaules et la serra gauchement dans ses bras. Ce geste surprenant fit craquer la digue derrière laquelle Arka retenait sa détresse depuis que la reine avait annoncé sa sentence. À sa grande honte, elle sentit les larmes lui monter aux yeux. Malgré toutes les désillusions qu'elle avait subies depuis son retour, les Amazones restaient son peuple, pour le meilleur et pour le pire.

— Antiope m'a bannie, renifla-t-elle en s'écartant de Thémis. Elle m'a dit que c'était soit ça, soit les éphores me décapitaient. Je dois quitter la forêt avant midi.

Thémis n'était pas du genre à se laisser aller à des émotions, mais Arka devina que son annonce lui faisait un choc.

— La seule façon pour moi d'être dé-bannie, c'est de récupérer le vif-azur des Thémiscyriens, continua-t-elle en s'essuyant les yeux. Alors c'est ce que je vais faire. Je vais aller à Hyperborée et rapporter le vif-azur.

À l'expression de Thémis, Arka comprit qu'elle ne la croyait pas capable de mener à bien un projet pareil. L'Amazone semblait lutter entre son envie de l'en dissuader et son aversion pour toute forme d'ingérence dans la vie des autres.

— Est-ce que tu sais au moins placer Hyperborée sur une carte ? finit-elle par demander.

Arka trouva sa remarque très lastyanaxienne.

— Je sais comment faire pour y aller, esquiva-t-elle, vexée.

La nuit de méditation à quarante pas de haut lui avait donné des idées.

— Et le vif-azur, tu vas faire comment pour le récupérer ?

Arka n'avait pas trop fignolé cette partie-là de son plan. Elle comptait sur Lastyanax pour l'aider, une fois revenue à Hyperborée.

— Je vais retrouver le Thémiscyrien qui nous a volé les pépites et l'obliger à nous les rendre, dit-elle d'un ton déterminé. Mais je vais avoir besoin de quelque chose ici pour y arriver…

Sans laisser le temps à Thémis d'émettre une objection, elle fila dans la chambre de Candrie. Midi approchait, elle ne pouvait pas se permettre de perdre plus de temps. Elle grimpa sur son hamac et leva les bras vers le plafond de la petite pièce. Ses doigts tâtonnèrent les liteaux au-dessus de sa tête et rencontrèrent la cosse à trésor. Elle l'ouvrit et en retira le bracelet-ailes.

— Cette vieille carne ne t'a pas arrêtée pour rien, hein ? Ton orichalque, il ne vient pas de nulle part. Tu t'es mise à faire de la magie depuis l'incendie.

Arka se retourna. Dans l'encadrement de la porte, Thémis observait le bracelet-ailes avec des yeux noirs. La veille encore, Arka lui aurait répondu par un mensonge. Mais l'Amazone avait depuis pris le risque d'aller voir la reine Antiope en personne pour essayer de la sauver des éphores. Et elle l'avait serrée dans ses bras.

— Oui, avoua Arka en sautant du hamac.

La peur et la haine de la magie étaient tellement ancrées dans la culture arcadienne que même une Amazone terre à terre comme Thémis ne pouvait retenir un sursaut de dégoût face à une telle révélation. Sa réaction blessa Arka. Sur le pas de la porte, la guerrière l'examina avec une vigilance redoublée.

— Les enfants de la forêt qu'on laisse sortir de la zone bleue développent presque toujours des pouvoirs magiques puissants, dit-elle. Un contrecoup de l'inhibition, paraît-il.

— C'est comme ça que ça s'est passé pour moi, acquiesça Arka d'un air sombre en tripotant son bracelet.

Ses pouvoirs s'étaient déclenchés pour la première fois durant l'incendie. Le maître des lémures venait de tuer Chirone après avoir neutralisé le vif-azur que contenait son arbre-cabane, dissipant ainsi la zone bleue du secteur. Arka s'était lancée dans un combat désespéré contre l'incendiaire et lui avait infligé une blessure au torse si profonde qu'elle s'était enfuie avec la certitude qu'il n'y survivrait pas – mais il avait survécu. Cela avait été son premier acte magique. Lorsque les flammes s'étaient enfin éteintes, elle n'avait osé parler à personne de ce combat, pour ne pas révéler ses pouvoirs aux Amazones. Celles-ci ignoraient donc le rôle qu'elle avait joué dans la fin de l'incendie.

— C'est pour cette raison qu'on préfère se débarrasser des enfants mâles plutôt que les laisser hors de la zone bleue, grommela Thémis. Surtout les descendants des fondatrices. Il n'y a pas de pire ennemi pour les Amazones qu'un fils de la forêt débordant de pouvoirs, abandonné par sa mère et destiné à la tuer à cause de la malédiction.

En prononçant ces phrases, elle la fixa avec intensité, comme si elle essayait de lui faire comprendre quelque chose. Une pensée remua dans la tête d'Arka. Ses yeux balayèrent la chambre de Candrie, remplie des objets avec lesquels l'enfant de Chirone avait joué jusqu'à l'âge de sept ans. Elle songea à Chirone elle-même, à son visage buriné, à ses yeux bleus.

— Chirone était une descendante des fondatrices, comprit-elle.

Le regard d'Arka tomba sur la pépite de vif-azur de sa tutrice, nichée dans la cosse à trésor ouverte dans ses mains.

— Et elle ne se trouvait plus dans une zone bleue au moment de sa mort, murmura-t-elle.

Sa respiration s'accéléra. La vérité dansait sous son nez depuis le début, et pourtant elle ne l'avait pas vue. Le visage du maître des lémures, qu'elle avait revu dans son cauchemar la veille, se précisa avec netteté dans son esprit. Peau bronzée, cheveux bruns… Yeux bleus. Les yeux de Chirone. Sa tutrice avait été tuée par son propre fils. Le maître des lémures était Candrie.

— Pourquoi tu me l'as pas dit ?

La colère gagnait Arka. Elle ne savait pas exactement pourquoi elle en voulait à Thémis ; sans doute parce qu'elle était la seule personne à qui elle pouvait reprocher son ignorance. Chirone ne lui avait jamais parlé de Candrie, le maître des lémures lui-même s'était bien gardé de l'informer de ses origines arcadiennes, et Thémis avait laissé passer de multiples occasions de lui révéler ce qu'elle venait de lui apprendre.

— Ça n'aurait rien changé à ta vie, ni à ce qui s'est passé, grogna l'Amazone. La malédiction finit toujours par s'accomplir quand on lui en laisse l'occasion.

— Alors pourquoi on en parle maintenant ? s'exclama Arka d'un ton furieux.

— Parce que je suis âgée, que je ne vois plus très bien et que j'ai besoin que tu reviennes pour m'aider à vivre mes vieux jours, répliqua Thémis. Mais tu ne pourras pas revenir si tu ne réussis pas à récupérer le vif-azur, et tu ne réussiras pas à le récupérer sans connaître les pouvoirs de celui qui l'a volé.

Sa réplique cloua le bec à Arka. L'Amazone s'avança dans la chambre, prit la fronde pendue à un clou, récupéra la cosse à trésor qu'Arka avait laissée tomber par terre et en sortit la pépite de vif-azur de Chirone. Elle donna l'arme et le fragment à Arka en lui disant :

— Tant qu'il sera protégé par de l'orichalque et qu'il n'aura pas d'enfant, il restera immortel. Sauf s'il reçoit une pépite de vif-azur en pleine poitrine.

Les yeux d'Arka passèrent de la fronde à Thémis.

— Tu veux que je tue Candrie ?

— Candrie est morte le jour où son père est venu la chercher, répliqua Thémis d'un ton sombre. Il en a fait l'instrument de sa vengeance sur les Amazones. Même si tu réussissais à nous rapporter le vif-azur, nous resterions vulnérables face au mage qu'elle est devenue. Je veux que tu sois armée pour l'arrêter avant qu'il ne nous anéantisse toutes.

Arka balaya du regard la chambre minuscule qu'elle avait mis tant de soin à restaurer. À force de vivre avec les vieilles affaires de Candrie, elle avait eu l'impression d'apprendre à la connaître, comme une amie. L'image qu'elle s'était faite de la petite fille se heurtait à celle du maître des lémures. L'homme qui avait assassiné sa tutrice, lémurisé son père et torturé Lastyanax. Ses sourcils se froncèrent. Elle attacha la fronde autour de sa taille et empocha la pépite de vif-azur.

— Dis-moi comment faire pour aller au Ravin des Apprenties Perdues.

Le soleil était déjà au zénith lorsque Arka atteignit le fleuve. Elle ne pouvait pas emprunter de nouveau le gué : Antiope ne lui avait pas donné de sauf-conduit et les sentinelles ne laisseraient pas une apprentie quitter la forêt. Mais ses discussions avec Thémis lui avaient donné une idée pour traverser le Thermodon. Elle descendit vers l'aval et marcha encore une demi-heure pour trouver une portion de berge éloignée des voies de circulation.

Elle cueillit du jonc et tressa un collier grossier tandis que le fleuve clapotait devant elle. Lorsqu'elle eut terminé, elle sortit son bracelet de sa poche et pressa le sceau. Un bruissement familier accompagna le développement des ailes. Thémis avait raison : l'orichalque massif n'était pas affecté par la zone bleue. Arka attrapa une plume et tira de toutes ses forces pour la détacher du reste de l'armature. Le fil de la plume lui laissa une estafilade dans la main.

Elle sortit la pépite de Chirone de sa poche et l'enveloppa dans l'étroite feuille métallique jusqu'à obtenir une petite boule orangée. Ensuite, elle suspendit le fragment de vif-azur neutralisé au collier tressé

et passa celui-ci autour de son cou. Les ailes d'orichalque sur ses épaules, elle s'avança sur un rocher qui émergeait de l'eau et décolla.

Son vol, pourtant court, fut laborieux, comme si son anima avait perdu en puissance. Arka songea que cela devait avoir un rapport avec la zone bleue. Après avoir atterri sur la rive nord, elle replia les ailes et repartit vers le gué. Ses fourrures l'attendaient toujours dans le buisson, à l'abri des regards des sentinelles. Elles étaient pleines de feuilles mortes et une famille de cloportes y avait élu domicile. Elle ramassa ses vêtements et se mit en marche.

Thémis lui avait expliqué comment se rendre au Ravin des Apprenties Perdues, mais l'incendie de la forêt avait effacé tous les repères dont elle se servait naguère pour s'orienter. Heureusement, l'affluent du Thermodon qui avait creusé le ravin coulait toujours entre les troncs calcinés. Arka enjamba les grandes prêles qui poussaient sur ses berges et remonta le cours d'eau. Lorsque le vallon s'encaissa, elle grimpa sur l'un des versants et poursuivit son chemin en surplomb.

En marchant, ses pensées ne quittaient pas le maître des lémures. À présent, la vraie raison pour laquelle il avait voulu qu'elle reste à Hyperborée lui apparaissait clairement : elle était la porteuse de la malédiction miroir, le vecteur par lequel le châtiment lancé par le Basileus sur les fondatrices perdurait. Quand elle se trouvait dans une zone bleue, la malédiction était suspendue et il redevenait donc mortel.

Pour ramener le vif-azur aux Amazones, elle n'avait toutefois pas le choix : il fallait qu'elle revienne à Hyperborée. L'idée de partir vivre dans un endroit reclus jusqu'à la fin de ses jours, avec la pépite de Chirone pour se protéger de la malédiction, lui effleura l'esprit. Mais elle avait assez fui comme cela. Et puis, si son plan fonctionnait, elle allait retrouver Lastyanax…

Derrière elle, le paysage s'ouvrait à mesure qu'elle gagnait de l'altitude. La disparition des arbres lui permettait de voir extraordinairement loin. Près de l'ancienne lisière de la forêt, les hilotes avaient commencé à défricher les souches brûlées pour étendre leurs champs sur la terre enrichie par les cendres de l'incendie.

Enfin, Arka déboucha sur un promontoire formé d'une grande pierre plate. Un kern noirci par la fumée confirma son sentiment qu'elle avait atteint sa destination. Elle s'approcha du bord et regarda en bas. À son grand soulagement, elle ne vit que la rivière qui rebondissait entre les roches. Le ravin, à présent situé hors de la zone bleue, n'avait pas été utilisé depuis l'incendie de la forêt : les ossements avaient dû être emportés par les charognards et les crues du torrent.

Arka enfila son pantalon de peau et son manteau en fourrure, qu'elle avait portés sur son bras tout au long de l'expédition. Le soleil arcadien l'étouffait sous ses rayons implacables. Elle s'approcha à nouveau de l'à-pic, ramassa un caillou sur le sol et l'envoya léviter au-dessus du ravin jusqu'à ce que son anima en perde le contrôle. Le caillou tomba aussitôt vers le torrent. Quelques secondes s'écoulèrent avant qu'un clapotement parvienne aux oreilles d'Arka. Elle estima la hauteur du ravin à une quarantaine de pas : une chute mortelle à coup sûr.

Dans sa cage, elle avait eu le temps de réfléchir aux circonstances dans lesquelles sa téléportation des monts Riphées en Arcadie s'était déroulée. Juste avant d'être percutée par l'avalanche, elle avait pensé à Chirone, et le pouvoir du lémure l'avait amenée à côté de sa tombe. Tout semblait indiquer que ce pouvoir ne s'activait que lorsqu'elle se trouvait en danger de mort immédiat… Comme si la malédiction décidait, en dernier recours, de lui donner cette capacité pour lui permettre de survivre.

C'était une supposition, évidemment. Pour vérifier son hypothèse, elle n'avait plus qu'à penser à Lastyanax et sauter dans le vide.

Les pieds au bord du ravin, elle ferma les yeux et essaya de se représenter son mentor. Elle songea à la façon dont il frottait son nez cassé pour réfléchir, à son obsession pour les gros dossiers soporifiques, à ses yeux aux deux nuances de marron, au plaisir sadique qu'il prenait à raturer ses copies… à la fois où il était entré dans l'arène de la Tour de Justice pour affronter la mort avec elle.

— J'ai jamais autant espéré vous revoir, maître, marmonna-t-elle. Et elle se laissa tomber de la falaise.

Lastyanax

Assis dans un des fauteuils de la chambre forte de la bibliothèque centrale, Lastyanax regardait Pyrrha faire des boulettes avec ses affiches et les lancer d'un geste las dans le brasero magique. Les feuilles chiffonnées s'y consumaient sans produire de fumée.

— Ces élections étaient truquées, la raisonna-t-il. Tu le sais aussi bien que moi : les soldats-oiseleurs ont systématiquement dissuadé les gens de voter pour quelqu'un d'autre que Phillon. C'est déjà remarquable qu'autant de gens aient voté pour toi.

— Je sais que c'est idiot, dit-elle. Mais j'espérais vraiment faire un meilleur score.

Les derniers jours avaient été intenses. Les Thémiscyriens avaient tout fait pour discréditer Pyrrha, la présentant comme une héritière débauchée, manipulée par les Napociens et en mal d'attention. Aspasie s'était même déclarée jalouse de la nouvelle réputation sulfureuse de sa sœur. Avec l'aide des habitants de la Petite Napoca, ils avaient essayé de contrer cette campagne de dénigrement, à coups de distributions de tracts et de porte-à-porte, risquant à plusieurs reprises des confrontations avec les soldats-oiseleurs. Ces efforts n'avaient toutefois pas suffi : le résultat du suffrage venait de tomber. Pyrrha avait recueilli à peine un cinquième des voix, loin devant les marchands et le malfrat, mais loin derrière Phillon. Ce dernier allait être sacré Basileus le surlendemain.

Même s'il ne l'aurait jamais avoué à voix haute, Lastyanax avait accueilli ce résultat avec soulagement. Il ne voyait pas par quel miracle les Thémiscyriens se seraient accommodés d'une Pyrrha-Basileus.

— Le pire dans cette histoire, c'est que j'ai laissé tomber Pétrocle, se désola Pyrrha. Nous n'avons pas avancé d'un cran dans sa libération.

Elle se mordit le poing et se balança d'avant en arrière, rongée par la culpabilité. Lastyanax se garda de lui faire remarquer qu'il avait traversé les mêmes affres lorsqu'il était parti chercher Arka. Il décida qu'il était temps de lui secouer les puces.

— Ton plan de sabotage tient toujours, la sermonna-t-il. Après-demain, les Thémiscyriens seront obligés d'assigner une partie de leurs effectifs au maintien de l'ordre pour le sacre du Basileus. La prison sera moins bien gardée, ce sera le moment idéal pour passer à l'action.

Il se pencha sur le côté de son fauteuil et souleva un sac d'outils mécamanciques, qu'il avait préparé en prévision de cette discussion. La clé à molette était à Pyrrha ce que le casse-croûte au pâté était à Pétrocle : un formidable remontant.

— Tout ce qui nous reste à faire pour préparer le sabotage, c'est récupérer du matériel à la Tour des Inventions et aller chercher mon uniforme de soldat-oiseleur, résuma-t-il. Je vais avoir besoin de tes talents de mécamens pour ouvrir les portes.

Le visage de Pyrrha s'éclaira lentement.

— Tu as raison. Allons cambrioler la Tour des Inventions.

Elle attrapa son sac d'outils mécamanciques et sortit en trombe de la chambre forte. Lastyanax lui emboîta le pas en se demandant si ses envies de sabotage participaient d'une réelle envie de passer à autre chose ou d'une simple fuite en avant. Dans tous les cas, il valait mieux se dépêcher de la rattraper.

Vingt minutes plus tard, ils arrivèrent devant la Tour des Inventions. L'édifice tranchait sur l'architecture hyperboréenne :

un grand pylône décoré de hauts-reliefs constituait ses six premiers niveaux, chapeauté au septième par un énorme quadrilatère dépourvu de fenêtres. Depuis des siècles, les mages entreposaient dans ce bâtiment les inventions de leurs disciples ainsi que toute trouvaille susceptible de fournir un avantage technologique à la cité. La tour était d'ordinaire bien gardée, mais les événements récents semblaient avoir relégué sa surveillance au second plan. Ce qui arrangeait Pyrrha et Lastyanax.

Ils avancèrent dans le vestibule. L'entrée de l'édifice donnait sur une imposante porte mécamancique en or, encadrée par deux pilastres en granit. Sur le sol s'étalait une mosaïque représentant une allégorie de l'esprit ingénieux (un vieux mage maniant un compas). Lastyanax se posta à l'entrée pour faire le guet tandis que Pyrrha sortait des outils de son sac. Après avoir démonté quelques pièces métalliques, elle colla un cornet acoustique en argent contre le mécanisme. Les yeux mi-clos, elle fit jouer les rouages.

— Tu as besoin d'aide ? s'enquit Lastyanax au bout d'un certain temps.

— Chhht, murmura Pyrrha, j'arrive dans la partie délicate. Trois crans sur la cinquième roue dentée, deux sur la troisième… On y est.

Elle se redressa et appuya sa paume sur le grand sceau qui occupait le centre de la porte. Un déclic retentit. Les roues tournèrent, les ressorts s'étirèrent, les viroles basculèrent, et le battant en entier se replia sur lui-même.

Lastyanax s'attendait à trouver un immense entrepôt rempli de machines fabuleuses. Il fut déçu de découvrir une petite pièce carrée, parfaitement vide. Un sol en damier réverbérait la lumière d'une sphère qui flottait sous les voûtes du plafond. Dans chaque mur était encastrée une porte mécamancique semblable en tout point à celle que Pyrrha venait de reconfigurer.

— Hmm, fit la jeune mage en rassemblant ses outils.

— Entrons, dit Lastyanax en esquissant un pas en avant.

— Un instant, intervint Pyrrha.

Elle se retourna et tendit le bras vers la mosaïque du vestibule. Les tesselles qui formaient la tête du vieux mage se décollèrent et virevoltèrent avant de se réorganiser sur le sol. L'allégorie de l'esprit ingénieux ressemblait à présent comme deux gouttes d'eau à une jeune mage aux yeux verts.

— C'est beaucoup mieux comme ça, dit Pyrrha en s'avançant dans la pièce.

Lastyanax sourit et lui emboîta le pas. La porte se referma derrière eux, les laissant seuls avec la sphère lumineuse. Lastyanax se félicita de ne pas être claustrophobe. Il tourna sur lui-même : les quatre murs étaient à présent identiques.

— Qu'est-ce qu'on fait, maintenant ? demanda Pyrrha. Je ne vais pas reconfigurer toutes les portes, quand même ? Ça va me prendre une éternité…

À peine avait-elle fini sa phrase que la porte mécamancique située à leur gauche se replia. Ils sursautèrent. Un instant plus tard, un homme pâle, au visage long et au dos voûté, apparut dans l'ouverture. Il était revêtu de plusieurs couches de vêtements et semblait aussi surpris qu'eux de cette rencontre. Lastyanax trouva son apparence vaguement familière.

— Qui êtes-vous ? Qu'est-ce que vous faites ici ? s'exclama l'homme.

— Nous sommes mages, répondit aussitôt Pyrrha. Les seuls à ne pas avoir été enfermés dans l'Extractrice. Qui êtes-*vous* ?

Sa réplique sembla déstabiliser le nouveau venu. Il fit naviguer ses yeux entre ses deux interlocuteurs et s'humecta les lèvres.

— Je suis le gardien de la Tour des Inventions. Mais vous ne m'avez pas répondu. Qu'est-ce que vous faites ici ?

Lastyanax et Pyrrha échangèrent un regard. Dans quelle mesure pouvaient-ils lui faire confiance ? Lastyanax activa discrètement le sceau de destruction à son doigt. Pyrrha marqua son assentiment en clignant des yeux.

— Nous sommes venus chercher un certain nombre d'objets dans le cadre d'une mission du Magisterium, répondit Pyrrha en montrant son anneau sigillaire.

Lastyanax sortit un rouleau de parchemin de sa poche et le déroula d'un coup sec.

— Est-ce que vous pourriez nous aider à les retrouver dans cette tour ? renchérit-il.

Le gardien prit le document d'un geste réticent, comme s'il risquait de se brûler, et se mit à lire la liste d'objets :

— Gants et genouillères d'escalade, d'accord. Cartouche aveuglante, oui, je vois où elle est. Graphomance, ah oui, très belle invention. Horlogium, toujours utile. Attrapeur d'anima – celle-là est une addition récente, il me semble…

Le parchemin toujours dans ses mains, il leva les yeux vers Pyrrha et Lastyanax.

— Je dois vous avouer que je ne me sens pas très à l'aise à l'idée de vous aider… Est-ce que les Thémiscyriens sont au courant de cette… *mission* ?

— Les Thémiscyriens n'ont pas à décider quels objets sortent de la Tour des Inventions, répliqua Pyrrha. C'est l'affaire des mages. Vous allez nous aider, oui ou non ?

Lastyanax craignit un instant que son ton cassant ne braque le gardien. Mais il glissa le parchemin dans sa manche.

— Très bien. Venez avec moi. Je vais vous conduire aux objets.

Il tourna les talons et appuya sa paume sur la porte qu'il venait d'emprunter. Le mécanisme se replia, dévoilant une pièce identique, à l'exception près qu'au centre du sol en damier s'entassaient des objets hétéroclites. Certains rappelaient des éléments du quotidien – chaussures, livres, paniers, couverts. D'autres, hérissés de tubes, soupapes,

cyclindres, ne ressemblaient à rien de connu. Pyrrha sembla aimantée par les inventions aux mécanismes les plus complexes, mais Lastyanax la retint par la manche.

— On ne fait que passer, dit-il en désignant d'un coup de tête leur guide, qui avait déjà posé la main sur la porte du mur opposé.

Ils se retrouvèrent dans une autre salle. Le gardien plongea la main dans un tas d'inventions et en ressortit une sorte de petite douille métallique sur laquelle un sceau était gravé.

— Cartouche aveuglante, annonça-t-il en leur tendant l'objet.

— J'ai l'impression que nous n'utilisons pas un dixième des inventions stockées ici, fit remarquer Lastyanax en suivant le gardien dans une nouvelle salle.

— La plupart contiennent de l'orichalque et coûtent très cher à reproduire, expliqua son interlocuteur. Et le Magisterium, par conservatisme, a choisi de vendre peu de brevets. Cette tour est un tombeau des idées humaines, se lamenta-t-il.

Lastyanax ne s'était pas attendu à autant de lyrisme de la part d'un simple gardien, mais après tout, lui-même venait bien du premier niveau. Ils continuèrent leur chemin, traversant une multitude de salles bourrées d'objets divers. Pyrrha paraissait lutter contre une envie dévorante de démonter toutes les inventions. Le gardien leur dénicha les gants et genouillères d'escalade – qui permettaient de grimper sans effort le long de n'importe quelle surface –, l'horlogium – un petit appareil mécanique qui donnait l'heure avec autant de précision qu'une clepsydre –, et l'attrapeur d'anima de Pyrrha, dont l'autre prototype avait disparu dans l'effondrement de la tour. Lastyanax glissa chaque objet dans un sac en bandoulière qu'il avait pris soin d'emporter.

— Et le graphomance, annonça enfin leur guide en leur tendant deux longs cylindres en orichalque recouverts de lettres peintes sur des touches d'ivoire.

Pyrrha en prit un d'un geste avide et se mit à déplacer les touches pour former une phrase. Aussitôt, la même combinaison de lettres s'afficha sur l'autre cylindre, que tenait Lastyanax.

— Par où sort-on, à présent ? demanda celui-ci en rangeant l'appareil dans sa poche.

À force de parcourir des salles identiques, il avait perdu tous ses repères.

— Par ici, répondit le gardien.

Il activa une autre porte et fit un geste pour les inviter à entrer dans la pièce adjacente, qui contenait une dizaine d'automates figés dans des positions étranges. Toujours absorbée par le graphomance, Pyrrha s'avança dans la salle. Lastyanax resta en arrière, soudain inquiet. Depuis leur arrivée dans la tour, c'était la première fois que leur guide s'effaçait pour les laisser entrer.

Un déclic retentit. Il se retourna.

Le gardien avait relevé sa manche droite, dévoilant le brassard qui enserrait son avant-bras. L'arme était pointée sur Lastyanax. Le sang se glaça dans les veines de ce dernier. Pyrrha leva enfin les yeux du graphomance et pâlit.

— On n'aurait jamais dû vous faire confiance, fulmina-t-elle.

— Vous n'êtes pas le gardien de la Tour des Inventions, vous êtes son administrateur, comprit soudain Lastyanax. Vous avez été condamné par la justice à la prison à perpétuité il y a près d'un an pour avoir vendu des plans d'invention à Thémiscyra.

La dernière fois que Lastyanax avait entendu parler du mage, c'était quand il s'était rendu dans l'Extractrice pour en apprendre plus sur le vif-azur. Après son passage dans la prison, l'administrateur avait perdu beaucoup de poids. Sans sa toge, Lastyanax ne l'avait pas reconnu.

— J'en ai été libéré quand les Amazones ont fait sortir tous les détenus pour mettre les mages à leur place. Une agréable inversion des rôles, commenta l'administrateur. Je vous conseille de rejoindre rapidement votre camarade, jeune homme, ajouta-t-il en désignant Pyrrha. Les automates de Géorgon ne sont pas patients.

Au même instant, une série de crissements retentit dans la pièce où se trouvait Pyrrha. Des lumières s'allumèrent dans les yeux ronds des automates. Les androïdes se redressèrent, décoinçant leurs articulations métalliques. Leurs têtes et leurs bustes, en forme de pyramides inversées, pivotèrent en direction de Pyrrha. Les yeux écarquillés, la jeune mage serra son poing sur le graphomance et recula dans un coin de la pièce. Le regard de Lastyanax ricocha entre Pyrrha, les automates, la porte, l'administrateur et le brassard. Une fléchette partit de l'arme, frôla son oreille et se ficha dans le montant de la porte.

— Je ne viserai pas à côté la prochaine fois, prévint le mage, le bras toujours tendu.

Lastyanax passa la porte et se retrouva aux côtés de Pyrrha, face aux automates qui dodelinaient de la tête, comme s'ils essayaient de se réveiller.

— Pourquoi ? demanda-t-il d'une voix rauque tandis que le battant mécanique se redéployait entre lui et l'administrateur.

— Je devine que vous préparez un mauvais coup pour nos amis Thémiscyriens et je n'ai aucun intérêt à les voir partir, répondit le mage. D'une part, ils sont très bien disposés à mon égard depuis que je leur ai donné les plans de cette invention, il y a un an, dit-il tapotant le brassard avec lequel il menaçait toujours Lastyanax. D'autre part, un retour à la normale m'obligerait à réintégrer ma cellule. Non merci.

La porte acheva de se refermer, laissant Lastyanax et Pyrrha seuls face aux androïdes. À présent, les bras des automates s'étiraient pour prendre la forme de faux. Ils s'avancèrent, vacillant sur leurs jambes articulées, les lames en avant.

— Et si on cassait la sphère lumineuse ? chuchota précipitamment Pyrrha. Ils ne nous verront plus...

— Ça ne servirait à rien, ils doivent nous repérer grâce à notre anima. Il faut qu'on sorte d'ici, et vite.

— Je ne peux pas reconfigurer une porte en quelques secondes, répliqua Pyrrha.

— On ne va pas en reconfigurer, alors, répondit Lastyanax en levant le sceau de destruction.

Il appliqua l'anneau sigillaire sur la porte située à sa droite. Une explosion retentit et le mécanisme s'effondra dans une pluie de pièces métalliques brisées.

— Tu as passé trop de temps avec ta disciple, s'écria Pyrrha tandis qu'ils se précipitaient dans la brèche.

Ils se retrouvèrent dans une nouvelle pièce. Derrière eux, les automates se lancèrent à leur poursuite, marchant sur les débris et fauchant l'air de leurs bras. Lastyanax brisa une autre porte, puis une autre, puis encore une autre. Les automates les suivaient de pièce en pièce, écrasant les inventions sous leurs pieds de métal.

— Je ne vais pas tenir longtemps ! haleta Pyrrha.

— Il faut qu'on trouve la sortie de ce traquenard, dit Lastyanax en détruisant un énième mécanisme d'ouverture.

Il s'inquiétait de constater que les brèches créées étaient chaque fois plus étroites. Le souffle court, il traversa la pièce suivante et frappa à la porte opposée. Les pièces métalliques s'effondrèrent, dévoilant un mur de brique. Emportée par son élan, Pyrrha le heurta dans le dos.

— On est arrivé au mur, annonça-t-il bêtement.

— Quel sens de l'observation, railla-t-elle, la respiration sifflante. Il faut qu'on aille par là ! s'exclama-t-elle en désignant la porte intacte à sa droite. En suivant le mur, on reviendra à l'entrée.

Lastyanax essuya la sueur qui dégoulinait de son front et regarda le sceau de destruction. Il soupçonnait la réserve d'anima de l'anneau d'être presque épuisée.

— Qu'est-ce que tu attends ?! s'écria Pyrrha en se tournant vers lui.

D'un mouvement de la main, elle envoya les inventions s'agglutiner contre la brèche dans laquelle les automates s'apprêtaient à s'engouffrer. Les androïdes percutèrent la barrière improvisée et se mirent à hacher les objets. Lastyanax ôta son sac en bandoulière et plongea la main dedans. Il en ressortit l'équipement d'escalade.

— Mets ça, dit-il en fourrant la paire de gants et de genouillères dans les mains de Pyrrha. Tu vas grimper sur le toit de la tour, les automates ne pourront pas te suivre.

Il lui passa la bandoulière autour des épaules, puis appliqua le sceau de destruction sur le mur. Quelques briques s'effondrèrent, ouvrant la pièce sur l'extérieur. Lastyanax appliqua une deuxième fois le sceau de destruction pour élargir la brèche. Ils se trouvaient à l'aplomb du vide, loin au-dessus des canaux inférieurs les plus proches. Un froid vif leur frappa le visage.

— C'est hors de question, je ne vais pas te laisser derrière ! décréta Pyrrha.

Ses boucles brunes virevoltaient dans le vent, masquant par instants ses yeux.

— C'est plus dangereux de grimper là-haut, mentit Lastyanax. Je le ferais si je n'avais pas le vertige.

— Je t'ai dit d'arrêter de jouer les héros, ça te rend crétin.

— Je veux bien être crétin, alors ! s'énerva Lastyanax. J'ai le sceau de destruction pour me défendre, et avec un peu de chance, les automates tomberont dans le vide en te suivant. Grimpe !

Il ne lui avait jamais parlé avec une telle assurance. À son grand soulagement, son ton impérieux sembla persuader Pyrrha. Elle enfila les gants et sangla les genouillères sur ses jambes.

— Tu as intérêt à ressortir en entier de cette tour, avertit-elle.

Puis elle se tourna et avança un bras tremblant sur la paroi extérieure en tournant le dos au vide. Lastyanax craignit un instant qu'elle n'ose pas aller plus loin, mais elle tendit une jambe dans le vide et plaqua

son genou contre les briques. Quelques secondes plus tard, elle avait disparu derrière le mur.

Un bruit de casse retentit derrière lui. Il se retourna : les automates avaient réussi à abattre la barrière d'objets. Des inventions glissèrent jusqu'à lui sur le sol en damier. Lastyanax ramassa une lance télescopique, le seul objet dont il connaissait le fonctionnement. Il déplia l'arme et l'agita devant lui, conscient que ses gesticulations n'impressionneraient pas les androïdes. Comme pour confirmer ses craintes, les automates s'avancèrent vers lui en cinglant l'air de leurs bras affûtés. Une lame faucha l'arme de Lastyanax, lui laissant un moignon de lance entre les mains. Il la jeta à la tête d'un androïde ; elle rebondit avec un « dong ! » décevant. Les inventions qu'il envoya sur les autres automates produisirent le même effet : Géorgon avait dû les munir de sceaux de protection.

Lastyanax défit la bague de Mézence et la lança sur un automate qui s'apprêtait à le trancher en deux. Une explosion retentit : l'androïde se désintégra en mille morceaux et la bague fut réduite en poussière. Poussé en arrière par l'onde de choc, Lastyanax sentit son talon mordre le vide. Il recula le buste pour éviter un nouveau coup et réalisa avec horreur que le poids de son corps l'entraînait dans le précipice. Il battit des bras pour tenter de freiner l'amorce inexorable de sa chute. L'instant d'après, il tombait.

Un hurlement s'échappa de sa bouche tandis qu'il voyait son point de sortie s'éloigner rapidement. Des automates basculaient dans le vide à sa suite. Sur le toit de la Tour des Inventions, le visage de Pyrrha, déformé par l'horreur, rapetissait à toute vitesse.

Soudain, ses vertèbres s'entrechoquèrent. Lastyanax se demanda s'il s'était écrasé sur le sol avant de se rendre compte que son corps était revenu en position verticale et que des ailes semblaient avoir jailli de part et d'autre de son buste. Des bras lui enserraient la taille. En se dévissant le cou, il aperçut un visage merveilleusement familier par-dessus son épaule.

— On dirait qu'il était temps que je revienne, hein, maître ?

8

Adieux et retrouvailles

Arka

Moins d'une heure s'était écoulée depuis qu'Arka avait repris connaissance sur le toit de la Tour des Inventions. Clouée au sol par la migraine, la nausée et le vertige, elle avait passé un long moment à s'interroger sur le lieu de sa réapparition – son mentor n'était nulle part en vue. Alors qu'elle longeait le bord en cherchant un moyen de descendre, le mur de l'édifice en dessous d'elle avait explosé, dévoilant Pyrrha et Lastyanax. Arka n'avait pas eu le temps de réfléchir au rapport entre les événements : son mentor était tombé, poussé dans le vide par des automates, et elle s'était aussitôt lancée à sa suite.

À présent, elle luttait de toute son énergie pour ne pas lâcher Lastyanax ni perdre le contrôle des ailes. Chaque mouvement menaçait de l'envoyer s'écraser contre une tour. Entre ses bras, elle sentait le cœur de Lastyanax battre aussi vite que celui d'un lapin affolé. Heureusement, il parvenait à rester immobile et silencieux pour permettre à Arka de se concentrer sur le vol. Il ne put cependant retenir un cri de panique lorsqu'ils percutèrent les stalactites d'un aqueduc aérien. Sonnée par le choc, Arka essaya de se diriger vers les remparts. Ils louvoyèrent entre les tours et les canaux en perdant de l'altitude à une vitesse vertigineuse.

La prairie gelée s'ouvrit enfin devant eux. Arka largua Lastyanax en catastrophe dans une congère qui s'était formée à l'intérieur du rempart, et termina son vol par un roulé-boulé dans la neige, une centaine de pas plus loin. Elle replia ses ailes et se retourna sur le dos, les bras en croix. Elle se sentait vidée de son énergie. Au-dessus d'elle, le dôme resplendissait sous le ciel bleu. Des plaques de givre s'étendaient sur l'adamante. Hyperborée, enfin.

Elle se frotta vigoureusement le front pour tenter de faire disparaître sa migraine. À nouveau, elle espéra que sa mauvaise maîtrise des ailes était due à un facteur externe – la fatigue de la téléportation, en l'occurrence – et non à un affaiblissement de ses pouvoirs. Mieux valait laisser cette question pour plus tard : elle avait des choses plus urgentes à faire. Retrouver son mentor, pour commencer.

Elle se remit debout avec la sensation d'avoir vieilli de cent ans. Des bouffées s'échappaient de sa bouche à chaque expiration, brouillant la plaine gelée et, au-delà, les tours. Le vent semblait s'être calmé depuis son départ et la ville avait été repeinte en blanc. L'air était sec et froid, la verdure inexistante. Des oiseaux rokhs volaient sous le dôme, seuls éléments mobiles dans le décor cristallisé de la cité. Le contraste avec l'atmosphère chaude et luxuriante de la forêt n'en était que plus saisissant.

— Pourquoi es-tu revenue ?

Arka se retourna. Debout à une vingtaine de pas d'elle, Lastyanax la regardait avec incrédulité. Son visage était presque aussi pâle que la neige qui remplissait sa capuche. Il avait les cheveux trop longs, le nez rouge et les genoux tremblants. Elle ne se souvenait pas de l'avoir vu en si piteux état, à part peut-être après son vol avec le griffon. Décidément, les figures aériennes n'étaient pas son fort.

— Je... commença-t-elle.

Elle s'interrompit et chercha de l'inspiration dans la forme de ses bottes pour continuer sa phrase. Elle avait envie de lui parler de son séjour chez les Amazones, de son bannissement et du vif-azur, mais une voix prudente lui soufflait qu'il valait mieux éviter d'évoquer tout de suite ses capacités lémuriennes. La confiance que Lastyanax plaçait en elle avait survécu à son identité amazonienne et à sa condamnation pour meurtre : c'était sans doute trop lui demander d'accepter cela en plus, sans l'y préparer un minimum. Il valait mieux botter en touche.

— Je me suis dit que vous n'arriveriez pas à survivre sans mon aide, fanfaronna-t-elle. Faut croire que je n'avais pas tort. Ça vous arrive souvent de sauter du septième niveau, maître ?

Elle releva la tête, sûre de trouver dans les yeux de Lastyanax la connivence agacée qu'elle avait pris l'habitude d'y lire, mais la froideur de son regard la surprit. Il la fixa un long moment, le visage fermé.

— Merci pour ton aide, se contenta-t-il de répondre.

Il s'assit par terre et ôta une de ses bottes pour en retirer la neige. Décontenancée, Arka mit sa réaction sur le compte de la voltige traumatisante qu'il venait de subir. Comme il agitait sa botte à l'envers pour la vider, elle le rejoignit en quelques pas allègres.

— Qu'est-ce qui s'est passé alors, depuis que je suis partie ?

Lastyanax ne répondit pas et continua d'agiter sa botte. Son expression était de plus en plus dure. Comme la neige ne tombait plus de sa chaussure, il la remit en tirant sur le cuir.

— Qu'est-ce qu'on va faire ensuite, maître ? Retrouver Pyrrha ?

Le pied de Lastyanax avait enfin atteint le fond de la botte. Il se releva d'un mouvement brusque.

— Pourquoi tu n'es pas venue me voir avant de quitter la ville ?

— Je…

— Tu te rends compte que je suis parti à ta recherche dans les monts Riphées ? enchaîna Lastyanax. Que j'ai passé un mois dans ces fichues montagnes avec un caravanier détestable ? Tout ça pour te voir revenir comme une fleur à Hyperborée, plus inconséquente que jamais…

La colère enflait tellement dans sa voix qu'il s'interrompit. Interloquée, Arka ne répondit pas immédiatement. Elle commençait à réaliser que ses retrouvailles avec Lastyanax n'allaient pas être aussi simples qu'elle l'avait escompté. Elle était surprise d'apprendre qu'il avait essayé de la retrouver et encore plus étonnée de découvrir qu'il lui en voulait pour ça. Après tout, elle avait laissé un mot.

— Je vous ai jamais dit de me rejoindre, répliqua-t-elle. D'ailleurs, je vous ai même demandé de ne *pas* me rejoindre dans ma lettre.

— Tu veux parler de ce torchon ?

D'un geste furieux, Lastyanax sortit un bout de papier froissé de sa poche. Arka reconnut les quelques lignes qu'elle avait griffonnées à la hâte avant de s'enfuir d'Hyperborée. Elle se rendait soudain compte qu'elle aurait pu soigner un peu plus son message d'adieu. Malgré tout, la réaction de Lastyanax commençait à l'énerver.

— J'ai pris beaucoup de risques pour vous faire parvenir ce torchon, comme vous dites, répliqua-t-elle. Et c'est pas de ma faute si vous avez décidé de faire le contraire de ce que j'avais écrit et de me suivre…

— Je suis ton mentor, je n'ai pas à t'obéir !

— Vous êtes plus mon mentor, c'est vous-même qui me l'avez dit !

Lastyanax sembla sur le point de répliquer quelque chose, mais il referma la bouche. Ses lèvres se pincèrent tandis qu'il resserrait son poing autour du feuillet.

— Très bien, dans ce cas….

Il jeta le bout de papier comme un vulgaire déchet, tourna les talons et se mit à marcher en direction des tours. Hébétée, Arka le regarda s'éloigner. Elle n'arrivait pas à croire qu'il partait, comme cela, sans lui poser davantage de questions, sans chercher à débusquer les bobards qu'elle venait de lui raconter, comme il avait toujours su si bien le faire. La colère l'envahit. Elle avait risqué sa vie en espérant le revoir, et il la traitait comme une enfant capricieuse.

Soudain, elle détesta tout chez Lastyanax, depuis son orgueil bouffi jusqu'à son nez cassé. Une envie de lancer des insultes et de donner des coups de poing la démangea. Elle ramassa une poignée de neige et la projeta de toutes ses forces sur la tête de Lastyanax. La boule se désintégra sur sa nuque. Il glapit et fit volte-face, le visage blanc de rage. Arka avait déjà pétri une deuxième poignée de neige, consciente qu'un autre lancer risquait de détruire définitivement tout espoir de réconciliation avec Lastyanax.

— Vous savez pas comment ça a été dur pour moi aussi ! cria-t-elle, la voix éraillée par la frustration.

— Là, maintenant, je m'en contrefiche ! aboya Lastyanax.

Une vague de neige se souleva à ses pieds et se propagea jusqu'à ceux d'Arka. Elle ne l'avait jamais connu aussi énervé. Ils se regardèrent un instant avec des expressions assassines. Puis il parut faire un effort pour retrouver sa contenance. Lorsqu'il reprit la parole, ce fut d'une voix serrée comme un paquetage qui menaçait d'exploser.

— Pyrrha est coincée sur la Tour des Inventions entre des automates tueurs qui veulent la découper en rondelles et un mage vendu aux Thémiscyriens, donc j'ai des choses autrement plus importantes à gérer que les sautes d'humeur d'une ex-disciple ingrate. On règlera nos comptes quand je serai fixé sur son sort. En attendant, reste ici, repars dans les montagnes, suis-moi… Fais ce que tu veux, ça m'est égal, mais surtout *tais-toi*.

À peine avait-il fini sa phrase qu'il partit d'un pas vif en direction des tours. Arka bouillonnait de colère ; elle aurait voulu le prendre au mot et s'en aller. Il avait disparu dans l'ombre des tours lorsqu'elle se décida enfin à le rattraper. Elle déboula dans une rue du premier niveau brouillée par la fumée des braseros. Il n'était nulle part en vue. Arka eut un instant de panique, puis ses yeux captèrent un éclat orangé à l'angle d'une tour. Il avait sorti un étrange cylindre de sa poche pour le scruter, comme s'il en attendait un message. Elle le rejoignit tandis qu'il bifurquait vers le péage le plus proche. Il sembla à peine la remarquer.

— C'est quoi ? demanda-t-elle en désignant le cylindre d'un mouvement du menton.

Lastyanax tourna brièvement la tête vers elle et fronça les sourcils, comme si elle venait de l'interrompre dans une réflexion complexe. Arka loucha sur le cylindre. Il avait inscrit sur les touches d'ivoire de l'appareil : VIENS À TON AIDE.

— Une invention du même mécamens qui a créé tes ailes, répondit Lastyanax sans ralentir. Un graphomance. Ça sert à échanger des messages. Tout ce que tu inscris dessus est reproduit sur le deuxième exemplaire. Pyrrha a l'autre appareil.

Puis il se renferma dans son mutisme et accéléra encore le pas. Arka devait presque trottiner pour rester à sa hauteur. Chaque fibre de son corps hurlait de fatigue. Elle n'aurait jamais pensé éprouver un jour la moindre difficulté pour suivre son casanier de mentor. Autour d'elle, le premier niveau semblait envahi par les mâcheurs de gomme aux visages devenus lunaires à force de ne plus afficher d'expression. Dans les canaux gelés, la glace avait emprisonné les carapaces des tortues mortes et les barques. Des inscriptions peintes en grandes lettres sur les murs annonçaient l'élection d'un nouveau Basileus et incitaient les passants à voter pour un certain Phillon. Arka se demandait de qui il s'agissait lorsqu'elle entendit un soupir de soulagement. Elle se tourna vers Lastyanax, qui souriait à présent, les yeux fixés sur son cylindre.

— Elle a réussi à s'enfuir ! s'exclama-t-il.

— Qui ça ? demanda Arka. Pyrrha ?

— Non, la reine des Amazones, ironisa Lastyanax. Oui, évidemment, Pyrrha. On va la retrouver à la bibliothèque.

Toujours souriant, il continua de pianoter sur son engin sans lui accorder la moindre attention. Arka trouvait ça extrêmement impoli. Comme il semblait cependant de bien meilleure composition qu'après son atterrissage brutal dans les congères, elle décida de continuer ses questions.

— Bon, alors, qu'est-ce que vous faisiez, dans la Tour des Inventions ?

Le nez penché sur son cylindre, il l'ignora.

— Attends-moi ici, je vais profiter d'être au premier niveau pour aller chercher quelque chose, dit-il en rempochant le graphomance.

Il s'éloigna dans une rue adjacente sans plus d'explications. Vexée de s'être fait planter là comme une chèvre au piquet, Arka se laissa tomber sur le bord du canal, le menton dans ses poings. Elle aurait mis sa main

à couper que Lastyanax la faisait mijoter exprès pour se venger de son départ. C'était mesquin.

Elle remonta son col sur son nez et regarda les passants, se demandant avec inquiétude si la police hyperboréenne la recherchait toujours pour le meurtre du Basileus. Devant elle, un garçon assis par terre faisait rôtir un rat dans un morceau de carapace. Sur le mur derrière lui s'étalait une énième annonce recommandant de voter pour le général Phillon.

— C'est quand, cette élection ? demanda-t-elle au garçon en désignant l'inscription.

— D'où tu débarques pour pas savoir ? répliqua le garçon en continuant de tourner la pique sur laquelle il avait embroché son rat. Les résultats sont tombés aujourd'hui. Le Thémiscyrien, là, Phillon, il a gagné. Y a son sacre après-demain.

Comme son rat avait fini de cuire, il éteignit le feu d'un geste et retira la pique. La queue de l'animal entre ses doigts rougis, il fit jaillir deux lames transparentes avec la glace du canal et les fixa sous ses chaussures rapiécées. Arka suivait ses gestes avec intérêt. À Hyperborée, faute d'avoir reçu l'enseignement du Magisterium, la plupart des habitants avaient une connaissance et un usage sommaires de la magie, même si certaines guildes transmettaient un savoir spécialisé à leurs artisans. Comme elle en avait fait le constat des mois auparavant, il était très difficile pour un enfant des premiers niveaux de devenir disciple. Le garçon au rat était sans doute plus talentueux que nombre de ses anciens camarades du Magisterium, mais il n'était pas né au bon endroit. Arka le regarda se mettre debout sur ses lames de glace et patiner jusqu'au bout de la rue en grignotant son rat. Ce nouveau mode de locomotion lui parut formidable.

Elle tenta de modeler à son tour des patins sous ses bottes. Malheureusement, la maîtrise de l'eau n'avait jamais été son point fort et la fatigue de la téléportation semblait avoir entamé ses pouvoirs. Elle avait beau se concentrer, la glace ne voulait pas prendre la forme qu'elle souhaitait lui donner. La lame était tantôt trop épaisse, tantôt trop fine.

— Ça me rappelle la première épreuve de ton Attribution.

Arka leva les yeux et vit Lastyanax, un grand paquet souple plié sur un bras. Sans ajouter un mot, il posa le paquet à côté d'elle, s'accroupit à ses pieds, souleva ses bottes l'une après l'autre et forgea deux lames de glace parfaites qui vinrent se coller sous ses semelles. Puis il fit de même avec ses propres chaussures. Arka se redressa sur ses patins, les jambes un peu flageolantes, et se mit à avancer sur la glace en battant des bras pour conserver son équilibre. Après quelques allers-retours maladroits, elle avait trouvé le truc.

— J'ai mis une décade pour parvenir à être autant à l'aise sur mes patins, commenta Lastyanax avec amertume depuis le bord du canal.

— Chacun ses talents, maître, répondit Arka en s'arrêtant en dérapage devant lui. Vous voulez de l'aide pour vous relever ?

— N'en rajoute pas, grommela Lastyanax en se mettant debout à son tour. Allez, viens, on va retrouver Pyrrha à la bibliothèque. Je vais t'expliquer ce qui s'est passé ici depuis ta désertion.

— Avouez que vous êtes quand même heureux d'avoir retrouvé ma compagnie, dit Arka tandis qu'ils se dirigeaient vers le péage du deuxième niveau.

— Ta compagnie m'agace.

— Alors vous êtes heureux d'être agacé par ma compagnie.

— … Peut-être bien, oui.

Ils remontèrent les niveaux, empruntant les escaliers de glace qui avaient remplacé les cascades. Arka se sentait harassée en montant les marches, mais elle essaya de ne pas le montrer. Des soldats-oiseleurs surveillaient les péages et la police hyperboréenne faisait figuration à côté. Leur présence ne semblait pas inquiéter Lastyanax : « Les seuls qui pourraient nous reconnaître sont les mages, et les mages n'ont pas quitté l'Extractrice », expliqua-t-il. Il lui raconta tout ce qui s'était passé depuis son absence : l'arrivée des Thémiscyriens, la détention prolongée des mages, la construction de la nouvelle machine extractrice, la distribution de gommes, le plan de sabotage, les élections et enfin les péripéties de la Tour des Inventions. À chaque escalier de péage, il s'arrêtait pour l'aider à enlever et remettre ses patins en râlant sur son incompétence. Parvenue au septième niveau, Arka était à peu près à jour sur les événements. Lastyanax et Pyrrha avaient donc mis sur pied un plan pour saboter la machine extractrice : parfait, elle arrivait à point nommé pour les aider et pour récupérer les pépites. Le maître des lémures avait momentanément disparu de la circulation, même s'il semblait toujours œuvrer en coulisses. Enfin, au grand étonnement d'Arka, le paperassier Lastyanax semblait s'être transformé en intrépide hors-la-loi.

— Comment ça, « j'aurais jamais pensé que vous pourriez vivre sans vos rapports » ? répéta-t-il d'un ton offusqué quand elle lui fit part de cette dernière réflexion.

Ils étaient presque arrivés à la bibliothèque.

— Le cambriolage et le sabotage, c'est pas trop dans votre style, maître, répondit Arka. Vous avez réussi à impressionner Pyrrha, au moins ?

Sous la capuche qui lui dissimulait le visage, les yeux de Lastyanax lancèrent des éclairs. Il n'eut pas le temps de lui répondre : Pyrrha venait justement d'apparaître à l'entrée de la bibliothèque. La jeune mage se précipita sur lui et le serra dans ses bras d'un geste si brusque qu'il fit une grimace de douleur. Pour la première fois depuis qu'elle voyait son mentor transir d'amour pour Pyrrha, Arka pensa qu'il avait peut-être enfin ses chances. Ils souriaient tous les deux par-dessus leurs épaules. Mais lorsqu'ils se séparèrent, ils avaient repris des expressions sérieuses, si bien que chacun ignorait l'expression béate qui habitait le visage de l'autre un instant plus tôt. Arka trouva cela terriblement frustrant à observer.

— J'ai essayé de redescendre du toit au plus vite pour bloquer la porte d'entrée et coincer l'administrateur à l'intérieur, mais il s'était déjà enfui, dit Pyrrha à Lastyanax. Avec un peu de chance, il croit que les automates nous ont réglé notre compte. Mais les Thémiscyriens vont finir par s'apercevoir qu'on n'est pas morts dans la Tour des Inventions. Il faut absolument qu'on passe à l'action après-demain.

— On a tout ce qu'il nous faut, à présent, répondit Lastyanax en tapotant le paquet sous son bras. Et même du renfort, ajouta-t-il avec un coup de menton vers sa disciple.

Pyrrha adressa un regard suspicieux à Arka et s'abstint de tout commentaire. Elle ne paraissait pas ravie de sa présence. Arka ne s'inquiéta pas de sa froideur : son mentor voulait bien de son aide, c'était tout ce qui comptait.

Elle accompagna les deux mages dans la bibliothèque centrale. Même si elle associait ce lieu à de longues sessions d'étude barbantes, l'état des rayonnages la chagrina. Elle découvrit la chambre forte où son mentor et Pyrrha échafaudaient leur plan de sabotage depuis son départ. Ce ne fut que lorsqu'elle fut bien installée dans un des fauteuils de la pièce, l'estomac rempli de biscuits secs et enfin prête à se reposer après deux jours de stress ininterrompu, que Lastyanax se tourna vers elle.

— À ton tour, maintenant. Explique-moi ce que tu as vraiment fait depuis ton départ.

— Ben je vous l'ai dit, je suis partie dans les montagnes et j'ai décidé de reve…

— Tu as des feuilles d'eucalyptus dans ta capuche, coupa Lastyanax. Les eucalyptus ne poussent pas dans les monts Riphées.

Arka se sentit prise en faute et en même temps un peu fière de son mentor. Lastyanax venait de débusquer son bobard.

— Depuis quand vous vous y connaissez en plantes ?

— Depuis que j'ai lu une encyclopédie de botanique, répliqua Lastyanax. (« Évidemment », marmonna Arka.) N'essaie pas de changer de sujet.

Arka fronça les sourcils et coula un regard méfiant à Pyrrha, qui suivait l'échange avec une grande attention. Elle n'était pas à l'aise à l'idée de parler de ses capacités lémuriennes à Lastyanax, mais elle le connaissait assez pour savoir qu'il tenterait de la croire. Avec Pyrrha, c'était une autre histoire. La mage ne semblait pas nourrir des sentiments très sympathiques à son égard.

— Tu peux faire confiance à Pyrrha autant qu'à moi, dit Lastyanax, perspicace comme toujours.

Arka n'était pas convaincue, mais elle n'avait pas le choix de son auditoire. Elle rassembla ce qui lui restait d'énergie et prit une profonde inspiration.

— Je n'ai pas passé tout ce temps dans les monts Riphées. Je suis revenue dans la forêt des Amazones.

Arka vit Lastyanax essayer de résoudre le problème arithmétique que représentaient son absence de deux mois et les milliers de lieues qui séparaient Hyperborée de l'Arcadie.

— En me téléportant, précisa-t-elle.

Lastyanax lui jeta un regard incrédule.

— Je vous l'ai dit, mon père était un lémure.

Les deux mages ne la quittaient plus des yeux. Le nez penché sur ses genoux, elle leur raconta ce qui lui était arrivé depuis leur séparation, lors de leur combat contre le maître des lémures. Elle leur parla de Thémis, de sa difficulté à retrouver une vie normale, de son bannissement et de son objectif : rapporter le vif-azur pour être réhabilitée. Elle passa sous silence ce qu'elle avait appris sur le maître des lémures et la mission d'assassinat que Thémis lui avait confiée à demi-mot : c'était son affaire personnelle, elle n'avait pas envie d'embarquer Lastyanax là-dedans. À la fin de son récit, elle releva les yeux. Le doute se lisait sur chaque trait de Lastyanax ; Pyrrha la considérait avec une extrême méfiance.

— À supposer qu'on réussisse à saboter la machine extractrice et que tout cela soit vrai… commença cette dernière.

— Tout *est* vrai, se défendit aussitôt Arka.

— … nous n'avons pas l'intention de donner le vif-azur à qui que ce soit, continua Pyrrha, et surtout pas aux Amazones.

On ne pouvait être plus catégorique. Arka se tourna vers son mentor, en quête de soutien. Il ne paraissait pas plus ouvert à l'idée de lui confier les pépites.

— Mais qu'est-ce que vous allez en faire ? demanda Arka.

— Rien, répondit Lastyanax. Nous avons décidé de les entreposer dans un endroit où personne ne pourra venir les récupérer. Le vif-azur est une arme beaucoup trop dangereuse pour être laissé en circulation.

— C'est pas une arme, objecta Arka en fronçant les sourcils. C'est une défense face à la magie.

— Il n'y a rien de plus naturel que la magie, répliqua Pyrrha.

— C'est parce que vous êtes hyperboréens que vous dites ça, vous savez pas ce que c'est de faire face à des mages quand on ne peut pas utiliser la magie, gronda Arka.

L'image des Amazones mutilées par la guerre occupait son esprit. Elle avait beau avoir réussi à faire de la magie son alliée, elle comprenait la peur et le rejet que cette faculté suscitait chez celles et ceux qui ne la maîtrisaient pas.

— Effectivement, on est hyperboréens, répliqua Pyrrha. Et on n'a aucun intérêt à aider les Amazones. C'est un peuple barbare.

— On n'est pas barbares !

Le cri s'était échappé d'Arka presque contre sa volonté. Elle ne savait pas qui elle essayait de convaincre : Pyrrha ou elle-même ? Une petite voix désagréable lui disait que, sans l'intervention de Thémis puis d'Antiope, elle n'aurait plus eu sa tête pour parler. Son épuisement lui ravissait les ripostes qu'elle aurait voulu trouver. Lastyanax leva une main diplomatique pour arrêter l'escalade de tension.

— Il commence à se faire tard et la journée a été longue pour tout le monde. On reparlera de tout ça demain, quand on sera reposés.

Pyrrha et Arka s'affrontèrent encore un instant du regard.

— Tu as raison, finit par dire la mage en se levant. Je retourne chez ma grand-tante, ma famille doit commencer à s'inquiéter.

— Je vais te raccompagner, dit Lastyanax. Au cas où tu tomberais sur des soldats-oiseleurs.

Il se tourna vers Arka et désigna une banquette recouverte d'une couverture en laine de bœuf musqué.

— Dors là-dessus. C'est d'un confort sommaire, mais je n'ai pas mieux à te proposer.

Arka s'abstint de faire remarquer qu'elle dormait dans un hamac depuis plusieurs décades : les Hyperboréens ne savaient pas ce que l'inconfort voulait dire. Ils ne connaissaient pas la terre, la pluie, les arbres, les bêtes sauvages, le rythme des saisons et le silence de la vie humaine ; ils étaient barbares eux aussi, à leur manière. Soudain, la forêt lui manqua plus qu'elle ne lui avait manqué en deux ans d'exil. Sans doute parce que l'odeur des eucalyptus qu'elle avait respirée le matin même lui emplissait encore les narines. Elle alla s'écrouler sur la banquette, trop éreintée pour ajouter un mot, et s'endormit comme une souche en rêvant d'Arcadie.

Lastyanax

— Tu n'avais pas besoin de me raccompagner, dit Pyrrha d'un ton catégorique. Je peux parfaitement me défendre seule s'il le faut.

Ils patinaient tous les deux en direction du péage du sixième niveau. Il faisait toujours froid, mais le vent soufflait beaucoup moins fort, signe que la brèche du dôme était presque refermée. La lumière opaline de la pleine lune luisait sur la glace des canaux déserts. Lastyanax se sentit vaguement irrité par le commentaire.

— Je sais, grommela-t-il. Je voulais un prétexte pour discuter avec toi, sans Arka. Je souhaiterais avoir ton avis sur la situation.

— Mon avis, c'est que ta disciple est une source inépuisable d'ennuis, répondit aussitôt Pyrrha.

Lastyanax ouvrit la bouche pour rétorquer, mais il se rendit compte qu'il n'avait pas grand-chose à répondre à cela. Sa vie n'avait cessé de se compliquer depuis qu'Arka y était entrée.

— Je pense qu'on ferait bien de la tenir à l'écart de notre plan jusqu'à ce qu'on soit débarrassés du vif-azur, ajouta Pyrrha. Elle serait capable de nous le voler et de le rapporter toute seule aux Amazones.

Là non plus, Lastyanax ne savait pas quoi répondre. Il aurait aimé pouvoir dire qu'Arka ne ferait jamais ça, mais elle avait déjà pris des initiatives plus inattendues.

— De toute façon, il vaut mieux la tenir à l'écart tout court, trancha-t-il tandis qu'ils s'approchaient du péage. Vif-azur mis à part, elle est assez casse-cou pour nous mettre en danger et faire capoter le plan. Demain matin, je partirai avant le lever du jour avec tout le matériel et je te rejoindrai au quatrième niveau pour être sûr qu'elle ne nous suive pas.

— Bonne idée, approuva Pyrrha.

Ils étaient presque arrivés au péage, où une demi-douzaine de soldats-oiseleurs fêtaient autour d'un brasero la victoire de Phillon aux élections. Les Thémiscyriens lancèrent des commentaires grivois en remarquant qu'une jeune femme venait à leur rencontre. Ils étaient heureusement trop éméchés pour se révéler menaçants.

— Je n'aurais pas aimé te savoir seule à cette heure-ci, quand même, fit remarquer Lastyanax lorsqu'ils parvinrent au pied de la cascade gelée.

— Ce n'est pas à moi de m'adapter, c'est à eux de changer, répliqua Pyrrha en équipant ses bottes de lame de glace.

Lastyanax devina que sa déception d'avoir perdu aux élections revenait la frapper de plein fouet. En cas de victoire, elle avait prévu de réformer un certain nombre de Basiliques – les lois hyperboréennes – pour niveler les rapports entre hommes et femmes. À nouveau, il réorienta la conversation sur leur plan de sabotage pour éviter qu'elle ressasse trop longtemps sa défaite. Ils descendirent les deux péages restants et traversèrent le quatrième niveau en revoyant les détails de l'opération du surlendemain. Pyrrha fit l'inventaire des objets dont ils allaient avoir besoin.

— Graphomance, ampoule d'air liquide, sceau de destruction… énuméra-t-elle.

— Je n'ai plus la bague de Mézence, se souvint soudain Lastyanax. Elle a glissé de mon doigt quand j'ai voulu détruire une autre porte, mentit-il aussitôt. Je me suis retrouvé coincé entre les automates et le vide… C'est à cause de ça que je suis tombé.

Après avoir été lui-même sauvé par sa disciple à plusieurs reprises, il commençait à comprendre pourquoi Pyrrha détestait sa tendance à jouer les héros. Elle lui en aurait voulu d'apprendre qu'il savait que le stock d'anima du sceau de destruction était épuisé. Il prit un air contrit de circonstance tandis que Pyrrha déplorait la perte de la bague.

— Bon, tant pis, on fera sans, de toute façon ce n'était qu'une précaution, dit la mage. Je connais suffisamment le mécanisme pour essayer d'en produire un autre exemplaire, mais il me faudrait de l'orichalque… En parlant d'orichalque, est-ce que tu crois que tu pourrais récupérer le bracelet de ta disciple ? ajouta-t-elle d'un ton détaché. Il pourrait nous servir si les choses tournent mal.

Lastyanax soupçonnait Pyrrha d'être moins emballée par l'utilité des ailes que par la perspective de pouvoir les décortiquer pour les étudier.

— Arka le garde toujours au poignet, je ne pourrai pas le lui prendre sans qu'elle se réveille, répondit-il en secouant la tête. Et je ne vais pas lui voler son bracelet en plus de l'abandonner.

— C'est vrai qu'elle risque de t'en vouloir de la laisser en plan, nota Pyrrha.

— On sera quittes, alors, maugréa Lastyanax.

Ils étaient arrivés devant la tour où habitait la famille de Pyrrha. Derrière, la forme de l'Extractrice apparaissait dans l'obscurité, chaque meurtrière éclairée de l'intérieur par les grandes sphères lumineuses de l'atrium qui restaient constamment allumées. Sur la coursive menant à

l'appartement de la grand-tante, une silhouette se dessinait, accoudée à la rambarde : emmitouflée dans ses fourrures, Aspasie attendait le retour de sa sœur.

— Bon, je vais lui raconter nos péripéties de la journée, dit Pyrrha. On se retrouve ici demain matin ? Bonne nuit.

— Bonne nuit, répondit Lastyanax, déçu de la voir partir si vite.

Comme toujours, il aurait voulu s'éloigner un peu du plan et lui parler de ses sentiments. Il se consola en se disant que le moment était mal choisi : certes, la lune était magnifique et ils venaient de se sauver mutuellement la vie, mais Aspasie les regardait. Sur son chemin du retour, il emprunta une autre combinaison de péages pour ne pas attirer l'attention des soldats-oiseleurs qu'il avait vus à l'aller. Il regagna la bibliothèque et descendit dans ses tréfonds obscurs, guidé par la lumière de la sphère que Pyrrha et lui avaient laissée près de l'entrée en partant. Arrivé devant la chambre forte, il éteignit le globe et activa le sceau de la porte, qui se replia pour le laisser passer. À l'intérieur, le brasero magique rougeoyait encore, éclairant Arka qui émettait des ronflements sous sa couverture. Même endormie, elle paraissait épuisée. Sa joue appuyée contre la banquette lui remontait la pommette en lui bridant la paupière. Lastyanax trouva soudain qu'elle ressemblait à une étrangère du Sud, malgré les cheveux blonds qu'elle avait hérités de son père hyperboréen. Avec un soupir, il s'assit dans un fauteuil et se demanda par quel étrange tour du destin il était devenu responsable d'une apprentie guerrière à demi lémure. Mais était-il encore responsable d'elle ? L'avait-il jamais été ? Il sentait qu'Arka avait changé en revenant dans la forêt, comme un animal domestiqué qui, relâché dans la nature, serait retourné à l'état sauvage.

Il attacha l'horlogium à son poignet et le programma pour somnoler quelques heures dans le fauteuil.

Les vibrations de l'invention le tirèrent du sommeil un peu avant l'aube. Arka dormait toujours profondément. Pyrrha avait raison, elle

allait lui en vouloir à son réveil, mais il n'avait pas le choix. Il se leva de son fauteuil et commença à rassembler sans faire de bruit le matériel et les plans de l'Extractrice. Lorsqu'il eut tout entassé dans un grand sac, il alla poser un peu de monnaie – qui provenait des coffres de la famille de Pyrrha, son propre compte à la Banque Interniveau ayant été bloqué – à côté de sa disciple. Les pièces tintèrent. Pendant un instant, il eut l'impression qu'Arka allait se réveiller, mais elle se contenta de lui ronfler au nez.

Il reprit son grand sac et s'arrêta sur le seuil de la porte mécamancique. La pensée qu'il voyait peut-être sa disciple pour la dernière fois venait de lui traverser l'esprit. Si les choses tournaient mal dans l'Extractrice…

— Prends soin de toi, Arka, murmura-t-il, avant de quitter pour de bon la bibliothèque.

Le soir même, il était assis sur un balcon du quatrième niveau, chez la grand-tante, en face de l'Extractrice. Pyrrha et lui avaient passé la journée à mettre la dernière main à la préparation de leur sabotage. Les fissures du balcon chargé de neige inquiétaient Lastyanax, tout comme l'exercice d'équilibriste auquel se livrait la jeune mage. Debout sur la large corniche qui courait le long de la tour, Pyrrha réorganisait les lettres majuscules d'une vieille publicité murale écaillée qui proclamait les bienfaits de la crème à base de racine de nénuphar. Lastyanax regarda le précipice sous ses pieds et déglutit.

— Tu n'as jamais eu le vertige ? demanda-t-il.

— J'ai grandi au septième niveau, je te rappelle, répondit Pyrrha. Il n'y a que les premiers niveaux pour avoir le vertige.

Elle posa la main sur le sceau qu'elle venait de tracer en bas de la réclame et l'activa. Les lettres publicitaires semblèrent ramper sur le mur et achevèrent leur migration en affichant CETTE NUIT. Pyrrha revint sur le balcon et s'assit à côté de Lastyanax, les pieds dans le vide. Ensemble, ils attendirent en regardant la dixième fenêtre en partant de la droite au troisième étage du quatrième niveau de la prison. La fenêtre derrière laquelle se trouvait Pétrocle.

Un quart d'heure plus tard, leur ami n'avait donné aucun signe de vie. Lastyanax avait mal aux yeux à force de fixer la vitre d'adamante qui se fondait de plus en plus dans l'ombre de la tour à mesure que le soir tombait. Il commençait à s'inquiéter lorsqu'une flamme apparut tout à coup sur le coin droit de la fenêtre.

— Pétrocle, souffla Pyrrha.

— On est prêts, dit Lastyanax en tapant dans ses moufles pour réchauffer ses mains engourdies par le froid.

Il amorça un geste pour descendre du balcon, mais Pyrrha le retint par le bras. Surpris, Lastyanax leva les yeux vers elle. Elle ne le lâcha pas. Il réalisa alors que ce moment de calme, sur le balcon, était peut-être le dernier qu'ils vivaient ensemble. Dans quelques heures, ils entreraient dans l'Extractrice, chacun de son côté. Malgré leurs efforts et leurs préparatifs, il restait trop d'incertitudes pour qu'ils puissent partir du principe qu'ils en sortiraient.

— Quand tu es parti à la recherche de ta disciple, tu m'as laissé la bague de Mézence, commença Pyrrha d'une voix lente. J'ai eu l'occasion de l'étudier de près. Et j'ai fait une découverte : elle s'adapte automatiquement à la taille du doigt de la personne qui la porte. C'est un ajustement mécamancique très subtil, si subtil que tu ne l'as toi-même pas remarqué.

Elle releva la tête et le regarda avec des yeux chargés de reproche.

— Le sceau de destruction n'a jamais glissé de ton doigt, conclut-elle. Tu m'as menti, hier. Tu savais que le sceau était presque déchargé.

Agacé par son ton accusateur, Lastyanax retira son bras et le coinça entre ses cuisses. Lui qui avait espéré avoir enfin l'opportunité de lui avouer qu'il l'aimait, voilà qu'il se retrouvait à devoir se justifier comme un enfant pris en faute.

— C'était la bonne décision, répliqua-t-il. Tu n'aurais pas accepté de me laisser seul, et on serait morts tous les deux.

— Qu'est-ce que j'aurais fait sans toi, de toute façon ? répliqua Pyrrha.

— Je suis sûr que tu aurais réussi à mener le plan à bien, objecta Lastyanax, déterminé à démontrer la rationalité de son raisonnement. C'est toi qui l'as mis au point, après tout. Tu aurais pu trouver un disciple de quatrième année pour me remplacer et…

— Cela n'a rien à voir avec le plan, Last.

Sa phrase lui coupa le souffle. Il releva la tête. Pyrrha regardait à présent le fenêtre de Pétrocle. Lastyanax ne la quitta pas des yeux. Son cœur et son estomac semblaient soudain s'être lancés dans une danse endiablée.

— Est-ce qu'Aspasie disait vrai, l'autre jour ? demanda-t-il. Est-ce que tu as quitté Rhodope pour…

— J'ai quitté Rhodope parce qu'il ne supportait pas l'idée que j'aille t'aider dans ton enquête, coupa Pyrrha. Il était affreusement jaloux de toi et je déteste ce genre de comportement. Mais si tu souhaites m'entendre dire que tu comptes pour moi, alors oui, tu comptes pour moi. Tu serais donc gentil de ne pas essayer de te sacrifier chaque fois que tu en as l'occasion.

Quelques décennies plus tôt, Lastyanax aurait laissé de côté ses remarques infantilisantes pour ne retenir qu'une chose : Pyrrha tenait à lui. Mais un mois et demi passé en sa compagnie lui avait appris à prêter attention à ses défauts de caractère. Il savait ce qu'elle avait envie de lui dire mais, parce qu'elle était Pyrrha et parce qu'il n'était que Lastyanax, elle n'osait pas exprimer ses sentiments autrement qu'en les accompagnant de critiques. Comme si l'abaisser lui permettait de garder la maîtrise sur une situation qu'elle n'avait pas anticipée.

Leur conversation se termina donc sur un mélange décevant de silence frustré et de ressentiment. Lastyanax quitta la terrasse et se coucha sur la natte que la grand-tante avait déployée à son intention dans la pièce à vivre. Un long moment passa : il entendit Pyrrha traverser la pièce. Elle ralentit en arrivant à sa hauteur. Il sentit son regard lui brûler le dos et espéra soudain de tout son être qu'elle viendrait s'allonger sur le sol, contre lui. Mais elle s'éloigna et partit se coucher avec sa sœur.

Arka

Quelques heures plus tôt

Lorsque Arka se réveilla, avec l'impression d'avoir dormi pendant dix ans, elle eut la surprise de découvrir la chambre forte vidée des plans, des inventions et de Lastyanax. Ce dernier lui avait laissé un peu d'or et une note avec trois mots ridicules en guise de justification : *Pour ta sécurité.*

Arka fut d'abord écœurée par son hypocrisie. Il savait que la malédiction la protégeait : ce n'était pas pour sa sécurité qu'il s'inquiétait, mais pour les pépites de vif-azur. Pyrrha avait dû le convaincre de la maintenir à l'écart de leur plan de sabotage. À la pensée qu'ils aient pris cette décision dans son dos, pendant qu'elle dormait, Arka se sentit trahie, et aussi un peu idiote. Comme toujours, elle n'avait pas assez anticipé les événements. Quand elle avait quitté l'arbre-cabane de Thémis, tout était simple dans son esprit : elle revenait à Hyperborée, elle rejoignait Lastyanax, ils récupéraient le vif-azur et elle anéantissait le maître des lémures. À présent, son mentor l'avait laissée tomber, Pyrrha et lui s'apprêtaient à faire disparaître le vif-azur elle ne savait où et le maître des lémures n'était nulle part en vue.

Ce n'était pas seulement le manque de confiance de Lastyanax qui la blessait, mais aussi son choix de se passer de son aide, alors qu'elle lui avait à chaque fois sauvé la mise lorsqu'il s'était retrouvé dans des situations périlleuses. « Quand il a été écrasé par le bazar de Palatès, qui est-ce qui l'a sorti de là ? Et quand il a été emporté par le griffon, hein, qui était là pour le récupérer ? Et hier, qui est-ce qui lui a évité de finir aplati au premier niveau ? » fulmina Arka en remettant ses bottes

d'un geste rageur. Une petite voix dans sa tête lui soufflait qu'elle était souvent à l'origine de ces situations périlleuses, mais elle l'ignora. Elle déchira le mot de Lastyanax et jeta les petits bouts de papier dans le brasero magique qu'il avait ravivé à son intention. Puis elle quitta la chambre forte d'un pas électrique, fermement décidée à retrouver son mentor pour lui prouver qu'il avait eu tort de la laisser sur le côté.

Arrivée à l'extérieur du bâtiment, elle fut frappée par l'air froid. L'aspect désolé des canaux étouffa l'énergie qui l'animait un instant plus tôt. Elle n'avait aucune idée de l'endroit où se cachait Lastyanax. Est-ce qu'il se trouvait au septième niveau, au moins ? Elle passa devant le donjon sans oser y entrer – de toute façon, son mentor avait déserté les lieux après le procès – et se mit à errer sans but sur les canaux du sommet de la ville, la tête enfoncée dans sa capuche pour dissimuler son visage aux rares passants qu'elle croisait. La chaleur d'Arcadie et la verdure de la forêt lui manquaient. Elle ne voulait pas penser à ce qu'elle ferait si Lastyanax se débarrassait vraiment du vif-azur et la privait ainsi de toute possibilité de retrouver sa place parmi son peuple.

Alors qu'elle se dirigeait vers la périphérie des tours, une patrouille de Thémiscyriens apparut au bout d'un canal, leur carrure renforcée par les plumes qui faisaient office d'épaulettes sur leurs capes. Arka hésita un instant à faire demi-tour, mais cette attitude aurait paru suspecte. Alors qu'elle passait à côté d'eux, tendue comme un arc, un soldat repoussa brusquement sa capuche.

— Eeeh, mais c'est pas souvent qu'on voit une fille se promener seule par ici, dit-il. Comment tu t'appelles ? Je suis sûr que tu es mignonne sous tes fourrures.

Arka était tellement choquée par ce commentaire qu'elle ne sut comment réagir. S'il l'avait insultée, elle aurait répliqué avec trois baffes, mais là ? Elle se sentait soudain sale, comme si la façon dont les soldats la regardaient se répercutait sur la vision qu'elle avait d'elle-même : un bout de chair fraîche inoffensif, à disposition de tous.

— Tu t'intéresses aux gamines, maintenant ? s'esclaffa un de ses camarades. Allez, fous-lui la paix, elle est trop jeune.

— J'aime bien les vieilles aussi, t'as qu'à demander à ta mère, répliqua le soldat en se détournant d'Arka.

Les Thémiscyriens continuèrent de se chambrer en s'éloignant. Arka mit un certain temps à retrouver l'usage de ses jambes, qui semblaient s'être momentanément désactivées. Alors qu'elle essayait de se défaire de la sensation de souillure laissée par le commentaire du soldat, honteuse de ne pas y parvenir tout à fait, une vision relégua cet épisode au second plan. Ses pas l'avaient menée devant l'emplacement où s'élevait autrefois la tour de Silène.

Les canaux qui connectaient l'édifice au reste de la ville n'étaient plus que des moignons hérissés de stalactites. En contrebas, au premier niveau, les restes de la tour effondrée formaient un talus pierreux qui s'arrêtait au pied du dôme, là où les ouvriers avaient déblayé pour monter des échafaudages le long de la brèche. Arka s'assit sur un parapet, atterrée par ce spectacle. La veille, sa discussion avec Lastyanax et la fatigue de la téléportation lui avaient permis de ne pas trop penser au drame. À présent, le souvenir de ceux qui avaient tenté d'échapper aux flammes lui revenait en mémoire. Si elle n'avait pas été là, la tour ne se serait jamais effondrée, ses résidents n'auraient pas été tués, le dôme n'aurait pas été brisé.

— C'est pas de ma faute, murmura-t-elle. J'ai jamais voulu ça.

Mais la culpabilité la tenaillait quand même, une culpabilité aussi absurde que celle qu'elle avait ressentie lorsque le soldat-oiseleur l'avait regardée avec concupiscence, comme si elle était en partie responsable de ce drame et de ce regard. Pourtant, si elle s'attelait à chercher les racines du mal, elle ne les trouvait pas dans ses décisions, mais dans celles du maître des lémures. C'était à cause de lui que Chirone était morte, que la forêt avait été incendiée, que la tour s'était effondrée sur le dôme et que des Thémiscyriens se promenaient sur les canaux d'Hyperborée. Qu'il ait été abandonné par sa mère et élevé par un père belliqueux ne changeait rien à l'affaire. Il n'était plus Candrie, il était le maître des lémures, et elle allait mettre un terme définitif à ses exactions.

Elle s'éloigna de l'emplacement de la tour effondrée, l'esprit concentré sur cette résolution. De toute façon, puisque Lastyanax avait décidé de ne pas la laisser ramener les pépites de vif-azur en Arcadie, c'était la seule chose qu'elle pouvait faire pour donner un peu de sens à son retour à Hyperborée.

Encore fallait-il qu'elle retrouve le maître des lémures. Son mentor lui avait dit que Silène était apparu lors des discours donnés par les Thémiscyriens : probablement que son maître le manipulait de loin, caché dans la foule, tel un marionnettiste machiavélique. Si elle se rendait au sacre de Phillon, le lendemain, et qu'elle s'en prenait au lémure, il y avait fort à parier que son ennemi sortirait de l'ombre pour le défendre, comme il l'avait fait lorsque sa créature s'était retrouvée à la merci de l'attrapeur d'anima. Cette fois-ci, il n'aurait pas la surprise de son côté et elle aurait la pépite de vif-azur de Chirone pour lui régler son compte.

Elle laissa de côté toute réflexion sur ce qu'elle ferait *après* et se dirigea vers le péage le plus proche pour se rendre dans les niveaux inférieurs.

Le trajet vertical fut long. Elle dépensa tout l'or que Lastyanax lui avait laissé dans les péages. Elle songea à un moment à utiliser ses ailes pour garder un peu de monnaie et aller plus vite, mais l'idée lui paraissait soudain terrifiante, comme si son corps avait oublié comment il faisait pour voler. Elle eut beau se concentrer, elle ne parvint pas non plus à produire des lames de glace pour équiper ses patins. Sa nullité en modelage n'expliquait pas cet échec : quelque chose clochait avec ses pouvoirs. Elle ne savait pas s'il s'agissait là d'une faiblesse temporaire ou permanente ; dans les deux cas, cela signifiait qu'elle ne serait pas en pleine possession de ses moyens pour affronter le maître des lémures.

Alors qu'elle arrivait au péage du premier niveau, elle se retrouva coincée derrière un convoi de traîneaux sur lesquels étaient chargés d'énormes blocs d'adamante. Des ouvriers descendaient les blocs un à un en utilisant les treuils à tortue. En bas, sur la surface gelée du canal, d'autres traîneaux tirés par des bœufs musqués attendaient.

— Arka ?

Elle releva la tête.

— Cacique !

Habillé d'une tenue d'ouvrier, un plan roulé sous le bras, Cacique la fixait d'un air ahuri. L'ébahissement faisait disparaître ses gros sourcils derrière ses cheveux noirs. Arka bondit de joie, oubliant un instant ses projets d'assassinat. Puis elle se souvint qui elle était devenue aux yeux de Cacique : une Amazone criminelle, recherchée pour le meurtre du précédent Basileus. Elle connaissait assez son ancien camarade de classe pour savoir qu'il était capable de la dénoncer. La prudence aurait voulu qu'elle prenne la poudre d'escampette ; elle était cependant trop heureuse de retrouver un visage familier pour s'enfuir. Pendant quelques instants, le disciple la dévisagea en silence. Arka pouvait presque voir le savant calcul moral auquel Cacique se livrait : devait-il ou non la dénoncer ? Elle décida d'interrompre cette réflexion en lui posant une question simple, comme il les aimait.

— Qu'est-ce que tu fais ? demanda-t-elle en désignant d'un coup de tête ses compagnons ouvriers, qui continuaient de descendre les blocs d'adamante.

— Je participe à la réparation du dôme, répondit Cacique. Comme le haut ingénieur au dôme n'a pas encore été libéré, il fallait un expert de son architecture pour dessiner les plans de rénovation de l'adamante. Les voici, ajouta-t-il en montrant le rouleau coincé sous son aisselle. Est-ce que c'est toi qui as tué le Basileus ? demanda-t-il de but en blanc.

Prise de court par sa question, Arka hésita avant de lui dire la vérité.

— Oui, mais c'était pas volontaire.

Sa réponse ne sembla pas simplifier l'équation éthique qui préoccupait Cacique. Ses sourcils formèrent une vague continue sur son front.

— Est-ce que tu as aidé les Amazones à emprisonner les mages ?

— Non, répondit Arka, et c'étaient pas de vraies Amazones. Elles ont été embauchées pour enfermer les mages et faire croire à tout le monde que les Thémiscyriens venaient sauver Hyperborée.

Elle baissa la voix, car une patrouille de soldats-oiseleurs passait justement devant eux. Le visage de Cacique affichait une expression grave.

— Dans ce cas, il est probable que Stérix avait raison, dit-il.

— À propos de quoi ?

— Son père n'aurait pas dû rester dans l'Extractrice. Il aurait dû être libéré.

— Sans doute, approuva Arka en se demandant pourquoi Cacique tirait soudain une tête de trois pieds de long. Il est où, Stérix ? demanda-t-elle en regardant autour d'elle.

Elle avait tellement l'habitude de voir les deux garçons ensemble qu'elle s'attendait à voir Stérix surgir d'une rue, son éternel bonnet vissé sur sa tête, prêt à détailler la dernière idée originale puisée dans son imagination fertile.

— Il se trouve au columbarium, répondit Cacique.

— Au quoi ? Au colom…

Arka se tut. Le temps sembla se suspendre, l'air se raréfia, le monde entier devint silencieux. Elle venait de se rappeler ce qu'était le columbarium.

C'était la nécropole d'Hyperborée.

— Qu'est-ce que tu veux dire ? souffla-t-elle.

Cacique agita la jambe, regarda autour de lui et déroula soudain le plan qu'il tenait sous son bras pour le montrer à Arka.

— La réparation du dôme est presque terminée, débita-t-il. Les ouvriers ont refait la portion de rempart détruite lors de l'effondrement de la tour et les verriers napociens ont livré dix mille blocs d'adamante…

Il continua ses explications, détaillant chaque cote et chaque angle. Arka le regardait sans l'écouter, consciente que ce brusque changement de sujet n'était qu'une manière, pour Cacique, d'esquiver un problème difficile, persuadé qu'il était que le plan du dôme ne manquerait pas de la fasciner et de dévier la conversation. Pourtant, les pensées d'Arka n'avaient quitté ni Stérix ni le columbarium. Elle finit par prendre le plan des mains de Cacique, le roula et le lui rendit.

— Raconte-moi ce qui est arrivé à Stérix, dit-elle.

À force de questions précises, elle lui arracha toute l'histoire. Il lui raconta comment Stérix avait accompagné sa mère et d'autres patriciennes à l'entrée du septième niveau de l'Extractrice pour demander la libération des mages. Comment la situation avait dégénéré et conduit au massacre d'une partie des aristocrates, dont Stérix et sa mère. Il parlait sans émotion apparente. La vérité commençait doucement à prendre consistance dans l'esprit d'Arka. L'insouciant, l'enthousiaste Stérix avait été tué par les Thémiscyriens alors qu'il essayait de venir en aide à son père.

Les ouvriers avaient fini de charger les blocs d'adamante sur les traîneaux. Ils hélèrent Cacique, qui regarda Arka comme s'il craignait qu'elle ne réclame davantage de détails sur la mort de leur ami. Mais toutes les questions du monde n'auraient pu combler le vide que ressentait Arka.

— Vas-y, dit-elle. Va réparer le dôme.

— Qu'est-ce que tu vas faire ? s'enquit Cacique.

Même lui avait perçu la froide détermination qui hachait soudain le timbre de sa voix.

— Quelque chose qui ne plaira pas aux Thémiscyriens, se contenta-t-elle de répondre. Est-ce que tu as envie de savoir ?

Cacique marqua une pause songeuse, puis déclara :

— Non. Je préfère ne pas savoir.

C'était sa manière à lui de lui dire qu'il la soutenait. Comme à son habitude, il ne s'embarrassa pas de conventions sociales et descendit l'escalier de glace pour rejoindre les ouvriers. Arka les regarda mettre en branle les traîneaux puis disparaître dans les rues du premier niveau. Elle emprunta le péage à son tour, le cœur en pleurs et les yeux secs. Les choses allaient trop vite. Cacique la laissait s'opposer à l'ordre établi ; Stérix était mort. Tout semblait se déliter autour d'elle.

Elle passa le reste de la journée à faire du repérage aux abords des remparts, depuis la piste de courses gelée. Des oriflammes aux couleurs d'Hyperborée et de Thémiscyra jouxtaient les parois. Sur le chemin de ronde, un énorme dais de soie rouge brodé de formes géométriques dorées avait été dressé. Dessous se trouvait un trône d'ébène recouvert d'une peau de griffon albinos. De part et d'autre du dais, des gradins attendaient les dignitaires, comme lors du Prix du Basileus.

Quand elle eut déterminé à quelle distance des remparts elle devait se trouver pour avoir le meilleur angle de visée, Arka s'éloigna en direction des écuries. Elle entra dans l'un des bâtiments, là où elle avait rencontré Stérix pour la première fois, et s'arrêta devant la stalle vide du Nabot en se demandant si elle l'avait définitivement perdu, lui aussi.

— Fa alors !

Arka sursauta et se tourna vers l'entrée des écuries. Feuval venait d'apparaître dans la pénombre de l'allée. Le bonnet qu'il portait sur la tête cachait son crâne dégarni, ce qui accentuait sa ressemblance avec son fils. Il paraissait stupéfait de la trouver là.

— Où est-fe que tu étais paffée ? Lafty te ferfe partout depuis des décades ! s'exclama-t-il. Il est où, ton canaffon ?

— J'ai perdu Le Nabot, je sais pas où il est, répondit Arka. Vous savez où est Lastyanax ?

— Aucune idée, il me dit pas où il paffe fes journées, répondit Feuval qui semblait être déçu de ne pas avoir retrouvé Le Nabot. À mon avis, il doit faire des foves trop danvereuves pour en parler à fon père. À faque fois qu'il paffe à l'appartement, v'ai peur de ne vamais le revoir. Bon, alors, qu'est-fe qui t'est arrivé ?

La remarque de Feuval fit prendre conscience à Arka d'une chose à laquelle elle avait refusé de penser depuis qu'elle avait pris la décision de tuer le maître des lémures : elle avait atteint un point de non-retour. Ses pouvoirs étaient trop affaiblis et son projet trop dangereux pour espérer en sortir libre et vivante. La présence de Feuval était sans doute sa dernière chance de faire passer un message à Lastyanax. Elle défit son bracelet-ailes dont elle n'arrivait de toute façon plus à se servir et le tendit à l'entraîneur en déclarant :

— Donnez ça à Lastyanax et dites-lui que je suis désolée de l'avoir laissé tomber comme une vieille chaussette.

Puis elle se dépêcha de quitter les écuries pour ne pas avoir à fournir d'autres explications.

Dehors, la nuit était tombée. Son ventre criait famine ; à part quelques biscuits secs grignotés en guise de petit-déjeuner, elle n'avait rien mangé de la journée. Elle n'avait plus d'or pour repartir au septième niveau. Après une brève hésitation, elle décida de passer la nuit dans la stalle du Nabot. Elle se cacha et attendit que Feuval quitte les écuries — ce qu'il ne tarda pas à faire, une expression perplexe dirigée vers le bracelet qu'elle lui avait laissé — puis revint dans le bâtiment. Après avoir arrangé un couchage avec le foin moisi qui traînait dans la stalle du Nabot, elle se roula en boule dans ses fourrures en songeant à Stérix, à Lastyanax et à ce qu'elle devait faire le lendemain.

Sa situation comportait au moins un avantage : elle n'avait vraiment plus rien à perdre.

9
Le sabotage

Lastyanax

Après sa conversation ratée avec Pyrrha sur le balcon, Lastyanax passa la nuit à songer à toutes les choses qu'ils auraient pu se dire et à tous les moments qu'ils auraient pu partager s'ils avaient été un peu moins orgueilleux. Avant l'aube, Pyrrha le réveilla en lui secouant doucement l'épaule. Lastyanax cligna des yeux, ébloui par la petite sphère lumineuse qu'elle tenait dans sa main.

— C'est l'heure, dit-elle en tapotant l'horlogium, qu'elle avait récupéré.

Ils se préparèrent en silence. Pyrrha s'équipa du matériel d'escalade tandis que Lastyanax revêtait l'uniforme de lieutenant-oiseleur. Quand il l'avait essayé, la veille, Aspasie n'avait cessé de lui répéter que cet uniforme « le mettait en valeur ». Pyrrha s'était contentée d'un petit sourire en coin qui en disait long. Ce matin-là, cependant, elle ne sourit pas. À plusieurs reprises, Lastyanax eut l'impression qu'elle voulait lui dire quelque chose. Lui-même chercha le moment pour chasser l'air froid qui soufflait entre eux, mais leurs préparatifs s'enchaînèrent trop vite. Seule l'apparition d'Aspasie, sur le seuil de sa chambre, réchauffa brièvement l'atmosphère.

— Soyez prudents, tous les deux.

Elle serra sa sœur dans ses bras puis fit de même avec Lastyanax, prolongeant l'accolade bien au-delà de ce qu'il estimait un temps réglementaire pour une démonstration amicale. Pyrrha sembla prendre prétexte de l'attitude cavalière d'Aspasie pour ne pas adresser la parole à Lastyanax tandis qu'ils quittaient le logement et descendaient les niveaux dans la ville plongée dans l'obscurité.

Une demi-heure plus tard, ils étaient arrivés au pied de l'Extractrice. Même en pleine nuit, les animiés les plus intoxiqués continuaient d'affluer. Leurs silhouettes émaciées traçaient des traits sombres dans le halo de lumière diffusé par les portes ouvertes de la prison. Des bouffées de vapeur blanche s'échappaient de la bouche des quelques soldats-oiseleurs postés à l'entrée. Le rythme cardiaque de Lastyanax s'accéléra. L'uniforme qu'avait commandé Aspasie pour lui était parfait, l'insigne épinglé sur le col de la cape authentique, mais lui-même n'avait rien d'un lieutenant-oiseleur. Il pensa qu'il était encore temps de faire demi-tour, de quitter Hyperborée, d'emmener Pyrrha, Arka et ses parents avec lui dans une ville étrangère épargnée par l'ombre noire de Thémiscyra. Mais les soldats-oiseleurs continueraient à vampiriser sa cité, Pétrocle resterait enfermé dans la prison et l'ombre de Thémiscyra se propagerait de plus en plus. Il n'avait pas vraiment le choix.

Il aurait simplement aimé avoir autant de courage pour parler à Pyrrha que pour entrer dans l'Extractrice. Elle se tenait avec lui contre une porte enfoncée dans la crasse du premier niveau. Il sentait la chaleur de son épaule. Sous leurs moufles, leurs doigts se touchaient presque. Il aurait pu rester des années dans cette position, mais Pyrrha consulta son horlogium et chuchota :

— Le prochain tour de garde passe dans vingt minutes devant la cellule de Pétrocle. Il faut y aller maintenant.

Sa voix était chargée d'émotion.

— On se retrouve au quatrième niveau, avec Pétrocle, précisa-t-elle en lui prenant la main d'un geste brusque.

— Oui, souffla Lastyanax.

— Et si je n'y suis pas, pars devant, ajouta Pyrrha. Le plan est plus important que moi.

Lastyanax secoua doucement la tête.

— Qu'est-ce que je ferais sans toi, de toute façon ?

Il lui embrassa la tempe et se dirigea vers les portes de la prison.

Pyrrha

Pyrrha regarda Lastyanax montrer son insigne et entrer dans l'Extractrice. Du bout de sa moufle, elle toucha sa tempe. Les dernières décades étaient passées vite, si vite qu'elle ne s'était pas rendu compte à quel point elle avait aimé chaque moment passé en sa compagnie, et même leurs disputes. La veille, sur le balcon, elle n'avait pas réussi à passer outre à sa fierté pour le lui dire. À présent, elle aurait voulu le lui crier, mais il était trop tard : Lastyanax avait disparu dans la prison et elle devait y entrer à son tour, par le quatrième niveau.

Elle contourna l'Extractrice pour s'approcher du mur opposé à l'entrée. Ses doigts jouèrent rapidement avec les touches du graphomance : COMMENCE ESCALADE. Lastyanax avait caché l'autre exemplaire de l'appareil dans ses vêtements. Elle coinça le sien dans sa ceinture et passa la bandoulière de son sac autour de son buste. Puis elle souffla un bon coup pour se donner du courage et attaqua la montée. Les gants et les genouillères se collaient et se décollaient comme des ventouses sur la pierre lisse de la tour. Pyrrha gravissait le mur, étonnée de la facilité avec laquelle elle progressait. Elle s'efforçait de ne pas regarder le vide sous ses pieds.

Une dizaine de minutes plus tard, elle parvint à une fenêtre du quatrième niveau. Un bout de toge violette était posé sur le rebord. Derrière la vitre se trouvait une grande geôle vide, éclairée sur un côté par les sphères lumineuses de l'atrium qui projetaient l'ombre des barreaux sur le sol. Il s'agissait de la cellule où Pétrocle, avec d'autres mages, était enfermé depuis près de deux mois.

Comme Pyrrha s'y attendait, les occupants de la geôle avaient été emmenés au premier niveau de la prison pour leur extraction journalière d'anima. Elle attrapa le tissu de son gant d'escalade avec ses dents et tira dessus pour l'enlever. Le gant dans la bouche, elle prit une pointe de charbon dans son sac, dessina un sceau de chaleur sur la vitre et l'activa.

Le sceau aspira une partie de son énergie tandis qu'un halo rouge se formait sur la fenêtre. Pyrrha se dépêcha de sortir de son sac la fiole achetée une fortune à Comozoi. Les reflets violets de l'air liquide chatoyaient comme ceux d'un champignon phosphorescent. Elle brisa l'ampoule sur la vitre incandescente.

Aussitôt, l'adamante chauffée émit un sifflement ténu. Puis elle commença à fondre en se mêlant à l'air liquide dans un dégradé de rouges et de violets qui étincela dans la nuit. Pyrrha aurait voulu une entrée plus discrète. L'adamante fondue creusa des trous dans la pierre en dégoulinant le long du mur.

Lorsque la réaction alchimique prit fin, tout un pan de la vitre d'adamante s'était écoulé, formant une calotte transparente sur le mur. Pyrrha attendit encore un peu avant de toucher ce qui restait de la vitre : la surface avait assez refroidi pour lui permettre d'entrer. Elle consulta son horlogium et patienta, le corps plaqué contre le mur.

Comme elle l'avait prévu, un gardien passa devant la cellule de Pétrocle une minute plus tard. Pyrrha entendit le frôlement de sa cape. Le cœur battant, elle écouta : le gardien ralentit devant la cellule, puis reprit sa patrouille. Il n'avait pas remarqué le trou dans l'adamante. Elle remit son gant, réajusta sa bandoulière et, après avoir vérifié que personne ne passait sur la coursive jouxtant la cellule, se glissa dans l'ouverture. Après s'être réceptionnée sur le sol de la prison, elle reprit le graphomance glissé dans sa ceinture pour taper : SUIS DANS CELLULE. Puis elle s'avança vers la porte de la geôle, s'assura qu'aucun garde ne pouvait la voir depuis l'atrium et ouvrit sa pochette remplie d'outils mécamanciques.

Quelques minutes plus tard, la serrure rendait les armes avec un déclic satisfaisant. Pyrrha rangea ses outils et tapa PORTE DÉVERROUILLÉE sur le graphomance. Lastyanax lui répondit : JE PRENDS LE VIF-AZUR. Pyrrha hocha la tête : pour l'instant, son plan se déroulait sans accroc. Elle plongea à nouveau la main dans son sac et en extirpa un grand orbe dans lequel tourbillonnait une nuée grise.

L'idée d'utiliser une sphère d'enfumage avait été empruntée à Comozoi : une solution simple mais efficace pour permettre à Lastyanax de traverser la prison sans être repéré, grâce au camouflage que lui fournirait la fumée. Pyrrha ouvrit la porte de la cellule et lança le globe dans l'atrium. Une énorme colonne noire ne tarda pas à s'élever. Dans les coursives, les soldats-oiseleurs pointaient du doigt le panache et se mettaient à courir en tous sens. Pyrrha recula à l'intérieur de la cellule, le cœur battant. Maintenant, elle n'avait plus qu'à espérer que Lastyanax parvienne jusqu'à elle en lévitateur, accompagné de Pétrocle et du vif-azur.

Soudain, un autre globe, rempli d'une vapeur violette celui-ci, se brisa à ses pieds. Pyrrha bondit en arrière, mais il était trop tard : elle sentit l'odeur douceureuse du gaz soporifique monter jusqu'à ses narines. L'esprit embrumé, les jambes cotonneuses, elle se tourna vers les barreaux de la cellule. Un homme se tenait derrière, à moitié masqué par la fumée qui s'infiltrait déjà dans les geôles.

— Bonjour, Pyrrha, dit une voix familière. Ça fait plaisir de te revoir.

Pyrrha eut le temps de reconnaître son ancien petit ami avant de sombrer dans l'inconscience.

Lastyanax

Lastyanax s'avança vers l'entrée de la prison, l'estomac noué et les mains moites. Lorsqu'il arriva devant les gardes, il s'attendit à être démasqué sur-le-champ. Mais les soldats-oiseleurs le gratifièrent d'un salut réglementaire auquel il répondit par un sobre hochement de tête, comme il avait vu les lieutenants-oiseleurs le faire dans les rues.

Il entra dans la prison en remerciant intérieurement Pyrrha pour l'insigne. Ses nouveaux camarades se demandaient de toute évidence qui il était, mais aucun ne voulait prendre le risque de s'attirer les foudres d'un supérieur en lui posant la question.

Dans le long couloir, quelques sphères diffusaient une lumière blafarde sur la longue file des animiés. Les uns derrière les autres, les Hyperboréens les plus intoxiqués à la gomme attendaient leur tour pour passer sur la machine extractrice. Une succession de figures apathiques, creusées par la dénutrition, défila tandis que Lastyanax progressait vers l'intérieur du bâtiment. Ce n'était pas la cohue comme en journée, mais les salles d'extraction ne désemplissaient pas malgré l'heure très matinale. À intervalles réguliers, des soldats se frappaient la poitrine sur le passage de Lastyanax. Il les entendit échanger des pronostics sur les usagers de l'Extractrice.

— Çui-là, ça fait déjà deux fois qu'on le voit aujourd'hui, il en a plus pour longtemps. J'te parie un cirage de bottes qu'il sera plus là dans trois jours.

— Tenu. Il lui reste encore un peu de gras, moi je parie qu'il tiendra encore au moins quatre jours.

Dans l'épaisseur de ses fourrures, Lastyanax sentit les touches du graphomance se déplacer. Il écarta un pan de sa cape et consulta discrètement l'instrument. COMMENCE ESCALADE. Il bougea les touches pour effacer le message. Il avait à présent quinze minutes pour atteindre le vif-azur.

Au bout du couloir, deux soldats, équipés chacun d'un objet long qui ressemblait à une spatule en métal, passaient leurs étranges ustensiles sur le corps de chaque animié, comme pour détecter quelque chose. Lastyanax sentit la panique l'envahir. Aspasie n'avait pas parlé de cette opération de sécurité. Il ralentit le pas autant qu'il lui était possible sans paraître suspect en essayant de comprendre à quoi pouvaient bien servir ces spatules. Des sceaux y étaient gravés. Alors qu'il n'était plus qu'à quelques pas des soldats, Lastyanax parvint à les décrypter en partie : il s'agissait de sceaux d'attraction.

En le voyant arriver, les soldats se redressèrent et se frappèrent la poitrine. Les animiés qu'ils s'apprêtaient à scanner se balancèrent sur leurs pieds avec impatience : ils avaient hâte de passer le sas de sécurité pour arriver à la salle d'extraction. L'un des soldats s'avança vers Lastyanax.

— Sauf votre respect, lieutenant, nouvelle mesure de sécurité, indiqua-t-il en levant sa spatule.

Lastyanax adopta une expression martiale et se racla la gorge.

— Qu'est-ce que c'est, soldat ? demanda-t-il, prenant une voix grave pour paraître plus vieux qu'il ne l'était.

— Un aimant à orichalque. On l'utilise depuis trois jours. Ordre de là-haut, ajouta-t-il en pointant du doigt le sommet de la tour.

Une décharge de stress envahit Lastyanax. Le graphomance, dans la poche de sa cape, contenait de l'orichalque. Comme le soldat s'avançait vers lui avec la spatule, il sortit spontanément l'invention de sous sa cape.

— Je dois porter cet appareil au gestionnaire de la salle d'extraction. C'est un nouvel instrument de mesure permettant de déterminer la quantité exacte d'anima que contient un être humain. Le mécanisme est en orichalque.

Les soldats étaient suffisamment incultes en magie pour ne pas mettre en doute ce qu'il venait d'affirmer – du moins, il l'espérait. Les regards indécis des deux hommes gravitèrent autour du cylindre. Le Thémiscyrien qui avait interpellé Lastyanax se gratta la tête avec le manche de sa spatule.

— Mais le gestionnaire de la salle est pas encore là, chef, il est trop tôt, on n'a pas encore fini notre quart.

Lastyanax était bien placé pour le savoir : lors de son passage dans l'Extractrice, Aspasie s'était renseignée sur les horaires de travail de Rhodope.

— Il va arriver bientôt, répondit-il en balayant l'objection d'un revers de la main.

Il baissa la voix et ajouta sur un ton de confidence, comme s'il dévoilait une information destinée aux plus hauts niveaux hiérarchiques :

— Comme nous allons procéder à des tests qui risquent d'être… *intenses*… pour les volontaires, le gestionnaire a choisi cette heure pour éviter qu'il y ait trop de témoins.

Les yeux des soldats dérivèrent sur les silhouettes pâles des animiés, qui observaient l'échange à deux pas de là. Ils s'écartèrent pour ouvrir le passage à Lastyanax.

— Ah d'accord, bien compris, oui, chef. Dans ce cas-là, allez-y, passez. Désolé pour le dérangement.

Lastyanax remit le graphomance dans sa poche et déclara :

— Vous avez bien fait de vérifier quand même, il vaut mieux être trop prudent que pas assez. Continuez ce bon travail, soldats.

Les joues rouges de fierté, ses interlocuteurs bombèrent le torse et se frappèrent la poitrine. Lastyanax passa la porte. Il regrettait que Pyrrha n'ait pas été là pour admirer son coup de bluff.

Comme l'avait expliqué Aspasie, la partie de la prison dédiée à l'extraction avait été réorganisée depuis sa dernière visite. À l'époque, l'édifice ne comptait qu'une petite machine, installée dans une petite pièce aux murs jaunis. Tout avait été repensé pour permettre une double extraction permanente : celle des volontaires au rez-de-chaussée, et celle des mages à l'étage, dans l'atrium. Lastyanax venait d'entrer dans la partie réservée aux volontaires. Les animiés passaient par un grand vestiaire : ils accrochaient leurs affaires sur des porte-manteaux, rangeaient leurs vieilles bottes crasseuses dans des casiers et coiffaient des charlottes avant de se diriger vers une autre porte.

Lastyanax les suivit et entra dans la salle d'extraction. Une trentaine de tables d'opération étaient alignées dans la vaste pièce circulaire. Une odeur désagréable flottait dans la salle, mélange de produits

alchimiques et de fluides corporels. Allongés sur les tables, les animiés mâchonnaient de la gomme. Leur anima transitait par des casques hérissés de tubulures placés sur leurs têtes. Les tubulures serpentaient sur le sol avant de se connecter à un gros tuyau qui disparaissait dans le plafond de la salle. On aurait dit les racines d'un arbre monstrueux.

La quantité d'anima qui migrait des volontaires vers le tuyau central était telle que des soubresauts agitaient les tubulures et que les sphères lumineuses se mettaient parfois à clignoter. Lastyanax sentait sa propre anima vibrer au diapason des flux d'énergie qui circulaient dans la pièce.

Comme Pyrrha et lui l'avaient anticipé, les soldats étaient en effectif réduit. Il était très tôt, et une partie des troupes avait été réquisitionnée pour surveiller le sacre du nouveau Basileus : seuls trois Thémiscyriens géraient l'opération.

Le premier était chargé d'installer les volontaires sur les tables libres. Il distribuait un pâton de gomme de lotus à chaque nouvel arrivant, plaçait un casque sur sa tête et lançait un minuteur magique pour contrôler la durée de l'extraction. Dès qu'une sonnerie retentissait, le deuxième opérateur allait enlever les casques et aider les animiés à se remettre debout pour revenir au vestiaire. Le troisième, armé d'un seau d'eau et d'un torchon, nettoyait le vomi et les taches de sang laissés par les malheureux dont les corps avaient mal supporté l'extraction.

Ils travaillaient vite, un œil tourné vers la clepsydre, comme des ouvriers soumis à une cadence soutenue. Au lieu de la cape réglementaire, ils portaient des blouses blanches semblables à celles que revêtaient d'ordinaire les mages-guérisseurs. Lastyanax soupçonnait les têtes pensantes thémiscyriennes de vouloir rassurer les volontaires en donnant à l'extraction un caractère médical.

Son arrivée déclencha un sursaut nerveux chez les trois opérateurs. Ils abandonnèrent leurs tâches et se frappèrent la poitrine, fixant la clepsydre comme s'ils craignaient de se voir reprocher leur lenteur.

— Retournez à vos tâches, soldats, dit Lastyanax en reprenant sa voix grave.

Les Thémiscyriens obtempérèrent. Tandis qu'il passait entre les tables d'opération, Lastyanax les vit échanger des regards interrogateurs. Les mains croisées dans le dos, il fit mine d'inspecter les lieux, examinant ici les sceaux d'aspiration gravés à l'intérieur des casques, là les faisceaux de tubulures. Sa destination était la porte qui se trouvait à l'autre bout de la salle.

— Last.

L'appel de son nom glaça Lastyanax. Il regarda autour de lui. À deux tables de là, un animié le fixait, les yeux vitreux. Le casque d'aspiration semblait énorme sur sa tête. Lastyanax mit plusieurs secondes pour comprendre à qui il avait affaire : il s'agissait de Philippidès, un ancien garçon d'écuries de son père, un de ces jeunes paumés du premier niveau qui traînaient aux écuries dans l'espoir de participer aux courses et décrocher enfin la gloire et la fortune.

Quand il était petit, Lastyanax devait souvent curer les stalles avec lui. Ils auraient pu être amis, sauf que Philippidès était jaloux. Feuval consacrait une grande partie de son temps à entraîner son fils pour en faire un cavalier ; or, Lastyanax rechignait à apprendre ce métier qu'on lui imposait et qu'il méprisait. Philippidès, lui, rêvait de monter à cheval et faisait tout pour le mériter. L'injustice de cette situation les avait conduits à se détester mutuellement. Les brouettes de crottin ne les avaient pas rapprochés.

Comme Philippidès semblait sur le point de l'appeler de nouveau, Lastyanax le rejoignit en hâte pour éviter d'attirer l'attention des opérateurs. Par chance, ces derniers étaient occupés à gérer les nausées d'un volontaire.

Quand Lastyanax vivait encore chez ses parents, Philippidès avait une taille de crevette. Il ne mangeait jamais à sa faim et prétendait le faire exprès pour rester plus léger en selle. À présent, il n'était plus qu'un sac d'os aux yeux trop grands. La bouche engluée par la gomme, il articula :

— Qu'estcetufaislà ? C'quoi c't uniforme ?

Lastyanax regarda le casque. Il pensa à ce qui attendait Philippidès et se sentit pris de vertiges.

— Pourquoi est-ce que tu es venu ici ? souffla-t-il. Ça va te tuer.

Incapable de supporter plus longtemps la scène, il saisit le casque de Philippidès et le dégagea de sa tête. Les opérateurs avaient remarqué son geste et le regardaient en fronçant des sourcils.

— Continuez l'extraction, lança Lastyanax d'un ton péremptoire, j'interroge ce volontaire.

Après une brève hésitation, les trois Thémiscyriens reprirent leurs activités. Entre-temps, Philippidès paraissait avoir retrouvé un semblant de consistance. Il cligna des yeux et murmura :

— Tout ça, c'est la faute de ton vieux. Il avait qu'à me laisser courir avec Rescousse au lieu de faire monter cette sale mioche à ma place. J'aurais remporté la coupe.

Lastyanax ne savait pas quoi dire. Une fois de plus, il se retrouvait confronté à l'inconséquence d'Arka.

— Mais il a jamais cru en moi, ton vieux, continua Philippidès en mâchonnant sa gomme. Du coup, j'en ai eu marre, je suis parti. Mais j'ai pas retrouvé de travail. Et quand le dôme s'est cassé, y a tout qui est devenu plus difficile. Alors je me suis dit que je pouvais avoir du pain en venant donner de l'anima… J'aurais jamais dû prendre cette saloperie de gomme.

Il continuait de mastiquer le pâton. Un jus marron s'échappait du coin de sa bouche.

— Je sais pas ce que tu fais ici, mais remets-moi mon casque, ajouta-t-il. Ils donnent une autre ration de pain si on va au bout de l'extraction. J'ai plus vraiment faim, mais je la donnerai à ma petite sœur.

Lastyanax savait qu'il ne pouvait pas interrompre plus longtemps l'opération sans accentuer les soupçons des Thémiscyriens. La mort dans l'âme, il obtempéra. Dès que le casque eut retrouvé sa place sur sa tête,

Philippidès replongea dans sa léthargie. Lastyanax recula de quelques pas, le cœur au bord des lèvres.

Soudain, il sentit les touches du graphomance se déplacer dans sa poche. Il écarta un pan de sa cape : l'appareil niché dans le revers indiquait SUIS DANS CELLULE. Pyrrha devait être en train de déverrouiller la porte. Il restait dix minutes à Lastyanax pour arriver jusqu'au cœur de la machine, dans l'atrium. Le cliquetis des minuteurs magiques exacerba sa fébrilité. S'il ne se dépêchait pas, tout leur plan de sabotage allait tomber à l'eau.

Il traversa la pièce d'un pas assuré pour se diriger vers la porte située à l'opposé de la salle. Elle était verrouillée par une serrure au mécanisme volumineux. En faisant visiter la prison à Aspasie, Rhodope lui avait montré comment fonctionnaient ces serrures. Avec une pensée pour la bêtise de son ancien camarade, Lastyanax défit son insigne et l'inséra dans la fente prévue à cet effet, où il émit un « clic ». Il posa la main sur la poignée et poussa le battant.

Une cage d'escalier froide et silencieuse apparut devant lui. Il grimpa les marches et tomba sur une autre porte verrouillée. Il l'ouvrit avec son insigne et déboucha enfin devant le cœur de la machine.

L'alambic, installé au milieu d'une salle octogonale aux murs vitrés, se dilatait en vrombissant tel un énorme coléoptère. Il était connecté au tuyau de la salle d'extraction des volontaires et à un autre tuyau qui traversait le plafond. La pièce, située au milieu de l'atrium de la prison, était un peu surélevée, comme une tour de contrôle. Lastyanax avait déjà eu l'occasion de voir l'atrium, mais il fut de nouveau saisi par ses dimensions vertigineuses. Des centaines de cellules se répartissaient le long des parois. À chaque niveau, de larges coursives encerclaient le vide. Des passerelles métalliques plus étroites permettaient de grimper dans les différents étages. Des lévitateurs, actionnés par les gardes thémiscyriens, parcouraient l'atrium de haut en bas. Des sphères larges comme des tortues flottaient au

milieu de ce ballet aérien, déversant en permanence leur lumière crue sur les détenus.

Une trentaine de ces derniers étaient menottés à des tables d'extraction. Un lévitateur vide attendait de les ramener à leurs cellules. Les tubulures des casques placés sur leurs têtes convergeaient toutes vers la salle surélevée où Lastyanax se tenait.

Il reconnut quelques mages parmi les silhouettes émaciées à qui on prélevait de l'anima. L'une d'entre elles, plus longue que la moyenne, attira immédiatement son attention : couché sur une table trop courte pour ses grandes jambes, Pétrocle attendait la fin de son extraction. Il était maigre, il était sale, il était pâle, mais il était là. Malgré le casque qui lui pompait son anima, il regardait autour de lui, l'air inquiet, guettant Lastyanax. Ce dernier eut soudain envie de se précipiter vers la vitre pour l'appeler.

Au lieu de quoi il s'approcha de l'alambic, dont le ventre semblait pulser sous l'effet de la quantité d'anima qui transitait à l'intérieur. Sous le serpentin qui terminait l'appareil, un grand cube en laiton attendait de pouvoir absorber davantage d'énergie. Les Thémiscyriens avaient réussi à fondre les pépites de vif-azur pour en faire un grand couperet. L'énorme lame bleue, connectée à une manette, était recouverte de stries d'orichalque. Elle semblait prête à trancher le filin de métal qui reliait le cube au serpentin comme un cordon ombilical.

— Salutations, lieutenant, mes excuses, je vous avais pas vu.

Lastyanax sursauta et releva la tête. Un Thémiscyrien venait d'apparaître derrière l'alambic. Comme ses collègues de la salle d'extraction, il portait une blouse blanche. Lastyanax reprit son rôle de superviseur des travaux.

— Je viens inspecter la machine, soldat, annonça-t-il.

— Bien compris, lieutenant. Si ça vous va, je vais changer le cube, celui-là est chargé.

Joignant le geste à la parole, le technicien actionna la lame de vif-azur. Lorsque le couperet trancha le filin, une vibration fit trembler l'alambic et envoya une vague de soubresauts dans les tubulures qui s'étoilaient autour de la salle. Dans l'atrium, les mages allongés sur les tables grimacèrent de douleur.

Sans se préoccuper de cette réaction, l'opérateur fit basculer le cube d'orichalque sur un chariot et plaça un cube en laiton à sa place.

— Et voilà, ça va partir directement au deuxième niveau pour fabriquer de l'adamante, dit-il en poussant le chariot près du mur. On est en flux tendu, il n'y a pas de stock, précisa-t-il fièrement.

Tandis que l'opérateur ajustait la connexion entre le nouveau cube et l'alambic, Lastyanax regarda les jauges fixées au chapiteau de la machine. Les aiguilles oscillaient sur les cadrans. Des mancimètres, comprit Lastyanax. Les instruments servaient à évaluer la quantité d'anima contenue dans l'alambic. Il plissa les yeux et força le mécanisme des différents appareils à tourner les aiguilles vers la droite, où le cadran indiquait DANGER.

— La machine est en surchauffe, annonça-t-il.

Aussitôt, l'opérateur le rejoignit. Lastyanax le vit pâlir devant la jauge. De toute évidence, le Thémiscyrien n'était pas qualifié pour régler ce genre de problème. Pour ne pas passer pour un incapable devant un supérieur, l'opérateur tapota le cadran, colla son oreille contre l'alambic, resserra au hasard une vis du serpentin et observa la jauge en se grattant le menton, l'air de se livrer à d'intenses réflexions. Finalement, il s'avoua vaincu.

— Je comprends pas, lieutenant, l'aiguille était à gauche à la fin de la dernière extraction, je vois pas pourquoi elle a bougé…

— Je me fiche de savoir où était l'aiguille avant, je veux juste qu'elle revienne là où elle est censée être, coupa Lastyanax. Allez vérifier dehors s'il n'y a pas un problème avec les tables d'extraction.

À nouveau, il était étonné de constater que l'assurance lui venait beaucoup plus facilement quand il prétendait être quelqu'un d'autre. L'opérateur s'empressa de sortir de la pièce par une porte qui menait à l'atrium. À cet instant, Lastyanax sentit les touches bouger dans le revers de sa cape. Il consulta le graphomance. PORTE DÉVERROUILLÉE, avait inscrit Pyrrha. Le moment était venu pour lui de saboter la machine. JE PRENDS LE VIF-AZUR, répondit-il.

Sans plus attendre, il préleva une tranche de métal sur le cube d'orichalque qui venait d'être fabriqué et façonna une clé de bricolage. Puis il se dirigea vers le couperet de vif-azur et utilisa son outil pour démonter le mécanisme qui le maintenait en place. L'opération était d'autant plus fastidieuse qu'il craignait à tout moment de voir revenir l'opérateur. Malgré ses mains qui tremblaient, les vis finirent par céder et la lame tomba sur le sol.

Au même instant, une alarme résonna dans la prison. Lastyanax se redressa, la lame striée d'orichalque entre les mains. Dans l'atrium, au milieu des mages enchaînés à leurs tables, un énorme panache de fumée s'élevait. Comme prévu, Pyrrha avait lancé la sphère d'enfumage.

Alertés, les soldats-oiseleurs se mirent à courir sur les coursives et dans les escaliers. En quelques instants, l'atrium fut noyé dans la grisaille. Derrière les vitres de la salle, Lastyanax ne voyait plus personne, mais il entendait les mages tousser et les soldats-oiseleurs échanger des exclamations. Il était temps pour lui d'aller chercher Pétrocle et de rejoindre Pyrrha au quatrième niveau.

Tenant toujours la lame de vif-azur, il se dirigea vers la porte que l'opérateur avait empruntée et l'ouvrit. Aussitôt, la fumée envahit la salle de l'alambic. L'âcreté des émanations le fit tousser. Ses yeux le piquèrent. Il remonta le col de son uniforme d'oiseleur sur sa bouche pour mieux respirer et se concentra. En quelques secondes, son corps fut englobé dans une bulle d'air. La fumée, repoussée par son anima, se mit à tournoyer autour de lui comme un fauve prêt à l'avaler.

Il descendit la volée de marches qui permettait d'accéder à l'atrium. L'alarme continuait de striduler. Tout était devenu noir autour de lui. Heureusement, il avait mémorisé la configuration des lieux. Il avança entre les rangées de brancards en comptant ses pas, toujours entouré de sa bulle d'air, qui dévoilait sur son passage les visages émaciés des mages allongés. Ces derniers ne cessaient de tousser. Lastyanax savait que la fumée n'était pas dangereuse, mais il se sentit quand même mal à l'aise d'infliger un tourment supplémentaire à ses collègues. Plusieurs d'entre eux l'interpellèrent, stupéfaits :

— Lastyanax ! Qu'est-ce que vous faites ici ?

— Vous avez prêté allégeance aux Thémiscyriens, vous aussi ?

— Cette fumée… Vous venez nous délivrer ?

— Sortez-nous de là !

Lastyanax s'efforça de ne pas accrocher leurs regards et accéléra le pas. Il était effaré de constater à quel point ils avaient tous maigri. Leurs toges ressemblaient à de vieux torchons. Ils n'avaient plus rien à voir avec les hommes qui l'avaient condamné à mort deux mois plus tôt.

— Lasty !

Menotté sur une table d'opération, Pétrocle venait d'apparaître dans le champ visuel de sa bulle. Lastyanax se précipita vers lui, soudain envahi par la joie de pouvoir enfin lui parler. Mais Pétrocle ne semblait pas très heureux de le voir.

— Last, Rhodope est au courant, dit-il d'un ton précipité en secouant sa tête casquée. Il a découvert notre stratagème de communication. Cela fait plus d'une décennie que ce vaurien répond aux messages de Pyrrha à ma place. Je crois qu'il a l'intention de l'arrêter au quatrième niveau. Il faut que tu te carapates avec le vif-azur, et vite…

Le sang de Lastyanax se glaça dans ses veines. Au même moment, des éclats de voix retentirent. Il entendit un martèlement de talons : une escouade de soldats-oiseleurs descendait l'escalier métallique pour accéder à l'atrium.

— Je ne peux pas te laisser i…

— Va-t'en avec le vif-azur, sinon tout ça n'aura servi à rien !

Lastyanax mit de côté la panique qui le gagnait et s'efforça de réfléchir. Il ne pouvait pas prendre le lévitateur pour se rendre au quatrième niveau, comme prévu. Il ne pouvait pas non plus ressortir par le premier niveau : l'alarme ayant été donnée, la porte mécamancique de l'entrée avait été automatiquement fermée. En bref, il était coincé dans la prison. Le vif-azur, lui, pouvait voyager…

— On va réussir à sortir de là, je te le promets, dit-il à Pétrocle.

Puis il fit volte-face et s'éloigna, toujours protégé par sa bulle d'air, vers le lévitateur. L'engin se dessina devant lui. Il grimpa sur la plateforme et fit coulisser les manettes sur le tableau de commande vers le cran du septième niveau. Puis il appuya sur le sceau de démarrage et le lévitateur décolla.

C'était une vieille machine souffreteuse qui se déplaçait avec lenteur. Elle vibrait tellement que Lastyanax sentit ses molaires s'entrechoquer. Tandis qu'il s'élevait dans la colonne de fumée, il entendit un des soldats-oiseleurs crier :

— Il vient de prendre le lévitateur !

Des fléchettes tirées au jugé par les Thémiscyriens sifflèrent près de ses oreilles et rebondirent sur la carcasse métallique de l'appareil. Lastyanax attendit encore une seconde avant de sauter de la plateforme en priant pour ne pas recevoir un trait perdu.

À cause de la fumée, il n'avait pas correctement évalué la distance qui le séparait du sol, et sa chute fut plus longue que prévue. Il amortit le choc avec une lévitation et récupéra la lame de vif-azur laissée par terre. Autour de lui, il entendait les soldats-oiseleurs se déplacer à l'aveuglette entre les tables d'opération en criant : « Il s'enfuit avec le lévitateur ! » Son leurre avait fonctionné. Il se précipita vers la salle de l'alambic, utilisant sa carte mentale des lieux pour se repérer. La fumée avait envahi la pièce. Lastyanax courut jusqu'à la porte qui permettait d'accéder à la salle d'extraction des volontaires. Le cube d'orichalque, à destination du deuxième niveau, rougeoyait à côté. Lastyanax fondit dessus, la lame de vif-azur à la main.

Soudain, dans un chuintement d'air, une aspiration entraîna la fumée à l'extérieur de la pièce. Lastyanax se retourna. Trois soldats-oiseleurs venaient de surgir dans l'encadrement de la porte, brassards pointés vers lui. Un quatrième homme en uniforme thémiscyrien entra dans la salle, derrière les soldats. Le nouveau venu tenait un globe de verre percé vers lequel les panaches de fumée confluaient en tourbillonnant. Il affichait un sourire éclatant.

— Laaaast ! s'exclama Rhodope. Comment ça va, mon grand ?

Arka

Le matin du sacre, Arka se réveilla dans la stalle du Nabot après une nuit agitée. Elle regarda par la fenêtre des écuries. Le petit jour pointait à travers le dôme. Des Hyperboréens matinaux se dirigeaient déjà vers les remparts pour s'assurer une bonne place lors de la cérémonie. C'était la première fois depuis près de deux cents ans que la ville allait connaître l'avènement d'un nouveau Basileus. Arka vérifia que son pendentif bricolé avec une feuille d'orichalque contenait toujours la pépite de vif-azur et quitta la zone des écuries. Après une nuit de gargouillis, son ventre avait enfin arrêté de protester : il semblait avoir accepté le fait qu'il n'allait pas recevoir de nourriture.

Une foule éparse était déjà rassemblée au pied des remparts lorsqu'elle y parvint. Beaucoup avaient apporté des chaises, des couvertures et des gourdes autochauffantes pour attendre confortablement le début de la cérémonie. Le jour se levait à peine : seuls les sommets des tours étaient baignés par la lumière rose du matin. Des officiers du palais royal, vêtus de toges d'apparat et portant de lourdes coiffes qui devaient être très solennelles mais paraissaient ridicules aux yeux d'Arka, s'affairaient sur les remparts. Autour d'elle, les badauds commentaient chaque objet, chaque tenue cérémonielle. Des amateurs d'histoire faisaient des comparaisons avec les chroniques du dernier sacre.

Au loin, les contours de la tour effondrée se dessinaient dans le matin brumeux. Cacique et ses compagnons avaient bien travaillé : la brèche était presque comblée par leurs blocs d'adamante. Arka remarqua que la température commençait enfin à se réchauffer. Des gouttes perlaient sur les stalactites pendues aux remparts.

Une demi-heure passa, au cours de laquelle elle s'appliqua à sélectionner trois petits cailloux aux bords pointus et à la forme ovale parmi ceux qui se trouvaient dans l'herbe, sous la neige. Un flux toujours plus important de spectateurs venait se masser près des remparts. Le soleil gagnait peu à peu les niveaux inférieurs, faisant resplendir les peintures murales.

Une autre demi-heure s'écoula. L'assemblée était à présent si dense qu'Arka se demanda comment elle allait pouvoir utiliser sa fronde, pour l'heure bien cachée dans ses fourrures. Alors qu'elle cherchait un moyen d'écarter son entourage immédiat, une clameur enfla. Arka se hissa sur la pointe des pieds pour voir ce qui se passait.

Par-dessus les têtes, elle vit le haut du palanquin royal, orné de griffons dorés, qui se dirigeait vers les remparts, soutenu par huit porteurs. Le véhicule, dont l'occupant était dissimulé derrière des rideaux de soie, remonta une allée formée par une double rangée de soldats-oiseleurs et de policiers hyperboréens aux uniformes rutilants. Des flûtes et des lyres, accompagnées par les accords puissants d'un orgue hydraulique, rythmaient cette arrivée triomphale.

Le palanquin fut hissé sur les marches de l'escalier qui menait au chemin de ronde. Une escadrille de colombes s'envola lorsque le véhicule s'arrêta au sommet des remparts, ses ors inondés de lumière – les Thémiscyriens avaient sorti le grand jeu. Arka scruta les gradins : elle ne voyait Silène nulle part. Les rideaux du palanquin s'écartèrent. Le général Phillon en descendit. La démarche altière, le visage grave, il gravit les quelques marches de l'estrade. Des plumes d'oiseau rokh aux reflets soyeux avaient été cousues sur sa chape royale pour rappeler son origine étrangère.

Au même moment, un homme ventripotent revêtu d'une superbe toge de velours violette bordée d'hermine apparut à l'aplomb des remparts. Le pouls d'Arka s'accéléra. Elle regarda Silène saluer avec solennité la foule en liesse avant de se placer à côté du Basileus-élu, sur l'estrade. Elle plongea la main dans son col et en sortit discrètement la fronde, puis défit sa moufle droite et piocha dans sa poche une des trois pierres ramassées par terre.

Un officier présenta au lémure un coffre d'or. Silène ouvrit le couvercle et en retira une lourde ceinture en orichalque et lapis-lazuli, celle que portait le précédent Basileus lors de la course. Pliant le genou, le lémure éleva au-dessus de sa tête la ceinture royale, paumes vers le ciel. Arka se décala d'un pas afin d'avoir un peu plus de place pour déployer sa fronde. Phillon écarta les bras, face à la foule. Arka commença à faire tournoyer la lanière de cuir.

Alors que le lémure passait la ceinture autour de la taille du Thémiscyrien, une boule de neige vola soudain vers le dais. Des cris retentirent en divers endroits de la foule :

— ON VEUT PAS DE THÉMISCYRA !
— LIBÉREZ LES MAGES !
— NON À PHILLON !

Arka reconnut des sonorités napociennes dans les huées, mais pas seulement. Des Hyperboréens de toutes origines rejetaient le nouveau Basileus. D'autres boules de neige furent lancées sur ce dernier. Elles rebondirent autour de Phillon ou semblèrent déviées en plein air. Arka lâcha un juron : un champ protecteur entourait le Basileus-élu. Elle aurait dû envisager cette éventualité.

La situation commençait à dégénérer. Des remous et des cris indiquaient que des bagarres venaient d'éclater entre pro-Phillon et anti-Phillon. À présent, même si Arka s'en prenait au lémure, elle n'était pas sûre que son maître l'identifierait dans le chaos ambiant. Mieux valait trouver un autre moment pour essayer d'attirer son attention. Comme des soldats-oiseleurs se précipitaient dans la foule pour mettre la main sur les fauteurs de troubles, elle fourra la fronde dans son col et joua des coudes pour s'éloigner.

Mais elle avait beau avoir grandi, elle restait plus petite que la plupart des adultes autour d'elle. Les cris se transformèrent en hurlements, la foule se transforma en houle, et bientôt Arka se retrouva ballottée dans la panique collective. Les côtes comprimées par ses voisins, elle ne touchait plus le sol et ne parvenait plus à respirer. L'angoisse lui serra la gorge. Elle ne savait pas comment se dégager de cette masse de chair humaine qui semblait vouloir l'écraser.

Soudain, une main s'abattit sur son bras. Arka eut l'impression d'être aplatie sous un rouleau à pâtisserie tandis que la main la tractait à travers la foule. Alors qu'elle commençait à se demander si elle allait jamais pouvoir respirer à nouveau, la pression des corps se relâcha. Arka aspira de grandes goulées d'air et regarda autour d'elle. Elle était parvenue à la périphérie des tours. Autour d'elle, les gens fuyaient les violences dont l'épicentre se situait au pied des remparts. Et devant elle…

— Silène t'a repérée dans la foule, mais il n'aurait pas été bien vu qu'il se dématérialise en pleine cérémonie pour venir te chercher.

La main toujours enserrée autour de son bras, le maître des lémures lui souriait.

10
Les visages sous la glace

Pyrrha

— Pyrrha... Réveille-toi, bon sang ! Pyrrha...

Pyrrha sentit qu'on lui touchait l'épaule. Elle cligna des yeux. La cellule dans laquelle Rhodope l'avait endormie se dessina autour d'elle. Une silhouette dégingandée la dominait. Elle mit plusieurs secondes à comprendre à qui appartenaient cette silhouette et la grande main qui la secouait.

— Qu'est-ce que ça fait du bien de te revoir, lança Pétrocle en la serrant aussitôt contre lui à l'étouffer.

Pyrrha n'aurait jamais pensé que l'étreinte d'un garçon dégageant une telle puanteur pouvait la rendre aussi heureuse. Et la dévaster autant. Car si Pétrocle se trouvait ici, cela voulait dire que Lastyanax avait échoué à le faire évader de la salle d'extraction. Mais où était Lastyanax ? Elle ne voyait personne d'autre dans la geôle.

— Lâche-moi, je n'arrive plus à respirer, articula-t-elle, la bouche enfoncée dans la toge violette de Pétrocle, dont l'odeur, décidément, ne flattait pas ses narines.

Comme il s'exécutait, elle rassembla ses pensées et demanda :

— Lastyanax. Où est-il ? Qu'est-ce qui s'est passé ?

— Je ne sais fichtrement pas comment il a fait, mais ce sale petit vendu de Rhodope a découvert notre méthode de communication et a compris notre plan. Il y a quelques jours, il nous a déménagés dans une autre geôle. L'idée était sans doute de te répondre en se faisant passer pour moi… Bref, les Thémiscyriens étaient au courant de tout. Ils nous ont arrêtés au premier niveau. Ils m'ont enfermé ici et ont emmené Last je ne sais où.

Pyrrha se redressa péniblement. Durant son inconscience, Pétrocle l'avait hissée sur une banquette pour qu'elle ait moins froid. Le soleil s'était levé et un demi-jour hésitant se faufilait par la meurtrière.

— Qu'est-ce que Rhodope a l'intention de faire avec lui ?
— Lui faire avouer où il a caché le vif-azur, répondit Pétrocle.

Décontenancée, Pyrrha demanda :
— Ils ne l'ont plus ?
— Non, Lasty a réussi à le planquer avant que les Thémiscyriens nous cueillent. Et maintenant, notre ancien condisciple veut lui faire cracher l'emplacement de la cachette. Ah, le fourbe ! J'aurais dû plonger sa tête perfide dans le seau à pipi quand j'en avais l'occasion.

— Le seau à pipi ?
— La clé de voûte de ma nouvelle profession, répondit Pétrocle. Les Amazones m'ont nommé préposé à la récupération des épanchements urinaires, et comme j'ai montré de bonnes dispositions pour ce poste, les Thémiscyriens m'ont suggéré de continuer lorsqu'ils ont pris la direction des opérations. Une reconversion réussie.

Pyrrha ne comprenait rien à ces histoires, mais cette logorrhée était plutôt bon signe chez Pétrocle. Au moins, si Rhodope cherchait à savoir où se trouvait le vif-azur, cela signifiait que Lastyanax avait réussi à le cacher. Elle se demanda comment il avait pu dissimuler plusieurs livres de vif-azur dans une prison pleine de Thémiscyriens et, surtout, jusqu'où Rhodope était capable d'aller pour obtenir cette information. Pyrrha était bien placée pour connaître la haine larvée qui existait entre ses deux anciens condisciples. Leur rivalité remontait aux épreuves de l'Attribution, quand Rhodope avait cassé le nez de Lastyanax. À présent que chacun avait choisi son camp, elle redoutait de voir jusqu'où cette rivalité pouvait les mener.

— Combien de temps s'est-il passé depuis que Rhodope a embarqué Lastyanax ?

— Près de deux heures, je dirais.

Pyrrha se leva et s'approcha de la meurtrière en se tenant au mur. Un air glacé entrait par le trou fondu dans l'adamante. Rhodope n'avait pas pris la peine de condamner cette issue. Il avait simplement confisqué à Pyrrha son matériel d'escalade, l'horlogium, le graphomance et le sac qu'elle portait en bandoulière. La panique commençait à l'envahir. Elle n'avait plus aucun moyen de s'évader, ni de se défendre, ni d'aider Lastyanax. Leur plan était tombé à l'eau et ils se trouvaient à la merci des Thémiscyriens. Elle revint sur la banquette, à côté de Pétrocle, se prit le visage entre les mains et marmonna :

— Mais comment a-t-il su qu'on allait venir ?

— Grâce à ta sœur.

Elle releva brusquement la tête. Rhodope venait d'apparaître derrière les barreaux de la cellule, accompagné de deux soldats-oiseleurs. Une colère mêlée de peur s'empara de Pyrrha. Elle ne croyait pas Rhodope capable de lui faire du mal, mais en même temps, elle n'était pas certaine que ce Rhodope-là, qui avait passé trois décades à souffrir sous le joug des Amazones et qui maintenant portait l'uniforme thémiscyrien, était toujours la même personne.

— Je ne pensais pas qu'Aspasie était vénale au point de vendre sa propre frangine à l'ennemi, souffla Pétrocle.

— Non, elle ne m'a pas vendue, répondit Pyrrha à qui cette idée avait pourtant effleuré l'esprit.

— Ta sœur est une mijaurée sans cervelle, dit Rhodope.

Pyrrha avait toujours été la première à défendre cette analyse auprès de sa famille et de ses amis, mais elle ne supportait pas de l'entendre dans sa bouche.

— Aspasie est beaucoup plus maligne que tu ne l'imagines, s'exclama-t-elle.

Derrière les barreaux, Rhodope balança son buste en arrière et éclata de rire.

— Alors il faudra m'expliquer comment elle a pu croire une seule seconde que je me laissais avoir par son numéro. « Oh, Rhodope, est-ce que tu pourrais me faire visiter la prison ? » ajouta-t-il d'une voix de fausset qui rappelait les minauderies d'Aspasie. Elle me faisait encore plus de gringue que quand on se voyait chez tes parents, toi et moi.

Il ne lâchait pas Pyrrha des yeux et semblait se délecter de son écœurement. Elle avait honte, soudain, d'avoir un jour trouvé attirante l'assurance excessive de Rhodope.

— Bref, j'ai bien compris qu'elle venait à la pêche aux informations, et je me suis douté que tu étais derrière tout ça, poursuivit Rhodope. Par précaution, je suis venu voir ton grand ami Pétrocle. C'est là que j'ai découvert votre stratagème, dit-il en désignant le bout de toge violette toujours accroché au rebord de la meurtrière.

— Qu'est-ce que tu as fait de Lastyanax ? demanda Pyrrha.

— Je vais vous mener à lui, répondit Rhodope, qui semblait déçu d'entendre la voix de Pyrrha dérailler sous l'effet de la colère et de l'inquiétude.

Il fit signe aux deux soldats-oiseleurs. Le premier leva son brassard et mit Pétrocle en joue, tandis que le second déverrouillait la porte pour entrer dans la geôle, deux paires de gantelets à la main. Il se dirigea vers Pyrrha et lui prit les poignets pour passer les gantelets, qui empêchaient de tracer des sceaux. Elle se laissa faire, consciente des fléchettes prêtes à être tirées. Elle avait envie de voir Lastyanax et, en même temps, elle savait bien que Rhodope voulait les utiliser comme moyen de pression. Au moins, cela signifiait que Lastyanax ne leur avait pas encore révélé l'endroit où il avait caché le vif-azur.

Le Thémiscyrien attrapa Pyrrha et Pétrocle par les coudes et les fit sortir de la geôle. Sur la plateforme, l'autre soldat-oiseleur les tenait toujours en joue. Pétrocle lança à Rhodope :

— Je te préviens, si tu as touché ne serait-ce qu'à un cheveu de Lasty, je…

— Ne me lance pas des menaces que tu ne seras pas capable d'exécuter, coupa Rhodope. Allons-y.

Il posa une main dans le dos de Pyrrha et la dirigea vers un escalier métallique qui permettait d'accéder à la coursive du quatrième niveau à l'étage supérieur. Elle avait toujours détesté sa manie de vouloir la pousser partout ainsi, comme s'il était persuadé qu'elle avait besoin de son esprit de décision pour passer une porte ou monter sur une tortue.

Leurs pas résonnèrent sur la plateforme de métal. Les deux soldats-oiseleurs les encadraient, armés et vigilants. Les mages, collés aux barreaux des cellules, les regardaient passer. Pyrrha aurait voulu réfléchir à un moyen de s'échapper, mais elle n'arrivait pas à se concentrer.

Ils arrivèrent devant le point d'accostage d'un lévitateur assez grand pour transporter une demi-douzaine de personnes. Pyrrha, poussée par Rhodope, s'adossa contre le garde-corps.

— Pourquoi est-ce que tu as changé de camp ? demanda-t-elle tandis que le reste de l'équipée montait sur le lévitateur.

— Je n'ai pas changé de camp, je suis toujours au service d'Hyperborée, répondit Rhodope en actionnant les manettes sur le tableau de bord de l'engin. Les Thémiscyriens nous ont délivrés. Sans eux, je serais toujours en train de crever la faim dans cette prison, à subir la présence de ton grand ami, ajouta-t-il en montrant Pétrocle.

On aurait dit qu'il les mettait au défi de le contredire.

— Bonjour la délivrance, ironisa Pétrocle avec un mouvement d'épaules, les mains coincées dans les gantelets. Tu leur passes la brosse

à reluire depuis qu'ils sont arrivés et pourtant il me semble qu'ils ne t'ont même pas encore autorisé à sortir de la prison.

— Je peux sortir de la prison quand je le souhaite, répliqua Rhodope. Simplement, j'ai des responsabilités ici.

En disant cela, il jeta un coup d'œil instinctif aux Thémiscyriens qui les accompagnaient, toujours silencieux.

— Et tes sous-fifres, ils sont là pour t'aider à mieux nous trahir ou pour s'assurer que tu suis bien les ordres de l'oligarchie ? demanda Pétrocle.

— Je ne suis pas les ordres de l'oligarchie, j'obéis à notre nouveau Basileus, rétorqua Rhodope. Désolé de vous décevoir, mais les habitants de cette ville ont choisi leur souverain, et il s'agit du général Phillon. Quand allez-vous admettre que c'est vous, les traîtres ? ajouta-t-il d'un air triomphant. Votre Lastyanax, que vous aimez tant, a aidé une Amazone à emprisonner le Magisterium et à détruire le dôme. Maintenant, il vous a embarqués dans cette opération de sabotage de la machine pour nous empêcher de le réparer.

— Lastyanax n'a jamais trahi Hyperborée, le procès de sa disciple et l'arrivée des Amazones étaient un coup monté par les Thémiscyriens pour écraser le Magisterium, gronda Pyrrha. Ces élections étaient une vaste supercherie : tout a été fait pour que les gens ne puissent voter que pour Phillon. Et tu sais parfaitement que les Thémiscyriens ne vont pas se borner à reconstruire le dôme avec tout cet orichalque, ajouta-t-elle. Dès qu'ils auront fini de le réparer, ils lèveront une armée de conscrits hyperboréens pour aller conquérir d'autres cités. Tu veux la guerre ? Tu vas l'avoir.

Rhodope actionna le sceau du lévitateur sans rien dire, comme s'il n'avait rien entendu. L'engin décolla en direction du septième niveau de la prison.

— Pyrrha, je sais que c'est dur, mais il va falloir que tu admettes que tu as perdu. Quand j'ai appris ta candidature à l'élection du nouveau

Basileus, j'ai eu de la peine pour toi. Je savais que tu allais être déçue. Tu as récolté quoi – un quart des voix ? Géorgon avait raison, tu n'aurais jamais dû être autorisée à devenir disciple. Ça t'a monté à la tête. Il va falloir que tu réapprennes où est ta place : dans un foyer, avec un époux et des enfants, comme les autres patriciennes. Crois-moi, tu te sentiras mieux ainsi.

— Pyrrha mérite mille fois plus que toi ou moi une place au Magisterium, s'insurgea aussitôt Pétrocle. Elle...

— Laisse tomber, Pétrocle, intervint Pyrrha à voix basse.

Elle ne pouvait s'empêcher de se sentir blessée. Ce n'était pas seulement le contenu des phrases de Rhodope qui la heurtait, c'était leur ton : comme si, après l'avoir portée aux nues, il avait décidé par dépit de la considérer comme un être inférieur. Elle se trouvait idiote d'avoir pu éprouver de l'affection pour lui. Elle ravala le fiel qui lui montait dans la gorge. Les étages de la prison défilèrent autour d'eux, brouillant coursives et barreaux des cellules dans un enchevêtrement de métal. Finalement, le lévitateur ralentit et s'arrêta à un point d'arrimage. Ils sortirent de l'engin, empruntèrent un couloir et arrivèrent devant une porte blindée. À travers le battant, Pyrrha entendit un grésillement suivi d'un râle de douleur. Elle n'avait jamais entendu Lastyanax émettre un son si animal, et pourtant elle sut aussitôt que cela venait de lui. Une voix rauque s'éleva :

— Le vif-azur, il est où ?

Le silence qui suivit cette question était encore plus terrible à entendre que des gémissements. Un choc étouffé retentit. Derrière la porte, Lastyanax grogna. Pyrrha s'avança vers Rhodope, les mains toujours dans les gantelets. La colère qui s'était emparée d'elle était si violente que ses cheveux se dressaient sur sa tête sous l'effet du crépitement de son anima. Les soldats-oiseleurs la retinrent par les bras.

— Comment oses-tu faire ça ? aboya-t-elle. Vous avez étudié ensemble pendant cinq ans !

— Rien ne l'oblige à souffrir, rétorqua Rhodope, sur la défensive. Il n'a qu'à avouer.

— C'est pour ça que tu nous as amenés ici ? répliqua Pyrrha. Tu vas nous torturer aussi ?

— Je vous ai écoutés tout à l'heure, je sais que vous ignorez où se trouve le vif-azur, répondit Rhodope.

Il ouvrit la porte, qui pivota sur ses gonds dans un grincement inquiétant. À l'intérieur de la cellule, Lastyanax était recroquevillé en position fœtale sur le sol, le dos tourné. Deux autres soldats-oiseleurs se tenaient devant lui, armés de lances foudroyantes. Ils s'écartèrent pour laisser passer Rhodope. Celui-ci s'approcha de Lastyanax et le poussa du pied pour le forcer à se retourner sur le sol. Pyrrha put enfin voir son visage. Ses paupières étaient tellement gonflées par les coups qu'il semblait ne pas pouvoir ouvrir les yeux. Il avait le nez en sang et sa lèvre fendue découvrait une dent cassée.

— Comment ça va, Last ? demanda Rhodope.

Allongé sur le dos, Lastyanax articula d'une voix nasillarde :

— Comme quelqu'un à qui on vient de casser le nez une deuxième fois.

— Où est-ce que tu as caché le vif-azur ?

— Dans un lieu introuvable. Quelque part entre ton intégrité morale et tes talents de mage.

Rhodope éclata de rire et s'accroupit à côté de lui.

— Regarde qui est là.

Avec ses pouces, il força son ancien condisciple à soulever ses paupières contusionnées et lui tourna la tête sur le côté. Les pupilles de Lastyanax se dilatèrent lorsqu'il reconnut Pétrocle et Pyrrha. Celle-ci tenta en vain de cacher sa douleur de le voir ainsi. C'était elle qui avait entraîné Lastyanax dans ce plan de sabotage de l'Extractrice. C'était sa faute si le plan n'avait pas fonctionné.

Elle n'avait pas assez envisagé toutes les possibilités ; elle aurait dû être mieux préparée.

— On dirait que Rhodope a fait du zèle, Lasty, tenta Pétrocle d'une voix anormalement aiguë. Il doit vraiment avoir envie de ne pas passer pour un incapable auprès de ses supérieurs.

Rhodope se releva et se frotta les mains pour les débarrasser de la saleté qui couvrait le sol.

— À présent que le trio est enfin réuni, on va pouvoir passer aux choses sérieuses, *Lasty*. Je vais demander à mes amis thémiscyriens de s'occuper de tes deux acolytes pour t'inciter à nous dire où se trouve le vif-azur.

Une sueur froide coula dans le dos de Pyrrha. Rhodope fit un signe à un des soldats-oiseleurs, qui s'approcha d'eux avec sa lance foudroyante. Pyrrha essaya de contenir la vague de terreur qui déferlait en elle à la vue des crépitations bleutées de l'arme.

— C'est bon, arrête.

Toutes les têtes se tournèrent vers Lastyanax. Ce dernier roula sur le flanc et se redressa, le visage tordu par la douleur.

— Je vais vous dire où se trouve le vif-azur, ajouta-t-il en se tenant les côtes avec un bras.

— Non, ne lui dis pas ! cria Pyrrha.

— Cela ne sert à rien de continuer à jouer les héros, on a fait ce qu'on a pu, ajouta Lastyanax de sa voix désaccordée par son nez cassé.

La nouvelle protestation que Pyrrha s'apprêtait à lancer s'éteignit dans sa gorge. Cette phrase ne ressemblait pas du tout à Lastyanax. Avec un sourire victorieux, Rhodope ordonna au soldat-oiseleur de relever la lance foudroyante. Les arcs électriques s'éloignèrent et Pyrrha fit de son mieux pour ne pas montrer à quel point elle était soulagée. Comme tout le monde, elle était suspendue aux lèvres tuméfiées de Lastyanax.

— Alors ? demanda Rhodope.

— Je l'ai mis dans un lévitateur, que j'ai envoyé au septième niveau, expliqua Lastyanax, l'air abattu et les yeux baissés. Ma disciple l'a récupéré là-haut.

C'était la première fois que Pyrrha voyait Lastyanax bafouer la vérité. Il était tellement intègre qu'elle le pensait jusqu'alors incapable de mentir. Même pendant le procès de sa disciple, il n'avait pas osé s'écarter des faits pour la défendre. À présent, il parlait sans un frémissement de paupières, sans une hésitation, à part celle qu'il feignait pour convaincre Rhodope de ses réticences à lui dévoiler l'emplacement du vif-azur.

— Comment ta disciple a-t-elle fait pour entrer et sortir sans que personne la voie ? demanda celui-ci, les sourcils froncés.

— Elle est arrivée au septième niveau avec les ailes de Ctésibios et elle est repartie de la même façon.

— Pourquoi Pyrrha t'attendait au quatrième niveau, dans ce cas ?

— On avait prévu deux points de sortie pour le vif-azur au cas où les choses tourneraient mal.

Pyrrha essaya de rester impassible malgré le sang qui lui battait les tempes. Rhodope ne semblait pas tout à fait convaincu par les explications de Lastyanax, mais lui non plus ne le pensait pas capable de mentir.

— Où ta disciple a-t-elle mis le vif-azur ?

— Elle s'est enfuie par la brèche du dôme pour le cacher dans le glacier, près de la route des caravaniers.

— Où, dans le glacier ?

— C'est vaste, un glacier, répondit Lastyanax. Je ne peux pas t'expliquer comme ça, il faut aller sur place.

Pyrrha savait d'où Lastyanax avait tiré son idée de glacier : c'était là qu'ils avaient planifié de se débarrasser du vif-azur, en le jetant dans le lac gelé. Rhodope se mit à faire les cent pas.

— Il a l'air nerveux, souffla Pétrocle à Pyrrha. La direction ne va pas être heureuse d'apprendre que le vif-azur s'est carapaté dans les monts Riphées.

Il avait prononcé cette phrase juste assez fort pour que Rhodope l'entende. Ce dernier s'immobilisa et pointa du doigt trois des quatre soldats qui surveillaient la scène.

— Vous trois, vous allez prendre deux oiseaux rokhs et emmener celui-là (il désigna Lastyanax, toujours à terre) au glacier, pour qu'il nous montre où se trouve le vif-azur.

Puis il se tourna vers le dernier Thémiscyrien.

— Toi, tu restes devant la cellule et tu veilles à ce que ces deux-là ne s'en échappent pas, ordonna-t-il. Si le vif-azur n'est pas revenu d'ici trois heures, tu les feras exécuter.

Un lourd silence tomba sur la cellule. Pétrocle lui-même semblait à court de commentaires. Rhodope força Lastyanax à se relever. Il le dépassait d'une tête et était en pleine forme. En comparaison, Lastyanax semblait à peine capable de tenir sur ses jambes. Rhodope lui ébouriffa les cheveux d'un geste qu'une personne moins au fait de leurs relations aurait pu qualifier de fraternel. Lastyanax dodelina de la tête, comme s'il n'avait pas assez d'énergie pour soutenir sa boîte crânienne. Il adressa à Pyrrha un regard incisif qu'elle fut la seule à remarquer, fixa le plafond et leva discrètement sept doigts.

— Allez, on y va, dit Rhodope en lui attrapant la nuque. Pas de blague, Lasty.

Pyrrha hocha imperceptiblement la tête. Lastyanax se laissa alors entraîner dans le couloir. Les soldats-oiseleurs quittèrent la pièce, abandonnant Pétrocle et Pyrrha dans la cellule, les mains toujours coincées dans les gantelets. La porte se referma sur eux en claquant comme une sentence.

— Bon, dit Pyrrha, on a trois heures pour trouver un moyen d'arriver au septième niveau, sur le toit de la prison.

Lastyanax

Lastyanax avait pris un risque énorme pour Pétrocle et Pyrrha. Il était trop tard pour revenir sur sa décision : il devait suivre l'ébauche de plan qu'il avait en tête. Dans l'immédiat, cela voulait dire avoir l'air aussi faible et inoffensif que possible.

Ce n'était pas difficile. La douleur provoquée par son nez cassé irradiait dans son front et dans sa mâchoire. Il avait du mal à respirer à cause des coups de pied qu'il avait reçus dans les côtes. Le foudroiement des lances avait laissé sa peau à vif sur ses paumes, là où les éclairs étaient ressortis. À l'aide de sa langue, Lastyanax explora avec précaution le trou laissé par sa dent cassée. Il n'avait pas besoin de voir sa tête dans un miroir pour savoir qu'il n'était pas joli à regarder. La crainte futile de rebuter Pyrrha par son apparence lui traversa l'esprit. « On se préoccupera de l'esthétique plus tard », songea-t-il.

Tout au long du chemin jusqu'au septième niveau de la prison, Rhodope le tint par la nuque comme une vulgaire poupée de chiffons. Il semblait déterminé à remettre la main sur le vif-azur le plus vite possible. Sans doute espérait-il retrouver le métal avant que les oligarques ne reviennent du sacre de Phillon. Cette précipitation était la meilleure alliée de Lastyanax : Rhodope avait déjà commis plusieurs erreurs, en amenant Pyrrha et Pétrocle jusqu'à lui, en les laissant ensemble, en annonçant devant eux le temps dont ils disposaient… et en ne prenant pas la précaution de renforcer son escorte. Malgré tout, trois soldats-oiseleurs, plus Rhodope, cela faisait encore trop de personnes armées à neutraliser. Alors qu'ils traversaient les quartiers de la direction pour accéder au toit de la prison, Lastyanax décida d'accentuer la pression.

— Pétrocle a raison, ta hiérarchie n'est pas encore au courant de ce qui s'est passé dans la salle d'extraction, n'est-ce pas ? Ils ne vont pas être contents de l'apprendre.

— D'ici là, tu auras rapporté le vif-azur, rétorqua Rhodope avec une assurance forcée. Je te connais, tu ne risqueras pas la vie des deux autres.

Ils empruntèrent un escalier, traversèrent les quartiers de la direction et arrivèrent sur le toit-terrasse de la prison. Le grand soleil éblouit Lastyanax. Il tourna sur lui-même et regarda le paysage des tours enneigées. Une infinité de gouttelettes réfléchissaient des larmes de lumière. Une buée se formait à l'intérieur du dôme dont la réparation était presque achevée : seul un triangle, minuscule à cette distance, laissait encore entrer l'air froid.

Sur le toit, entre les bancs et les fontaines gelées, une demi-douzaine d'oiseaux rokhs, le dos tourné aux chauds rayons du soleil et les pattes attachées par des cordes aux crénelures de l'Extractrice, se lissaient les plumes. Des carcasses d'animaux à moitié dévorés jonchaient le dallage verglacé. Lastyanax regarda les énormes volatiles. Il regrettait de plus en plus l'inspiration qui l'avait poussé à parler de glacier et de vol en dehors du dôme. Il n'avait pas grandi au septième niveau, lui, et ses récentes acrobaties aériennes n'avaient pas amélioré son vertige. Rhodope se tourna vers un des trois soldats-oiseleurs de l'escorte, un homme au visage taillé à la serpe qui portait l'insigne de lieutenant.

— Tu pars devant avec Last, ordonna Rhodope. Il t'indiquera le cap – hein, Last ? Les deux autres, vous suivez, au cas où.

Il ajouta à l'adresse de Lastyanax :

— N'oublie pas : si dans trois heures vous n'êtes pas revenus, j'exécute les autres.

Il lui tapota la nuque d'un geste familier et s'écarta. Lastyanax s'était attendu à ce qu'il vienne avec eux, mais Pétrocle semblait avoir raison, après tout : Rhodope n'avait pas l'autorisation de sortir de la prison. Cela l'arrangeait.

Le lieutenant l'attrapa par l'épaule et le poussa vers l'oiseau le plus proche, un rapace au plumage mordoré et au bec jaune. Le volatile était déjà sellé. Il s'accouva sur le sol lorsque son maître lui en siffla l'ordre. Aidé par le Thémiscyrien, Lastyanax monta sur son dos. Ses jambes flageolaient tellement que les étriers tremblèrent lorsqu'il glissa ses pieds dedans. Cette position rendait ses côtes plus douloureuses que jamais. Avec des gestes brusques, le Thémiscyrien serra d'épaisses sangles autour de ses jambes. Les lanières de cuir s'enfonçaient dans les cuisses de Lastyanax, mais il accueillit cette douleur-là avec soulagement : au moins, il ne risquerait pas de vider les étriers pendant le vol. Le lieutenant-oiseleur monta à son tour sur le rapace, juste devant Lastyanax. Il ajusta ses propres sangles, attrapa les rênes rivetées au bec de l'animal, puis leva un pouce pour indiquer qu'ils étaient prêts à décoller. Sur le volatile voisin, les deux soldats-oiseleurs lui répondirent de la même manière.

Le lieutenant-oiseleur modula un sifflement que Lastyanax écouta avec attention. Aussitôt, l'oiseau rokh se releva, faisant tanguer ses cavaliers sur son dos. Le rapace sautilla jusqu'à l'aplomb du vide. À chaque bond du volatile, Lastyanax sentait son estomac se soulever et ses côtes jouer des percussions avec ses poumons. Il n'eut pas le temps d'évaluer la distance qui le séparait du sol que déjà l'oiseau prenait son essor.

Sans le traumatisme de ses voltiges passées, peut-être aurait-il trouvé l'expérience exaltante. Les longues ailes du rapace coupaient l'air comme du beurre. Comparé aux soubresauts sur le toit-terrasse, ce vol était d'une fluidité incomparable. La ville semblait avoir gagné une dimension supplémentaire. Tours et canaux avaient perdu leur relief tandis que le ciel sous le dôme, jusque-là sur un seul plan, se déployait.

Malheureusement, l'exaltation n'était pas exactement ce que ressentait Lastyanax. Malgré les sangles et les étriers qui maintenaient ses jambes contre les flancs soyeux de l'oiseau rokh, il n'avait que trop conscience du vide sous ses pieds. Dès qu'il regardait en bas, il avait la sensation d'être aspiré. Il aurait voulu se tenir à quelque chose, mais son seul point d'accroche était le Thémiscyrien devant lui et il n'avait

aucune envie de poser la main sur lui. Il remonta le col de son uniforme de lieutenant-oiseleur pour se protéger du vent. Il avait beau se voûter derrière le Thémiscyrien, le froid qui s'engouffrait dans ses conduits auditifs commençait à lui donner un mal de tête.

Le rapace passa par l'ouverture du dôme, suivi de près par le second oiseau. La plaine gelée s'ouvrit devant Lastyanax, aussi vaste, morne et enneigée que lorsqu'il l'avait traversée à pied. Il réalisa qu'il avait eu tort de se plaindre du froid à l'intérieur du dôme : à présent, la morsure du vent était telle qu'il avait l'impression qu'on lui brûlait les joues avec un fer à repasser. Ses yeux se mirent à ruisseler tandis que du givre se formait autour de ses cils. Il avait mal aux dents, aux oreilles, aux côtes, au nez, il avait mal partout. Il ferma les yeux et se pencha aussi près qu'il le pouvait du lieutenant-oiseleur sans le toucher, en priant pour que le supplice s'achève au plus vite.

Le vol dura une demi-heure, qui lui parut interminable. Lorsque enfin le rapace descendit en planant vers le glacier, Lastyanax avait les yeux tellement occultés par les larmes et le givre qu'il ne voyait qu'une masse blanchâtre coincée entre deux montagnes. Arrivé à quelques dizaines de pas de la glace, l'oiseau rokh bascula en vol stationnaire, imité par le second rapace. Devant Lastyanax, le lieutenant-oiseleur se retourna et lança :

— Alors, le vif-azur, il est où ?

Lastyanax cligna des yeux et scruta les alentours.

— Là-bas, cria-t-il, il faut aller au bout du glacier, en aval.

Le lieutenant mit le cap vers l'extrémité du glacier. En quelques instants, les oiseaux rokhs arrivèrent à destination. Les falaises blanches du grand cirque surplombaient un lac gelé aux eaux noires. Lastyanax avait passé la deuxième nuit de son périple sur sa rive, à attendre la fin d'une insomnie en regardant les étoiles.

— Le vif-azur est dans le lac ? cria le lieutenant-oiseleur pour couvrir les bourrasques soulevées par les ailes de leur monture.

— Non, répliqua Lastyanax sur le même ton. Il est caché dans une crevasse. Je vais vous montrer où il est ; il faut qu'on se pose.

Le Thémiscyrien fit signe aux deux autres d'atterrir sur le lac. Après une descente en piqué qui donna l'impression à Lastyanax que son estomac s'envolait vers le ciel, les rapaces se posèrent dans un tourbillon de plumes à quelques dizaines de pas de la falaise. Le lieutenant-oiseleur sauta à bas de la selle et défit les sangles de Lastyanax. Ce dernier se laissa glisser sur les ailes lisses de l'oiseau rokh et s'écroula sur la surface gelée. L'homme l'attrapa sous le coude et le força à se relever. Lastyanax était heureux de sentir un sol ferme sous ses pieds. Les deux autres Thémiscyriens les rejoignirent.

— Alors, le vif-azur ? répéta le lieutenant d'un ton impatient.

Lastyanax rassembla son courage. Son escorte se trouvait à côté de lui, vigilante mais pas au point de le tenir en joue. En manifestant à outrance sa faiblesse, il avait réussi à les berner.

Il n'aurait pas d'autre moment pour agir.

Derrière lui, la glace se mit à fondre sous les serres des oiseaux rokhs. Ils sautillèrent en écartant les ailes, indisposés par l'eau qui leur mouillait les pattes. L'instant d'après, deux tentacules d'eau jaillirent de la surface et s'enroulèrent autour des serres des oiseaux. Les rapaces se mirent aussitôt à battre des ailes en criant pour s'en extraire.

L'attention des soldats-oiseleurs avait été détournée par l'agitation des volatiles. Ils comprirent trop tard qu'il s'agissait d'une diversion : lorsqu'ils se retournèrent vers Lastyanax, brassards levés, celui-ci avait déjà formé une paroi de glace autour de lui. Les fléchettes se fichèrent dans le mur gelé en y dessinant des craquelures étoilées. D'un geste, Lastyanax repoussa la paroi vers les soldats. Le mur glissa sur la surface et tomba sur les trois Thémiscyriens, qui se retrouvèrent écrasés sous sa masse. Lastyanax frappa la glace de son pied. Sous les soldats-oiseleurs, la surface du lac, épaisse d'un pas, craqua. Il frappa à nouveau. Les

blocs de glace se dessoudèrent, plongeant sous le poids des soldats qui tombèrent dans l'eau en criant.

Lastyanax s'avança sur la zone de glace qu'il venait de briser. Les Thémiscyriens essayaient de sortir de l'eau. Les blocs de glace auxquels ils tentaient de s'agripper glissaient sous leurs bras et se cognaient contre eux. Leurs brassards, leurs bottes, leurs capes les entraînaient vers le fond.

Lastyanax savait ce qu'il lui restait à faire. Tout en lui s'y opposait. S'il allait au bout de son idée, il serait hanté par la culpabilité pour le restant de ses jours. S'il abandonnait, il perdait Pyrrha et Pétrocle.

Lastyanax tendit les mains devant lui. Les blocs de glace commencèrent à se ressouder un à un. Les soldats-oiseleurs, qui luttaient pour garder leurs têtes hors de l'eau, lui lancèrent des injures. Il accéléra l'opération. La glace se referma. Lastyanax pouvait voir les visages terrifiés des Thémiscyriens. De grosses bulles d'air s'échappaient de leur bouche et se collaient sous la surface. Ils frappèrent la glace, tirèrent des fléchettes pour essayer de la percer. Lastyanax ne parvenait pas à détacher son regard de ce spectacle monstrueux. De nouvelles bulles apparurent dans les bouches ouvertes des Thémiscyriens, comme s'ils hurlaient silencieusement sous l'eau. Ils hoquetèrent. Quelques secondes plus tard, ils ne bougeaient plus. Leurs visages restèrent un instant collés contre la glace, puis les corps coulèrent dans l'eau noire.

Lastyanax tituba en arrière, le visage dégoulinant de sueur. Il avait envie de vomir, d'effacer ce qu'il venait de voir, d'oublier ce qu'il venait de faire. Il se laissa tomber sur ses talons et ferma les yeux, hanté par les images de son crime.

Jusqu'alors, il avait toujours été persuadé d'agir pour le bien commun, mais cette conviction venait de flancher. Était-il vraiment du bon côté de l'histoire ? Avait-il eu raison d'empêcher les Thémiscyriens de récupérer le vif-azur, alors qu'ils s'en étaient jusqu'alors servis pour réparer le dôme ? L'ordre que proposait Thémiscyra était-il mauvais au point de l'autoriser à tuer trois personnes de sang-froid ?

Il aurait voulu trouver une réponse claire à ces questions, mais il n'y en avait pas. L'équation morale était trop complexe pour être résolue par un oui ou par un non. En cet instant, il ne devait penser qu'à Pétrocle et à Pyrrha. Rhodope lui avait laissé trois heures pour revenir avec le vif-azur. La première heure touchait à sa fin.

Lastyanax se releva avec des gestes gauches. Il se tourna vers les deux oiseaux rokhs. Les rapaces tendaient le cou et regardaient la glace comme s'ils s'étonnaient de ne pas voir réapparaître leurs cavaliers.

Lastyanax s'approcha de l'oiseau le plus proche. Le dos du rapace était beaucoup trop haut pour qu'il puisse l'atteindre. Il essaya de reproduire l'ordre qui indiquait au volatile de s'accouver, mais il avait toujours été un piètre siffleur. L'oiseau rokh se lissa les plumes avec son bec comme s'il ne l'avait pas entendu.

Lastyanax essaya avec l'autre rapace sans obtenir davantage de résultats. En désespoir de cause, il tenta de léviter jusqu'à la selle, mais cette acrobatie effaroucha l'oiseau, qui s'envola et se posa quelques dizaines de pas plus loin. La panique commençait à envahir Lastyanax. À supposer qu'il parvienne à grimper sur un des rapaces, il n'avait pas la moindre idée de la manière dont il pouvait le faire décoller.

Il avait échafaudé son plan en partant du principe qu'il pourrait utiliser un oiseau rokh pour revenir à Hyperborée. Il se rendait compte à présent qu'il avait surestimé ses compétences. Le moyen de transport était bien là, mais il ne savait pas comment l'utiliser, et le temps filait. Il se mit à faire les cent pas, en proie à une angoisse abominable. Ce n'était pas possible… Il y avait bien une solution… Il ne pouvait pas avoir tué trois personnes pour rien… Pire, pour condamner à mort Pyrrha et Pétrocle… Il suffisait de… de…

Lastyanax laissa échapper un cri de désespoir qui effraya les deux oiseaux et résonna dans la montagne. L'écho que la paroi lui renvoya ressemblait étrangement à un hennissement. Il se redressa, abasourdi, et se tourna vers la rive.

Au bord du lac, une bête hirsute l'observait, les oreilles bien droites. Lastyanax n'était pas près d'oublier la monture qui avait fait gagner le Prix du Basileus à son père. Il ignorait comment le cheval d'Arka était arrivé là, mais sa présence était providentielle.

C'était une constante dans sa relation avec sa disciple : elle ne cessait jamais de l'étonner.

Lastyanax courut vers la rive. Il ne savait pas monter les oiseaux rokhs, mais les chevaux, si. Son enfance passée à endurer la passion équestre de son père prenait enfin un sens. Arrivé à une dizaine de pas du Nabot, il ralentit et essaya de l'amadouer :

— Reste ici, làààà, c'est bien.

Le Nabot le laissa s'approcher tout en le fixant de ses yeux noirs. Lastyanax n'avait jamais trouvé les chevaux très malins, mais celui-ci paraissait en savoir plus long que lui sur bien des sujets. À tel point qu'il se sentait un peu idiot d'employer la voix flatteuse que son père prenait pour calmer les bêtes farouches.

— Voilà, pépère, on ne bouge pas, voilààà.

Il monta sur un gros rocher qui se trouvait à côté du cheval et regarda ce dernier avec circonspection. Le Nabot n'avait ni selle ni bride : Lastyanax ne voyait pas comment il allait réussir à le guider. En outre, pour avoir entendu Arka jacasser de multiples fois sur sa relation spéciale avec son cheval, il savait que celui-ci n'acceptait pas d'autres cavaliers qu'elle. Le Nabot ne semblait d'ailleurs pas dans les meilleures dispositions pour accueillir Lastyanax sur son dos. Il avait plaqué ses oreilles contre son crâne et sa queue fouettait l'air. Toute son attitude indiquait qu'un vol plané attendait Lastyanax s'il avait l'imprudence de lui grimper dessus.

Ce dernier prit une longue inspiration. Au point où il en était, il pouvait tout tenter. Même argumenter avec un cheval.

— On rentre à Hyperborée pour sauver Pyrrha et Pétrocle, expliqua-t-il.

Les oreilles toujours couchées en arrière, Le Nabot renâcla en agitant la tête, comme si ce plan ne le satisfaisait pas.

— Et après, on ira chercher Arka ? hasarda Lastyanax.

Les oreilles du Nabot pointèrent aussitôt vers le dôme. Sans plus d'hésitation, Lastyanax se hissa sur son dos. Il eut à peine le temps de se redresser que déjà Le Nabot l'embarquait au triple galop vers Hyperborée.

11
Le retour du Nabot

Pyrrha

Pyrrha et Pétrocle se trouvaient seule à seul dans une geôle, d'ordinaire réservée aux détenus trop dangereux ou trop privilégiés pour être mis dans des cellules collectives. C'était un avantage, car la porte blindée les isolait du couloir. Ils pouvaient donc discuter sans être vus ni entendus par le soldat-oiseleur posté dans le corridor.

Pyrrha faisait les cent pas dans la pièce étroite en essayant de bâtir un plan d'évasion. D'abord, il fallait qu'ils réussissent à se débarrasser des gantelets. Elle porta ses mains devant ses yeux et étudia attentivement le sceau gravé sur ces menottes conçues pour les mages. Un sceau de protection à double encerclement : évidemment, elle ne pouvait ni le rayer ni graver un autre sceau à côté, ça aurait été trop simple. En revanche, elle pouvait essayer de le reconfigurer… Mais pour cela, elle avait besoin d'un objet pointu. Tandis qu'elle réfléchissait, Pétrocle se plaignait.

— Comment Lasty veut-il qu'on s'échappe de cette geôle de malheur ? On a les mains emprisonnées, il y a une porte blindée à franchir, un maton qui nous surveille comme le lait sur le feu dans le couloir, sans compter tous ceux qui se trouvent entre nous et le toit, et on ne sait même pas comment faire pour accéder à ce toit…

— Je sais comment faire, répliqua Pyrrha en s'arrêtant. J'ai appris par cœur le plan de l'Extractrice. Quant aux mains…

Elle s'interrompit et attrapa avec sa bouche une grosse mèche de cheveux bouclés qui pendait de son chignon. Pétrocle la regarda faire avec incrédulité.

— Pyrrha, je suis le premier à souffrir d'avoir l'estomac vide, mais si tu te mets à manger tes cheveux, je vais commencer à m'inquiéter.

Pyrrha ne lui répondit pas et continua de défaire son chignon en tirant sur les mèches avec sa bouche. Au bout de quelques instants, deux petits objets tombèrent sur le sol : une épingle et une pointe de charbon.

— C'est fou la quantité de choses qu'on peut cacher dans des cheveux bouclés, répliqua-t-elle en crachotant pour débarrasser sa bouche des mèches qui y étaient restées collées. J'ai bien fait d'arrêter de me les lisser.

Elle s'accroupit et ramassa l'épingle du bout des lèvres, en essayant de ne pas penser à tous les miasmes dégoûtants qui traînaient sur le sol. Pétrocle suivait son opération d'un air dubitatif.

— Je suis heureux de constater que tu t'es enfin réconciliée avec ta crinière de poney, mais je ne vois pas en quoi ça nous avance…

— Mmmh, coupa Pyrrha, la bouche occupée par l'épingle.

Elle avait réussi à l'écarter pour dégager une pointe. Elle s'approcha de la banquette de la cellule, posa les gantelets dessus et pencha son visage vers le sceau. L'exercice de gravure commença. À l'aide de l'épingle, elle transforma le glyphe du bouclier en un glyphe de la bougie, symbole de l'autodestruction. C'était un travail fastidieux, d'une extrême minutie. Le moindre trait de travers risquait de changer la signification du sceau, avec effet immédiat, car ce dernier était déjà activé. Pétrocle avait compris ce qu'elle voulait faire et l'observait sans dire un mot.

Au bout de vingt minutes, Pyrrha avait des crampes aux joues à force de tenir l'épingle entre ses dents. Il ne lui restait plus qu'une rayure à faire pour achever le symbole de la bougie.

— Tu es sûre que tu ne vas pas t'autodétruire les doigts en même temps ? demanda alors Pétrocle.

Ils échangèrent un regard. Le visage pâle, Pyrrha se pencha et donna la dernière touche à sa gravure.

Aussitôt, les gantelets se désagrégèrent en un sable métallique qui coula entre ses doigts. Pyrrha soupira de soulagement et secoua ses mains pour les désengourdir. Puis elle se tourna vers Pétrocle en brandissant l'épingle entre son pouce et son index.

— À ton tour, dit-elle.

Cette fois-ci, le travail de gravure alla beaucoup plus vite. Cinq minutes plus tard, Pétrocle était débarrassé de ses gantelets. Il se frotta les poignets.

— Bon, à présent qu'on a retrouvé nos pleines fonctions digitales, qu'est-ce qu'on fait ?

— Je vois deux solutions, répondit Pyrrha. Soit on attire le garde à l'intérieur de la cellule et on essaie de le neutraliser…

— Je n'ai jamais été partisan de la confrontation directe.

— … soit on creuse un trou dans ce mur, dit Pyrrha en désignant la paroi gauche de la cellule, blanchie à la chaux.

— Je connais des mages qui ont essayé de creuser un trou pour s'évader, mais c'est impossible, il y a une couche d'adamante dans les murs, objecta Pétrocle.

— Seulement dans les murs extérieurs et dans les plateaux de séparation de niveaux, corrigea Pyrrha. Les autres murs sont simplement en pierre, l'adamante coûte trop cher à produire. Donc, si on accède à la cellule voisine – en espérant qu'elle est vide –, on pourra ensuite creuser un autre trou dans le plafond pour arriver dans le vestiaire où les gardiens stockent tous les effets personnels des détenus à leur arrivée. Avec un peu de chance, on y trouvera de quoi s'équiper pour parvenir jusqu'au toit en un seul morceau.

— Comment se fait-il que tu saches tout cela ?

— Je connais par cœur le plan de l'Extractrice, je te l'ai dit. Last l'a appris par cœur aussi, c'est pour cela qu'il sait qu'on a une chance d'arriver sur le toit.

— Ton plan comprend un facteur « chance » non négligeable, fit remarquer Pétrocle en se grattant le cuir chevelu d'un geste nerveux. Je ne suis pas quelqu'un de chanceux, moi, j'ai même plutôt tendance à attirer la poisse. Pourquoi est-ce qu'on n'attendrait pas Lasty bien tranquillement ici ?

— Parce qu'il compte sur moi pour réussir à atteindre le toit et que je compte sur lui pour nous rejoindre là-haut, répondit Pyrrha.

— Et s'il y a quelqu'un dans la cellule voisine ?

— On va espérer que le quelqu'un sera coopératif.

Comme Pétrocle semblait à court d'objections, elle ramassa la pointe de charbon tombée de ses cheveux et se tourna vers le mur. D'un geste sûr, elle traça un grand cercle parfaitement rond et commença à dessiner des glyphes à l'intérieur.

— Joli, approuva Pétrocle quand elle eut bien avancé dans son sceau. Tu ferais bien de mettre un circulaire à vagues pour ajouter une commande de silence, ça évitera d'attirer l'attention de notre ami dans le couloir…

— On dirait que tu ne faisais pas que dormir en cours de mystographie, commenta Pyrrha en s'exécutant avec un sourire.

— Mes tendances narcoleptiques ne m'empêchent pas d'avoir parfois l'oreille attentive, répliqua Pétrocle.

Pyrrha acheva son sceau et se frotta les mains pour enlever le charbon qui lui tachait les doigts. Après avoir échangé un regard avec Pétrocle, elle posa la paume sur le grand cercle rempli de glyphes. Aussitôt, le sceau siphonna son énergie. Elle dut se faire violence pour rester debout. Une vibration ténue parcourut le mur. Quelques instants plus tard, la paroi se désagrégea à l'intérieur du cercle dans un nuage de poussière. Le nuage se dissipa, révélant un

trou circulaire et profond d'un pas. Au bout de ce court tunnel, une femme d'une trentaine d'années à la peau mate et aux cheveux noirs les observait, ses yeux bridés écarquillés de stupeur. Le teint de Pétrocle vira au verdâtre.

— Oh non, gémit-il.

— Tiens, mais ne serait-ce pas là Seau à pipi ? lança leur voisine depuis l'autre geôle.

Pétrocle se tourna vers Pyrrha, qui observait la scène avec perplexité.

— Pyrrha, je te présente Barcida, la seule survivante des preneuses d'otages et la plus barbare d'entre elles.

— Tu me flattes, répondit la détenue d'un ton réjoui. Je me trompe ou vous avez l'intention de vous évader ?

— Oui, mais pas avec toi, répliqua aussitôt Pétrocle. Après ce que tu m'as obligé à faire… Balancer par-dessus le parapet…

— Tttttt, il est un peu trop tard pour faire le difficile, n'est-ce pas, Seau à pipi ? coupa la dénommée Barcida. Si vous refusez de collaborer, j'appelle le gardien.

Sans laisser le temps à Pétrocle de répondre, Pyrrha sauta à l'intérieur du conduit et avança à croupetons jusque dans la cellule voisine.

— Pour l'instant, il semblerait que nous ayons tous les trois le même projet, déclara-t-elle en se réceptionnant devant Barcida. Aucun d'entre nous n'a intérêt à le faire capoter en perdant du temps dans un conflit stérile. On réglera ça plus tard.

Barcida la jaugea d'un air calculateur, puis se tourna vers Pétrocle, qui ne semblait toujours pas décidé à passer de l'autre côté.

— Allez, viens, Seau à pipi, je te promets que je serai sage au moins jusqu'à ce qu'on soit sortis d'ici.

Le regard de Pétrocle transita entre Barcida et Pyrrha. Finalement, il plia sa grande carcasse et crapahuta dans le passage en maugréant :

— Si j'avais su que je m'évaderais avec cette cinglée de tortionnaire…

Tandis qu'il se redressait dans la geôle avec une expression ombrageuse, Pyrrha grimpa sur la banquette plaquée contre le mur et tendit les bras vers le plafond pour y recopier le sceau. Barcida la regarda faire en plissant ses yeux en amande.

— Qu'est-ce que tu fais ?

— Je dessine un sceau pour accéder au vestiaire qui se trouve juste au-dessus de ta geôle, répondit Pyrrha en continuant de tracer ses glyphes, les épaules douloureuses à cause de sa position inconfortable.

— Je croyais qu'il n'y avait pas d'Hyperboréennes mages.

— Je suis une exception.

Barcida et Pétrocle se tinrent silencieux pendant qu'elle finissait de recopier le sceau. Lorsqu'elle eut terminé, elle se frotta les mains et se tourna vers les deux autres en disant :

— Maintenant, il n'y a plus qu'à espérer que le vestiaire soit vide.

— Je ne veux pas être pessimiste, mais pour l'instant ma poisse n'a pas failli à sa réputation, commenta Pétrocle en coulant un regard évocateur à Barcida.

Comme celle-ci s'apprêtait à répliquer, Pyrrha appliqua la paume de sa main sur le sceau pour interrompre leurs chamailleries. À nouveau, une vibration parcourut la paroi. Le plafond s'effrita à l'intérieur du cercle. Pétrocle, qui se trouvait en dessous du trou, se retrouva couvert de poussière blanchâtre. Tandis qu'une quinte de toux agitait son grand corps maigre, Barcida s'approcha de lui et lui souffla à l'oreille :

— Parfois, Seau à pipi, il faut savoir ne *pas* se mettre au mauvais endroit au mauvais moment. Cela ne s'appelle pas de la poisse, cela s'appelle de la bêtise.

— Parfois, Barcida, il faut savoir quand faire preuve de sens diplomatique, répliqua Pétrocle avec mauvaise humeur en frottant ses cheveux blanchis.

— Qu'est-ce que tu veux dire par là ?

— Pyrrha et moi pouvons léviter. Toi, en revanche, tu n'atteindras jamais l'étage sans notre aide.

Barcida sourit. En guise de réponse, elle sauta sur la banquette, grimpa sur les épaules de Pétrocle qui couina de surprise et s'élança dans le trou du plafond, jambes et bras écartés pour se tenir aux parois. Un instant plus tard, elle s'était hissée sur le plancher du vestiaire.

— Le vestiaire est vide, annonça-t-elle, goguenarde. Pas de poisse, Seau à pipi, que de la bêtise.

— Arrêtez, vous n'aidez personne avec votre rivalité idiote, grommela Pyrrha. Vous pourrez vous écharper autant que vous voudrez quand on sera sortis d'ici, en attendant on se concentre.

Joignant le geste à la parole, elle se focalisa sur son anima et commença à léviter. Après l'activation de ses deux sceaux, elle éprouva une grande difficulté à monter assez haut pour atteindre le niveau au-dessus. Finalement, ses doigts agrippèrent le bord du trou et elle se hissa à l'étage supérieur en ahanant. Le vestiaire, éclairé par une meurtrière, était une grande pièce garnie d'étagères chargées de caisses étiquetées. Comme l'avait annoncé Barcida, personne ne l'occupait.

— À toi, Pétrocle, dit-elle à son camarade resté dans la geôle.

Pétrocle, affaibli par les privations et les extractions d'anima, ne parvint pas à décoller de plus d'un pas. Barcida et Pyrrha durent se pencher dans le trou jusqu'à la taille pour lui attraper chacune un bras et l'aider à sortir. Arrivé dans le vestiaire, il roula sur le dos et ferma les yeux, le visage blafard et les jambes tremblantes. Il avait l'air tellement mal en point que même Barcida s'abstint de faire un commentaire.

— Ça va ? s'enquit Pyrrha.

— Ça ira mieux quand j'aurai mangé trois casse-croûtes au pâté et dormi quinze heures, souffla Pétrocle.

— Bientôt, l'encouragea Pyrrha. Il faut que tu tiennes encore un peu.

Elle se redressa et rejoignit Barcida qui fouillait dans les caisses. L'Amazone avait déjà sorti une collection impressionnante de poignards

de tailles diverses, possessions des malfrats qui occupaient la prison avant l'arrivée des mages. Pyrrha eut un sursaut de joie lorsqu'elle retrouva son sac à bandoulière dans une des caisses. Il contenait toujours ses outils mécamanciques, une cartouche aveuglante, l'attrapeur d'anima, l'horlogium et une sphère de somnolence. L'équipement d'escalade et le graphomance avaient disparu, probablement confisqués par Rhodope.

Barcida et elle rassemblèrent leur butin à côté de Pétrocle qui s'était redressé pour s'adosser contre le montant d'une étagère, le teint toujours pâle. Pyrrha prit sa pointe de charbon et commença à dessiner sur le sol la partie de la prison où ils se trouvaient.

— On est ici, au premier étage du septième niveau, et on veut aller là, au sommet de la tour, indiqua-t-elle en indiquant les parties correspondantes de son plan. On a encore deux étages, plus le toit, à traverser. Au prochain étage se trouvent les communs des gardiens de prison – plus précisément la cuisine de la cantine.

— Cuisine, répéta Pétrocle d'un air rêveur.

— Et à l'étage supérieur se trouvent les appartements du directeur de la prison. On peut atteindre le quartier de la direction en creusant à nouveau des trous dans les plafonds, mais il faudra ensuite repasser par les couloirs pour rejoindre le sas d'accès au toit.

— Pourquoi ? demanda Barcida.

— Parce qu'il y a une couche d'adamante dans le toit. On ne peut pas faire de trou dedans, répondit Pyrrha.

— Je voulais dire : pourquoi aller sur le toit ? Pourquoi ne pas sortir par le canal du septième niveau ?

— Parce que le canal est fortement gardé et parce qu'un ami nous attend dans… deux heures, maintenant, sur le toit, répondit Pyrrha en consultant l'horlogium. Il nous évacuera de là-haut. Il y a fort à parier qu'on tombera sur des Thémiscyriens en traversant le quartier de la direction, ajouta-t-elle.

— Je m'occuperai des Thémiscyriens, déclara Barcida en testant l'affûtage d'un des poignards sur son pouce. Occupez-vous de me conduire dans le quartier de la direction.

— Il faut qu'on traverse la cuisine, alors.

— La pause déjeuner se termine, dit Barcida en jetant un coup d'œil à la meurtrière, devant laquelle le soleil au zénith étalait une courte flaque de lumière. Il vaut mieux attendre une demi-heure ici que les cuisiniers finissent de tout remettre en ordre et traverser quand ils seront partis. Les Thémiscyriens n'ont aucune raison de venir dans le vestiaire, il n'y a pas de prisonniers qui arrivent ou qui repartent, en ce moment.

Pyrrha hocha la tête.

— Attendons, alors.

Barcida alla s'asseoir en haut d'une étagère et se mit à observer Pétrocle depuis son perchoir en jouant avec ses poignards. Pyrrha les surveilla du coin de l'œil, méfiante : elle sentait bien que la rancœur de l'un et la férocité de l'autre ne tarderaient pas s'exprimer. Ils patientaient depuis un quart d'heure lorsque Barcida donna un coup de menton méprisant en direction de Pétrocle.

— Qu'est-ce que tu as, Seau à pipi ? Tu as l'air préoccupé.

— « Ils vont vous faire croire qu'ils sont vos sauveurs, mais ce sont eux qui ont tout manigancé depuis le début », cita Pétrocle, toujours assis par terre. C'est ce que tu nous as lancé juste avant que les soldats-oiseleurs ne t'arrêtent. Qu'est-ce que tu voulais dire par là ?

— Exactement ce que je voulais dire, répondit Barcida avec un soupir ennuyé. Que les Thémiscyriens étaient à l'origine de la prise d'otages. Nous travaillions toutes pour eux.

— Je croyais que les Amazones ne servaient pas les Thémiscyriens, intervint Pyrrha.

— J'ai été bannie de la forêt, répondit Barcida. Je suis la seule vraie Amazone parmi les guerrières qui ont pris d'assaut l'amphithéâtre. Toutes les autres étaient des filles que j'entraînais depuis quatre ans à

Thémiscyra. Les Amazones n'ont en réalité rien à voir avec cette opération. D'ailleurs, les Thémiscyriens ont l'intention d'envahir l'Arcadie dès qu'ils auront produit assez d'orichalque.

Pyrrha fronça les sourcils. Lastyanax n'avait cessé d'avancer cette hypothèse, mais elle n'avait jusqu'alors pas été entièrement convaincue – en partie parce qu'elle savait que cette théorie venait d'Arka. Elle se méfiait de l'influence que la disciple de Lastyanax avait sur celui-ci. C'était une des raisons pour lesquelles elle s'était si catégoriquement opposée à l'idée de confier le vif-azur à Arka.

— Pourquoi est-ce que tu aides les Thémiscyriens à anéantir ton propre peuple ? demanda-t-elle.

Barcida semblait soudain avoir perdu toute l'assurance moqueuse qu'elle affectait depuis leur rencontre. Elle resta un moment silencieuse.

— Parce qu'elles m'ont bannie.

— Enfin une décision censée, marmonna Pétrocle.

Barcida l'ignora.

— Seule une personne ayant vécu dans la forêt peut comprendre la douleur que c'est d'en être arrachée, déclara-t-elle d'un ton amer. J'aurais préféré qu'elles m'exécutent. Le bannissement est pire que la mort.

Pyrrha pensa à Arka et à l'angoisse qu'elle avait lue dans ses yeux quand celle-ci leur avait parlé de son bannissement. Elle l'avait soupçonnée de jouer la comédie.

— Pourquoi est-ce que les Thémiscyriens t'ont gardée en vie ? demanda Pétrocle.

— Parce que j'ai plus de valeur vivante que morte, répondit Barcida.

Elle désigna son ventre. Pyrrha remarqua qu'il était légèrement enflé, alors que l'Amazone ne semblait pas avoir une once de graisse superflue.

— J'attends l'enfant d'Alcandre, le fils de Lycurgue. Phillon est complètement dépendant des facultés et de l'intelligence d'Alcandre,

mais il s'en méfie comme de la peste. En me gardant en vie comme otage, Phillon pense le contrôler. Quel idiot.

— Tu es enceinte ? lança Pétrocle, abasourdi.

— Oui. Ça t'étonne, Seau à pipi ?

— Je ne pensais pas qu'il y avait assez d'amour en toi pour porter un enfant, répliqua Pétrocle.

— L'amour n'est pas un ingrédient indispensable pour faire des enfants, rétorqua Barcida avec un rictus sans joie.

Pyrrha jeta un coup d'œil à son horlogium et déclara :

— La demi-heure est écoulée, allons-y.

À nouveau, elle traça un sceau dans le plafond de la pièce. En s'aidant des étagères, ils n'eurent cette fois aucune difficulté pour atteindre l'étage supérieur. La chance continua de leur sourire : la cuisine était vide lorsqu'ils s'y hissèrent. La pièce, équipée d'un vaste fourneau en pierre et de grandes marmites, était séparée de la cantine par un comptoir. Pétrocle se jeta sur une grosse miche de pain qui traînait sur le plan de travail et enfourna la moitié du morceau.

— Nom d'un griffon, queche que cha fait du bien, souffla-t-il, les yeux tournés vers le ciel en signe d'extase.

Ils eurent un moment de panique lorsqu'ils entendirent un soldat entrer dans la cantine. Ils se refugièrent tous les trois derrière le comptoir et attendirent, le cœur battant. Heureusement, le Thémiscyrien était simplement venu chercher son insigne oublié. Lorsqu'il repartit, Pyrrha se redressa avec un soupir de soulagement.

— Bon, les quartiers de la direction, maintenant. Dépêchons-nous, les Thémiscyriens vont bien finir par remarquer un de nos trous.

Elle grimpa sur le comptoir et traça un autre sceau dans le plafond. Pendant ce temps, Barcida s'approcha du fourneau, où une soupe épaisse mijotait dans une marmite. Elle sortit de son col une fiole remplie d'un liquide transparent et versa son contenu dans le potage.

— Qu'est-ce que tu fais ? demanda Pétrocle.

— Je rends l'amour qu'on m'a donné. Un petit cadeau d'adieu pour mes anciens compagnons d'armes.

Sur ces paroles énigmatiques, elle les rejoignit sous le nouveau trou que Pyrrha venait de créer et se hissa à l'étage supérieur en s'aidant du comptoir à présent couvert de poussière. La jeune mage fit de même, suivie de Pétrocle, qui avait récupéré un rouleau à pâtisserie en guise de massue. Ils se retrouvèrent tous les trois dans un cabinet de travail garni de casiers remplis de paperasse, qui ne semblait pas avoir été utilisé depuis le début du Refroidissement.

— C'est maintenant que les choses se corsent, chuchota Pyrrha en se référant à la carte mentale qu'elle avait en tête. En sortant, on va se retrouver dans un corridor. Il faudra aller à droite, crocheter une serrure au bout du couloir, et ensuite monter un escalier sur la gauche, qui nous permettra d'accéder au sas de sortie. Si tout se passe bien, on ne rencontrera personne et on retrouvera Lastyanax sur le toit.

— Et si tout ne se passe pas bien ? s'enquit Pétrocle.

— Restons optimistes, éluda Pyrrha. Je passe devant avec la cartouche aveuglante, l'attrapeur d'anima et mes outils mécamanciques pour crocheter les serrures. Barcida, tu restes derrière moi avec tes poignards. Pétrocle, tu fermes la marche avec la sphère de somnolence. Dès qu'on sera dans l'escalier, tu la briseras derrière nous pour ralentir les Thémiscyriens qui tenteraient de se lancer à nos trousses.

— Briser la sphère, d'accord, compris, répondit Pétrocle en fermant les yeux pour se concentrer. On y va quand ?

— Maintenant, répondit Pyrrha. Les trois heures sont presque écoulées.

Elle posa la main sur la poignée et consulta Barcida du regard, car cette dernière n'avait curieusement pas réagi. La guerrière l'observait avec une expression énigmatique.

— Tu as une âme d'Amazone, dit-elle soudain.

Pyrrha fronça des sourcils, incapable de déterminer si elle devait se réjouir de ce compliment, et ouvrit la porte du cabinet. Un long couloir

vide apparut. Ils avancèrent à pas de loup vers la droite, tous les sens aux aguets. Arrivée à la porte qui en fermait le bout à clé, Pyrrha sortit ses outils mécamanciques et commença à crocheter la serrure. Elle avait presque vaincu le mécanisme lorsqu'un bruit de pas retentit soudain à l'opposé du couloir, qui faisait un coude. Une voix bien trop familière aux accents nerveux s'éleva :

— Ils ne sont toujours pas revenus ? C'est impossible, il n'aurait pas pris le risque…

Rhodope apparut alors, suivi par un officier thémiscyrien. Le mage sembla se liquéfier de surprise en découvrant Pétrocle armé de son rouleau à pâtisserie, Barcida avec ses poignards et Pyrrha en train de crocheter la serrure.

— Fermez les yeux ! lança cette dernière à ses acolytes.

Elle dévissa sa cartouche aveuglante et la lança en direction de Rhodope. Elle vit le flash de lumière produit par la réaction alchimique à travers ses paupières closes. Lorsqu'elle les rouvrit, Rhodope et l'officier écrasaient leurs paumes sur leurs yeux en gémissant de douleur. Pyrrha ne perdit pas une seconde : elle acheva le crochetage de la porte et l'ouvrit à la volée.

Ils étaient arrivés dans un vaste escalier qui semblait suivre la courbe de la tour. Quatre soldats-oiseleurs armés le remontaient au pas de charge, alertés par les cris.

— La sphère, Pétrocle !

L'intéressé jeta le globe de verre dans les marches, sur les pieds des soldats. Tandis qu'une vapeur violette enveloppait les Thémiscyriens dans un gaz soporifique, les trois fugitifs remontèrent l'escalier quatre à quatre. Une fois devant la porte de sortie, Barcida se retourna, poignards brandis, tandis que Pyrrha affrontait à nouveau la serrure avec ses outils mécamanciques. Dans son dos, elle entendit l'Amazone se battre avec un Thémiscyrien qui avait réussi à traverser la vapeur violette sans la respirer. Elle se concentra sur sa serrure. Une série de cliquetis plus tard, la porte métallique s'ouvrit. Le sommet de la tour apparut, occupé par quatre oiseaux rokhs et six soldats, qui se tournèrent vers eux avec des expressions stupéfaites. Pyrrha et Pétrocle marquèrent un instant d'hésitation, mais Barcida les entraîna à l'extérieur avec elle. Ses poignards étaient trempés de sang.

— Derrière le banc, vite ! s'exclama-t-elle en désignant un grand banc de bois à quelques pas de là.

Elle le retourna d'un coup de pied tandis que Pyrrha et Pétrocle se jetaient derrière. Un instant plus tard, des « tchong » firent vibrer les planches : les soldats-oiseleurs leur tiraient dessus avec leurs brassards. Pyrrha sortit son attrapeur d'anima et lança le disque doré par-dessus le banc. Il ne revint pas : un des Thémiscyriens s'était fait avoir. Il en restait cinq, tous hors de portée de ses pouvoirs. En désespoir de cause, elle déforma la serrure de la porte d'accès pour empêcher l'arrivée de nouveaux soldats.

— Et votre ami, il est où ? lança Barcida pour couvrir les impacts des traits.

— Il devrait être là, répondit Pyrrha sans parvenir à masquer son désarroi.

L'Amazone resserra ses poings autour des poignards ensanglantés.

— Finalement, Seau à pipi, tu avais raison : tu portes la poisse.

Lastyanax

Deux heures plus tôt

Lastyanax ne comprenait pas comment il avait pu se plaindre des oiseaux rokhs. Comparée au vol, la chevauchée ventre à terre à travers la plaine enneigée était une expérience autrement plus traumatisante. Le cheval fendait la neige à grandes foulées chaotiques, trébuchant dans les congères, glissant sur les plaques de verglas. Lastyanax luttait à chaque seconde pour ne pas tomber, les cuisses tellement contractées qu'il avait les muscles en feu. Ses côtes le faisaient terriblement souffrir. En d'autres circonstances, il se serait laissé glisser à bas de sa monture depuis longtemps. Mais le sauvetage de Pyrrha et de Pétrocle reposait sur la vitesse du poney et sa capacité, à lui, de rester dessus.

Le dôme grandissait devant lui. Le Nabot soufflait de plus en plus fort. Ses sabots menaient une bataille sans merci contre les irrégularités du terrain. Il semblait aussi déterminé que Lastyanax à regagner Hyperborée le plus vite possible. Mais lorsque enfin les portes de la ville se dessinèrent, un constat s'imposa : ils n'étaient qu'au début de leurs problèmes.

Les portes étaient gardées par une dizaine de soldats-oiseleurs qui les virent arriver de loin et formèrent aussitôt un arc défensif, lances en avant. Lastyanax aurait voulu tirer sur les rênes du Nabot pour le forcer à ralentir, mais il n'avait pas de rênes. De toute façon, il doutait de sa capacité à lui imposer ses vues sur la conduite des opérations. Le Nabot semblait avoir décidé de prendre d'assaut la ville. Lastyanax regarda la ligne de défense approcher à toute vitesse.

— Je ne sais pas ce que tu comptes faire, mais je ne suis pas une Amazone, moi, s'écria-t-il.

Un coin de son cerveau s'inquiétait de parler à un cheval. Le reste était paralysé par la peur. Alors que Le Nabot n'était plus qu'à trois foulées des armes, il retrouva enfin ses esprits et fit un geste : aussitôt, la neige se déplaça sous les pieds des soldats-oiseleurs. Trois d'entre eux perdirent l'équilibre et chutèrent. Le Nabot s'engouffra dans cette ouverture et passa en trombe les portes de la ville.

— La prochaine fois que tu te lances dans une charge suicidaire, tu préviens ! s'exclama Lastyanax tandis que le cheval l'embarquait à fond de train vers les tours.

Le Nabot bifurqua dans la plaine en longeant les édifices. Lastyanax comprit alors où il l'emmenait : aux écuries. Quelques instants plus

tard, le cheval déboula dans la cour et freina des quatre fers devant un tas de fumier gelé. Lastyanax glissa et s'écrasa dans le crottin.

— Aïïïe, gémit-il.

— Lafty ?

Lastyanax roula sur le dos et regarda son père qui arrivait en poussant une brouette. Évidemment, ce dernier se trouvait aux écuries. Les yeux de Feuval se remplirent d'étoiles. Lastyanax pensa qu'il était heureux de le voir avant de réaliser que son père avait retrouvé quelque chose d'autrement plus important que son fils : Le Nabot.

— Il est revenu ! s'exclama l'entraîneur.

Il lâcha sa brouette pour se précipiter vers le poney, qui inspectait déjà la cour en quête d'avoine ou de foin. Le Nabot anticipa le risque d'une démonstration d'affection et lui montra sa croupe, prêt à lui décocher un coup de sabot. Feuval dévia prudemment de sa trajectoire initiale pour se tourner vers son fils.

— Qu'est-fe que tu fais avec fe facré canaffon ? Et qu'est-fe qui t'est arrivé, fifton ? ajouta-t-il en remarquant le nez ensanglanté de Lastyanax. Tu t'es battu ?

— C'est une très longue histoire et j'ai très peu de temps, répondit Lastyanax en se remettant debout, le corps encore traumatisé par sa chevauchée infernale.

Il devait foncer au septième niveau et trouver un moyen d'arriver sur le toit de la prison sans se faire arrêter…

— F'est Arka qui t'a donné Le Nabot ? continua Feuval. Ve l'ai fue hier, ve fais pas fe que la môme avait en tête mais on aurait dit qu'elle allait faire quelque fove de pas voli-voli.

Ce commentaire arracha Lastyanax à ses réflexions.

— Tu as vu Arka ? répéta-t-il.

— Oui, et d'ailleurs elle m'a dit de te dire qu'elle était « dévolée de t'avoir laiffé tomber comme une vieille faufette ». Fi tu veux mon avis, fa fent pas bon, tout fa. V'ai l'impreffion qu'elle a bevoin d'aide,

il faudrait que tu la retrouves. Elle m'a auffi donné un brafelet, foi-divant que fa t'intéreſſerait de l'avoir.

— Elle t'a laissé un bracelet ? répéta Lastyanax. Il est où ?

Surpris par l'intensité de sa réaction, Feuval tapota ses fourrures en bougonnant :

— Mais où est-fe que ve l'ai fourré ? T'emballe pas, f'est fûrement de la camelote, fa fe vendra trois fois rien au marfé. Ah, le voilà.

Il sortit de sa poche un gros bijou orangé. Lastyanax le prit sans en croire ses yeux. Arka venait de lui sauver la mise : il avait maintenant un moyen d'atteindre le toit de la prison. Mais qu'était-elle venue faire au premier niveau et pourquoi avait-elle abandonné ses ailes ? Il regarda le bracelet, en proie à un déferlement d'émotions contradictoires. Il fallait qu'il retrouve Arka, en espérant qu'elle n'avait pas eu le temps de faire quelque chose de stupide. Ce n'était pas comme s'il avait le choix, de toute façon : il l'avait promis à son cheval. Mais, avant, il devait sauver Pyrrha et Pétrocle.

— Papa, j'ai besoin que tu fasses quelque chose pour moi, dit-il en passant le bracelet autour de son poignet. C'est très important. Il faut que tu te rendes dans la Petite Napoca et que tu ailles voir un verrier du nom de Comozoi. Dis-lui de regarder à l'intérieur du dernier cube d'orichalque qu'il a reçu ce matin de la prison. Dis-lui que je compte sur lui pour garder ce qu'il y trouvera hors de portée des Thémiscyriens.

Sur ces paroles, il partit en courant. Un cadran solaire fixé sur le mur des écuries lui indiqua que les trois heures étaient presque écoulées. Un peu plus loin dans la cour, Le Nabot avait trouvé un tas de foin gelé et mastiquait le fourrage d'un air satisfait.

— Merci ! lui lança Lastyanax.

Puis il fonça vers les tours en se jurant que c'était bien la dernière fois qu'il s'adressait à un cheval. Quelques minutes plus tard, il arriva à un péage. Lastyanax ne savait pas s'il devait remercier l'adrénaline ou les décades de voyage à travers les monts Riphées, mais il n'avait jamais couru aussi vite de sa vie. Heureusement, Rhodope n'avait pas pris la précaution de lui faire changer de tenue. Il montra son insigne de lieutenant-oiseleur au Thémiscyrien qui gardait le péage et monta les degrés quatre à quatre.

En arrivant en haut de l'escalier de glace, il ahanait, s'arrêtant à chaque marche. Son naturel d'intellectuel casanier et la douleur de ses côtes avaient repris le dessus. Lastyanax se traîna jusqu'à un canal désert situé à proximité de la lisière urbaine et grimpa sur le parapet. Il regarda ses pieds qui surplombaient le vide et vacilla d'avant en arrière, pris de vertige. Le cœur au bord des lèvres, les jambes flageolantes, il pressa le sceau du bracelet d'Arka.

Aussitôt, l'orichalque lisse se déstructura en une multitude de plumes cuivrées qui rampèrent sur ses bras, puis son buste, avant de former dans son dos d'immenses ailes chatoyantes. Lastyanax regarda ce phénomène mécamancique avec émerveillement. Un instant plus tôt, il ne voyait pas comment il allait réussir à se jeter dans le vide. À présent, cela lui semblait une évidence, comme si les ailes disposaient d'une propriété magique qui conférait à leur utilisateur la confiance d'un oiseau. C'était sans doute le cas, pensa Lastyanax. Il comprenait mieux d'où Arka tirait son cran extraordinaire.

Sans plus d'hésitation, il se lança en avant.

Les premières secondes de vol furent terrifiantes. Il partit en vrille et perdit en un clin d'œil quinze pas d'altitude. Son estomac lui remonta dans la bouche. À peine Lastyanax avait-il retrouvé une position horizontale qu'une tour se précipita à sa rencontre. Il réussit à la contourner et déboucha sur l'espace ouvert qui séparait les édifices des remparts.

Le sol se rapprochait dangereusement. Il effraya un troupeau de bœufs musqués en passant en rase-mottes au-dessus d'eux. Lastyanax regarda les bêtes galoper en suivant la courbe du dôme, terrifiée. La belle assurance qu'il avait ressentie en activant les ailes l'avait quitté. Il ne savait même plus pourquoi il volait.

À cet instant, la vision de Pyrrha et Pétrocle emprisonnés reprit sa place dans son esprit. Il ne pouvait vraiment pas s'offrir le luxe d'avoir peur. Si sa disciple était capable de maîtriser ces ailes, il le pouvait aussi.

Rassemblant toutes les ressources de son anima, il reprit le contrôle de chaque plume. Comment les oiseaux faisaient-ils pour voler, déjà ? Ah oui, ils battaient des ailes. Lastyanax s'y essaya et parvint à reprendre un peu d'altitude au prix d'un énorme effort magique. Le souffle court, il se laissa planer quelques instants pour retrouver de l'énergie. À sa deuxième tentative, il convoqua l'image des oiseaux rokhs en train de voler et essaya de reproduire la fluidité de leurs déplacements. Cette fois, il gagna l'équivalent d'un niveau.

Il répéta l'opération à plusieurs reprises. Lorsqu'il parvint à la hauteur du septième niveau, il avait presque fait le tour complet de la ville.

Il gagna encore un peu en altitude avant de dériver vers l'Extractrice, dont la forme sinistre s'élevait au-dessus des tours. Une grande agitation régnait sur le toit. Lastyanax sentit son cœur s'emballer. Pyrrha, Pétrocle et une femme en tenue rouge de prisonnière avaient réussi à atteindre le sommet de la tour. Ils avaient condamné la porte d'accès en déformant le battant. Réfugiés derrière un banc renversé, ils affrontaient six soldats-oiseleurs. L'un d'eux était bloqué par l'attrapeur d'anima de Pyrrha ; les autres arrosaient le banc de fléchettes. Quatre oiseaux rokhs sautillaient non loin de là, les pattes attachées aux créneaux du toit.

Lastyanax se rendit compte qu'il n'avait aucune idée de la manière dont Aika atterrissait avec ses ailes. Il était trop tard pour apprendre la théorie : il allait passer directement à la pratique. Son buste frôla les créneaux qui bordaient le toit ; il glissa sur le dallage enneigé comme un phoque sur une banquise. L'orichalque projeta des gerbes d'étincelles autour de lui. Sa course prit fin contre le parapet ; il était vivant, et surpris de l'être encore.

Son arrivée tonitruante avait détourné l'attention des Thémiscyriens. L'inconnue en rouge en profita pour se précipiter sur eux. Lastyanax comprit alors qu'il s'agissait d'une des Amazones. Elle planta un poignard dans un premier soldat, utilisa le bras armé de celui-ci pour en abattre deux autres et se protégea avec leurs corps pour esquiver les fléchettes de ceux qui restaient. Pendant ce temps, Pyrrha fit léviter le banc vers les Thémiscyriens encore debout et en faucha deux. Lastyanax entendit les articulations de leurs jambes craquer. Pétrocle surgit enfin, un rouleau à pâtisserie à la main. Il l'abattit sur la tête du dernier soldat, celui qui était bloqué par l'attrapeur d'anima. Le Thémiscyrien s'écroula en louchant et Pétrocle récupéra le disque doré d'un air triomphant.

— Ça fait plaisir de te revoir, Lasty, lança-t-il à l'intéressé, qui essayait de se dépêtrer de ses ailes. Ton sens de l'à-propos n'a jamais été autant apprécié.

— Il n'y a pas de temps à perdre avec les retrouvailles, les portes ne tiendront pas longtemps, dit la guerrière d'un ton sec.

En effet, des coups violents résonnaient contre les battants. Pétrocle se tourna vers Lastyanax.

— Je te présente Barcida, une de mes anciennes tortionnaires, expliqua-t-il, laconique. Bon, on a réussi à atteindre le toit comme tu le voulais, Lasty. Quel est le plan d'évasion, maintenant ?

— Je…

Lastyanax s'interrompit. Il avait compté sur sa capacité à piloter un oiseau rokh pour évacuer Pétrocle et Pyrrha. Malheureusement, il s'était montré piètre oiseleur. Il ne pouvait pas répondre « je n'en sais rien ». La dénommée Barcida sembla percevoir son désarroi. Elle se dirigea vers l'oiseau rokh le plus proche, défit l'attache de sa patte et attrapa les rênes.

— Je peux prendre une seule autre personne sur ma selle, déclara-t-elle.

Elle passa en revue les trois Hyperboréens.

— Seau à pipi, tu viens avec moi, décida-t-elle.

Pétrocle paraissait choqué d'avoir été choisi. Il se tourna vers Lastyanax et Pyrrha. Cette dernière prit les devants :

— Pars avec Barcida. Last a les ailes et moi j'ai une chance d'amadouer Rhodope. Tu as passé assez de temps ici.

— Mais je…

Lastyanax hocha la tête et poussa Pétrocle vers Barcida.

— Allez au deuxième niveau, chez Comozoi, mon ancien employeur. C'est lui qui a le vif-azur. Prenez-le et emportez-le aussi loin que vous pouvez d'Hyperborée. Ça sera plus utile que rester là.

Barcida attrapa Pétrocle par l'épaule et le tira vers l'oiseau. Le mage, soudain muet, se laissa faire. Pyrrha et Lastyanax le regardèrent s'installer en selle derrière la guerrière. La porte craquait et pliait. Alors que l'oiseau rokh s'avançait vers le bord du toit, Pétrocle lança :

— Vous êtes la meilleure chose qui me soit arrivée dans la vie.

L'instant d'après, le rapace s'envola, laissant Pyrrha et Lastyanax seuls sur le toit.

— Je n'ai pas envie d'essayer d'amadouer Rhodope, dit-elle. Tu serais capable de me faire voler ?

À peine avait-elle fini sa phrase que Lastyanax monta sur un des créneaux et lui tendit la main pour la hisser à côté de lui, entre ses ailes. Il la serra contre lui aussi fort qu'il le pouvait.

— Ne me lâche pas, souffla Pyrrha dans son cou.

— Alors que j'ai enfin une bonne excuse pour te garder dans mes bras ? Compte sur moi.

À cet instant, la porte d'accès à la terrasse explosa. Des soldats-oiseleurs se précipitèrent sur le toit. Au milieu des uniformes thémiscyriens, Rhodope, le visage blême, regarda Pyrrha et Lastyanax sur le parapet.

— Abattez-les !

Lastyanax sauta dans le vide. Des fléchettes sifflèrent au-dessus de lui. Un cri de terreur échappa à Pyrrha. Lastyanax essaya de se concentrer sur sa trajectoire. Leur chute ne semblait pas vouloir s'arrêter. Heureusement, il avait visé un trou du maillage étroit que formaient les canaux et les tours. Ils traversèrent trois niveaux en quelques secondes avant qu'il ne parvienne à ralentir leur descente. Alors qu'il rassemblait son énergie pour négocier son passage à travers la forêt des tours, un trait fendit l'air juste devant ses yeux.

— Ils nous suivent avec des oiseaux rokhs ! s'exclama Pyrrha.

L'instant d'après, un « thong ! » retentit. Lastyanax fut soudain incapable de bouger son aile droite : une fléchette s'était coincée dans l'articulation. Il parvint de justesse à maintenir sa stabilité. Il était désormais obligé de planer entre les tours, avec des oiseaux rokhs à ses trousses.

Lastyanax avisa un canal de la Petite Napoca situé à une cinquantaine de pas sous eux, au deuxième niveau. C'était beaucoup trop court, beaucoup trop près, beaucoup trop dangereux, mais il n'avait pas le choix.

Juste avant l'impact, il força les ailes à se déformer pour créer un rempart entre la glace et eux. Le choc fut plus terrible qu'il ne l'avait anticipé. Pyrrha poussa un cri. Les ailes crissèrent sur la surface gelée du canal. Lorsqu'ils s'immobilisèrent enfin, elles étaient complètement déformées. Heureusement, leur protection magique avait absorbé l'essentiel du choc.

Lastyanax desserra ses bras avec précaution. Les dents soudées, Pyrrha semblait lutter contre la douleur.

— Ma jambe… Je me suis cassé quelque chose, gémit-elle.

Au même instant, une série d'impacts retentit à quelques pas. Lastyanax tourna la tête et vit trois oiseaux rokhs fondre sur eux.

— Rhodope nous rejoint, il faut qu'on s'en aille, dit-il d'un ton pressant.

— Je ne peux pas… articula Pyrrha. Va te mettre à couvert.

Lastyanax referma les ailes autour d'eux. Il sentit la mécanique hurler de protestation tandis que l'orichalque se plissait pour prendre la forme d'un cocon. Les fléchettes déferlèrent. Lastyanax n'avait jamais connu la pluie, mais il pensa qu'une tempête battant sur le toit d'une maison devait ressembler à cela. Le visage de Pyrrha, contracté par la souffrance, était tout proche du sien. Il sentit qu'elle essayait de lui dire quelque chose.

— Je t'aime.

Lastyanax avait tant rêvé de l'entendre prononcer un jour ces trois mots qu'il s'étonna de les trouver si simples et si évidents. Parce que c'était sa dernière occasion de le faire, il embrassa ses paupières mouillées, ses joues, sa bouche. Elle lui rendit ses baisers. Il avait l'impression de transformer chaque seconde en instant d'éternité. L'orichalque continuait de se déformer sous les impacts. Il sentait des chocs lui marteler le dos chaque fois qu'une pointe de flèche affaiblissait un peu plus le sceau de protection du bracelet-ailes. D'un moment à l'autre, le métal allait céder.

Alors qu'il se préparait au trait de trop, des chocs et des cris retentirent, entrecoupés de zozotements furieux. Sans oser en croire ses oreilles, Lastyanax se dévissa le cou en arrière et entrebâilla d'une impulsion magique les ailes cabossées. Sur le canal, une escouade de Napociens affrontait trois oiseaux rokhs et leurs cavaliers. Ils se battaient avec des boucliers et des sabres incandescents qui semblaient ne pas avoir été utilisés depuis le siège de leur ville. Au milieu d'eux se trouvaient Comozoi et Feuval.

— Qu'est-ce qui se passe ? souffla Pyrrha.

— C'est mon père !

Lastyanax n'aurait jamais pensé qu'il mettrait un jour tant de fierté dans cette phrase. Profitant de ce que l'attention des Thémiscyriens était détournée par leurs assaillants, il arracha les ailes de son buste, en disposa une par-dessus Pyrrha et se servit de l'autre comme bouclier pour se joindre à la bataille. Il fit jaillir une énorme vague du canal gelé et entoura de glace l'un des oiseaux rokhs qui le survolaient. Les

deux autres s'écartèrent. Une ombre occulta soudain le ciel. Il crut que les Thémiscyriens avaient obtenu des renforts, mais non : Barcida et Pétrocle étaient revenus à bord de leur propre rapace et attaquaient le deuxième oiseau. Ils l'emportèrent dans un combat aérien au milieu des canaux. Le troisième rapace des Thémiscyriens prit aussitôt de la hauteur. Rhodope se trouvait dessus, à califourchon derrière le soldat-oiseleur qui guidait sa monture. Lastyanax entendit ce dernier lui lancer :

— Ils sont trop nombreux, il faut aller chercher des renforts !

— Non ! répliqua Rhodope. Si on les laisse s'échapper maintenant, on ne retrouvera jamais le vif-azur !

Il avisa Lastyanax au milieu des Napociens et pointa son doigt vers lui.

— Attrape-le !

Stupéfait, Lastyanax vit les serres du rapace fondre sur lui. Alors que l'oiseau rokh s'apprêtait à le saisir, son père se précipita sur lui et le poussa sur le côté. Dans la confusion, le rapace referma ses serres sur Feuval et décolla.

— PAPA ! hurla Lastyanax

Du haut de son rapace, Rhodope réalisa que son oiseau avait capturé Feuval, qui affichait une expression terrifiée. Il éclata de rire.

— C'est ton vieux, Last ? Rends-toi ou je le lâche dans le vide.

Sa déclaration fut accueillie par un silence consterné. Barcida et Pétrocle, aux prises avec le deuxième rapace, avaient disparu derrière les tours. On n'entendait plus que le battement d'ailes de la bête que montait Rhodope. Lastyanax regarda son père, dont le crâne chauve brillait de sueur. Il agitait son sabre incandescent sans oser s'en servir contre le rapace.

— Ne l'écoute pas, Laft ! cria-t-il.

Lastyanax secoua la tête et jeta le morceau d'orichalque.

— D'accord, dit-il. Je me rends.

Malgré les soubresauts du vol stationnaire et le vide qui se trouvait sous lui, Feuval sembla soudain très calme.

— Ve fuis fier de toi, fifton, lança-t-il. Dis à ta mère que ve l'aime.

Avant que Lastyanax n'ait pu réagir, il enfonça la lame incandescente de son arme dans le poitrail du rapace, qui émit un cri d'agonie. Ses ailes cessèrent de battre. La gravité se rappela alors à lui. Le volatile entraîna dans sa chute les trois personnes qu'il transportait. Lastyanax se précipita vers le parapet en hurlant. Il ne pouvait admettre que c'était son père qui rapetissait avec l'oiseau rokh entre les canaux et les tours, que c'était bien lui qui s'écrasait sur le sol, là-bas, au premier niveau. Ce n'était pas possible. Ce n'était tout simplement pas possible. Un père ne pouvait pas mourir aussi facilement.

Arka

Deux heures plus tôt

Arka regarda le maître des lémures.

Lors de leurs rencontres précédentes – dans la forêt des Amazones deux ans auparavant, et dans la tour de Silène deux mois plus tôt –, prise par l'urgence, elle n'avait pas eu le temps de bien l'observer. C'était un homme d'une trentaine d'années, les cheveux courts, légèrement barbu, athlétique. Des Amazones un peu plus âgées qu'Arka l'auraient sans doute trouvé attirant. Une foule de petits détails lui semblaient soudain familiers : la hauteur de son front, la courbe de son nez, la forme de sa main qui tenait toujours son bras... Et ses iris bleu pâle, les mêmes que ceux de Chirone. Autant d'indices qui confirmaient à Arka une filiation qu'elle avait encore du mal à accepter. Elle avait soudain l'impression que sa tutrice était revenue d'entre les morts et la regardait. Pourtant, la personne qu'elle avait devant elle n'était pas

Chirone. C'était Candrie, l'assassin de Chirone, son fils, le conquérant d'Hyperborée, le maître des lémures.

Il sembla percevoir son désarroi, mais l'interpréta de travers.

— N'aie pas peur, je ne vais pas te faire de mal.

Cette phrase arracha Arka à sa nostalgie. Elle avait sauté dans un ravin pour le tuer. C'était à lui d'avoir peur, pas à elle. En un quart de seconde, son cerveau lui proposa un enchaînement de mouvements. Elle allait lui tordre le pouce et en même temps lui envoyer un bon coup de pied dans les parties, ensuite elle sortirait la pépite de vif-azur, puis elle…

Le maître des lémures interrompit son raisonnement en faisant un geste qu'elle n'avait pas anticipé : il la lâcha.

— Viens avec moi, nous allons discuter dans un endroit plus calme.

L'avènement du nouveau Basileus avait repris. Les lyres, les flûtes et l'orgue jouaient avec une vigueur redoublée pour couvrir le bruit des échauffourées qui agitaient encore la foule. Les soldats-oiseleurs traînaient les derniers protestataires à l'écart des spectateurs. Une cacophonie de cris, d'insultes et de musique rebondissait dans leurs oreilles.

— J'ai pas envie de discuter avec vous, cracha Arka.

C'était un mensonge, bien entendu. Elle aurait voulu lui demander s'il se souvenait de Chirone, ce qu'il était devenu après son départ de la forêt… s'il savait qu'il avait tué sa mère. Mais ces questions étaient dangereuses, car elles risquaient de renforcer le lien ténu qui existait encore dans l'esprit d'Arka entre le maître des lémures et la petite Candrie au cheval de bois. Or, s'il y avait bien une chose qu'Arka voulait éviter, c'était d'avoir à penser qu'elle s'apprêtait à tuer la fille de Chirone.

Et puis, il avait déjà failli réussir à la manipuler : il ne fallait surtout pas qu'elle se laisse amadouer.

— Si je te dis que je détiens ton mentor et qu'au moindre problème sa tête sautera, est-ce que cela t'incitera à me faire la conversation ? demanda le maître des lémures d'un ton badin.

Un bloc de plomb sembla tomber dans l'estomac d'Arka. Son regard dévia vers l'Extractrice : est-ce que le plan de Lastyanax avait échoué ?

— Qu'est-ce qui me dit que vous ne mentez pas ?

Le maître des lémures eut un petit rictus amusé et rabattit la capuche de sa cape sur sa tête.

— Rien, mais tu ne prendras pas le risque de le vérifier, n'est-ce pas ?

Il lui adressa un clin d'œil et se mit en marche en direction des tours.

Indécise, Arka se demanda s'il faisait exprès de lui tourner le dos. Dans sa poche, ses doigts jouèrent avec les trois cailloux pointus. Elle avait soudain perdu sa belle détermination meurtrière. Le maître des lémures avait raison, elle n'allait pas risquer la vie de Lastyanax, même s'il avait été assez couard pour l'abandonner.

Elle laissa les cailloux dans sa poche. Puisque son adversaire ne semblait pas avoir l'intention de l'entraver d'aucune manière, autant le suivre. Elle attendrait le moment opportun pour le tuer.

Elle le rejoignit en allongeant le pas.

— Je suis content que tu acceptes de venir avec moi.

— Vous auriez pu m'assommer, ça revenait au même, répliqua-t-elle, dégoûtée par le ton chaleureux qu'il avait adopté, comme s'il lui avait proposé une simple promenade. Je suis obligée de vous suivre, j'ai pas le choix.

— On a toujours le choix. Toi, par exemple, tu n'étais pas obligée de revenir à Hyperborée.

J'avais pas vraiment envie de revenir, rétorqua Arka.

— Pourquoi es-tu revenue, dans ce cas ? demanda le maître des lémures.

— Pour vous tuer.

Arka avait répondu du tac au tac, sans se soucier de la réaction de son interlocuteur. Ce dernier pouffa.

— Tu ne pourras jamais me tuer ici.

Ils étaient parvenus dans l'ombre des tours. Les rues étaient bondées de gens de tous âges qui s'étaient éloignés des remparts. Ils commentaient la cérémonie, se demandant si la situation s'était assez calmée pour y retourner. Arka s'inséra dans le sillage du maître des lémures, qui fendait la foule sans difficulté. Les gens semblaient s'écarter de lui, comme si un instinct primaire leur indiquait qu'il valait mieux ne pas s'approcher de cet homme-là. Arka avait l'impression de voir un lion des montagnes marcher au milieu d'un troupeau d'élaphes. Elle toucha la corde de crin de son pendentif pour se donner du courage.

— C'est ce qu'on va voir, marmonna-t-elle. Vous m'emmenez où ? À l'Extractrice ?

— Non. Au septième niveau. Il y a quelqu'un que je voudrais te présenter, répondit le maître des lémures.

Le sourire joyeux qui éclairait son visage avait disparu. Plus curieuse qu'elle n'aurait aimé l'admettre, Arka le suivit dans une enfilade de rues grouillantes de monde. Ils arrivèrent à un péage. Le maître des lémures montra son insigne aux soldats qui gardaient le passage. Ils les laissèrent passer, non sans jeter des coups d'œil intrigués à Arka. Cette dernière se demanda quelle position le maître des lémures occupait dans l'armée thémiscyrienne. Il avait droit aux saluts de la piétaille, mais son uniforme ne ressemblait pas à celui des officiers qu'elle avait vus dans les rues.

Ils empruntèrent un deuxième péage puis traversèrent un canal du troisième niveau, sur lequel un marché florissant s'étendait d'ordinaire. Les vélums colorés des petites échoppes battaient dans le vent. Les yeux d'Arka dérivèrent sur les étals où la nourriture pourtant rare torturait son estomac vide. Elle fit un gros effort pour rester concentrée sur le maître des lémures. Celui-ci avait toutefois suivi son regard ; il s'arrêta devant l'échoppe d'un boulanger.

— Tu as faim ?

Sans attendre la réponse d'Arka, il se pencha sur l'étal et sélectionna une demi-douzaine de petits pains. Son uniforme et son insigne thémiscyriens semblèrent inquiéter le boulanger, qui lui fournit sa commande avec des gestes réticents. Arka devina qu'il s'était déjà fait dévaliser par les soldats-oiseleurs. Il se détendit lorsque le maître des lémures sortit une poignée de pièces de sa poche. Ce dernier proposa cinq des petits pains à Arka, qui les prit en faisant de son mieux pour ne pas montrer à quel point elle avait l'eau à la bouche. Il garda le dernier et mordit dedans.

— Je ne sais pas ce que j'aime le plus dans cette ville, son architecture ou sa cuisine, dit-il avec un soupir d'aise.

Arka était assez lucide pour se rendre compte qu'il essayait de l'appâter avec de la nourriture, comme il l'aurait fait avec un animal. En même temps, elle avait très faim. « Il vaut mieux reprendre des forces », se convainquit-elle tandis qu'elle attaquait le premier pain d'un coup de dent vorace.

— Vous avez bien saccagé son architecture, en tout cas, fit-elle, la bouche pleine.

— Ce n'était pas volontaire, rétorqua le maître des lémures. Ça ne serait jamais arrivé si tu étais restée avec moi au lieu d'essayer de t'échapper. Tout cela pour revenir ici, souligna-t-il.

L'énorme bouchée qu'Arka venait d'enfourner prit soudain un goût amer.

— Et l'incendie de la forêt, il était pas volontaire ? répliqua-t-elle. Parce que vous avez l'air assez doué pour allumer des feux, moins pour les éteindre.

Il tourna les talons en direction du péage du quatrième niveau. Arka sentit qu'elle avait touché une corde sensible. Elle décida de creuser ce filon. Depuis leur rencontre dans la tour de Silène, le maître des lémures ne cessait de vouloir l'apprivoiser : eh bien, elle allait lui faire regretter ses tentatives.

— Vous avez tué ma tutrice et détruit mon arbre-cabane, ajouta-t-elle en le rejoignant au petit trot, les mains accaparées par les pains.

Vous avez une idée de ce que ça fait, de perdre sa maison et sa famille le même jour ?

— Crois-moi, je connais très bien cette douleur, répondit le maître des lémures.

Son assurance tranquille semblait s'effriter face aux questions âpres d'Arka. Il ne pouvait pas se douter qu'elle savait parfaitement ce qu'il voulait dire par là.

— Alors pourquoi vous avez brûlé la forêt ? insista-t-elle.

— J'ai brûlé une partie de la forêt pour récupérer les pépites de vif-azur, répondit-il. À ma connaissance, aucune perte, ou presque, n'a été à déplorer du côté des Amazones. Si ta vieille tutrice n'avait pas commis la bêtise de se calfeutrer dans son arbre-cabane, tu ne l'aurais jamais perdue…

À son ton négligent, Arka réalisa avec stupeur qu'il ignorait la véritable identité de sa victime. Comment aurait-il pu se douter qu'il avait tué sa mère ? Comment aurait-il pu la reconnaître ? D'après ce qu'avait dit Thémis, plus de vingt-cinq ans s'étaient écoulés entre l'abandon de Candrie et l'incendie…

— Elle essayait de protéger les pépites de vif-azur que vous nous avez volées, lâcha Arka.

Le péage du quatrième niveau apparut au bout du canal, gardé par d'autres Thémiscyriens.

— J'ai volé les pépites pour sauver Hyperborée.

— Eh ben, c'est réussi, la vie a jamais été aussi agréable, ici, railla-t-elle en montrant d'un grand geste les alentours congelés de la ville.

— Ce n'est rien par rapport à ce qui se serait passé si Hyperborée avait été assiégée par Thémiscyra, répliqua-t-il.

Il avait sorti cette phrase par automatisme, comme si cette justification était devenue une sorte de devise personnelle. Arka fronça les sourcils et engloutit un troisième petit pain.

— Vous m'avez déchà chorti les mêmes bobards la dernière chois, articula-t-elle en essayant de garder toute la nourriture dans ses joues.

Comme le maître des lémures n'avait pas l'air de comprendre, elle déglutit et reprit d'une voix plus claire :

— Sans votre *plan*, Thémiscyra n'aurait jamais réussi à conquérir Hyperborée.

Le maître des lémures resta silencieux quelques instants, le temps de dépasser une patrouille de soldats-oiseleurs. Puis il s'arrêta et fit face à Arka.

— Tu as vécu à Napoca, dit-il. Tu as vu les stigmates laissés par la guerre. La ville a perdu la moitié de ses habitants, et l'autre moitié a été volée, violée, torturée. Seuls les garçons de moins de sept ans ont été épargnés lors du sac. Tu sais pourquoi ?

Arka ne se souvenait que trop bien de cet aspect de son séjour à Napoca. Elle regarda son poing, serré autour d'un des petits pains.

— Pour en faire des soldats, répondit-elle, les yeux baissés.

— Exactement. Des soldats embrigadés dès leur plus jeune âge, qui ont désormais presque fini leur formation. Avec les recrues napociennes, Thémiscyra aurait réussi à prendre Hyperborée. Cela aurait juste coûté une centaine de milliers de vies en plus.

Il se remit en marche. Arka enfourna un quatrième petit pain d'une bouchée rageuse. Au péage, les soldats en poste les laissèrent passer. Arka grimpa l'escalier à la suite du maître des lémures, tellement concentrée sur leur conversation qu'elle faillit glisser à plusieurs reprises sur la cascade de glace taillée.

— Qu'est-ce que ça peut vous faire ? lâcha-t-elle, le souffle court. Vous avez aucun respect pour la vie des gens.

— Détrompe-toi, j'ai un grand respect pour la vie des gens.

Il attendit qu'Arka le rejoigne.

— Simplement, je connais les points de basculement d'une société et je n'ai pas peur de prendre des décisions que personne d'autre ne voudrait prendre, pour sauver le plus grand nombre. Je préfère tuer cent fois un homme plutôt que de risquer la vie de cent personnes en l'épargnant.

Un rire féroce fit tressauter la gorge d'Arka.

— Mais vous vous entendez ? « Je n'ai pas peur de prendre des décisions que personne d'autre ne voudrait prendre, pour sauver le plus grand nombre ». Je parie que tous les tyrans pensent comme vous. Avec des principes pareils, on peut tout justifier.

Elle sentit qu'elle avait marqué un point, car le maître des lémures ne lui répondit pas immédiatement. Il s'assit sur le bord du canal gelé et modela une lame sous ses bottes avec la glace. Son visage s'était fermé. Debout derrière lui, Arka regarda sa nuque en se demandant à nouveau si le bon moment était venu pour le tuer. Penché sur ses bottes, il paraissait vulnérable. À quelques pas de là, les soldats-oiseleurs du péage étaient concentrés sur une partie de dés. Ses doigts jouèrent avec le pendentif. Il suffisait de déplier la feuille d'orichalque qui neutralisait la pépite de vif-azur. Ensuite, elle n'aurait plus qu'à lui attraper la tête et à…

— J'étais un tout jeune officier à l'époque du siège de Napoca, dit soudain le maître des lémures.

Il avait fini de fixer les lames de glace. Le dos tourné, les avant-bras sur les genoux, il regardait les tours qui s'élevaient au-delà du canal.

— Il s'agissait de ma première affectation et, comme tous les bleus, j'étais très excité, zélé – et plein d'appréhension aussi. On m'avait assigné le commandement d'une compagnie de soldats expérimentés. Je devais diriger des hommes plus vieux que moi. C'était une lourde responsabilité. Je m'attendais à devoir faire rapidement mes preuves auprès d'eux, dans la bataille.

Arka relâcha son pendentif. Il lui était déjà difficile de tuer le maître des lémures ; mais le tuer de sang-froid, dans le dos, alors qu'il lui racontait des souvenirs, était impossible. Sa vulnérabilité était son meilleur bouclier. Elle alla s'asseoir en face de lui, au bord du canal gelé. Le maître des lémures leva les yeux vers elle et elle se sentit à nouveau troublée par leur ressemblance avec ceux de Chirone.

— Mais le siège a duré des mois, continua-t-il. Il fallait gérer la frustration de mes soldats oisifs et la mienne, aussi. C'était très difficile. Tout le monde n'avait qu'une hâte : que les portes de Napoca s'ouvrent, qu'il y ait enfin un peu d'action. En attendant, on passait le temps comme on pouvait. On provoquait les archers sur les remparts, on jouait aux cartes, on buvait. Le camp militaire était devenu une sorte de ville à l'extérieur de la ville. Il y avait beaucoup de civils issus des villages alentour qui entraient et sortaient. Des marchands qui venaient écouler leurs produits, des cantinières qui passaient vendre leurs charmes, des petits coursiers qui rendaient des services en échange d'une pièce ou de nourriture.

Arka se demanda où il voulait en venir. Les yeux perdus dans le vague, le maître des lémures la regarda essayer de modeler des lames sous ses bottes.

— Un de ces gamins fréquentait beaucoup ma compagnie, poursuivit-il. Il s'appelait Bikili, mais tout le monde l'appelait Bik. Les soldats l'aimaient bien. Ils le payaient souvent pour aller faire des courses idiotes. Ça les faisait rire, ça nourrissait le gamin, ça occupait les soldats, bref, c'étaient de bons moments. Bik était devenu notre mascotte. Personne ne savait d'où il venait et tout le monde s'en fichait. Jusqu'au jour où les portes de la ville sont enfin tombées.

Arka n'arrivait toujours pas à transformer ses chaussures en patins. D'un geste distrait, le maître des lémures fit jaillir de la glace deux lames qui s'ajustèrent sous ses bottes. Elle releva les yeux vers lui. Elle sentait que la suite de son histoire allait être difficile à entendre.

— Quand on est dans l'armée, on s'attend à voir et à participer à des actes horribles, reprit-il. Ce qui est arrivé à Napoca était au-delà de tout ce à quoi j'étais préparé. Les soldats avaient passé des mois à s'ennuyer et à rêver du moment où ils pourraient enfin se défouler sur les Napociens. J'ai vu des camarades officiers lancer leurs hommes dans des concours de décapitation. J'ai vu des soldats profaner des cadavres, brûler des personnes vivantes. C'était à qui massacrait le plus de Napociens, de la manière la plus cruelle. Il y avait tellement de sang dans les rues qu'on aurait dit qu'il pleuvait rouge sur la ville.

Il ferma les yeux, les traits crispés, comme si les images du sac étaient restées imprimées sur sa rétine. Arka fronça les sourcils, ne pouvant déterminer s'il jouait la comédie. Elle avait l'impression qu'il était capable d'être à la fois faux et sincère, empathique et indifférent. Il ajouta :

— Mais le pire moment a été lorsque des soldats de ma compagnie sont tombés sur Bik, dans la ville. Personne ne savait qu'il était napocien – il était tellement maigrichon qu'il devait réussir à se faufiler tous les jours par les trous de la herse qui protégeait la rivière. Ça a rendu mes soldats fous de rage. Ils se sont sentis trahis. Lorsque je les ai retrouvés, il y en avait déjà dix qui lui étaient passés dessus, et ça continuait. Je leur ai ordonné d'arrêter, mais il était trop tard. Bik était déjà mort. Il avait huit ans.

Arka serra les genoux, les dents, les poings. Quelque chose en elle lui disait qu'elle était trop jeune pour être confrontée à pareil souvenir.

Le maître des lémures passa une main sur ses paupières et conclut :

— Après le siège, j'ai voulu assigner mes soldats devant le tribunal militaire thémiscyrien, mais mes supérieurs m'ont répondu qu'ils avaient agi dans leur droit. Seuls les garçons napociens de moins de sept ans étaient protégés par décret de l'oligarchie. Le reste de la population n'était que de la chair livrée en pâture. Après le sac, j'ai été envoyé à Hyperborée avec pour mission de rassurer le Magisterium et de faire porter la responsabilité du sac sur les Napociens eux-mêmes. J'ai été convaincant, précisa-t-il avec un sourire amer.

— Qu'est-ce que vous leur avez dit ?

— Une partie de la vérité. Je leur ai dit que le voïvode de l'époque était responsable de l'escalade de la violence. Qu'on lui avait demandé à plusieurs reprises de rendre les armes et que, à chaque fois, il avait refusé. Qu'il avait laissé son peuple crever de faim pour éviter de perdre sa tête. Que c'était lui qui avait provoqué le massacre.

Il sourit d'un air désabusé en voyant l'expression révoltée d'Arka.

— Et les ministres ont été assez bêtes pour vous croire ? demanda-t-elle, abasourdie. Y a plein d'immigrés napociens qui sont arrivés dans la ville, le Conseil a pas pu ignorer ce qui s'était passé…

— Parce que les ministres le voulaient, répondit le maître des lémures avec un haussement d'épaules. Il est toujours plus facile de croire les bourreaux que d'aider les victimes.

Il se releva, bien droit sur ses lames de glace. Plus cette conversation avançait, plus Arka éprouvait de dégoût pour l'âme humaine.

— Vous êtes horrible, comme le Conseil, comme les Thémiscyriens, décréta-t-elle en secouant la tête. Vous êtes tous horribles.

Sa saillie sembla amuser le maître des lémures, ce qui n'était pas du tout l'intention d'Arka. Elle avait l'impression qu'il trouvait leur conversation distrayante, comme s'il était un mentor bienveillant et elle une disciple candide.

— Peut-être que je suis horrible, mais c'est un qualificatif un peu simpliste pour désigner tous mes congénères, tu ne trouves pas ?

Il se mit à patiner à longs mouvements fluides. On aurait dit qu'il était né avec ses lames. Agacée par son ton condescendant, Arka le suivit dans un style beaucoup plus chaotique, un bras toujours prêt à faire de grands moulinets pour rétablir son équilibre, l'autre occupé par le petit pain qu'il lui restait à manger.

— La guerre justifie notre mode de vie, notre mode de vie est justifié par la guerre, poursuivit-il, les mains dans le dos. Sans ennemi, pas d'armée, sans armée, pas de hiérarchie, sans hiérarchie, pas de Thémiscyra.

Ce n'est pas tant que les Thémiscyriens veulent la guerre, c'est qu'ils ne peuvent pas vivre sans elle.

Les canaux défilaient au rythme de ses phrases. Sa voix avait pris un tempo particulier, presque hypnotique. Elle se souvenait d'avoir été captivée par ses paroles lors de son combat dans la villa de Silène.

— Mais je ne t'apprends rien, n'est-ce pas ? demanda-t-il en se tournant vers elle. Tu es une apprentie Amazone. Toi aussi, tu as été endoctrinée dès ton plus jeune âge.

— Ça veut dire quoi, « endoquetrinée » ? demanda Arka en fronçant des sourcils.

— On t'a appris à suivre les chefs, à aimer la guerre, à avoir le sentiment d'être toujours du bon côté de l'histoire.

— J'ai pas été endo… commença Arka.

Elle s'interrompit. Les mots semblaient soudain avoir fui sa bouche comme l'eau d'un vase fêlée. Son enfance au sein de la forêt prenait un nouvel aspect. Son plus vieux souvenir était le jour où son entraînement avait débuté. Ses jouets, des armes miniatures. Les chevaux, les forges, les clairières d'excercice… Tout dans la forêt servait la guerre. Elle avait beau lutter contre les idées du maître des lémures, celles-ci commençaient à s'insinuer dans sa tête.

— Les Amazones font la guerre, oui, mais elles ont pas le choix, objecta-t-elle en se reprenant. Sinon, on aurait disparu depuis longtemps. Tout le monde veut nous anéantir.

Son contre-argument sonnait faux à ses propres oreilles. Il semblait tout droit sorti de la bouche de son instructrice, du temps où elle était encore apprentie. Le maître des lémures l'expédia d'une pichenette rhétorique.

— Comment crois-tu que les Amazones se sont installées en Arcadie, il y a un siècle ? En demandant poliment aux hilotes si elles pouvaient utiliser leur forêt ? Non, elles se sont imposées dans la région par la force. Elles ont chassé les hilotes de leurs terres, elles ont pris en otage leurs filles, elles ont massacré ceux qui protestaient. Et depuis, elles ne cessent de se servir de l'opposition à laquelle elles font face comme prétexte pour justifier leur usage de la force militaire.

— Mais… commença Arka.

— Si, demain, la guerre entre les Amazones et Thémiscyra cessait, elles ne pourraient plus prétendre protéger les villages hilotes, continua le maître des lémures sans lui laisser le temps de soulever une objection. Elles devraient déposer leurs armes, leur redonner leurs terres et trouver une nouvelle façon de vivre. Mais quelle générale amazonienne voudrait transformer ses guerrières en fermières ? Quel oligarque thémiscyrien voudrait faire de ses soldats des marchands ?

Arka ne répondit pas et se renferma dans le silence. Ils continuèrent de patiner à travers les niveaux. Le palais du Basileus apparut finalement entre les tours, énorme. Au niveau des remparts, les griffons sculptés vomissaient des jets de glace dans les larges canaux qui entouraient l'édifice. Dans le patio, les frondaisons enneigées des palmiers et des fougères arborescentes dépassaient des toits-terrasses.

— Pourquoi est-ce qu'on va là ? demanda Arka en s'arrêtant.

Les souvenirs de ses derniers moments passés dans la maison royale affluaient. Le Basileus baignant dans son sang. Les héritiers dans leurs sarcophages. Le lémure qui lui soufflait « Au revoir, ma fille » avant de disparaître… S'il y avait bien un endroit dans Hyperborée où elle n'avait pas envie de remettre les pieds, c'était celui-là.

— Parce que la personne que je veux te présenter s'y trouve, répondit le maître des lémures.

Sans plus d'explications, il glissa sur le canal et entra dans le port intérieur, suivi d'Arka. Le palais royal avait perdu de sa superbe. Comme partout, le gel avait flétri les plantes et décollé les mosaïques. Parvenu au ponton d'accès, le maître des lémures fit fondre ses lames et monta les marches qui menaient au premier pavillon. Arka l'imita, se remémorant comment, quelques mois plus tôt, elle était venue là avec Lastyanax. Ils passèrent les portes en bois précieux qui battaient sur leurs gonds. Les antichambres défilèrent, toujours aussi richement décorées, même si le froid avait écaillé certaines peintures murales et les pillards emporté des objets d'art.

Alors qu'ils arrivaient dans la galerie bordée de colonnes donnant sur le patio, ils tombèrent sur un vieil homme engoncé dans un fauteuil autoporteur. Un aide de camp qui paraissait à peine sorti de l'adolescence poussait son siège. À la vue du maître des lémures, le regard du vieillard s'éclaira.

— Alcandre, chevrota-t-il.

« Alcandre, Candrie », pensa aussitôt Arka. Une preuve de plus que le maître des lémures était le fils de Chirone. Elle aurait préféré ne pas connaître son prénom. Assassiner Alcandre était beaucoup plus difficile que de se débarrasser du maître des lémures.

— Voici la personne que je voulais te présenter, souffla ce dernier.

Il jeta un regard oblique à Arka.

— Il s'agit de mon père, Lycurgue.

Abasourdie, Arka le suivit des yeux tandis qu'il rejoignait le vieillard pour le saluer. Lycurgue. Ce nom-là faisait trembler les cités. Pendant tout son séjour à Napoca, Arka n'avait cessé de voir le Polémarque comme l'ennemi ultime à abattre, le responsable de tous ses maux. À son retour dans la forêt, elle avait découvert une autre facette du tyran : celle du jeune mercenaire ambitieux que Chirone avait délivré d'une mine arcadienne. Et voici qu'elle le découvrait devant elle, voûté et grisonnant dans son siège, les mains tremblantes, les oreilles et les narines poilues. Tandis que l'aide de camp se frappait la poitrine pour saluer le maître des lémures, ce dernier embrassa son père sur le front.

— Comment ça va, Père ?

— Il mange bien et il dort bien, répondit l'aide de camp à sa place. Il a failli s'étouffer avec son massepain ce matin, mais j'ai réussi à le lui faire recracher. Faudrait pas qu'il nous fasse une fausse route... Dites, vous avez entendu ce qui s'est passé dans l'Extractrice ?

Il avait posé sa question d'une traite, comme s'il avait cédé à une envie pressante de parler de l'actualité. Arka devina que l'aide de camp devait s'ennuyer ferme, à force de passer ses journées à s'occuper d'un barbon sénile.

— Non, répondit Alcandre.

— Des mages hyperboréens ont réussi à saboter la salle d'extraction et à s'enfuir avec le vif-azur. Ils sont recherchés dans toute la ville.

Le cœur d'Arka fit un grand bond dans sa poitrine. Lastyanax avait réussi et le maître des lémures avait menti : il ne détenait pas son mentor.

— C'est le branle-bas de combat, là-bas, ajouta l'aide de camp, qui était visiblement en mal de bavardage. Les généraux sont en train de demander des têtes. Heureusement que j'ai pas été assigné là-bas. M'est avis que...

— Merci pour ces nouvelles, soldat, le coupa Alcandre d'un ton glacial.

La tension venait soudain de grimper d'un cran. Il observait Arka du coin de l'œil. Celle-ci réalisa alors plusieurs choses. Premièrement, le maître des lémures avait compris que son moyen de pression sur elle venait de s'envoler. Deuxièmement, elle-même était devenue un moyen de pression sur Lastyanax. Si le maître des lémures s'emparait d'elle, il allait l'utiliser pour obliger son mentor à ramener les pépites. Troisièmement, elle ne faisait pas le poids face à lui : il avait son lémure et ses pouvoirs, et elle n'avait qu'une pépite de vif-azur et pas assez de courage pour l'attaquer de sang-froid. En clair, elle s'était mise dans une fâcheuse situation. Mieux valait s'enfuir tant qu'elle en avait encore la possibilité, et aller aider Lastyanax. À eux deux, ils avaient plus de chances de réussir à le battre.

— Vous pouvez ramener le Polémarque dans ses appartements, ordonna Alcandre à l'aide de camp.

Celui-ci se frappa la poitrine et reprit mollement les poignées du siège autoporteur, l'air déçu de devoir écourter la discussion. Lycurgue

jeta à son fils un regard perdu tandis que l'aide de camp lui faisait effectuer un demi-tour. Arka choisit cet instant pour bondir en avant. Elle faucha l'aide de camp d'un balayage, empoigna les poignées du siège autoporteur, se cramponna au dossier et donna un coup de pied sur le mur derrière elle.

Le fauteuil lévita à travers la galerie, emportant Arka et Lycurgue avec lui. Le vieil homme gémit de terreur. Ils passèrent sous les yeux du maître des lémures, qui amorça un geste pour lancer une explosion, mais se retint. Il ne voulait pas mettre son père en danger. Arka comptait là-dessus pour s'échapper.

Comme le fauteuil parvenait au bout de la galerie, elle posa un instant le pied par terre et donna une nouvelle impulsion en direction de la sortie. Le siège remonta à toute vitesse l'enfilade des antichambres. Agrippée au dossier, le nez au-dessus des cheveux gris de Lycurgue, Arka fixait l'entrée en priant pour y arriver le plus vite possible.

Soudain, ils traversèrent un tourbillon de particules. Alors que le fauteuil s'apprêtait à franchir les portes, les battants se refermèrent dans un grincement brusque. Arka planta ses talons dans le sol pour éviter au vieil homme de percuter le panneau de bois de plein fouet. Déséquilibré, il bascula néanmoins en avant et s'effondra sur le sol.

Arka se retourna d'un mouvement vif. Silène venait d'apparaître au milieu de l'antichambre. Son ancien professeur affichait un sourire sardonique. Derrière, Alcandre les rejoignait en courant. Le lémure leva un doigt. Aussitôt, le sol glissa sous les pieds d'Arka. Elle se retrouva par terre, à côté de Lycurgue qui geignait en appelant son fils.

Arka passa la main dans son col et en sortit le pendentif. Alors que le lémure fondait sur elle, elle déplia la plume d'orichalque.

Aussitôt, Silène se désagrégea en une nuée de particules qui volèrent dans la pièce. Hébétée, Arka regarda la poussière retomber. En un clignement de paupières, la zone bleue avait anéanti le lémure.

Le maître des lémures paraissait stupéfié par ce qui venait d'arriver à son serviteur. Arka comprit qu'elle ne pouvait plus espérer une approche pacifique. Il leva une main et une boule de feu naquit dans sa paume.

— J'ai du vif-azur, s'écria-t-elle en brandissant la pépite.

Le maître des lémures suspendit son geste.

— Le vif-azur ne m'affecte pas, dit-il.

— Vous, non, mais moi, oui, répliqua Arka. Et vous avez pas envie qu'il m'arrive quelque chose alors que je suis dans une zone bleue, pas vrai ? Vous avez besoin de moi pour maintenir la malédiction.

— Alcandre… Mal… Alcandre…

Le maître des lémures tourna le regard vers son père. Lycurgue, toujours prostré sur le sol, appelait son fils à la rescousse. Arka profita de cet instant d'inattention pour sauter sur ses pieds. La pépite de vif-azur serrée dans le creux de sa paume, elle détala vers le patio. Elle accéléra, passa l'arche qui permettait d'y accéder et déboula au sein de la forêt miniature cristallisée par le froid.

Pour s'échapper du palais, sa meilleure chance était le grand arbre par lequel elle était descendue du toit le soir du meurtre du Basileus. Sans ralentir, elle remonta les allées, dérapant sur les pavés glissants, passa en trombe sous l'édicule où Lastyanax et elle avaient attendu le discours du Basileus et arriva près de l'arbre en question. Elle s'apprêtait à sauter pour attraper la branche la plus basse quand un craquement retentit. Pétrifiée, Arka vit le tronc se fendre. La ramure s'affaissa sur le côté, de plus en plus vite.

Elle recula précipitamment et fit volte-face. Le maître des lémures, une main tendue devant lui, achevait de briser l'arbre comme un vulgaire bâton. L'étendue de ses pouvoirs stupéfiait Arka. Elle ne connaissait personne capable d'un tel acte à une telle distance, pas même Lastyanax. Il s'avança, les yeux rivés sur elle.

Elle extirpa la fronde cachée dans son col, prit une pierre dans sa poche et la cala sur la lanière de cuir. Une première pierre partit et fut déviée juste avant de percuter le buste de son adversaire, qui resta imperturbable. Une deuxième pierre termina sa trajectoire dans les plantes enneigées. Une troisième explosa en plein vol.

Le souffle court, Arka ouvrit sa main gauche. Il ne lui restait que la pépite de vif-azur, qui luisait dans sa paume comme un fragment de ciel arcadien. Le maître des lémures n'était plus qu'à quelques pas. Elle encocha la pépite dans la fronde et fit tournoyer son arme. D'un mouvement sec du poignet, elle envoya le projectile.

Le temps sembla se fragmenter. Elle vit la pépite fondre sur la tête de son adversaire. Un tir parfait. Le maître des lémures esquissa un geste pour la dévier, mais le projectile continua son chemin, insensible à sa magie. Soudain, une forme métallique s'interposa entre le vif-azur et sa cible. Le fragment ricocha et fut projeté loin de là, sur le toit du palais.

Penthésilée réajusta son casque déformé par l'impact. Elle avait surgi d'une allée adjacente. Une lance foudroyante à la main, elle semblait mettre Arka au défi de retenter une attaque.

— Arrête-la, ordonna Alcandre.

D'un mouvement du pied, Arka récupéra une branche tombée et para le premier coup de lance que la princesse lui porta. Puis les attaques s'enchaînèrent. L'arme de Penthésilée tournoyait à une telle vitesse qu'Arka n'avait pas le temps d'utiliser la magie. À chaque assaut, la princesse l'obligeait à reculer d'un pas. Arka devait utiliser toute son énergie et sa concentration pour lui tenir tête. Penthésilée avait toujours été la plus douée des deux au combat, et elle était devenue encore meilleure depuis la dernière fois qu'elles avaient ferraillé l'une contre l'autre.

Penthésilée lui asséna un coup de lance si violent que le bâton d'Arka se brisa. Elle se jeta en avant pour esquiver une attaque circulaire, pivota sur le dos pour ne pas se faire épingler sur le sol, essaya sans succès de faucher les jambes de la princesse, se remit sur ses pieds d'un bond,

effaça précipitamment son buste face à une nouvelle estocade, buta contre son bâton cassé et tomba en arrière.

Aussitôt, Penthésilée braqua sa lance foudroyante sur sa gorge. Le souffle court, Arka loucha sur les éclairs bleutés qui crépitaient à un pouce de son cou. Elle décida de jouer sa dernière carte.

— Votre mère serait pas fière de savoir ce que *Candrie* est devenue, dit-elle en levant les yeux vers le maître des lémures.

Elle le vit pâlir.

— Qu'est-ce que tu veux dire par là ?

Au même instant, un « vrouiisch » retentit dans le patio désert.

Un frisson traversa les tympans d'Arka. Le maître des lémures s'était redressé pour écouter les environs. De nouveaux « vrouiisch » parvinrent jusqu'à eux. Les fourrés à droite d'Arka remuèrent. Elle s'attendait à voir surgir le serpent de glace à qui elle devait son arrivée à Hyperborée. Mais la créature qui sortit des buissons n'avait pas la taille de Python. C'était une version miniature de Python, un serpent de glace qui semblait cependant assez épais pour briser les os d'Arka s'il s'était mis en tête d'enrouler ses anneaux autour d'elle. Il sortit sa langue noire et siffla vers Penthésilée, qui avait tourné son arme vers lui. Aussitôt, la princesse lâcha la lance foudroyante, qui tomba sur le sol en grésillant.

Arka ne pouvait pas voir son expression derrière le masque, pourtant elle devina que son adversaire était hypnotisée par le reptile. Le serpent se tourna vers Alcandre en dardant sa langue fourchue.

— *Je vais te montrer ce qu'elle veut dire par là, Candrie.*

Ses yeux aux iris rectilignes rencontrèrent ceux d'Alcandre, dont les traits se détendirent aussitôt. Le serpent regarda alors Arka. Elle vit sa grande tête triangulaire osciller. Le monde semblait soudain s'être rapetissé autour des yeux sans paupières du reptile.

— *Toi aussi, tu vas voyager dans le passé.*

12
Le souvenir oublié

Arka

Arka eut l'impression de se désintégrer, comme lors de ses deux téléportations entre Hyperborée et l'Arcadie, sauf que cette fois la désintégration n'était pas physique mais mentale. Il lui semblait que tous les compartiments de son esprit, même ceux dont elle ne connaissait pas l'existence, se dépliaient soudain. Le patio disparut, remplacé par un long tunnel d'ombres et de lumières. Arka se rematérialisa sur un sol ferme, à côté du maître des lémures. Ce dernier semblait tout aussi perturbé qu'elle par cette expérience.

Ils se trouvaient près d'un village des montagnes, derrière une masure à moitié effondrée. Une grande falaise de grès surplombait les édifices enfoncés dans la roche. Le paysage autour d'eux était découpé en hauts plateaux verts dont la couleur tranchait sur l'ocre des escarpements. Des versants moins abrupts déployaient des pâturages rasés par les troupeaux de chèvres, avant de décliner brutalement en gorges où poussaient des bouquets d'eucalyptus.

Arka respira l'air sec de la montagne. Elle sentait le vent s'engouffrer dans ses cheveux et, sous ses bottes, les irrégularités d'un sol caillouteux. Malgré ces sensations, elle avait un sentiment de décalage par rapport à elle-même, comme si elle était devenue une ombre projetée sur un mur. Alcandre avait cueilli un brin d'herbe et le frottait entre le pouce et l'index, l'air songeur.

— Où est-ce qu'on est ? demanda Arka.

— Quelque part dans les montagnes arcadiennes, au sud de la forêt des Amazones, répondit-il.

De plus en plus perturbée, Arka leva les yeux vers les hauts plateaux qui bloquaient l'horizon. Elle réalisa qu'elle avait déjà observé leurs formes rectangulaires depuis la forêt. Alcandre avait raison, ils se trouvaient en Arcadie. Le maître des lémures lâcha le brin d'herbe qui dériva dans le vent, puis claqua des doigts. Rien ne se produisit. Arka devina qu'il avait essayé d'allumer un feu.

— On est dans une zone bleue ?

— Je ne pense pas, répondit Alcandre. Je crois que nous sommes dans un souvenir.

Arka comprenait mieux le sentiment de décalage qu'elle éprouvait, comme si son propre corps avait conscience qu'elle ne se trouvait pas à la bonne époque. Le serpent de glace les avait emmenés dans le passé.

— Le souvenir de qui ?

— Le tien.

Perplexe, Arka fouilla dans sa mémoire. Elle ne se souvenait pas d'être un jour venue dans les montagnes. Certes, Chirone et elle avaient quelquefois mené des expéditions de chasse près de la frontière sud, mais la vieille Amazone ne l'aurait jamais laissée franchir la lisière. Et depuis l'incendie, Arka n'avait cessé de voyager toujours plus au nord.

— Vous êtes sûr qu'on n'est pas plutôt dans votre souvenir ? demanda-t-elle en fronçant les sourcils. Je suis jamais venue ici, dit-elle d'un ton catégorique.

— Bien au contraire, répondit Alcandre. Tu es venue *au monde* ici.

Il s'avança vers le muret qui séparait la cour de l'allée centrale du village et sauta par-dessus. Partagée entre l'appréhension et la curiosité, Arka le suivit.

Le village – un patelin composé de quelques chèvreries – semblait abandonné depuis des lustres. Des chardons poussaient dans le baquet en pierre de la source tarie qui en occupait le centre. Les mauvaises herbes avaient envahi les petits potagers en espalier. Il y avait du crottin de chèvre partout, comme si l'endroit était devenu un simple lieu de pâturage pour les troupeaux.

Le village n'était cependant pas tout à fait désert. Un homme se tenait devant la porte de la bicoque qui avait le mieux résisté aux intempéries et à l'abandon. Arka sentit ses cheveux se hérisser sur sa tête : elle reconnaissait ses cheveux blonds, ses yeux gris et le sceau tatoué sur sa tempe.

C'était le lémure. Son père.

Arka resta quelques secondes sans bouger, les bras ballants, à dévisager la créature. La figure du lémure ne présentait pas encore les étranges dégradations qu'elle avait vues dans le mausolée royal juste avant qu'il ne se tue.

— Syrame…

Arka se tourna vers Alcandre. Lui aussi paraissait troublé par la présence de sa créature. Il regardait son lémure avec un mélange de regret et de… culpabilité ? Arka ne s'était pas attendue à trouver cette expression sur le visage de son adversaire. Alcandre s'avança vers sa créature et répéta son nom. Le lémure resta immobile, comme s'il ne l'avait pas entendu. Alcandre passa une main devant les yeux de son serviteur, sans déclencher le moindre battement de paupières. Le regard rempli de tristesse, il se redressa et tourna la tête vers Arka, restée en arrière.

— Nous sommes dans le village arcadien où ta mère est venue se réfugier après avoir découvert que Syrame était un lémure, expliqua-t-il.

Sa voix résonnait à travers le village désert, pourtant seule Arka paraissait l'entendre. Le lémure attendait toujours, sans mouvement ni expression, devant la porte de la masure.

— Elle s'était cachée ici, enceinte jusqu'aux yeux, avec l'espoir que je n'arriverais pas à la retrouver, continua Alcandre. Elle savait que je voulais te récupérer et elle voulait m'empêcher de mettre la main sur toi. Mais j'ai appris où elle se terrait et j'ai envoyé Syrame la chercher. Lorsqu'il est revenu auprès de moi, il m'a annoncé qu'il était arrivé trop tard, que ta mère était morte en couches et que tu avais été emmenée dans la forêt des Amazones avant son arrivée.

Il ajouta, comme s'il s'adressait à lui-même :

— Un lémure ne devrait pas pouvoir mentir. Pourtant, je l'ai toujours soupçonné de ne pas m'avoir dit la vérité ce jour-là.

Comme si l'écho de ses paroles avait résonné à travers le temps, le lémure bougea enfin et poussa la porte pour entrer dans l'ombre de la chèvrerie. Alcandre le suivit à l'intérieur. Arka prit une longue inspiration et leur emboîta le pas.

Dans la pièce régnaient la puanteur et l'obscurité. La seule source de lumière provenait d'un trou qu'une tempête avait creusé dans le toit de pierres plates. Toutes les odeurs que pouvait produire un corps humain se trouvaient réunies dans cette pièce : un mélange de sueur, d'urine, d'excréments… de sang. Il n'y avait pourtant presque rien dans la masure : quelques meubles rudimentaires et, dans un coin, un tas de vieux draps tachés. Syrame se tenait immobile, telle une marionnette qu'on aurait laissée pendre du plafond. Un peu en retrait, son maître attendait le prochain mouvement du lémure.

La créature s'avança vers le tas de draps, s'accroupit et souleva un bout de tissu.

Arka eut un haut-le-cœur.

Sous les étoffes souillées, le cadavre d'une femme venait d'apparaître.

Ses grands yeux bruns fixaient le plafond. Ses fines tresses sombres étaient répandues autour de sa tête comme les rayons d'un soleil noir. Le drap découvrait son buste revêtu d'une tunique de toile grossière. Elle avait les deux mains posées sur son abdomen arrondi, comme si elle avait essayé de contenir la douleur qui en émanait. Son bas-ventre disparaissait sous le drap maculé de sang.

Accroupi à ses côtés, le lémure n'avait pas changé d'expression. Pourtant, une larme coulait sur la moitié de son visage éclairée par la lumière qui traversait le toit troué. Il chassa une mouche venue se poser sur la joue olivâtre de la femme sans vie.

— C'est ma mère.

Arka avait balbutié ces mots. Elle se tenait à deux pas du cadavre, les yeux fixés sur le visage de cette Mélanippè dont elle avait si souvent entendu parler. Un vide, jusque-là inexistant, venait de se creuser en elle. Elle regrettait soudain l'absence de cette mère qu'elle n'avait jamais connue.

— C'est à cause de vous qu'elle est morte, ajouta-t-elle. Vous l'avez tuée.

Le maître du lémure secoua la tête.

— Non, c'est toi qui l'as tuée.

Au même moment, la partie du drap qui recouvrait les jambes de Mélanippè bougea. Un faible vagissement s'en échappa. Syrame souleva le reste du tissu. Entre les mollets ensanglantés de la femme morte, une petite chose rougeaude et fripée remuait. Incommodé par la lumière, le bébé ouvrit une bouche énorme et se mit à hurler.

Stupéfaite, Arka-du-présent regarda le lémure prendre dans ses bras Arka-du-passé. Il semblait impossible qu'un être vivant ait pu émerger de cet endroit sordide. Pourtant c'était bien elle, ce nourrisson braillard qui, à peine né, gigotait déjà comme un louveteau bien éveillé. Les paroles d'Alcandre ne cessaient de se juxtaposer à la scène qui se déroulait sous ses yeux : « c'est toi qui l'as tuée ».

Sans le moindre état d'âme, Syrame trancha d'un coup de dent l'épais tube bleu-gris qui reliait le ventre du bébé à celui de sa mère et le noua sur l'abdomen du nourrisson. Il se redressa, la bouche pleine de sang, et arracha des lambeaux de drap avec des gestes économes et précis. À l'aide des chutes de tissu, il emmaillota le bébé qui continuait de vagir dans ses bras. Lorsqu'il eut fini son ouvrage, Arka-du-passé avait cessé

de pleurer. Ses yeux sans cils s'entrouvrirent et regardèrent Syrame – ou les toiles d'araignées du plafond, c'était difficile à dire. Le lémure ne sembla pas s'émouvoir. Il se releva et se dirigea vers la porte, passant entre Alcandre et Arka-du-présent sans les remarquer.

Alors que cette dernière s'attendait à le voir quitter la pièce, il s'arrêta sur le seuil et se retourna vers le corps sans vie de Mélanippè. Calée dans le creux de son coude, Arka-du-passé regarda elle aussi sa mère, gravant dans un pli de sa mémoire une image qui y resterait cachée pendant près de quatorze ans. Un frémissement agita les paupières du lémure. Puis il passa la porte et le souvenir changea.

Ils se trouvaient à présent sur le versant d'une montagne, à l'orée d'une pinède. Le soleil se couchait derrière les crêtes, éclaboussant d'or la rocaille et les aloès. En contrebas, dans les profondeurs de la vallée, les aiguilles de pin laissaient place à la ramure claire des eucalyptus.

Syrame était assis sur un gros roc, à quelques pas d'Alcandre et d'Arka-du-présent. Il tenait toujours Arka-du-passé serrée dans ses bras et semblait de nouveau attendre quelque chose. Encore désorientée par le changement de décor, Arka-du-présent sursauta lorsque Alcandre déclara :

— C'est donc lui qui t'a emmenée dans la forêt des Amazones. Je lui avais laissé beaucoup d'autonomie pour cette mission. La distance entre nous était trop grande pour que je puisse correctement le contrôler. C'était une erreur de ma part.

Il semblait avoir du mal à admettre la trahison de son serviteur. Arka sentit une chaleur inattendue l'envahir. Même si aucune forme d'affection ne transparaissait sur les traits impassibles du lémure, il n'avait pas lâché Arka-du-passé. Comme il l'avait fait pendant un court moment dans le mausolée, Syrame avait réussi ce jour-là à s'affranchir de l'ascendant implacable que son maître exerçait sur lui. Arka avait beau chercher, elle ne voyait qu'une explication à cette attitude : il avait essayé de la sauver.

— C'était pas une erreur de votre part, déclara-t-elle. Il vous a désobéi, c'est tout.

— Syrame savait que tu finirais par jouer ton rôle, rétorqua aussitôt Alcandre. La malédiction trouve toujours le moyen de s'accomplir quand l'un des membres de la lignée se trouve en dehors d'une zone bleue. Il a juste voulu te laisser quelques années de liberté avant que tu ailles tuer le Basileus.

Arka se demanda pourquoi il essayait de minimiser l'acte d'amour du lémure envers son enfant. Assis devant eux, Syrame était toujours immobile. Il se contentait simplement de bercer Arka-du-passé de temps en temps, quand elle gigotait.

— Pourquoi est-ce qu'il entre pas dans la forêt ? demanda-t-elle.

— Parce que c'est un lémure, répondit Alcandre. Entrer dans une zone bleue le détruirait.

— Qu'est-ce qu'il attend, alors ?

À l'instant où elle terminait sa phrase, une flèche siffla près de ses oreilles et se perdit dans la rocaille derrière elle. Deux secondes plus tard, un élaphe bondit hors de la pinède et remonta le versant avec une telle célérité qu'il paraissait survoler les pierres. Arka entendit un grognement retentir dans la forêt.

— Ah, le cochon ! Bon, il me reste plus qu'à retrouver cette flèche.

Le cœur d'Arka rata un battement. Elle aurait reconnu cette voix entre mille. Une femme apparut entre les troncs rudes des pins, un arc à la main et une ceinture sertie de vif-azur à la taille. Elle avait les cheveux encore noirs. Le nez déjà balafré. Les yeux d'un bleu qui se confondait avec celui du ciel. Ceux d'Arka se brouillèrent. Elle n'avait jamais pensé revoir un jour sa tutrice et pourtant elle était là, bien vivante dans les méandres du passé.

Debout dans l'ombre de la pinède, Chirone s'arrêta. Elle venait d'apercevoir Syrame. D'un geste vif, elle encocha une nouvelle flèche sur la corde de son arc et mit le lémure en joue.

— Qui êtes-vous ? demanda-t-elle d'une voix sonore. Qu'est-ce que vous faites là ?

Le lémure se leva et déposa doucement Arka-du-passé sur le rocher. Les yeux de Chirone s'agrandirent lorsqu'elle réalisa que ce petit paquet emmailloté était un enfant. Syrame recula d'une dizaine de pas. Sans relâcher la corde de son arc, l'Amazone gravit la pente et s'approcha d'Arka-du-passé, passant de l'ombre à la lumière.

— Maman !

Arka se tourna vers Alcandre. Le maître des lémures regardait Chirone. Ses yeux bleus, les mêmes que ceux de sa mère, étaient écarquillés. Il semblait soudain frappé par le désespoir. Arka comprit pourquoi : cette Chirone-là était beaucoup plus jeune que la Chirone de l'incendie. Elle établissait un pont, dans sa mémoire, entre la jeune femme qu'il avait connue enfant et la guerrière retraitée qu'il avait tuée. Il venait de comprendre qu'il avait tué sa mère.

Pendant ce temps, le souvenir continuait de se dérouler. L'Amazone prit le nourrisson dans ses bras.

— Qui est ce bébé ? Pourquoi vous le laissez ici ? demanda-t-elle à Syrame, qui se tenait toujours à une dizaine de pas au-dessus d'elle, à distance de son vif-azur.

— C'est la fille de Mélanippè, répondit celui-ci de sa voix dénuée d'émotion. Elle est à vous.

Les yeux de Chirone naviguèrent entre le visage du nourrisson et celui du lémure. Arka se souvint de ce que Thémis lui avait raconté : dévastée par la perte de Candrie, Chirone avait commencé à aller mieux lorsqu'elle l'avait recueillie.

— Pourquoi vous la laissez ici ? répéta l'Amazone. Où est Mélanippè ? Qui est son père ?

Syrame ne répondit pas immédiatement.

— Son père est un mage hyperboréen, finit-il par dire.

— Comment s'appelle-t-elle ?

Une nouvelle pause.

— Elle s'appelle Arka.

Chirone pencha sa tête sur la nouveau-née, qui s'était remise à gigoter.

— Et vous, qui êtes-vous ?

Une bourrasque lui répondit. Arka tourna la tête vers Syrame en même temps que Chirone : il n'y avait plus personne.

Adieu, ma fille.
J'ai été heureux de faire ta connaissance.

Alcandre

Alcandre eut l'impression de remonter le tunnel dans l'autre sens, de replier son esprit et de réintégrer son corps. Le patio réapparut devant ses yeux, restés ouverts pendant la transe. Les images du souvenir semblaient graviter en surimpression au-dessus de lui. Le reptile avait disparu, ne laissant de son passage qu'une trace sur le sol enneigé. Arka était toujours prostrée à terre, les yeux remplis de larmes. À côté d'elle, Penthésilée était tombée à genoux. Sa face métallique fixait le sol.

Alcandre éprouvait une grande difficulté à ne pas céder à la tempête qui assaillait son esprit. Toute sa vie, il avait cru que sa mère avait été exécutée par les Amazones juste après l'avoir abandonné, comme son père le lui avait dit. C'était faux. Pendant des années, il avait haï les guerrières pour un meurtre qu'elles n'avaient pas commis. Cela l'avait conduit à brûler leur forêt avec une joie vengeresse, faisant une seule victime, une vieille Amazone qui lui avait paru alors insignifiante… sa propre mère.

Il n'arrivait pas à se raisonner : la culpabilité le consumait. Pourtant ce n'était pas sa faute s'il n'avait pas reconnu sa mère. Il ne l'avait pas vue pendant vingt-six ans. Comment aurait-il pu faire le rapprochement entre la jeune guerrière de son enfance et la femme ridée qui s'était interposée entre le vif-azur et lui ? Et pourquoi n'était-elle jamais venue le voir ? Elle savait qu'il vivait avec son père, elle aurait pu le retrouver. Pourquoi ne lui avait-elle même jamais écrit ?

Il se mit à parcourir l'allée de long en large en tirant sur son col. Ses propres sentiments l'étouffaient ; un râle grondait dans le fond de sa gorge. Du coin de l'œil, il repéra qu'Arka s'était mise en mouvement. Soudain rempli de rage, il fit léviter jusqu'à lui la lance foudroyante lâchée par Penthésilée et s'avança vers la fille du lémure qui l'avait trahi.

— Tu essaies de t'échapper encore une fois et je te coupe les jambes, gronda-t-il en braquant l'arme sur sa gorge.

Jamais il ne lui avait parlé avec une telle violence.

— Maître, les généraux vous convoquent.

Alcandre tourna la tête en arrière. Un jeune page venait d'arriver dans le patio : Phréton, le disciple du général. Il se tenait à quelques pas de lui, très raide. Son regard ne cessait de dériver sur Arka. Il semblait frappé de la trouver là.

— Dis-leur que ça peut attendre, lâcha Alcandre d'une voix sourde.

— L'oligarchie a décidé de se réunir à la dernière heure du soir pour s'entretenir avec vous, maître, répondit Phréton sur un ton prudent. Dans la Chambre des Basiliques du palais. C'est en rapport avec ce qui s'est passé dans l'Extractrice.

Pendant un instant, Alcandre crut qu'il allait l'anéantir sur place. Phréton sembla sentir la fureur qui l'habitait et recula d'un pas. Alcandre se força à respirer. Il devait absolument retrouver la maîtrise de ses émotions et de la situation. De toute évidence, Phillon allait lui mettre le sabotage de l'Extractrice sur le dos : il aurait été idiot de ne pas profiter de cette occasion pour se débarrasser de lui.

— Je retrouverai donc les oligarques et le nouveau Basileus dans la Chambre des Basiliques, aux côtés de mon père, déclara-t-il. Quitte à m'accuser, autant qu'ils le fassent devant leur véritable chef, ajouta-t-il.

Phréton ouvrit la bouche, mais retint judicieusement ses objections. Il se frappa la poitrine et fit demi-tour en direction du pavillon de l'entrée. Alcandre attendit qu'il s'éloigne puis se tourna vers Arka, qui regardait le page s'en aller avec des yeux écarquillés. Sans crier gare, il la frappa avec le plat de la lance. Un arc électrique se déploya autour de son corps. Elle convulsa pendant quelques instants. Quand il fut certain qu'elle avait perdu connaissance, il écarta l'arme.

— Penthésilée, dit-il.

La princesse paraissait toujours tétanisée par les souvenirs dans lesquels le serpent l'avait plongée. Alcandre aurait dû en discuter avec elle, mais il n'avait pas le temps.

— Est-ce que je peux compter sur toi ?

Son ton cinglant sembla sortir Penthésilée de sa torpeur.

— Oui, dit-elle en se redressant. Toujours, Maître.

— Dans ce cas, surveille Arka et assure-toi qu'elle ne se réveille pas avant mon retour. Je reviendrai m'occuper d'elle quand j'aurai réglé le problème de l'oligarchie.

Sans plus d'explications, il s'en alla à travers la ménagerie pleine d'arbres et d'animaux gelés. Ses pas le conduisirent près de l'édicule, dans un espace entouré de fougères arborescentes dont le froid avait recroquevillé les hampes. Au milieu, sur le dallage, se trouvait la statue d'une petite fille au regard triste. L'effigie représentait une des treize enfants du Basileus assassinés par les Amazones. Sa longue chevelure de pierre était couverte de neige. Sur une impulsion, Alcandre s'avança vers le piédestal pour frotter la mousse et le givre accumulés sur le marbre. Un nom gravé apparut.

Arka

Syrame avait donné à sa fille le nom de sa sœur perdue plus d'un siècle auparavant. Alcandre y vit une nouvelle trahison. Non seulement son lémure avait développé des liens affectifs à son insu, mais il avait conservé de sa vie passée un attachement familial dont son maître n'avait jamais eu connaissance.

Alcandre continua son chemin à travers la forêt intérieure, passa sous les colonnes qui bordaient le patio, remonta un escalier et arriva dans les appartements de l'ancien Basileus. L'aide de camp, qui descendait avec un plateau en cuisine, lui indiqua que son père se trouvait dans sa chambre.

— Il est pas en forme, ajouta-t-il. La chute de tout à l'heure lui a pas fait du bien. M'est avis que…

— Va-t'en, coupa Alcandre.

L'aide de camp eut l'air de comprendre qu'il valait mieux ne pas s'attarder. Il s'éloigna d'un pas précipité. Alcandre traversa la galerie qui menait à la chambre royale, ouvrit la porte et regarda son père, allongé sur le lit à baldaquin. Lycurgue paraissait en effet affaibli par les acrobaties qu'Arka lui avait fait subir. Enfoncé dans d'énormes oreillers, la peau cireuse, il semblait lutter à chaque respiration pour ne pas se perdre dans un songe définitif. Alcandre se sentait écartelé entre son désir de protéger cette vieille personne vulnérable et son ressentiment à l'égard d'un père qui lui avait fait croire toute sa vie que sa mère était morte.

Il alla s'asseoir dans un fauteuil, à côté du vieux Polémarque endormi. La rage qui l'animait avait cédé sa place à une froide résolution.

— Père, j'ai trouvé un moyen de me débarrasser de ton encombrant bras droit, annonça-t-il. Mais je vais avoir besoin de ton aide.

Phréton

La Chambre des Basiliques n'avait pas été utilisée depuis des décennies. Tapissée d'une mosaïque bleue et peinte d'arabesques en feuilles d'or, cette longue salle d'audience ne comptait pour tout mobilier qu'un divan royal. Les premières années de son règne, l'ancien Basileus y recueillait les doléances présentées par ses sujets, mais il avait rapidement abandonné cette coutume héritée de ses prédécesseurs pour ne plus discuter qu'avec son Conseil. À l'époque où la Chambre servait encore, les dignitaires hyperboréens qui venaient assister aux audiences se plaçaient par ordre d'importance autour du piédestal de marbre. Les mages de rang secondaire se tenaient sur la galerie qui surplombait la salle, assez près pour entendre, mais trop loin pour être vus.

C'était derrière la balustrade de ce long balcon que Phréton se cachait pour suivre la réunion de l'oligarchie. Une lumière vespérale traversait les hautes fenêtres de la Chambre. Elles n'avaient pas de vitres, mais la température était redevenue clémente grâce à la réparation du dôme. Voûté sur le divan royal, le Polémarque Lycurgue attendait l'arrivée de Phillon et des oligarques. Son fils Alcandre patientait aussi, enfoncé dans un des fauteuils que les aides de camp avaient apportés près du piédestal. Il frottait sa courte barbe et jetait par moments des coups d'œil à la porte. Phréton lui trouvait l'air nerveux.

Il l'aurait été, à sa place : le nouveau Basileus était entré dans une colère noire lorsqu'il avait appris la disparition du vif-azur, le jour même de son sacre.

— C'est ce traître d'Alcandre qui est derrière tout ça, il complotait contre moi depuis le début, s'était-il exclamé quand Phréton lui avait apporté la nouvelle, dans son cabinet du Magisterium.

Phillon avait chargé son disciple d'envoyer une convocation à tous les oligarques, ainsi qu'à Alcandre lui-même. Il avait choisi la Chambre des Basiliques comme lieu de réunion pour marquer en grande pompe sa reprise en main du commandement d'Hyperborée et de Thémiscyra. L'humilité qu'il affectait le matin encore de son sacre avait disparu. Phréton voyait dans les yeux de son maître des rêves d'empire et de règne éternel.

Quelques mois plus tôt, il aurait été emballé à l'idée de travailler pour un mentor si ambitieux. À présent, il aurait donné cher pour avoir une vie banale dans une cité paisible. Il avait l'impression d'être au centre d'une machine infernale prête à le broyer.

Son désarroi s'était accentué lorsqu'il avait découvert Arka dans le patio, à la merci d'Alcandre. Son ancienne condisciple avait disparu de la circulation depuis qu'elle avait été condamnée pour le meurtre de son père : Phréton ne comprenait pas pourquoi il la retrouvait là. Elle-même semblait surprise de le voir au service des Thémiscyriens.

Juste après avoir délivré sa convocation, Phréton s'était caché derrière les arbres pour voir ce qu'Alcandre faisait d'Arka : le mage l'avait assommée, puis son étrange assistante au casque métallique avait traîné sa camarade dans une salle jouxtant le patio. Phréton avait dû se faire violence pour se rappeler qu'Arka avait tué son père et qu'elle ne méritait pas, par conséquent, son aide. Il était parti en laissant son ancienne condisciple à la merci de la fille casquée.

Les oligarques arrivaient à présent dans la salle. Phréton resta immobile derrière la balustrade tandis qu'ils s'asseyaient dans les fauteuils installés en cercle devant le divan royal. Personne ne le remarqua. Il était plutôt doué pour se cacher.

Phillon fut le dernier à entrer dans la Chambre des Basiliques. Il avait abandonné la tenue d'apparat qu'il portait lors du couronnement, ne gardant que la ceinture royale en lapis-lazuli. Il traversa le cercle de sièges et alla s'asseoir à côté de Lycurgue, sur le divan – une manière d'indiquer qu'il n'était plus question pour lui d'accepter d'être traité comme un simple oligarque. Le titre de Basileus d'Hyperborée lui donnait désormais un rang équivalent à celui du Polémarque de Thémiscyra.

Du haut du piédestal, le mentor de Phréton survola la petite assemblée du regard. Ses yeux s'attardèrent sur Alcandre. Sa manie de se frotter les mains s'était intensifiée. Il touchait régulièrement sa ceinture, comme pour s'assurer qu'elle se trouvait toujours bien là. L'attribut royal projetait un bouclier invisible autour de lui – une propriété qui s'était révélée utile lors du sacre, quand des agitateurs avaient commencé à lui lancer des projectiles. Aucune attaque lancée à distance ne pouvait l'atteindre.

— Vous n'êtes pas sans connaître la gravité de la situation dans laquelle nous nous trouvons, commença-t-il.

Sa voix résonnait dans la grande salle froide. Près de l'entrée, une escouade de soldats-oiseleurs patientait.

— Ce matin, lors de mon couronnement, le vif-azur qui se trouvait dans la salle d'extraction de la prison a été volé, continua Phillon. Les coupables – les deux seuls mages hyperboréens que nous n'avions pas réussi à emprisonner – sont parvenus à s'enfuir. Nos soldats les recherchent activement, mais, pour l'instant, ils sont introuvables. Pour ne rien arranger, les autres mages ont eu vent de la disparition du vif-azur. Sans l'extraction pour les calmer, ils vont rapidement devenir difficiles à contrôler.

Il cessa de se frotter les mains et les joignit devant lui.

— Il est impensable que deux Hyperboréens aient réussi à eux seuls à déjouer les dispositifs de sécurité de l'Extractrice, reprit-il. Ils connaissaient la configuration des salles, l'horaire des tours de garde. Ils avaient forcément un informateur haut placé. Quelqu'un qui avait intérêt à fragiliser ma prise de pouvoir. Quelqu'un qui espérait rester maître d'Hyperborée grâce à son serviteur et devenir rapidement, par héritage, le souverain de Thémiscyra.

Tous les regards convergèrent vers Alcandre. Phillon avait dit à son disciple que l'accusé plaiderait son innocence, mais ce dernier resta impassible.

— Ne me sous-estime pas, prévint-il simplement. Tu n'es pas de taille à m'affronter, Phillon.

— Malheureusement pour toi, j'ai appris que ton serviteur avait été détruit aujourd'hui, répliqua le nouveau Basileus avec un rictus triomphant. Et je te rappelle que ton père serait très, *très* affecté par une éventuelle rébellion de ta part.

En disant cela, il tapota affectueusement les épaules de Lycurgue, assis à côté de lui. Phréton vit le vieillard sourire. Il semblait ne pas comprendre ce qui se passait. Phillon se tourna vers l'escouade de soldats-oiseleurs et désigna Alcandre.

— Arrêtez-le.

Aussitôt, les Thémiscyriens se précipitèrent dans la salle d'audience, brassards et lances au poing. Alcandre ne chercha pas à se défendre. Ils le saisirent par les bras et le ceinturèrent sur le sol.

— Relâchez mon fils !

Phréton tourna la tête vers le divan royal, stupéfait. Lycurgue s'était levé, le corps tremblant et la voix chevrotante. Il tenait Phillon par la manche. Dans l'audience, les oligarques haussèrent les sourcils. Personne ne l'avait vu se mettre debout depuis plusieurs décades, encore moins prononcer une phrase entière. Phillon paraissait être le plus étonné de tous. Il fut encore plus étonné lorsque Lycurgue, d'un geste vif, attrapa le poignard qu'il portait à la taille et le plongea dans son buste.

Phréton retint un hoquet de stupeur. Les oligarques se levèrent avec des exclamations horrifiées. L'instant d'après, Lycurgue se volatilisa dans un tourbillon de poussière et réapparut derrière eux. Deux gorges furent tranchées, libérant des cascades de sang sur le sol. Lycurgue disparut de nouveau, se rematérialisa quelques pas plus loin et continua le massacre de l'oligarchie thémiscyrienne. Alcandre profita de la confusion pour se libérer de la poigne des soldats-oiseleurs. Il brisa la nuque de l'un d'eux, récupéra sa lance et en électrocuta trois autres. Phréton observait la scène derrière la balustrade, liquéfié de terreur, priant de toutes ses forces pour que ni le mage ni le monstre n'aient l'idée de regarder en haut. Tandis que Lycurgue achevait les dernières personnes présentes dans la Chambre des Basiliques, Alcandre s'approcha de Phillon, qui agonisait sur les marches du piédestal, le corps agité de spasmes.

— Tu as osé… transformer ton propre père en lémure, balbutia le nouveau Basileus, du sang bouillonnant à ses lèvres.

— Je t'avais dit de ne pas me sous-estimer.

D'une rotation du poignet, Alcandre lui asséna le coup de grâce.

Lastyanax

Les heures qui suivirent la chute de Feuval furent confuses. Lastyanax sentit qu'on lui murmurait des phrases de condoléances et qu'on l'entraînait dans les méandres de la Petite Napoca. Il ne comprenait rien, ne voyait rien. Son être débordait de vide. Chaque seconde lui martelait qu'il ne parlerait plus jamais à son père.

Il commença à reprendre conscience du monde et des gens qui l'entouraient alors que le soir tombait sur la ville. Il se trouvait dans la verrerie de Comozoi, dans une pièce encombrée de vieux matériel poussiéreux, assis sur un seau renversé. Pétrocle se trouvait à côté de lui. Son ami regardait avec nervosité par la fenêtre obstruée de toiles d'araignées. L'ombre fugace des oiseaux rokhs qui patrouillaient dans la ville occultait le paysage de temps à autre.

— Ils savent qu'on est dans la Petite Napoca, on ne va pas pouvoir rester ici longtemps, marmonnait-il.

— Où est Pyrrha ? demanda Lastyanax.

Pétrocle se retourna vers lui et sembla heureux de l'entendre poser enfin une question.

— La femme de Comozoi est en train de soigner sa jambe. Elle devrait nous rejoindre bientôt.

Comme pour confirmer ses dires, la porte de la remise s'ouvrit, dévoilant la jeune mage, qui boitillait sur une béquille, la jambe calée dans une attelle. Derrière elle suivait un apprenti verrier qui paraissait enchanté d'avoir une patiente comme Pyrrha à sa charge. Le garçon et

Pétrocle s'empressèrent de l'aider à s'asseoir sur la seule chaise en état de la pièce et à mettre sa jambe à l'horizontale sur un autre seau. Alors que l'apprenti tendait une tasse fumante à Pyrrha en lui demandant si elle n'avait pas besoin d'autre chose, Pétrocle le prit par les épaules et l'orienta vers la sortie.

— Allez, merci, ouste, dit-il en refermant la porte derrière lui.

Une odeur douceâtre s'échappait de la tasse que Pyrrha tenait à la main. Pétrocle plissa le nez.

— Ne me dis pas que tu es en train de siroter...

— Une décoction à base de suc de lotus bleu, oui, répondit Pyrrha avec un soupir. Pour soulager la douleur. C'est efficace. La femme de Comozoi m'a assuré que la dose était trop faible pour créer une dépendance.

— J'espère que les mages-guérisseurs seraient du même avis, commenta Pétrocle en reniflant. Je ne connais rien de plus dangereux qu'une rebouteuse autoproclamée du deuxième niveau.

— En attendant, la rebouteuse en question m'a remis mon tibia en place, fit remarquer Pyrrha avec mauvaise humeur. Où est Barcida ?

— La dernière fois que je lui ai parlé, elle était en train d'essayer de caser son oiseau rokh entre deux cuves de transmutation. Comozoi n'est pas content.

— On se demande pourquoi, dit Pyrrha. Tu parles avec Barcida, maintenant ?

— Sans son aide, on n'aurait jamais réussi à sortir de là tous vivants, répondit Pétrocle avec un haussement d'épaules.

— Pas tous, murmura Lastyanax.

Pétrocle et Pyrrha se tournèrent vers lui, leurs visages soudain pleins de tristesse et de sollicitude. Pyrrha lui prit la main en plongeant ses grands yeux verts dans les siens. Il savait qu'il aurait dû lui demander comment elle se sentait, si la douleur était supportable, combien de temps il faudrait à sa jambe pour se réparer... Mais il n'arrivait pas à penser à autre chose qu'à son père.

— C'est ma faute. Je n'aurais jamais dû… Il…

Il se tut, incapable d'exprimer son émotion.

— C'était sa décision, dit Pyrrha. Il était heureux de faire ça pour toi.

Lastyanax secoua la tête. Il venait de réaliser qu'il allait devoir annoncer la mort de Feuval à sa mère. Et comment allait-il récupérer son corps, à présent que tous les Thémiscyriens étaient à ses trousses ?

— Je ne lui ai même pas dit que je ne lui en voulais plus, ajouta-t-il.

— Je suis sûre qu'il le savait, répondit Pyrrha. Crois-moi, tes sentiments ne sont pas si difficiles à déchiffrer, Last.

Il lui sourit à travers ses larmes. Elle se pencha vers lui et l'embrassa. Malgré le chagrin insondable qui habitait Lastyanax, ce geste le rendit profondément heureux. Pétrocle se racla la gorge.

— Eh, je suis toujours là, moi.

La porte s'ouvrit à nouveau, laissant passer Comozoi. Pyrrha et Lastyanax s'écartèrent l'un de l'autre. Le verrier tenait dans ses mains une grande lame bleue, striée d'orichalque.

— Ah, ça a l'air d'aller un peu mieux, *noscut*, dit-il en s'adressant à Lastyanax. Juste avant de nous demander d'aller t'aider, ton père m'a dit de regarder dans le cube d'orichalque que la prison a livré ce matin. J'ai trouvé ça. C'est pas le moment de te poser la question mais… qu'est-ce que j'en fais ?

Lastyanax regarda le vif-azur. Il se sentait soudain incapable de prendre la moindre décision. Il avait l'impression d'être une mèche de bougie consumée.

— On va y réfléchir, répondit Pétrocle à sa place en récupérant la lame. Donnez-nous un peu de temps.

Comozoi hocha la tête, l'air mécontent.

— Bon, eh, *noscut*… Je sais que ça peut pas aller, avec ce qui vient d'arriver à ton vieux et tout ça, mais il va falloir que tu nous dises quel est le plan. Tu comprends, maintenant qu'on vous a aidés, on va avoir tous les Thémiscyriens sur le dos en moins de temps qu'il en faut à un caravanier pour te rouler dans la farine. Je leur donne pas deux jours avant qu'ils viennent fouiller par ici.

— On va y réfléchir, répéta Pétrocle. Pour l'instant, il faut surtout qu'on dorme. *Je* dois surtout dormir. Vous n'auriez pas des lits, dans ce bazar ? ajouta-t-il en avisant le matériel cassé autour de lui.

De mauvaise grâce, Comozoi leur dénicha de vieilles nattes pleines de puces, qu'ils installèrent dans la pièce. Pétrocle et Lastyanax aidèrent Pyrrha à se coucher sur l'une d'elles, puis s'allongèrent à leur tour. Épuisé par sa détention prolongée, Pétrocle se mit à ronfler en faisant vibrer les murs. L'esprit embrumé par la décoction de lotus bleu, Pyrrha plongea rapidement à son tour, sa main glissée dans celle de Lastyanax. Il fut le seul à rester éveillé, ressassant tous les souvenirs qu'il avait de son père. Il aurait voulu être auprès de sa mère. Est-ce qu'elle se demandait pourquoi son époux ne rentrait pas ? Est-ce qu'on lui avait rapporté le corps de Feuval ? Il finit par s'endormir, le visage trempé, incapable de retenir les larmes qui continuaient de couler sur ses joues.

Le lendemain matin, alors que tous les trois venaient de se lever péniblement, le corps et l'esprit fourbus, un Comozoi à l'air préoccupé leur rendit à nouveau visite.

— Il y a un *noscut* qui veut vous voir, lança-t-il en ouvrant la porte.

— Comment ça ? demanda Pyrrha, les sourcils froncés, assise sur sa chaise.

En guise de réponse, Comozoi s'écarta pour laisser passer un garçon vêtu d'un uniforme thémiscyrien. Avec un choc, Lastyanax reconnut Phréton, le fils de son ancien adversaire politique. Pyrrha essaya de se relever, mais sa jambe raidie l'en empêcha.

— Espèce de petite ordure ! cracha-t-elle.

Puis elle gémit de douleur et posa les mains sur son genou. Sans laisser le temps à Phréton de répondre, elle enchaîna :

— Devenir le disciple de Phillon… Tu devrais avoir honte d'avoir rejoint les Thémiscyriens, ce sont eux qui sont responsables de la mort de ton père !

Des plaques rouges apparurent sur les joues pâles de Phréton. Le disciple avait mauvaise mine, comme s'il n'avait pas dormi de la nuit. Lastyanax se souvint que Pyrrha et lui avaient passé cinq années sous le même toit, elle en tant que disciple de Mézence, lui en tant que fils de l'ancien Éparque. Cette longue cohabitation avait laissé des traces.

— Je l'ignorais, d'accord ? répliqua Phréton. Je pensais que c'était Arka qui l'avait tué, comme tout le monde. Maintenant, je commence à avoir des doutes.

Lastyanax frotta ses yeux rougis et se redressa. C'était grâce à Arka que Feuval et lui s'étaient rapprochés, et c'était aussi grâce à elle qu'il avait pu aller au septième niveau sauver Pétrocle et Pyrrha. Son père lui avait dit de la retrouver. Où était-elle ?

— Qu'est-ce que tu viens faire ici ? Comment as-tu su que nous étions là ? demanda Pyrrha d'un ton agressif.

— C'est Aspasie qui m'a dit que j'avais des chances de vous trouver à la verrerie, répondit Phréton d'un ton impatient. Écoutez, je n'ai pas beaucoup de temps. Le fils de Lycurgue… Un certain Alcandre… Il vient de massacrer toute l'oligarchie thémiscyrienne, dans la Chambre des Basiliques, au palais. Même Phillon, mon maître, le nouveau Basileus. J'étais dans la salle et j'ai tout vu.

Un silence accueillit ses paroles.

— *Toute* l'oligarchie ? répéta Pyrrha.

— Même Lycurgue ? demanda Comozoi avec espoir.

— Lui, non, répondit Phréton. Je sais que ça va sembler fou, mais… Lycurgue est devenu un monstre. Je ne sais pas comment le dire autrement. Une heure plus tôt, c'était un croulant qui ne pouvait plus se déplacer ni parler, et là, soudain, il se volatilisait et réapparaissait partout dans la salle pour tuer les oligarques. C'est son fils qui lui donnait les ordres. Je vous le jure, j'ai assisté à tout. Je suis resté caché dans la salle jusqu'au milieu de la nuit parce que je n'osais pas sortir, de peur qu'ils me voient et qu'ils me tuent, moi aussi. Ils ont emporté les corps et ensuite Lycurgue a convoqué les officiers en accusant les oligarques et Phillon de coup d'État. C'est vraiment lui qui dirige Hyperborée, maintenant.

En parlant, Phréton triturait ses boutons d'acné. Ses pupilles tressautaient, comme si les oligarques massacrés se trouvaient à nouveau sous ses yeux. Pyrrha, Lastyanax et Pétrocle échangèrent un regard. Lastyanax savait qu'ils pensaient tous les trois à la même chose : « lémure ». Le fils de Lycurgue était le maître des lémures.

— Pourquoi tu nous racontes ça ? demanda Comozoi, qui, en retrait, suivait l'échange.

Phréton lança un regard nerveux au verrier.

— C'est justement à cause d'Arka que je suis ici, répondit-il en se tournant vers Lastyanax. Le fils de Lycurgue, Alcandre, il la détient dans le palais du Basileus. Je ne sais pas ce qu'il a l'intention de faire, mais… elle a besoin de votre aide.

Un silence suivit ses paroles. Au bout de quelques instants, Pyrrha fit remarquer d'un ton cinglant :

— Au cas où tu ne l'aurais pas compris, j'ai une jambe cassée, Lastyanax vient de perdre son père et nous sommes recherchés dans tout Hyperborée. Tu as tes accès au palais du Basileus : à toi de te prendre en main et de faire enfin quelque chose de courageux.

Phréton grattait à présent ses boutons d'un geste frénétique. Il pivota vers Lastyanax, resté silencieux.

— C'est votre disciple. Je ne suis pas de taille à affronter Alcandre seul. Il vient de tuer toute l'oligarchie. Il faut que vous m'aidiez.

— D'accord.

C'était le premier mot que Lastyanax prononçait depuis le début de l'échange.

— Last, tu ne peux pas risquer ta vie comme ça, alors que ton père vient de se sacrifier pour toi, protesta Pyrrha. C'est du suicide.

Lastyanax s'était attendu à ce qu'elle lance cet argument, mais il était quand même difficile pour lui de l'entendre. Il chercha ses mots.

— Une des dernières phrases que mon père m'a dites, c'est qu'Arka avait l'air de préparer quelque chose de dangereux et qu'il fallait que j'aille l'aider, expliqua-t-il. Elle a dû décider d'affronter le maître des lémures. Je dois la retrouver.

Il ne se sentait capable de rien, mais sauver Arka, ça, oui, il pouvait essayer de le faire. Il s'agissait de la dernière volonté de son père. Même si cela supposait qu'il allait devoir se rendre dans un des endroits les mieux protégés d'Hyperborée pour y affronter le plus dangereux des Thémiscyriens…

— Et si c'était un piège ? demanda Pyrrha sans le lâcher des yeux.

— Si les Thémiscyriens étaient au courant de votre présence ici, ils n'auraient pas besoin de moi pour vous arrêter, intervint aussitôt Phréton.

— Comment réussiras-tu à atteindre le palais, Last ? demanda Pétrocle. Tu es recherché dans toute la ville.

Lastyanax se leva et se mit à faire les cent pas dans la pièce en se frottant la nuque pour réfléchir. Les autres l'observaient sans rien dire. Il leur était reconnaissant pour ce silence. Au bout d'un moment, il s'arrêta et demanda à Comozoi :

— Est-ce qu'on peut à nouveau compter sur la Petite Napoca ?

— De toute façon, après le grabuge d'hier, on est plongés dans vos histoires jusqu'au cou, grommela le verrier.

Il ajouta avec un sourire qui dévoila sa dent en or :

— Et puis, ça fait quinze ans qu'on rêve de prendre notre revanche sur eux, on ne va pas laisser passer cette occasion. Qu'est-ce que tu as en tête, *noscut* ?

— Pétrocle a raison, je ne vais pas pouvoir atteindre la prison si toute la ville est à ma recherche, répondit Lastyanax. Il me faut une diversion. Une diversion efficace. Une diversion qui ne sera pas seulement une diversion.

— C'est-à-dire ?

Lastyanax prit une profonde inspiration. Il allait devoir être convaincant.

— Cette fois, on va vraiment délivrer les mages de l'Extractrice, dit-il. C'est le moment idéal. Les Thémiscyriens viennent de changer de commandement et sont désorganisés. Depuis hier, il n'y a plus de vif-azur dans l'Extractrice, ce qui signifie que les mages ne sont pas passés sur la machine au cours de la dernière journée. Ils seront plus aptes à se rebeller. Et surtout, si on ne contre-attaque pas maintenant, on va se faire anéantir.

— Comment veux-tu y arriver ? demanda Pétrocle.

— Mon idée est simple, commença-t-il. Première étape : un détachement de Napociens investit la prison par le deuxième niveau.

— L'entrée est protégée par une porte mécamancique, objecta Pyrrha. D'ici à ce qu'on en vienne à bout, les oiseaux rokhs auront tué tout le monde.

— C'est pour cela qu'on utilisera des sphères d'enfumage pour empêcher les attaques aériennes, répondit Lastyanax.

Il regarda la mage.

— Est-ce que tu crois que tu pourrais fabriquer quelques sceaux de destruction avec le cube d'orichalque massif que la prison a livré ici hier ?

Elle répondit avec réticence :

— Ils ne seront pas aussi puissants que celui de Mézence, mais oui, je peux en fabriquer.

— Alors le problème de la porte est réglé, dit Lastyanax. Deuxième étape : une fois à l'intérieur du bâtiment, les Napociens se divisent en petits groupes et vont rapidement délivrer les mages en faisant sauter les barreaux à l'aide des sceaux de destruction.

Lastyanax se tourna vers Pétrocle. Il avait les traits tirés, mais l'air déterminé.

— Je suis désolé de te demander ça, mais…

— Mais je connais la prison par cœur et je suis bien placé pour aider les Napociens à se retrouver dans ce bâtiment infernal, compléta Pétrocle. Tu n'as rien à me demander, Lasty, moi aussi j'ai des comptes à régler avec ces malotrus de Thémiscyriens. J'irai avec eux.

Lastyanax hocha la tête.

— Troisième étape : les Napociens et les mages, qui seront alors en large supériorité numérique, ressortent de la prison.

Il se racla la gorge, conscient que cette dernière partie n'était pas aussi convaincante que le reste, et conclut :

— Voilà, c'est l'idée générale.

— Comment peux-tu être sûr que les Thémiscyriens ne les empêcheront pas de sortir ? demanda aussitôt Pyrrha.

— Parce que je serai en train de m'occuper de leur hiérarchie, répondit Lastyanax. Je vais aller tuer le maître des lémures. Lycurgue disparaîtra avec lui.

— Je viens avec toi, dit une voix.

Lastyanax se retourna. Barcida venait d'apparaître à son tour dans l'encadrement de la porte.

— Crois-moi, le mage, tu vas avoir besoin de mon aide pour battre Alcandre.

13

Bleu écarlate

Arka

Lorsque Arka reprit connaissance, elle était enchaînée sur le sol, sous l'édicule qui occupait le centre du patio. Des gouttes tombaient d'une stalactite accrochée au chapiteau palmiforme d'une colonne. Elles s'écrasaient sur son front en petites explosions froides.

La lumière avait tourné : avec un choc, Arka réalisa qu'une nuit s'était écoulée depuis que le maître des lémures l'avait assommée avec la lance fulgurante. Son corps était pétri de courbatures et une barre lui pesait sur le front. Arka cligna des yeux et essaya de se redresser, mais les chaînes qui la retenaient prisonnière étaient trop serrées pour lui permettre le moindre mouvement. Elle tourna la tête. Accroupi sur le sol, Alcandre traçait un sceau autour de son corps à l'aide d'une craie. La lance à la main, Penthésilée surveillait Arka.

— Elle est réveillée, signala la princesse de sa voix caverneuse.

Le maître des lémures redressa la tête et croisa le regard d'Arka. Son visage était couvert de mouchetures sanglantes et il semblait ne pas avoir dormi de la nuit.

— On va pouvoir commencer, dit-il.

Arka sentit la panique l'envahir.

— Qu'est-ce que vous allez me faire ?

Alcandre acheva le dernier trait de son sceau et se releva. Il essuya ses mains blanchies par la poudre et sortit un lingot d'orichalque de sa poche.

— Un tatouage en orichalque massif, répondit-il. Le vif-azur n'aura désormais plus d'effet sur toi non plus.

Les yeux agrandis d'horreur, Arka regarda le lingot.

— Vous allez me fondre ça dans la peau ?

— Je ne vais pas prétendre que c'est une expérience agréable, répondit le maître des lémures. Mais je ne te ferai rien subir que je ne me suis infligé à moi-même.

En guise de démonstration, il roula la manche de son uniforme thémiscyrien. Son avant-bras était couvert d'étranges arabesques orangées qui se mêlaient à des glyphes et des encerclements. Arka comprit enfin pourquoi les zones bleues ne l'affectaient pas : il avait neutralisé leur action en modifiant son propre corps.

— Vous aviez l'intention de me faire ça depuis le départ, hein ? lança-t-elle avec rage. Vos histoires de discuter et de me montrer votre père, c'était du pipeau. Vous étiez juste en train de m'attirer ici.

Le maître des lémures sortit de sa poche une étrange petite machine dotée d'une longue aiguille.

— Plus tu te débattras, plus ça sera douloureux, se contenta-t-il de répondre. Penthésilée, déshabille-la.

Arka regarda son ancienne camarade s'avancer vers elle. Sa panique se transforma en détresse. Elle était terrifiée à l'idée qu'on lui injecte de l'orichalque sous la peau. Écartelée ainsi sur le sol, elle avait l'impression de ne plus s'appartenir. Ses vêtements étaient son dernier rempart. Penthésilée s'agenouilla à côté d'elle, un poignard à la main, et commença à découper son manteau.

— Qui est-ce que vous aidez, en faisant ça ? cracha Arka à l'adresse d'Alcandre. Elle va servir à qui, votre immortalité ? Au plus grand nombre ou simplement à votre petite personne ?

Comme le maître des lémures l'ignorait, Arka changea d'angle d'attaque.

— Ça vous a pas suffi d'avoir tué votre mère, vous avez envie de torturer sa pupille aussi ?

Alcandre semblait avoir dépassé la culpabilité associée à son matricide, ou alors il s'efforçait de ne pas écouter. Il ne réagit pas. Arka cherchait désespérément un autre argument défensif lorsqu'un bruit de pas retentit.

— Général Alcandre.

Surprise, Arka se dévissa le cou. Un officier thémiscyrien arrivait sous l'édicule ; à son expression, il avait une mauvaise nouvelle à annoncer. Arka se demanda pourquoi le maître des lémures portait à présent le titre de « général ». Elle remarqua alors les gouttelettes de sang qui semblaient avoir aspergé sa figure. Qu'avait-il fait des oligarques ?

Alcandre se redressa et regarda le Thémiscyrien approcher.

— Que se passe-t-il, soldat ?

— Général Alcandre, l'Extractrice vient d'être à nouveau attaquée.

— Par qui ?

— Des Napociens, mon général. Ils sont venus de la Petite Napoca et ont forcé la porte du deuxième niveau. Ils sont en train de prendre le contrôle de la prison. On pense qu'une centaine de mages a déjà été délivrée.

— Comment se fait-il qu'ils aient pu entrer aussi facilement ?

— Un quart des effectifs étaient dispersés dans la ville pour essayer de retrouver le vif-azur, mon général. De nombreux soldats affectés à la prison ont aussi eu une indigestion, un problème de soupe avariée, mon général. Et toute la chaîne de commandement est désorganisée depuis… enfin, depuis que le Polémarque Lycurgue et vous avez repris la direction des troupes.

Alcandre inspira profondément. Son regard passa d'Arka à Penthésilée. Il posa le lingot et la petite machine sur le socle de la colonne palmiforme.

— Tu la surveilles, je reviens.

Arka le regarda s'éloigner. Elle se demanda si Lastyanax était derrière ce nouveau rebondissement. En tout cas, elle disposait d'un sursis pour trouver un moyen de s'échapper. Elle testa la résistance des chaînes, mais celles-ci étaient fixées trop solidement au sol pour qu'elle puisse les arracher avec sa magie. Elle laissa sa tête retomber et regarda la grande stalactite qui pendait du plafond, juste au-dessus d'elle.

— Comment as-tu fait pour sortir de l'avalanche ?

Adossée contre la colonne, la lance entre ses mains gantées, Penthésilée la regardait. Du moins, c'était ce qu'Arka supposait. Le casque masquait son visage. Ses yeux disparaissaient dans l'ombre des fentes oculaires taillées dans sa figure métallique.

— Comment as-tu fait ? répéta Penthésilée. J'ai passé deux jours à sonder la neige. Je n'ai jamais réussi à te retrouver.

Arka plissa les yeux et fixa à nouveau son regard sur la stalactite. Elle avait admis le fait que la personne qui la surveillait lui était au moins partiellement étrangère. Ce n'était peut-être pas une lémure, mais ce n'était plus tout à fait la princesse. Les événements l'avaient changée, et pas seulement physiquement.

— Je te raconterai comment j'ai fait pour l'avalanche si tu m'expliques comment tu as survécu à Napoca et pourquoi tu *le* sers, maintenant, gronda-t-elle. C'est lui qui a brûlé la forêt. C'est l'ennemi des Amazones.

— Le sort des Amazones ne m'intéresse plus, répondit Penthésilée sans la moindre émotion.

— Pourquoi ? demanda Arka, énervée et incrédule. Qu'est-ce qui s'est passé ? Et tu ne pourrais pas enlever ce casque ? J'ai l'impression de parler à une armure.

Elle avait posé cette question d'un ton négligent, comme elle aurait demandé à Stérix pourquoi il portait toujours un bonnet – une manie dont elle ne connaîtrait jamais l'origine, à présent qu'il était mort. Le long silence qui suivit lui fit prendre conscience que le casque de

Penthésilée n'était pas simplement un équipement militaire. C'était un écran.

— Ce qui s'est passé, c'est que tu m'as abandonnée à Napoca, répondit finalement Penthésilée d'une voix sans expression. Quant à mon casque… Est-ce que tu as vraiment envie de voir ce qui reste de ma figure ?

Arka se revit en train de fuir tandis que les loups du voïvode dévoraient le visage de la princesse. Les crocs qui transformaient son nez, sa bouche et ses joues en étendue de chair sanguinolente… Jamais elle n'aurait imaginé que sa camarade pourrait guérir de ces blessures, mais Penthésilée, ou ce qu'il en restait, avait survécu. Arka déglutit et hocha la tête.

Elle devina que la princesse ne s'attendait pas à ce qu'elle réponde par l'affirmative à sa question.

— Très bien, dit Penthésilée.

Elle posa les deux mains de chaque côté de son casque et le retira lentement. Arka se souvenait de son visage : des yeux noisette, une profusion de cheveux bruns ondulés, de jolies joues rondes qui contrastaient avec le caractère très affirmé de la princesse.

Les cheveux, les joues et un des yeux avaient disparu.

La partie inférieure de son visage avait été remplacée par un moulage en orichalque percé d'un orifice en demi-lune qui faisait office de bouche. Une boursouflure de chair entourait cette prothèse. Deux trous remplaçaient son nez. Sa pommette gauche s'était affaissée, entraînant dans sa chute l'arcade sourcilière. Une paupière avait été tirée par-dessus l'orbite vide de son œil gauche. Comme pour éradiquer le dernier élément qui avait échappé aux ravages des crocs, elle avait rasé ses cheveux, révélant l'étrange et fragile rondeur de sa boîte crânienne.

Il ne restait plus rien de Penthésilée, à part un œil qui fixait Arka.

— Voilà ce que tu as laissé derrière toi, dit la princesse.

Le son de sa voix s'échappait du trou de sa prothèse et sonnait comme un souffle dans une corne de bœuf musqué. Un mécanisme interne semblait lui permettre d'articuler des syllabes en modulant l'air qui sortait de ses poumons. Arka resta silencieuse un long moment, incapable de formuler une phrase.

— Je ne pensais pas que tu survivrais, murmura-t-elle finalement.

— Je n'aurais pas dû survivre, mais tu connais la malédiction, à présent, répliqua Penthésilée.

Elle posa son casque sur le socle de la colonne.

— Après l'attaque des loups, j'ai souffert au-delà de tout ce qui est imaginable, continua-t-elle. Je ne pouvais pas mourir, je ne pouvais pas vivre, j'étais un lambeau de chair incapable de penser à autre chose qu'à la douleur. Je serais encore en train de souffrir si Alcandre n'avait pas été là. C'est lui qui m'a recueillie, soignée pendant des mois à Thémiscyra ; il m'a permis de retrouver un semblant de vie grâce à cette prothèse.

Elle désigna le moulage en orichalque.

— Sans elle, je ne peux ni parler, ni manger, ni même respirer correctement. J'en suis dépendante.

Arka prit une profonde inspiration.

— D'accord, je comprends pourquoi tu te sens redevable envers lui, dit-elle en s'efforçant de maîtriser sa voix. Mais ça n'explique pas pourquoi tu *l'aides*…

— Tu n'es pas la seule à m'avoir laissée tomber, répondit Penthésilée.

Son œil restant brillait d'une lueur tellement lugubre qu'Arka eut soudain une idée du souvenir dans lequel le serpent l'avait plongée.

— Au début, je ne supportais pas l'idée de devoir quelque chose à un Thémiscyrien, poursuivit la princesse de cette voix mécanique qui donnait le sentiment à Arka de discuter avec une lémure. Je pensais qu'il me retenait à Thémiscyra contre mon gré. Et puis, un jour, il m'a dit que j'étais libre de rentrer chez les Amazones si je le souhaitais.

— Il t'a dit ça pour t'avoir à sa botte, lâcha Arka, c'est un manipula…

— Sauf qu'il m'a donné tout ce dont j'avais besoin pour faire le trajet, coupa Penthésilée. Un cheval, des vivres, des laissez-passer, tout. Alors je suis revenue en Arcadie. Sur la route, je gardais mon casque, pour éviter d'effrayer les gens. J'avais hâte de retourner dans la forêt. Je me disais que, là-bas, je serais bien acceptée – il y a tellement d'Amazones défigurées par la guerre. Que ma mère serait heureuse de me revoir en vie. Je me trompais.

Penthésilée ferma son œil, comme si les souvenirs devenaient soudain trop difficiles à évoquer.

— À l'orée de la forêt, les sentinelles ont refusé de me laisser passer. Elles ne me reconnaissaient pas, évidemment. Elles n'arrivaient même pas à me donner un âge. J'ai fini par réussir à les convaincre d'aller chercher ma mère.

Penthésilée reprit le casque. Elle le tourna entre ses mains gantées. Un cliquetis étouffé se fit entendre. Arka réalisa que Penthésilée n'avait pas seulement perdu son visage : ses doigts aussi avaient été remplacées par des prothèses mécamanciques.

— J'aurais préféré que ma mère ne me reconnaisse pas, continua la princesse. Cela aurait été moins difficile à supporter que son rejet. Mais quand elle a compris que ma prothèse était en orichalque et que j'étais dépendante de sa magie, elle a ordonné aux sentinelles de m'interdire le passage. Elle n'a même pas essayé de me parler. C'était comme si j'étais bel et bien morte à ses yeux. Elle a préféré me renier plutôt que de me laisser entrer dans la forêt.

Arka songea à la discussion qu'elle avait eue avec Antiope juste avant son bannissement. La reine lui avait dit que le maître des lémures lui avait volé sa fille ; elle n'avait pas précisé qu'il lui avait donné une chance de la retrouver… Une chance, ou un test, plutôt. Le maître des lémures l'avait mise au défi de renier ses principes pour récupérer sa fille. Antiope avait préféré garder ses principes. Arka aurait voulu dire quelque chose, mais il n'y avait rien à dire.

— Après cela, j'ai pensé me suicider, mais je n'avais aucun moyen de le faire, reprit Penthésilée. Je ne peux pas échapper à la malédiction, mes prothèses en orichalque m'en empêchent. Alors je suis revenue à Thémiscyra. Mon maître m'attendait. Il m'a demandé si je voulais l'aider à conquérir Hyperborée et l'Arcadie. Je lui ai dit oui.

Elle fit glisser un doigt sur les fentes oculaires de son casque.

— Tu sais ce qui est le plus drôle, dans cette histoire ? Au départ, il a cherché à me soigner car il croyait que j'étais toi.

Sur ces paroles, elle remit le casque, et Arka comprit qu'elle ne l'enlèverait plus.

— Maintenant réponds-moi : comment as-tu survécu à l'avalanche ? demanda la princesse.

Arka détourna la tête et regarda à nouveau la stalactite accrochée au plafond de l'édicule, loin au-dessus d'elle. Penthésilée ne pouvait pas le savoir, mais, depuis le début de leur conversation, son anima étirée au maximum essayait de desceller le morceau de glace. Avant ses téléportations, elle y serait parvenue en un quart de seconde.

— Je vais te montrer, dit Arka.

La stalactite se dessouda du chapiteau et tomba droit sur elle. Arka regarda la pointe fondre sur son buste en priant pour que les pouvoirs du lémure s'activent. Elle ferma les yeux.

Rien ne se passa.

Perplexe, elle rouvrit un œil.

Le pic de glace s'était immobilisé à un pouce de son sternum.

Arka pencha la tête en avant et constata avec dépit que le maître des lémures était revenu. La main tendue devant lui, il repoussa la stalactite, qui s'écrasa sur le côté. Il paraissait stupéfait par ce qu'elle venait de faire.

— Tu es prête à aller jusque-là pour m'affaiblir ?

Sa réaction, en un sens, rassura Arka : il ne connaissait pas sa capacité de téléportation. Pour le reste, elle n'en menait pas large. Elle avait perdu sa seule option de fuite.

À cet instant, une bourrasque souleva la neige déposée sur les arbres du patio. Un oiseau rokh venait d'atterrir. Et sur cet oiseau se trouvait…

Lastyanax. Son mentor était assis à califourchon derrière une femme en tenue rouge, vaguement familière. Il brandissait une épée en orichalque.

— Libérez ma disciple ! lança-t-il en sautant de la selle.

Arka était à la fois émerveillée et consternée par cette arrivée en fanfare. Même si elle l'avait cherché, elle n'aurait pas pu faire moins discret. Sur le rapace, la femme en rouge arma le brassard qu'elle portait et visa Alcandre. Arka la reconnut alors : c'était la chef des guerrières qui avaient pris les mages en otage. Qu'est-ce qu'ils faisaient ensemble ?

— Écarte-toi de la gamine, Alcandre, dit la femme en rouge.

Arka aurait voulu faire remarquer qu'elle n'était plus tout à fait une gamine, mais le moment était mal choisi. Le maître des lémures regardait son interlocutrice comme s'il rêvait de lui arracher son épée et de la lui enfoncer dans le cœur.

— Tu aurais mieux fait de quitter cette ville au lieu de revenir ici pour me trahir, Barcida, gronda-t-il.

— N'inverse pas les rôles, c'est toi qui m'as trahie en tuant mes guerrières et en me proposant de boire le contenu de cette fiole, répliqua la dénommée Barcida d'un ton froid. Écarte-toi de la gamine, je ne le répéterai pas.

— Sinon quoi ? s'amusa Alcandre. Tu ne peux…

Il n'eut pas le temps de finir sa phrase : Barcida lui tira dessus. Aussitôt, une volute de poussière se condensa devant lui. Lycurgue apparut. La fléchette se planta dans son buste avec un bruit mou. Abasourdie, Arka regarda le Polémarque avancer vers Barcida en retirant le trait de son torse comme s'il extrayait une écharde. Alcandre avait créé un autre lémure, et il s'agissait cette fois de son propre père.

Barcida envoya une salve de fléchettes qui ne ralentit pas Lycurgue. Il arracha tous les traits et arma son bras pour frapper avec la poignée de

pointes sanguinolentes. Elle para le coup avec son brassard. Pendant ce temps, Lastyanax s'était précipité vers Alcandre. Le maître des lémures fit un pas de côté pour l'éviter. Lastyanax fut emporté par son élan et se cogna contre un arbre. Il paraissait avoir du mal à tenir son épée. Arka le regarda avec horreur relancer une attaque désordonnée, qu'Alcandre esquiva avec un petit sourire. Elle avait l'impression de regarder un chat s'amuser avec une souris énervée.

Un grésillement résonna sur sa droite. Arka tourna la tête et vit, stupéfaite, Penthésilée immobilisée derrière un voile de lumière qui descendait d'un disque tournoyant. L'attrapeur d'anima. L'instant d'après, Phréton apparut dans son champ de vision. Arka écarquilla les yeux tandis qu'il portait un doigt à ses lèvres pour lui signifier de rester silencieuse.

— Pas un mot, numéro 43, chuchota-t-il.

Il ramassa la craie qui traînait par terre et s'accroupit près de sa main droite pour tracer un sceau sur la chaîne. Le cœur battant, Arka tourna la tête vers Lastyanax. Son mentor semblait avoir abandonné l'idée de frapper le maître des lémures avec son épée et s'était lancé dans un duel magique spectaculaire et bruyant. La neige se transformait en lames de glace, les arbres en brandons et les pavés en projectiles. Le maître des lémures repoussait sans effort ce maelström d'attaques, sans s'apercevoir qu'il ne visait qu'à le distraire. À quelques pas de là, Barcida avait récupéré l'épée de Lastyanax et luttait contre le lémure qui ne cessait de se téléporter autour d'elle. Chacun de ses coups fendait l'air.

Un « cling ! » retentit. Arka regarda à nouveau Phréton : il venait de réussir à briser la chaîne qui retenait son bras droit. Son ancien condisciple cassa sa craie en deux et lui en tendit la moitié avant de s'attaquer aux chaînes qui immobilisaient ses pieds. De sa main libre, Arka traça un sceau de destruction sur un des maillons attachés à son poignet gauche.

Quelques secondes plus tard, elle sautait sur ses pieds. Au milieu du patio, Barcida et Lastyanax luttaient à présent dos contre dos, elle avec son épée, lui avec sa magie, face à Lycurgue et Alcandre. L'attrapeur d'anima tournoyait de moins en moins vite au-dessus de Penthésilée.

— Par là ! chuchota Phréton d'un ton pressant en désignant la végétation gelée qui entourait le kiosque.

Arka se précipita à sa suite au milieu des plantes. Alors qu'ils disparaissaient derrière un écran de feuilles enneigées, ils entendirent l'attrapeur d'anima tomber sur le sol. Aussitôt, Penthésilée cria :

— Elle s'échappe !

Arka jeta un coup d'œil en arrière. Entre les palmes blanchies par le givre, elle vit Alcandre et son lémure tourner la tête en direction de Penthésilée. Cet instant de distraction leur coûta cher : Barcida se fendit et enfonça son épée dans le buste de Lycurgue. Le lémure baissa les yeux sur la lame. Un filet de poussière se mit à ruisseler sur son torse.

— Non ! cria Alcandre.

Un trou apparut dans le torse de Lycurgue, autour de la lame. Le trou s'élargit, rongeant la chair de la créature. Son buste s'effrita, ses jambes cédèrent, sa tête tomba dans la neige, et bientôt il ne resta plus que son front et ses deux yeux qui fixaient Alcandre. Ils se désagrégèrent à leur tour, laissant un tas de poussière sur le sol.

Le conquérant de Napoca avait disparu.

Abasourdie, Arka se tourna vers Phréton, qui fixait le petit monticule poudreux avec des yeux ronds.

— L'épée… Elle est en vif-azur sous l'orichalque, non ?

Au milieu du patio, Alcandre semblait désespéré. Arka se demanda soudain s'il n'avait pas transformé son père en lémure pour le garder un peu plus longtemps près de lui.

Barcida profita de la situation pour ramasser l'épée et se jeter sur Alcandre. Penthésilée surgit et para le coup avec sa lance foudroyante avant de frapper son adversaire d'un mouvement circulaire.

Barcida s'écroula, le corps parcouru de spasmes et d'arcs électriques. Alcandre, revenant à la réalité, fit léviter l'arme jusqu'à lui et se tourna vers Lastyanax. Son attitude avait cessé d'être désinvolte. Arka comprit qu'il avait fini de jouer et qu'il allait achever son mentor, là, maintenant.

Lastyanax fit jaillir un brouillard autour de lui et utilisa ce camouflage pour battre en retraite dans une cage vide de la ménagerie. Penthésilée se rapprocha alors des barreaux et colla sans hésiter la pointe de sa lance contre le métal. Des arcs électriques se mirent à courir sur la grille. Lastyanax ne pouvait plus sortir.

Arka s'élança vers lui, mais Phréton la retint par le bras.

— Ce n'est pas lui qui les intéresse, c'est toi qu'ils veulent ! chuchota-t-il. Lastyanax essaie juste de nous faire gagner du temps, il faut qu'on parte !

— Non ! répliqua Arka. Si on n'arrête pas le maître des lémures maintenant, on pourra plus jamais le faire. Il me faut du vif-azur.

— On n'en a plus : tout le vif-azur de l'Extractrice a été utilisé pour forger l'épée, répondit Phréton, énervé. Je te préviens, si tu ne me suis pas, je pars sans toi, j'ai assez risqué ma peau aujour…

Arka n'écouta pas la suite. Elle regarda son mentor enfermé dans la cage, Barcida étendue sur le sol, l'oiseau rokh qui suivait la bataille et le toit du palais. Lorsqu'elle avait envoyé la pépite de Chirone sur Alcandre avec sa fronde, le fragment avait été dévié quelque part là-haut.

— Il reste du vif-azur, il faut juste que j'aille le chercher, murmura-t-elle.

Sans plus d'explications, elle se fraya un chemin dans la végétation.

— Arka ! glapit Phréton tout bas.

Elle l'ignora et continua d'avancer dans la forêt gelée, profitant de son couvert pour se rapprocher de l'oiseau rokh. À travers les feuilles, elle voyait Alcandre suivre sa progression au jugé, l'épée à la main. Derrière lui, Penthésilée surveillait Lastyanax toujours enfermé.

— Sors de là, Arka, ou tu peux dire adieu à ton mentor ! tonna le maître des lémures.

Arka choisit cet instant pour jaillir de la végétation enneigée et foncer sur l'oiseau rokh, qui se tenait toujours au milieu du patio. Sans ralentir, elle attrapa l'étrier d'une main et s'en servit comme balancier pour atterrir sur la selle. À califourchon sur le rapace, elle saisit les rênes et siffla l'ordre de décollage qu'elle avait maintes fois entendu à Thémiscyra. Dans un bruissement d'ailes, le rapace s'arracha à la pesanteur.

Lastyanax

À travers les barreaux où crépitaient des éclairs bleutés, Lastyanax regarda sa disciple s'envoler sur l'oiseau rokh. Une bile amère lui montait à la gorge. Même s'il était venu pour la délivrer, elle l'avait laissé tomber une fois de plus. Elle était partie sans même chercher à lui adresser une parole d'adieu. Phréton et lui avaient été abandonnés comme des vieilles chauss…

Lastyanax interrompit ses lamentations silencieuses. Arka venait de sauter de l'oiseau en plein vol et d'atterrir en roulé-boulé sur le toit du palais. Sa joie de constater qu'elle ne l'abandonnait pas céda très vite place à la désapprobation. Il était venu pour la sauver et elle allait tout gâcher. Pourquoi est-ce qu'elle ne s'enfuyait pas, cette idiote ?

Arka avait disparu derrière le rebord du toit. Quelques instants plus tard, elle réapparut au sommet d'un des griffons de marbre qui surplombaient le mur extérieur du palais. Dans sa main, bien en évidence, elle tenait une pépite bleue. Lastyanax devina qu'elle préparait quelque chose qu'il n'allait pas aimer.

— Il y a sept niveaux derrière moi. Si vous libérez pas Lastyanax, je saute ! lança-t-elle d'une voix tonitruante au maître des lémures.

Lastyanax eut l'impression que ses entrailles se changeaient en pierre. À côté de lui, le maître des lémures semblait prendre lui aussi la menace au sérieux. Il fit quelques pas erratiques, regarda Lastyanax, puis Arka, et enfin répliqua sur le même ton :

— Tu n'oseras p…

— Souvenez-vous de la stalactite, cria Arka.

Perchée sur la tête de la statue, elle ressemblait à un passereau bravache. Lastyanax comprit que, dès l'instant où Alcandre le laisserait partir, Arka mettrait fin à la malédiction en se suicidant dans une zone bleue.

— Ne fais pas ça, Arka ! hurla-t-il.

Elle l'ignora, tout entière concentrée sur le duel de volontés qui l'opposait au maître des lémures.

— Libère-le, dit celui-ci à sa compagne casquée.

Cette dernière écarta la lance foudroyante des barreaux, puis ouvrit la porte.

— Sors, dit-elle.

Lastyanax obtempéra. En passant devant le maître des lémures, il songea un instant à tenter de le désarmer pour récupérer l'épée. Comme s'il avait lu dans ses pensées, son adversaire resserra son poing autour de la garde.

— Déposez vos armes et laissez-le partir ! cria Arka.

Lastyanax sentit une pression dans son dos.

— Éloigne-toi, lui dit Alcandre.

Lastyanax avança le plus lentement possible vers la sortie du patio en réfléchissant à toute allure à une façon de désamorcer la situation. Il avisa Barcida, toujours évanouie. Il savait que Phréton était caché quelque part dans la végétation, mais il ne pouvait pas espérer une grande aide de ce côté-là.

Un bruit métallique retentit. Lastyanax regarda en arrière. Alcandre avait posé l'épée par terre et sa compagne avait replié la lance foudroyante.

— Voilà, il est libéré et nous avons déposé les armes, cria-t-il à Arka. Il va pouvoir quitter sans crainte le palais, à condition que tu descendes me rejoindre immédiatement.

Arka sembla soudain hésiter. Elle se balança un instant d'avant en arrière, perchée sur la tête du griffon. On aurait dit qu'elle testait la résistance de son corps à la gravité. Son regard s'arrêta sur celui de Lastyanax.

— Adieu, maître, dit-elle d'une voix un peu tremblante.

Puis, comme si elle sautait dans une flaque, elle laissa le vide l'aspirer.

— Non !

Le hurlement avait jailli de la bouche de Lastyanax et de celle du maître des lémures en même temps. Ils firent un mouvement, comme s'ils avaient pu tendre le bras pour retenir Arka. Mais elle s'éloignait de plus en plus vite, traversait les niveaux jusqu'à l'impact final…

Lastyanax s'effondra sur le sol, les genoux dans la neige. Il avait échoué sur toute la ligne. Il n'avait pas réussi à accomplir la dernière volonté de son père. Arka était morte et le maître des lémures toujours vivant.

Une bourrasque le frappa à la figure.

Lastyanax redressa la tête.

Un tourbillon de poussière venait d'apparaître devant Alcandre. Les particules s'agglomérèrent et prirent la forme d'une gamine de treize ans aux cheveux mal coiffés. Avant que Lastyanax ait pu comprendre ce qui se passait, Arka ramassa l'épée et la plongea de tout son poids dans le ventre du maître des lémures

Arka

Le temps semblait suspendu. Courbé sur la lame, Alcandre regardait Arka avec des yeux écarquillés. Les yeux de Chirone. Arka avait enfoncé l'épée jusqu'à la garde. Elle sentait le corps de son adversaire contre sa main et le sang qui commençait déjà à couler de la blessure. Ses propres forces avaient été siphonnées par la téléportation. Elle devait se retenir à la garde pour ne pas s'écrouler.

L'instant d'après, elle fut projetée sur le côté. Avec un cri de désespoir, Penthésilée venait de surgir entre Alcandre et elle. Le sang ruisselait à présent entre les doigts du maître des lémures.

— Enlève-la, articula-t-il, livide.

Penthésilée attrapa la garde et tira sur l'arme, qui réapparut écarlate. Alcandre tituba, tordu sur sa blessure. De grosses gouttes de sang s'écrasaient dans la neige. Le retrait de la lame ne semblait pourtant pas avoir accéléré l'hémorragie.

Arka se rappela alors les paroles de Penthésilée : « Je ne pouvais pas mourir, je ne pouvais pas vivre, j'étais un lambeau de chair incapable de penser à autre chose qu'à la douleur. » À présent que le vif-azur avait quitté son corps, Alcandre était toujours protégé par la malédiction. Rien ne pouvait le tuer. D'ailleurs, il avait déjà commencé à se soigner. Une odeur de chair brûlée flottait dans l'air. Autour de ses doigts, ses vêtements tachés de sang se consumaient. Il était en train de cautériser sa propre blessure.

Arka savait ce qu'il lui restait à faire : suspendre la malédiction. Luttant contre les tremblements incontrôlables qui la secouaient, elle attrapa le pendentif qu'Alcandre avait commis l'erreur de laisser à son cou et déplia la feuille d'orichalque. La pépite de vif-azur, qu'elle avait enfermée dedans pendant sa chute, apparut. Brillante et bleue, comme les yeux de l'Amazone qui l'avait portée pendant des années, comme ceux de son fils qui ne voulait pas mourir.

Alcandre se jeta en avant pour la lui arracher.

Trois fléchettes s'enfoncèrent dans son torse. À demi redressée, son brassard tendu devant elle, Barcida avait repris connaissance. Le maître des lémures émit un hoquet et recula d'un pas.

Son corps commença alors à lâcher prise. Une bave rose apparut à sa bouche. Du sang se remit à couler sur son torse. La neige autour de lui devint pourpre. Il s'effondra sur le sol, recroquevillé comme un animal à l'agonie.

Un bruit métallique et inhumain perça le silence du patio. C'était Penthésilée qui hurlait. La princesse jeta sa lance au loin et s'écroula sur le sol, sa tête casquée entre ses mains, repliée, comme son maître, sur sa douleur.

Barcida s'était levée. Des larmes roulèrent sur ses joues tandis qu'elle venait s'agenouiller à côté d'Alcandre. Les dernières bribes de conscience désertaient celui-ci. Le blanc de ses yeux semblait avoir envahi son visage. Du sang bouillonnait à ses lèvres. Arka l'entendit dire dans un souffle :

— Pourquoi est-ce que tu pleures si tu me tues ?

— Parce que je t'aimais quand même.

Le maître des lémures ferma les yeux et Arka comprit alors que tout était vraiment fini.

14
La remise de toge

Lastyanax

On s'étonne parfois de dire adieu, sans regret ni tristesse, à un projet de vie longtemps mûri. Ce jour-là, tandis que Lastyanax se rendait avec Pyrrha au premier Conseil organisé depuis la fin du Refroidissement, il s'amusait de constater avec quelle facilité il acceptait une situation qu'il aurait jugée frustrante quelques mois plus tôt. À côté de lui, Pyrrha compulsait en les critiquant le paquet de notes qu'il avait préparé à son intention. Elle était assise dans une chaise autoporteuse, sa jambe étendue devant elle.

— Tu n'as pas mis la synthèse sur les options de financement de la réparation des canaux, pesta-t-elle. Ah si, elle est là ! Quel bazar, ce dossier…

Lastyanax savait que son dossier était impeccablement rangé et que la mauvaise foi de Pyrrha avait tendance à s'aggraver avec l'anxiété. Tout en marchant dans les couloirs du Magisterium, il lui prit la main.

— Ça va aller, dit-il.

— C'est facile à dire, tu n'es pas celui qui va devoir diriger ce Conseil, grommela Pyrrha. Je n'ai jamais siégé, moi.

Par-dessus sa toge, elle portait la ceinture en lapis-lazuli et électrum du Basileus. Des éclats de jade avaient été ajoutés à sa demande. « Pour marquer le changement avec le précédent Basileus », avait-elle prétendu. Lastyanax la soupçonnait de vouloir mettre ses yeux en valeur.

— Tes ministres non plus, répliqua-t-il. Et si je n'étais pas persuadé que tu t'en sortirais brillamment, je ne me serais jamais embêté à préparer ces notes, ajouta-t-il avec un sourire. Tu es trop ingrate.

Ils étaient arrivés devant la porte mécamancique du Conseil. Pyrrha ouvrit la bouche pour répliquer, mais il la prit de court en se penchant vers elle pour l'embrasser.

— Je te préviens, ça ne marchera pas à chaque fois, ronchonna-t-elle pour la forme. Qu'est-ce qui t'arrive ?

— J'ai mal au nez, répondit Lastyanax d'une voix plaintive, une main sur son arête cabossée. Il n'est pas encore bien réparé, ça me fait parfois mal quand on s'embrasse.

— Bien fait.

Sur ces paroles compatissantes, elle se hissa vers la porte mécamancique et posa la paume sur le sceau d'ouverture. La salle du Conseil apparut, aussi verte et luxuriante qu'avant le Refroidissement. La verrière d'adamante l'avait préservée des aléas climatiques. Pour le reste, plus rien n'était pareil. Aucun des sept mages qui attendaient la nouvelle Basileus ne siégeait du temps où Lastyanax était Ministre du Nivellement. Ses anciens collègues avaient tous perdu la vie, assassinés par le maître des lémures ou tués dans l'Extractrice.

Même s'il déplorait les circonstances qui avaient amené ce renouvellement, Lastyanax le trouvait salutaire. Il laissa la porte mécamancique se replier dans le dos de Pyrrha et fit demi-tour en réfléchissant au nouvel ordre politique qui régissait Hyperborée depuis quelques décennies. Dans les couloirs du Magisterium, les députés du Parlement Interniveau marchaient en butant dans leurs toges, suivis avec empressement par leurs assistants. La plupart avaient été élus dans les niveaux inférieurs et ne connaissaient donc rien de la vie au sommet de la ville. Leurs assistants non plus. Ils abordaient l'exercice du pouvoir avec une certaine candeur qui faisait souffler un vent agréable, quoiqu'un peu chaotique, sur la politique hyperboréenne. Lastyanax ne doutait pas que les dérives de ce nouveau système finiraient par recréer l'élitisme de l'ancien Magisterium. En attendant, il constatait avec fierté que le Parlement Interniveau tenait ses promesses. Avec vingt députés élus par niveau, les plébéiens n'avaient jamais été aussi bien représentés.

    Cette petite révolution avait été permise par le flottement qui avait suivi la débâcle des Thémiscyriens. En tant que membre le plus haut placé du Magisterium encore vivant, Lastyanax avait tenu un Conseil de transition, le temps d'organiser l'élection d'un nouveau Basileus – l'idée avait beau venir du maître des lémures, elle n'en demeurait pas moins bonne. Pyrrha s'était de nouveau présentée et, cette fois, avait été élue à une large majorité. Le soutien inconditionnel des habitants de la Petite Napoca (et d'une bonne partie de l'électorat féminin) y était pour quelque chose.

    Les Napociens étaient en effet à présent considérés comme les héros d'Hyperborée. Après leur invasion de l'Extractrice et grâce à l'aide des mages délivrés, ils avaient réussi à repousser les soldats-oiseleurs. Les dernières poches de résistance thémiscyrienne, concentrées au septième niveau, avaient fini par rendre les armes lorsque les soldats avaient réalisé que Lycurgue et son fils n'étaient plus là pour commander les troupes. Quelques officiers avaient été faits prisonniers, le reste de l'armée s'était enfui. Quant à Barcida et Penthésilée, elles s'étaient volatilisées juste après la mort du maître des lémures. Malgré l'insistance des mages, Lastyanax n'avait pas déployé beaucoup d'effectifs pour les retrouver.

    À Napoca, la chute de l'oligarchie thémiscyrienne avait permis aux résistants de destituer le voïvode. Le retour à la liberté ne s'effectuait pas sans heurts : Lastyanax avait entendu parler de purges. Il espérait que la cité parviendrait à dépasser ses tensions, mais après quinze ans de répression, le chemin vers la paix civile était difficile.

    Il se dirigea vers la rotonde du Magisterium. Sur son chemin, il croisa plusieurs mages. Certains le saluaient avec enthousiasme, conscients du rôle que Lastyanax avait joué dans leur libération, d'autres ne lui adressaient pas un regard – à leurs yeux, il était coupable d'avoir trahi sa caste en soutenant l'élection d'une femme à la tête de la ville et celle de plébéiens au rang de parlementaires. Des doutes circulaient encore sur sa responsabilité dans la série d'événements qui avait chamboulé Hyperborée. C'était l'une des raisons pour lesquelles Lastyanax n'avait pas cherché à conserver son rôle de ministre. Une autre était sa certitude que son couple avec Pyrrha ne résisterait pas aux relations tendues qui régnaient au sein du Conseil.

« *Sage décision* », lui avait dit Comozoi, qui avait réussi, lui, à se faire élire député du deuxième niveau.

En arrivant dans la rotonde, Lastyanax tomba sur Zénodote, le vieux bibliothécaire. Le stress occasionné par sa détention dans l'Extractrice avait dégarni son crâne de sa belle chevelure blanche. Il était malgré tout revenu à ses anciennes passions. À présent, chaque fois qu'il croisait Lastyanax, il essayait de le convaincre de la nécessité de traduire en justice tous les Hyperboréens qui s'étaient servis de ses livres comme combustibles.

— Aaaah, Lastyanax, je voulais justement vous parler de…

— Vraiment désolé, Zénodote, je suis pressé, j'ai une réunion.

Lastyanax s'éloigna du mage en faisant de son mieux pour ignorer son regard courroucé. Ses pas le menèrent sur le parvis du Magisterium. Une fois dehors, il s'arrêta un instant et profita de la douceur de l'air. Des irisations sur l'adamante faisaient resplendir le dôme réparé. Dans les jardins suspendus, sur les terrasses, la végétation revenait à la vie. Le Refroidissement avait laissé de nombreux stigmates, mais la cité renaissait peu à peu, à coups de bourgeons et d'échafaudages. Lastyanax était surpris de la résilience d'Hyperborée et de ses habitants.

Il descendit les marches du parvis et héla un batelier depuis le bord du canal. L'eau avait repris sa course dans les canaux, mais aucune tortue n'avait survécu au froid.

— Vous voulez aller où ? demanda le batelier en approchant sa barque du bord à l'aide d'une perche.

— Au premier niveau du columbarium, répondit Lastyanax en montant dans l'embarcation.

Le batelier le mena d'un péage à l'autre. Les ascenseurs avaient dû être aménagés pour accueillir les barques. Comme le trajet en bateau était moins rapide qu'en tortue, Lastyanax eut tout le temps d'observer les quartiers de la ville. Dans les hauteurs de la cité, les familles aisées avaient réinvesti leurs appartements et villas désertés pendant le Refroidissement. Commerces et manufactures reprenaient leurs activités. Des panaches de fumée obstruaient à nouveau les niveaux inférieurs et les canaux servaient comme avant d'égouts pour les rejets alchimiques des ateliers. Les caravanes faisaient leur grand retour aux portes de la cité, chargées de denrées, de bois et de minerais. Dans l'ensemble, tout revenait à la normale, ni mieux ni pire qu'avant. Lastyanax espérait que les nouveaux parlementaires parviendraient à accomplir le nivellement qu'il avait eu tant de mal à défendre lors de sa courte expérience de ministre.

Quand l'esquif s'arrêta devant le columbarium, l'après-midi touchait à sa fin. Lastyanax paya le batelier et s'avança vers l'édifice. D'allure sobre, la tour était percée à intervalles réguliers d'étroites fenêtres triangulaires. Des bas-reliefs représentant des scènes de deuil en ornaient les murs. À l'entrée, Lastyanax acheta une sphère lumineuse de la taille de son poing à un gamin.

Comme dans de nombreux bâtiments communautaires hyperboréens, un immense atrium occupait le centre du columbarium. Au sommet de la tour, une rosace en vitrail diffusait une lumière diaprée sur les dizaines de milliers de niches mortuaires aménagées dans la pierre de l'édifice, derrière des rangées de balustrades. Des globes flavescents flottaient devant les sépultures. Le jour baissant, leurs lumières s'imposaient comme un ballet de lucioles au milieu d'une ruche aux tristes alvéoles.

Lastyanax monta l'escalier qui s'enroulait sur le pourtour de l'atrium et permettait d'accéder à toutes les balustrades. L'architecte qui avait conçu la nécropole s'était attaché à mettre tout le monde sur un pied d'égalité : les niches mortuaires avaient la même taille au premier comme au septième niveau. La plupart des niches du premier niveau étaient cependant poussiéreuses et mal entretenues. Les rares sépultures opulentes appartenaient à des malfrats. Par manque de moyens, les familles du premier niveau ne pouvaient pas s'offrir de longues concessions, ce qui impliquait un roulement très rapide des défunts. Au contraire, au dernier niveau, où reposait Palatès, certaines niches n'avaient pas changé d'occupant depuis des siècles. Des rideaux de velours ornés de glands encadraient les portes sur lesquelles les noms des défunts étaient inscrits en lettres d'or. D'énormes sphères lumineuses soufflées par les meilleurs maîtres verriers de la ville flottaient devant chaque sépulture.

Tandis qu'il avançait sur une balustrade du premier niveau, Lastyanax se demanda pourquoi ses compatriotes cherchaient tant à se distinguer, même dans la mort. Lorsqu'il arriva à destination, il n'avait pas trouvé de réponse à cette question. Il s'assit en tailleur sur le sol et, levant ses mains en coupe, laissa sa petite sphère lumineuse flotter devant la tombe de son père.

Annoncer à sa mère le décès de Feuval avait été la chose la plus difficile qu'il avait eu à faire dans sa vie. Enfoncée dans son chagrin, Chariclo s'était retrouvée complètement désemparée face aux mille et un problèmes que posaient la perte de son mari et les tracas de la vie quotidienne. Entre deux réunions du Conseil de transition, Lastyanax s'était donc occupé d'elle. Ce surmenage lui avait paradoxalement permis de mieux gérer son propre deuil.

Il leva les yeux vers les niches du septième niveau. Quelque part là-haut se trouvait la sépulture de Rhodope. Même s'il l'estimait en grande partie pour responsable de la mort de son père, Lastyanax avait toujours du mal à admettre la disparition de son ancien condisciple.

Cinq ans d'accrochages et deux nez cassés avaient donné une certaine valeur à leur relation.

— Ah, vous aussi, vous êtes là, maître.

Lastyanax releva la tête. Arka se tenait debout à côté de lui, une statuette en bois dans la main. Elle aussi était venue se recueillir devant la sépulture de Feuval.

— Je ne pensais pas tomber sur quelqu'un à cette heure-ci, ajouta-t-elle en s'asseyant à ses côtés.

Lastyanax regarda la rosace de l'atrium et constata qu'il faisait en effet presque nuit dehors. Plongé dans ses pensées, il n'avait pas vu le temps passer.

— Qu'est-ce que c'est ? demanda-t-il en avisant la statuette.

Il s'agissait de toute évidence d'une œuvre personnelle. Lastyanax devina que l'objet représentait un animal, mais il aurait été incapable d'en préciser l'espèce.

— En Arcadie, on n'a pas de sphères lumineuses, alors on laisse près des tombes des petits objets qui rappellent les personnes décédées, expliqua-t-elle en déposant son offrande devant la sépulture avec un geste empreint de gravité.

— Et qu'est-ce que ça représente ?

— Vous êtes aveugle ou quoi ? Un cheval !

— Ah oui.

Arka, vexée comme un pou, marmonna en arrangeant la position de son cheval de bois. Un bonheur étrange envahit Lastyanax. Il avait l'impression d'être revenu aux meilleures heures de sa vie de mentor.

— Pourquoi est-ce que tu m'as dit adieu avant de sauter, sur le toit du palais ? demanda-t-il soudain.

Arka haussa les épaules.

— C'est évident, non ? Pour que ça soit plus crédible.

— Personne ne s'attendait à ce que tu te téléportes, fit remarquer Lastyanax.

Même si Arka lui avait expliqué sa théorie sur son étrange faculté – héritée de son père, déclenchée par la malédiction –, il se sentait toujours mal à l'aise avec cette notion. Il ne pouvait s'empêcher de penser qu'elle n'était pas tout à fait humaine. Arka, de son côté, ne semblait pas aussi perturbée que lui. Seules les conséquences physiques que ses dématérialisations avaient sur elle l'affectaient.

Depuis sa dernière téléportation, elle n'arrivait plus à faire de magie. Chaque fois qu'elle s'y essayait, elle était prise de vertiges, comme si son anima avait trop souffert pour subir la moindre distorsion supplémentaire. Lastyanax l'avait surprise en train d'essayer de faire léviter des objets dans le donjon, où elle était revenue vivre après le départ des Thémiscyriens. Soit les bibelots de Palatès restaient sur le sol, soit c'était Arka qui tombait. Elle se relevait en pleurs et recommençait. Cette vision avait profondément peiné Lastyanax.

Les jambes repliées contre son buste, le menton posé sur ses genoux, Arka semblait avoir les mêmes images en tête. Elle mâchonnait une mèche de cheveux d'un air mélancolique.

— Maître, j'ai beaucoup réfléchi, dit-elle au bout d'un moment. Comme je peux plus faire de magie, je pense pas que je vais pouvoir continuer à être votre disciple.

Elle prit une longue inspiration. Lastyanax savait ce qui allait suivre, mais il aurait voulu ne jamais l'entendre.

— Il est temps pour moi de retourner en Arcadie. Aidez-moi à convaincre Pyrrha de me laisser repartir avec le vif-azur.

Lastyanax eut l'impression qu'il venait de recevoir un coup dans la poitrine. Une partie de lui se convainquit qu'il suffisait de lui présenter de bons arguments pour la faire changer d'avis.

— Tu n'as pas besoin de faire de magie pour continuer à être ma disciple, dit-il en mettant toute sa force de conviction dans sa voix. Tu n'as même pas besoin de continuer à être ma disciple pour rester ici. Tu es ici chez toi, à Hyperborée, au donjon.

« Avec moi », aurait-il voulu ajouter. Par pudeur idiote, il se retint. Arka secoua la tête.

— J'ai plus ma place dans la cité. Les mages n'arrêteront jamais de me soupçonner d'avoir ramené les Amazones ici. À chaque fois que j'en croise un, j'ai l'impression de revivre le procès. Et j'ai tué un Basileus.

— C'était de la légitime défense, objecta Lastyanax.

— Il n'empêche, ils ne me feront jamais confiance, rétorqua Arka d'un ton catégorique. Même Phréton évite de me parler, alors que c'est lui qui est venu vous chercher pour m'aider.

Au-delà du constat qu'elle n'avait plus tout à fait sa place à Hyperborée, Lastyanax devina que la solitude lui pesait. Son ami Stérix était mort. Avec le décès de son mentor, Cacique avait arrêté le disciplinat pour se consacrer tout entier à l'entretien du dôme. Les autres disciples se méfiaient d'elle. Le septième niveau n'avait jamais été un environnement très accueillant, mais il fallait admettre que la vie d'Arka y était devenue particulièrement difficile.

Il ne pouvait s'empêcher d'interpréter cette décision de quitter la cité comme son échec en tant que mentor. Il n'avait pas réussi à lui donner envie de rester. Dans le même temps, il ne voyait pas ce qui poussait Arka à revenir dans son peuple. De son propre aveu, son court séjour en Arcadie ne s'était pas aussi bien passé qu'elle l'aurait voulu.

— La forêt, c'est chez moi, répondit simplement Arka quand il lui posa la question. Comme vous avec Hyperborée. Ce n'est pas pire ou mieux qu'ici, mais c'est là où j'ai mes racines pour pousser, vous comprenez ?

Lastyanax n'était pas certain de comprendre.

— Et puis, c'est le seul endroit où je peux vivre à l'abri de la malédiction, ajouta-t-elle.

La malédiction. Comme toujours, on y revenait. Si Lastyanax avait bien compris une chose sur sa disciple, c'était son attachement à sa liberté. Arka avait envie de creuser la voie de son propre destin. Il était difficile pour lui, qui avait refusé l'avenir que le premier niveau lui imposait, de lutter contre cette aspiration.

— Pyrrha elle-même m'a dit qu'elle songeait à renvoyer le vif-azur en Arcadie en guise de cadeau diplomatique, annonça-t-il. Elle a établi une correspondance avec la reine Antiope dans ce but.

Arka lui adressa un regard interloqué. Il s'agissait du premier contact pacifique avec les Amazones depuis que leurs fondatrices avaient quitté Hyperborée. Lastyanax ne savait pas d'où venait ce revirement de la part de Pyrrha, mais il soupçonnait ses échanges avec Barcida, dans l'Extractrice, d'avoir joué un rôle.

— Je ne peux donc pas t'empêcher de partir, poursuivit-il après une longue réflexion. Mais je peux te retenir encore un peu, ajouta-t-il en souriant. Le Magisterium a décidé d'octroyer exceptionnellement le titre de mage à Pétrocle, pour services rendus à la cité, malgré le fait que ce feignant n'a jamais fini son invention. Sa remise de toge aura lieu dans un mois. Métanire a décrété qu'elle allait préparer un repas de fête pour l'occasion et je n'ai pas eu mon mot à dire. Est-ce que tu te joindras à nous ?

Un sourire large comme une soucoupe étira alors le visage d'Arka.

— Moi, maître, vous savez, je ne dis jamais non à un festin.

Lastyanax aurait voulu demander au temps de s'écouler plus lentement. Les jours qui le séparaient du départ d'Arka filèrent comme de l'eau entre ses doigts. Il était trop pris par ses obligations envers sa mère et par son travail au Magisterium aux côtés de Pyrrha pour prendre le temps d'apprécier ses dernières décades avec sa disciple. Du reste, celle-ci semblait aussi bien occupée. Elle ne cessait d'aller et venir dans Hyperborée pour rassembler tout le nécessaire pour son périple de retour en Arcadie. Son matériel s'accumulait en désordre au milieu de l'atrium du donjon. Même s'il savait que l'irritation qu'il ressentait n'était pas *tout à fait* raisonnable, Lastyanax avait l'impression que le capharnaüm de Palatès faisait son grand retour dans son espace vital.

Malgré tout, le matin de la remise de toge, lorsqu'il vit les affaires d'Arka soigneusement empaquetées près du vestibule, il regretta soudain ce bazar. Il avait donné rendez-vous à sa disciple à midi devant l'entrée, mais elle arriva avec un quart d'heure de retard, comme il s'y attendait. Elle avait mis sa tenue de disciple, tunique blanche et ceinture orangée. Aucune tache ne salissait ses vêtements. Même ses cheveux, soigneusement nattés, semblaient à peu près propres. Il fut d'autant plus touché qu'il n'était pas dans les habitudes d'Arka de faire attention à ce genre de détails. Lui-même portait sa toge violette, qu'il avait tendance à délaisser ces derniers temps. À présent qu'il s'était habitué au froid, la lourdeur du tissu l'étouffait. Maître et disciple quittèrent le donjon et se mirent en marche vers le Magisterium, une dernière fois, ensemble.

La cérémonie avait déjà commencé lorsqu'ils arrivèrent dans l'amphithéâtre où elle avait lieu. La famille de Pétrocle, celle de Pyrrha, la mère de Lastyanax et tous les mages de leur promotion s'étaient rassemblés dans le petit hémicycle. Lastyanax adressa quelques signes de tête à ses anciens condisciples en allant prendre place sur le bout de banc libre que Chariclo avait gardé pour eux, au premier rang. Lorsque ses coudes se posèrent sur le pupitre recouvert de graffitis, il eut soudain l'impression d'être revenu un an en arrière, lorsqu'il assistait aux ultimes cours de mystographie et trépignait d'impatience à l'idée de passer sa soutenance. Tant de choses avaient changé depuis.

Comme Pétrocle n'avait plus de mentor depuis le meurtre de son maître Triérios, Pyrrha s'était proposée pour conduire la cérémonie. Elle-même avait décidé de devenir mentor à son tour, choisissant pour disciple le jeune Phréton. Lastyanax ne savait pas ce qui motivait le plus cette décision : le souhait de rendre hommage à son maître Mézence, ou l'envie de tyranniser Phréton, après avoir subi son arrogance pendant cinq ans. Son nouveau disciple la suivait partout, les bras chargés de dossiers et l'air débordé. Il se tenait sur le côté de l'estrade et regardait avec nervosité la salle remplie. Lastyanax devina que certains mages ne lui avaient pas pardonné sa brève allégeance aux Thémiscyriens. Peut-être était-ce aussi pour le protéger des représailles que Pyrrha avait tenu à en faire son disciple.

Lastyanax surprit l'expression interdite de Phréton lorsque celui-ci aperçut Arka, méconnaissable avec ses cheveux bien coiffés et sa tunique propre. Il se demanda alors si c'était vraiment pour lui que sa disciple avait fait un effort exceptionnel sur sa tenue. Il se pencha vers elle et se fit un malin plaisir de tirer sur ses tresses.

— Maaais eueueuh, qu'est-ce qui vous prend ? râla aussitôt Arka en se tournant vivement vers lui.

Avec un sourire goguenard, Lastyanax reporta son attention sur la cérémonie. Après les paroles d'usage sur les devoirs attachés au titre de mage, Pyrrha passa au doigt de Pétrocle l'anneau sigillaire gravé d'un griffon, puis elle lui présenta une toge violette.

— En espérant que celle-ci te portera plus de chance que celle de Triérios, dit-elle.

Pétrocle enfila la toge en bataillant avec ses grandes manches. Quand sa tête décoiffée passa enfin par le bon trou, la salle applaudit. Pyrrha et lui descendirent de l'estrade et furent accueillis par toutes les personnes qui souhaitaient le féliciter et surtout profiter de l'occasion pour s'entretenir avec la nouvelle Basileus.

— Je doute que la moitié d'entre eux seraient venus si tu n'avais pas été là, dit Pétrocle à Pyrrha en rejoignant Lastyanax et Arka.

Fidèle à lui-même, il avait parlé à voix haute, sans se préoccuper de la façon dont les gens qui se pressaient autour d'eux prendraient son commentaire.

— Je n'ai pas eu droit aux mêmes égards, c'est certain, releva Lastyanax en se souvenant de la façon dont on lui avait remis son anneau sigillaire – à la va-vite, juste après l'assassinat de Palatès.

— Comme quoi j'ai eu raison de ne pas m'enquiquiner à réaliser une invention. La procrastination est une qualité trop souvent sous-estimée, dit Pétrocle avec gravité.

— Pas par toi, en tout cas, répliqua Pyrrha avec un sourire.

Elle se tut et fronça les sourcils, les yeux tournés vers les rangs supérieurs de l'amphithéâtre. Lastyanax suivit son regard : assise sur un banc, cheveux déployés et battant des cils, Aspasie était en grande conversation avec un de leurs anciens camarades. Il l'entendit pérorer :

— … peu de gens savent que Pyrrha, Lastyanax et Pétrocle n'ont eu qu'un rôle mineur dans la libération des mages. J'ai risqué ma *vie* pour aller chercher des informations cru-ciales…

— Je vous laisse, marmonna Pyrrha, je vais chercher ma sœur avant qu'elle ne se mette à raconter qu'on lui doit l'invention de la roue et du fard à paupières.

Lorsqu'ils revinrent tous au donjon, Métanire et Aous avaient installé une grande table dans l'atrium, sous l'oculus. Une belle lumière se déversait sur la nappe couverte de victuailles. La cuisinière avait fait un effort particulier pour préparer les plats préférés de Pétrocle et d'Arka[1]. Ces derniers regardèrent la table avec des yeux émerveillés et se jetèrent sur la nourriture. Avec plus de retenue, Pyrrha, Aspasie et Lastyanax prirent place à leur tour devant les assiettes. Phréton avait prétexté des piles de dossiers que sa mentor lui donnait à traiter pour ne pas se joindre au repas.

— Voilà ce que ça donne quand on convie chez soi les deux plus grands goinfres que cette ville ait jamais connus, grommela Lastyanax en regardant Pétrocle et sa disciple s'empiffrer.

— Ch'ai chubi assez de privachions pour une vie entière, se défendit le nouveau mage, la bouche pleine.

---

1. « Il est grand temps de vous remplumer, mes chers enfants ! Moi vivante, plus jamais des Thémiscyriens ne s'interposeront entre vous et une assiette ! »

— Ch'est mon dernier repas hyperboréen ! renchérit Arka.

Pyrrha laissa sa tête aller contre celle de Lastyanax et donna un coup de menton en direction de sa disciple, qui remplissait son assiette pour la troisième fois.

— Elle va te manquer, hein ?

Lastyanax acquiesça sans dire un mot.

— Bon, alors, explique-moi comment tu vas te débrouiller pour repartir dans ta contrée de barbares, lança Pétrocle à Arka en brandissant un pilon de poulet.

— Je pars demain en suivant la route des caravanes jusqu'à Napoca, commença Arka. Il y a quelques personnes que j'aimerais revoir là-bas, maintenant que les Thémiscyriens ne contrôlent plus la ville. Ensuite, je marcherai jusqu'à l'embouchure du Thermodon pour prendre un bateau et remonter le fleuve jusqu'en Arcadie.

— Et combien de temps ça va te prendre, ce périple ?

— Des mois, répondit Arka.

— Tu n'aurais pas été plus vite avec tes ailes ?

— Si, mais mon mentor les a fracassées, répliqua Arka en jetant un regard accusateur à Lastyanax. De toute façon, c'est hors de question que je reparte sans Le Nabot cette fois.

— En parlant de tes ailes, Arka…

Les regards se tournèrent vers Pyrrha. Elle glissa une main dans la poche de sa toge et en sortit un bracelet aux reflets cuivrés qui chatoyait dans la lumière.

— Comme j'étais aussi responsable de leur destruction, j'ai décidé de les réparer pour me changer les idées, dit-elle en tendant le bijou à Arka par-dessus la table. J'ai fait quelques améliorations, précisa-t-elle avec un petit air supérieur.

Lastyanax songea qu'il n'avait pas fini de tomber amoureux de Pyrrha. Elle seule était capable de réparer l'invention mécamancique la plus subtile de tous les temps pour se détendre.

Arka, incrédule, prit le bracelet. Son pouce s'approcha du sceau gravé sur l'objet pour l'activer, hésita un instant, puis se retira.

— Je ne peux plus m'en servir et puis, là où je vais, j'aurai pas le droit de l'avoir avec moi, dit-elle. L'orichalque est interdit dans la forêt. Autant que vous le récupériez, conclut-elle en rendant le bracelet-ailes à Pyrrha.

Cette dernière n'était pas du genre à s'émouvoir, mais Lastyanax vit que le geste d'Arka la touchait.

— De toute façon, il vaut mieux ne pas les donner à Lasty, il n'est pas près de les utiliser à nouveau, commenta Pétrocle à l'autre bout de la table.

— Ça non, confirma Lastyanax.

Il avait bien l'intention de passer le reste de sa vie en connexion directe avec le sol.

La journée se termina trop vite. Ils débarrassèrent la table, rangèrent les chaises et Arka partit se coucher. Le lendemain matin, à l'aube, Lastyanax l'aida à porter ses affaires dans une barque qu'il avait commandée pour elle. Le batelier les mena à travers la ville, en direction du premier niveau. Arka ne disait rien, mais Lastyanax voyait que ses yeux avalaient les dernières images d'Hyperborée pour les garder précieusement en mémoire. Autour d'eux, la cité se réveillait avec la tranquillité d'une ville en paix.

Ils arrivèrent aux écuries et chargèrent l'équipement de voyage sur la selle et dans les fontes du Nabot. Arka fut particulièrement précautionneuse lorsqu'il fallut placer un long paquet sur le dos du cheval. C'était l'épée de vif-azur forgée par Comozoi à partir de la lame que Lastyanax avait dérobée dans l'Extractrice. Lastyanax n'aimait pas la perspective de la savoir en train de voyager avec cette arme. Au moins, tant que le film d'orichalque recouvrait le métal bleu, Arka ne risquait rien… jusqu'à son retour dans la forêt des Amazones.

Ils avaient fini de harnacher Le Nabot. Arka prit les rênes et le guida à l'extérieur des écuries. Lastyanax marchait à ses côtés, les sourcils froncés.

— Je ne comprends toujours pas pourquoi ton cheval m'attendait au pied du glacier, marmonna-t-il. C'était comme s'il savait que j'allais avoir besoin de lui pour revenir à toute vitesse à Hyperborée.

— C'est une demi-licorne, il a des pouvoirs spéciaux, répondit Arka avec assurance.

— Entre ça et ton serpent diseur d'avenir…

— Arka !

Ils se retournèrent vers l'entrée des écuries. Phréton venait d'arriver, suant et ahanant, comme s'il avait descendu sept niveaux au pas de course. Lastyanax regarda le disciple s'approcher d'Arka, le visage rouge brique, tandis que cette dernière écarquillait les yeux.

— Je suis désolé d'avoir témoigné contre toi pendant le procès et d'avoir mis autant de temps à me rendre compte que j'avais eu tort, dit Phréton d'une traite.

— … Et d'avoir essayé de détruire mon bracelet, de m'avoir traitée de clocharde mal coiffée et d'avoir harcelé Cacique pendant des mois ?

Phréton piqua du nez vers ses pieds. Lastyanax, qui suivait l'échange avec grand intérêt, se retint d'éclater de rire.

— Oui, désolé pour ça aussi.

Le disciple redressa la tête, le visage un peu moins rouge et l'air un peu plus sûr de lui.

— Quand est-ce que je pourrai venir te voir en Arcadie, numéro 43 ?

— Quand j'aurai réussi à convaincre les Amazones d'accepter la présence des garçons dans la forêt, répliqua Arka avec un sourire en coin.

— Tu as intérêt à y arriver, alors, répondit Phréton d'un ton sérieux.

Après un instant d'hésitation, il lui tendit la main et la serra à l'hyperboréenne.

— À un de ces jours, numéro 43.

Sur ces paroles, il les salua d'un geste et fit demi-tour en direction de la ville. Lastyanax se tourna vers Arka, qui regardait son condisciple disparaître à l'angle des écuries.

— Tu as vraiment l'intention de faire changer les Amazones sur ce point ?

— Hyperborée a bien réussi à élire une femme Basileus, tout est possible, répliqua-t-elle d'un ton allègre.

Ils quittèrent à leur tour la zone des écuries pour se rendre à la porte ouest en marchant dans l'herbe neuve de la prairie. Le Nabot s'arrêtait à intervalles réguliers pour mettre le nez dans les jeunes pousses. Les bœufs musqués les regardaient passer en ruminant d'un air placide. Lastyanax eut brusquement envie de partir avec sa disciple et de visiter toutes ces régions qu'elle allait traverser. Il se sentait soudain petit d'être hyperboréen.

— Et vous, qu'est-ce que vous allez faire après, maître ? demanda Arka, comme si elle avait lu dans ses pensées. Je veux dire, maintenant que vous n'êtes plus ministre et tout ?

— Je pense que je vais me lancer dans la diplomatie, répondit Lastyanax. Il faut qu'on arrive à instituer une paix durable entre Hyperborée, Napoca, ce qui reste de Thémiscyra et les Amazones.

— Bon courage, ironisa Arka.

— On n'y arrivera pas du jour au lendemain, dit Lastyanax. Ce sera un travail de longue haleine, comme pour toi.

Ils étaient arrivés devant la porte ouest. Lastyanax montra son anneau sigillaire aux douaniers qui surveillaient les sorties, puis il avança avec sa disciple jusqu'au trait doré qui marquait la limite de la ville. Devant eux, la plaine gelée s'ouvrait, froide et désolée. Lastyanax respira le vent qui soufflait vers lui. L'extérieur lui paraissait étrangement moins hostile qu'avant. Peut-être parce qu'il s'y était risqué.

Il n'avait pas préparé de discours d'adieu. Arka non plus. Ils se contentèrent donc de se regarder quelques instants, d'abord gênés par leur propre silence, puis heureux de ne rien dire. Les mots n'auraient rien apporté à l'émotion qu'ils ressentaient. Finalement, Lastyanax serra sa disciple dans ses bras. Il l'entendit renifler. Ils se séparèrent. Arka lui sourit, les yeux rouges et brillants, puis attrapa les rênes du Nabot. Sans plus de formalités, elle tourna les talons et se mit en marche vers les montagnes.

En revenant vers les tours, Lastyanax sentit que les larmes qu'il avait retenues commençaient à lui piquer les yeux. Quand il arriva dans les rues du premier niveau, des gouttes chaudes débordaient sur ses joues. Il avait l'impression d'avoir percé un sac de tristesse insondable où se mêlaient chagrin, regret, solitude… Et quelque part, dans le fond, la joie de ressentir toutes ces émotions et plus encore.

Ses larmes se tarirent au détour d'une rue. Une scène, devant lui, venait d'alléger sa tristesse. Une vieille plébéienne, le dos courbé vers le canal, mettait à l'eau une flottille de minuscules tortues.

— D'où viennent-elles ? demanda-t-il en s'approchant, émerveillé, de la femme.

— J'ai gardé des œufs de tortues au chaud dans une couveuse magique pendant le Refroidissement et je les ai fait éclore, répondit-elle. Elles seront belles, hein ?

Épilogue

Arka

Quelques mois plus tard

Sur le tertre funéraire de Chirone, des herbes fines ondulaient dans le vent. La végétation de la fin d'été avait complètement recouvert les madriers qui jonchaient le sol. Un œil extérieur n'aurait jamais soupçonné la présence d'un arbre-cabane incendié sous le couvert des plantes.

Arka s'agenouilla et se servit de son épée comme d'une pelle pour creuser la terre noire et meuble à côté de la sépulture. Avec une pierre à poncer, elle avait enlevé la couche d'orichalque qui recouvrait le vif-azur. Le bleu du métal luisait au soleil. Arka se sentait heureuse d'être revenue là, avec l'épée. Elle avait respecté le contrat passé avec Antiope. Elle allait pouvoir reprendre une vie d'apprentie, repartir à l'entraînement, s'exercer au manœuvres équestres avec Le Nabot et essayer entre toutes ces occupations martiales de convaincre les Amazones qu'on pouvait très bien vivre sans faire la guerre. Et puis, il y avait au moins une personne qui espérait son retour dans la forêt. La certitude d'être attendue était le bien le plus précieux qu'Arka connaissait. Après tous ces mois de voyage, elle avait hâte de retrouver Thémis.

Le trou était à présent assez profond. Arka se redressa en s'appuyant sur la garde de l'épée et rejoignit Le Nabot, qui broutait à quelques pas de là. Dans ses fontes, elle récupéra un paquet oblong, revint s'agenouiller devant le trou et déplia le tissu.

Un cylindre en orichalque, recouvert de touches d'ivoire, apparut. Lastyanax avait dû le glisser dans ses affaires quand il l'attendait pour aller à la remise de toge de Pétrocle. Arka avait découvert l'objet une décade après son départ, en cherchant de l'amadou dans ses fontes. Elle avait trouvé un mot, aussi.

> *Arka,*
>
> *Je sais que tu ne pourras pas rapporter un objet en orichalque à l'intérieur de la forêt, alors enterre le graphomance quelque part à la lisière, à un endroit où tu seras sûre de le retrouver. Je garde l'autre cylindre près de moi. Si jamais tu as besoin d'aide un jour, tu sauras où en demander.*
>
> *Ton mentor, à jamais,*
Lastyanax

Arka relut le message plusieurs fois avant de se résoudre à le remettre dans le tissu. Elle replia l'étoffe autour du graphomance et enterra le paquet dans la terre brune, avec le sentiment d'y enfouir également tous ses souvenirs d'Hyperborée. Puis elle se redressa, frotta ses mains sales, récupéra l'épée et les rênes du Nabot et partit en direction du gué.

Les personnages rencontrés dans le livre 1

Antiope : reine des Amazones et mère de Penthésilée.

Ari, Axi et Alci : trois frères malfrats à l'intellect limité, membres du clan du Lotus Bleu.

Aspasie : sœur cadette de Pyrrha.

(Le) Basileus : souverain d'Hyperborée à la longévité exceptionnelle, il a frappé les Amazones fondatrices d'une malédiction les obligeant à mourir de la main de leur descendance. Ce faisant, il s'est infligé le même tourment : la malédiction-miroir. Il a été involontairement tué par sa petite-fille, Arka, lors des événements du livre 1.

Cacique : disciple de première année et ami d'Arka.

Chariclo : mère de Lastyanax.

Chirone : tutrice d'Arka, elle a été tuée lors de l'incendie qui a détruit en partie la forêt des Amazones et provoqué le départ d'Arka vers le nord.

Ctésibios : mécamens à la réputation légendaire, inventeur du bracelet-ailes d'Arka.

Embron et Tétos : deux policiers adeptes des armures bien huilées.

Feuval : père de Lastyanax, il entraîne des chevaux de course au premier niveau d'Hyperborée.

Géorgon : professeur de mécamancie, il a été tué lors de la prise d'otages des mages.

Lycurgue : Polémarque de Thémiscyra, il est célèbre pour avoir conquis Napoca.

Mélanippè : Amazone et mère d'Arka.

Métanire : cuisinière bruyante de Lastyanax.

Mézence : Éparque d'Hyperborée et mentor de Pyrrha, il a été assassiné lors des événements du livre 1.

(Le) Nabot : cheval d'Arka. Pas commode.

Palatès : Ministre du Nivellement et mentor de Lastyanax, il a été assassiné lors des événements du livre 1.

Penthésilée : princesse amazonienne, elle a séjourné avec Arka à Napoca avant d'y être mortellement blessée.

Philippidès : garçon d'écurie.

Phréton : disciple de première année et fils de Mézence.

Ponèria : disciple de première année.

Python : serpent de glace capable de donner le passé, le présent et le futur des personnes qui croisent sa route.

Rhodope : camarade de promotion de Lastyanax.

Silène : professeur de mystographie, il a été transformé en lémure par Alcandre.

Stérix : disciple de première année et ami d'Arka.

Syrame : fils du Basileus et père d'Arka, il a été transformé en lémure par Alcandre.

Triérios : Ministre des colonies et mentor de Pétrocle, il a été assassiné lors des événements du livre 1.

Zénodote : bibliothécaire d'Hyperborée.

Les lieux

Les villes et les provinces

Arcadie : province du sud dans laquelle se trouve la forêt des Amazones.
Bas-Quartier : quartier pauvre de Napoca.
Hyperborée : cité-État du nord, protégée du froid par un immense dôme d'adamante et divisée en sept niveaux.
Khembala : ville d'hivernage des caravaniers riphéens.
Monts Riphées : chaîne de montagne située au sud d'Hyperborée.
Napoca : cité-État contrôlée par les Thémiscyriens.
(La) Petite Napoca : quartier du deuxième niveau d'Hyperborée, qui abrite les émigrés napociens.
Thémiscyra : ancienne base militaire de Napoca.

Les tours

Banque interniveau : banque d'Hyperborée.
Caravansérail : bâtiment qui accueille les caravaniers et leurs marchandises.
(Le) Château d'eau : surnom donné au palais du Basileus.
Columbarium : nécropole d'Hyperborée.

- ***(Le) Donjon*** : surnom donné à la villa de Lastyanax, léguée par son mentor.
- ***(L') Extractrice*** : surnom donné à la prison d'Hyperborée.
- ***Magisterium*** : édifice qui abrite les instances politiques de la ville.
- ***Tour de Justice*** : tribunal d'Hyperborée. Au sommet de la Tour de Justice se trouve l'amphithéâtre dans lequel se déroule l'Attribution des disciples.
- ***Tour des Inventions*** : édifice où sont stockées les Inventions des disciples.

Glossaire

Adamante : matière transparente très résistante qui forme le dôme d'Hyperborée.

Aepyornis : oiseau terrestre géant arcadien.

Anima : fluide impalpable et invisible qui alimente un corps en énergie magique.

Arbre-cabane : habitation arboricole des Amazones.

Bracelet-ailes : bracelet mécamancique pouvant se transformer en une paire d'ailes.

Brassard : pièce d'armure magique qui couvre le bras et peut envoyer des fléchettes.

Broigne : cuirasse faite de cuir recouvert d'écailles de métal.

Chiton : tunique en lin.

Cuve mancimniotique : cuve utilisée par les mages-guérisseurs afin de régénérer des tissus organiques endommagés.

Élaphe : cervidé arcadien.

Élaphore : plantes arcadiennes dont la racine est comestible.

Gantelets : gants rigides utilisés à la manière de menottes pour empêcher les mages de tracer des sceaux.

Gomme de lotus bleu : drogue analgésique préparée à partir d'une plante aquatique (le lotus bleu).

Goryte : étui d'arc porté à la ceinture.

Graphomance : invention permettant de communiquer entre deux claviers cylindriques.

Histamides : plantes arcadiennes urticantes.

Horlogium : invention permettant de donner l'heure.

Hydrotélégraphe : système de communication hydraulique propre à Hyperborée.

Hyper, plectre, chalque : monnaie hyperboréenne.

Invention : objet magique inventé par chaque disciple hyperboréen à l'issue de sa formation.

Jubilaire : jour anniversaire du Basileus, à l'occasion duquel Hyperborée célèbre un grand carnaval.

Lance foudroyante : arme réglementaire des policiers hyperboréens permettant d'électrocuter des adversaires. Les lances foudroyantes peuvent être repliées en matraques télescopiques.

Lévitateur : engin permettant de se déplacer verticalement au sein d'une tour.

Ninoxe : oiseau de nuit arcadien.

Oiseau rokh : rapace géant thémiscyrien.

Orgue hydraulique : instrument de musique hyperboréen.

Orichalque : métal orangé très réactif à la magie et possédant sa propre réserve d'anima. On distingue l'*orichalque classique* de l'*orichalque massif*, le second étant beaucoup plus puissant que le premier.

Poudre d'éphédra : drogue stimulante préparée à partir d'une plante (l'éphédra).

Sceau : commande composée de ***glyphes*** et d'***encerclements***, qui peut être écrite ou gravée sur un objet afin de lui conférer une propriété magique.

Sémaphore : appareil servant à transmettre des informations sur de longues distances par signaux visuels.

Silphion : herbe aromatique.

Vif-azur : métal bleu qui repousse la magie.

Zone bleue : zone où la magie n'opère pas.

Le Magisterium

Le Basileus : monarque d'Hyperborée.

Les mages : dignitaires hyperboréens ayant une connaissance approfondie de la magie. Ils occupent pour la plupart des fonctions institutionnalisées : *Architecte en Chef, Haut Bibliothécaire, Comte des Eaux, Ingénieur au dôme, Administrateur de la Tour des Inventions, archivistes, guérisseurs*, etc.

Les disciples : apprentis mages sélectionnés au terme d'un tournoi appelé ***l'Attribution***.

Les professeurs : mages chargés de la formation des disciples. Les disciples de première année en ont deux : un *professeur de* **mystographie** (ou écriture magique) ; un *professeur de* **mécamancie** (ou mécanique magique).

Les mentors : mages à qui des disciples ont été attribués. Ils forment ensemble le *Collège des mentors*. Ce Collège désigne chaque nouveau ministre du Conseil par un vote à majorité.

Les fonctionnaires : personnel chargé de mettre en application les décisions du Conseil. Les plus hauts gradés sont mages.

Les ministres : mages chargés de conseiller le Basileus dans ses décisions politiques. Ils forment ensemble le *Conseil des ministres*, communément appelé le ***Conseil***, qui se réunit chaque décade (tous les dix jours). Le Conseil est composé de six ministres :

– ***l'Éparque*** : titre donné au chef des ministres, responsable de l'administration générale de la cité ;

– ***le Stratège*** : Ministre de la Guerre ;

- ***le Grand Trésorier*** : Ministre des Finances ;
- ***le Ministre du Nivellement*** : responsable de l'égalité entre les niveaux ;
- ***le Ministre du Commerce*** ;
- ***le Ministre des Colonies***.

Le Greffier : personne en charge de retranscrire les discussions du Conseil.

La forêt des Amazones

Éphore : inquisitrice amazonienne.
(Les) Fondatrices : premières Amazones installées en Arcadie et originaires d'Hyperborée.
Hilote : peuple indigène d'Arcadie.
Thermodon : fleuve traversant la forêt des Amazones.

Thémiscyra

Agôgé : éducation militaire thémiscyrienne.
Oiseleur : cavalier d'oiseau rokh. Les oiseleurs ont différents grades : ***soldats-oiseleurs, lieutenants-oiseleurs*** etc.
Oligarque : général thémiscyrien.
Polémarque : souverain de Thémiscyra.

Remerciements

Une année d'écriture s'achève. Année difficile car il n'a pas été aisé de conjuguer travail et vie personnelle avec la rédaction de *La fille de la forêt*. Si j'ai réussi à aller au bout de cette entreprise, c'est grâce au soutien, à la compréhension et aux encouragements d'une multitude de personnes, parmi lesquelles :

Victoire et Maman, mes lectrices et coachs motivationnelles de toujours, qui se sont en plus improvisées agentes littéraires à la sortie du tome 1, et Papa et Hadrien, mes deux autres piliers familiaux.

L'équipe d'Hachette Romans, qui a offert un superbe lancement à *La Ville sans vent* malgré les turpitudes de la Covid 19, et en particulier Isabel Vitorino, qui a su me motiver avec un tact incomparable.

Mathilde, Charlotte et Charles de Lagausie, dont les bêta-lectures aussi bienveillantes que fouillées m'ont permis de redresser un premier jet bancal.

Irène Chanrion, Stella, Louise Mas, Marie Bailly et toutes les plumes qui se sont proposées pour relire *La fille de la forêt*.

Philippine Ravillion et Solène Bernard, qui se sont prêtées avec panache au jeu de la bêta-lecture.

Guillaume Morellec, qui a donné à *La Ville sans vent* deux magnifiques vitrines.

Mes collègues Abrial et Gabriel, qui ont subi sans trop broncher ma baisse de productivité aux heures les plus noires de la rédaction.

Toutes les blogueuses littéraires, bookstagrammeuses, booktubeuses et autres éclaireuses qui ont partagé leur enthousiasme pour le tome 1 et dont les chroniques m'ont donné de l'énergie lors des corrections.

Si le roman jeunesse résiste encore et toujours à la crise du monde de l'édition, c'est en grande partie grâce à vous.

Enfin, un merci à mes personnages, Arka et Lasty, que je quitte après des années d'aventure sur les chemins tortueux de mon imagination. À l'heure où le monde virtuel prend sans cesse plus de consistance, j'aime à croire que des êtres de papier peuvent avoir, eux aussi, leurs existences propres. Bon vent !

Pour l'éditeur, le principe est d'utiliser des papiers composés de fibres naturelles, renouvelables, recyclables et fabriquées à partir de bois issus de forêts qui adoptent un système d'aménagement durable. En outre, l'éditeur attend de ses fournisseurs de papier qu'ils s'inscrivent dans une démarche de certification environnementale reconnue.

Composition et mise en pages : Nord Compo

Achevé d'imprimer en Espagne par Rodesa
Dépôt légal 1re publication : octobre 2020
87.5965.9 – ISBN : 978-2-01-710848-1
Édition 01 – Dépôt légal : octobre 2020